前途纵有诸多苦难，

但若能携手同往，炼狱便是天堂。

# 思楚歌

SI
CHU
GE

木子玲 著

SPM 南方传媒　花城出版社

中国·广州

图书在版编目（ＣＩＰ）数据

思楚歌 / 木子玲著. -- 广州 ：花城出版社，
2024.4
　ISBN 978-7-5360-9718-6

　Ⅰ．①思… Ⅱ．①木… Ⅲ．①长篇小说－中国－当代
Ⅳ．①I247.5

中国版本图书馆CIP数据核字(2022)第154943号


出 版 人：张　懿
责任编辑：蔡　宇
责任校对：汤　迪
技术编辑：林佳莹
封面设计：周文旋
内文插图：张沛琦

书　　名　思楚歌
　　　　　SI CHU GE
出版发行　花城出版社
　　　　　（广州市环市东路水荫路11号）
经　　销　全国新华书店
印　　刷　广东虎彩云印刷有限公司
　　　　　（东莞市虎门镇黄村社区厚虎路20号C幢一楼）
开　　本　880 毫米×1230 毫米　32 开
印　　张　12.125
字　　数　298,000 字
版　　次　2024 年 4 月第 1 版　2024 年 4 月第 1 次印刷
定　　价　59.00 元

如发现印装质量问题，请直接与印刷厂联系调换。
购书热线：020－37604658　37602954
花城出版社网站：http://www.fcph.com.cn

# 目　录

# 第一章　还是来晚了

永政二十五年，寂静的夜里，忽然电闪雷鸣，继而一阵瓢泼大雨。

大雨噼里啪啦地敲打着窗子，夹杂着呼呼的风声。

风吹开了窗子，窗子也因风的吹动而摇摇晃晃。

轰隆！

更大的雷声传了进来。

楚归黉缓缓睁开了双眼，迷离地看着周遭。

睡得太久，她的思绪有些混乱。

身上盖的是绣着鸳鸯戏水的大红喜被……

她掀开被子，看了看身上的衣衫。

大红的衣衫还没褪去。

她的视线往稍远处看去，看着正伏案睡着的赵思年。他身上穿的和她一样，也是大红的衣衫。

她的思绪渐渐拉回来了。

她跟赵思年成亲了。

在成亲那日，她喝下与赵思年互换的合欢酒时，毒物发作太快，她当时就中毒了。

中毒时，她只记得四肢酸软无力，眼前模模糊糊，再之后……之后发生了什么，她全然不知。

喀……

她忽然觉得心中一闷，忍不住咳了一声。

"夫人，夫人……"

楚归薁的咳嗽声惊醒了赵思年，他急忙走到床边，看到醒来的楚归薁，开始是不可思议，后来激动得险些跳起来。他高兴道："夫人，你睡了整整三个月。这三个月来，我没有一天不在想你。如今你既然已经醒了，那我们的婚事很快就可以继续操办。我们就按你说的来。等你身子好了，我们就回到蝴蝶村去，在你老家，在你爹娘墓前，我们光明正大、堂堂正正地告知天下人，我们成婚了……"

三个月。

她整整昏睡了三个月。

而他却一直穿着成亲那日的衣裳……就在赵府里陪着她三个月吗？

这三个月，都发生了什么？

楚归薁正想开口问，却觉得心口异常闷热。

噗……

随着赵思年的激动，楚归薁一口鲜血吐了出来。

鲜血喷了赵思年满脸。

楚归薁呆住了。吐血？她怎么会吐血呢？难道她师父李炆之没有将她治好吗？

看着楚归薁呆愣的模样，赵思年的笑僵在那里。然后他的眼泪就那样慢慢地流出来了。

夫人醒来，若气息平稳，尚有恢复生机的可能；倘若气息紊乱，口吐鲜血，便是毒物攻心，命不久矣。多则两天，少则半个时辰。

这是天下最有声望的名医李炆之与他交代的。

赵思年紧紧握着楚归黄的手，看着这个陪了他十几年的女子。

少年时他脾气不好，是她逼着他必须改掉坏脾气。

他不识字，是她逼着他一个个地去识。

大风寨被人抢占地盘，他一怒之下要把抓来的人杀个精光，是她让他保持理智，跟人交涉智取，才没让大风寨所有兄弟丧命……

后来，他们一起破了那么多的案子，他在明处，她在暗处。所有人都说他们是绝配。

再后来，他从大风寨大当家变成了内阁第一首辅，要权有权，要钱有钱，她终于可以跟着他享清福过好日子了。

但是……

但是！

但是她却被人投了毒……

投在了他们成婚时的合欢酒里。

想起过往种种，赵思年的眼眶变得愈发通红。

"思年。"楚归黄最先回过神来，敛了心中纷扰的心绪，回握住赵思年的手，与他温声道，"我知道自己活不久了，所以有几件事，我必须要跟你提前交代。"

"夫人……"赵思年也回过了神，哽咽道，"夫人不必多说，若你死去，我就拉整个周家给你陪葬。投毒的人一日找不出来，我便一直杀下去，所以……为了不让我变成杀人狂魔，你一定不能死。你千万不能死……"

昔日赵思年沉稳内敛，现在却悲伤至极，楚归黄不想看到这样的赵思年，她努力忍住悲伤，掩饰所有悲痛，只朝赵思年狡黠一笑，抬起手，使劲儿捏了捏他的脸。她期待看到他疼得龇牙咧嘴，然后到处躲藏，朝她求饶的样子，但不管她怎么捏，他就一直用那种悲愤的眼神看着她，根本不像平时他们打闹玩耍的模样。眼见逗弄他无用，她索性杏眸一瞪，小脸一垮，俨然气急之姿，故意沉声道："你答应过我，外面听你的，家里听我的。我虽然还没过门，但我们是喝了合欢酒的。"

是，他们是喝了合欢酒的，如果不是周家人投毒，他们早就搬到蝴蝶村，过着逍遥日子了。

什么朝堂政事，什么天下风云，跟他们都没有关系了。

"赵思年，我马上就要死了，你想让我死不瞑目吗？"赵思年的沉默让楚归薨有些生气，语气也不由低沉几分。

"行，我听你的，你说吧。"反正听听就行了，至于做不做，后面还不是他说了算？眼下是别让夫人生气。

只听楚归薨道："一是，我死去之后，你要赶快把我忘记，然后娶妻生子，一定告诉她：你赵思年与我成亲之前一直以礼相待，不曾逾越半分。所以你这辈子，有……并且只有她一个女人。"

赵思年没吭声。

不满赵思年的沉默，楚归薨掐了他一下。

"嗯。"他不情不愿，勉强答应。

"二是我的死，不要再查下去了，以免人心惶惶，朝堂不稳。"楚归薨说到这儿赶紧又解释，"我说这些，可不是为了宋明照着想，是为了我们好不容易打下的江山着想。"

"我知道。"其实他早就知道，可还是会因为宋明照而生气。如果他知道爱妻会在他面前含冤而死，他当初就不跟她生气了，会好好哄着她，她说什么就是什么，她爱做什么就做什么，那该有多好！

"最后，也是你一定要记住的事：永远不许再拿起你的剑。你剑上戾气太多，我怕我不在了，你会没人管教，也没人敢管教你。你做事太过张扬，以后难保树敌太多，到时没人与你为伍，你太过孤单，也太危险。"

"好。我记住了。"赵思年背过了身，似乎只有看不到楚归薨，他才不会那么难过。

都这个时候了，她心里却还在惦记着他。

其实他一直都知道，她待他的真心实意。

他也自认为对她付出全部真心。

但他无论怎样真心待她，都不及她待他好。

他都想好了，等成婚之后，他什么都听她的……

哐当!

是玉碎的声音。

赵思年低头去看，看到地上被摔得四分五裂的玉镯子。

那玉镯子是他十八岁那年，他第一次发现自己喜欢楚归黄，所以在破案之余，抽空买给她的。

这并不是什么名贵的物件，但过去这么多年，她却一直未曾离身。

而今却……

"人死如灯灭，玉碎难再全。"楚归黄的面色是七分决绝，三分狠意，"从现在开始起，你不再是我的夫君，我不再是你的妻子。"

"楚楚……"赵思年终于绷不住了，悲痛道，"李炆之说，就算毒物攻心，你还有几日可活，为何你现在要绝情至此，我……"

"出去。"面对满脸悲伤的人，楚归黄好像没有一丝耐心了，不等赵思年把话说完，就开口赶人，"我现在不想看到你。"

赵思年张了张口，还想说点什么，却听楚归黄厉声道："赵思年，我都要死了，你就不能顺着我一回？"

赵思年顿了顿，最后朝楚归黄露出一个比哭还要难看的笑容。良久之后，他哽咽道："好。"

而后，他缓缓转身，慢慢走了出去。

轰隆隆……

雷声更大了。

伴随着嘈杂的风雨声。

一道闪电劈过，照亮了黑夜。

在赵思年把门关上的那个瞬间，楚归薁看见他泪流满面的脸。

就在那么一瞬间，他变苍老了……

她心里一酸，眼泪也落了下来。

他们相爱多年，他一直心高气傲。为了她，他把最坚硬的利爪一点点磨平，冷血无情的他，为她变成了温暖柔情。

如果可以，她也想在最后一刻给他温暖。

但是她不能这样。

如果让他眼睁睁看着她死去，他一定会愧疚难安，这样他就没有办法过好往后余生。

所以她必须得找个地方悄悄死掉。

这样，他虽然刚开始会在各地寻找她，但找着找着，就会心神疲惫，时日一长，慢慢就会忘了她。

只要忘了她，他就能重新开始了。

噗——

鲜血再次从楚归薁的口中喷出。

这一次，她的心犹如撕裂的痛。

随之而来的是越来越乱的呼吸。

身为医者，她知道——撑不到师父李炆之说的几天之后了。

她就只能活这么短短一刻了。

她勉强坐起来，点了自己身上所有穴道。而后，趁着再一次电闪雷鸣之际，用最后一丝力气，从后窗逃了出去。

之后，她一路施展轻功，能跑多快就跑多快，能跑多远就跑多远。

如果，能再活一回就好了。

她回头看着离开的方向……

脸上不知是泪水，还是雨水。

当赵思年发现楚归羹不见的时候，已经距楚归羹离开两个时辰了。他立刻调配赵府所有人马去找，找了几个时辰之后，依旧一无所获。

李炆之告诉赵思年，楚归羹就是不想让他太过悲伤，才会悄无声息地离开，让他节哀顺变。

不过一夜之间，赵思年已是满头白发。他对李炆之道："活要见人，死要见尸，这辈子我要……也只要楚归羹一人。如果再找不到楚归羹，我便杀光周家人。"

"你疯了！"李炆之道，"夫人处心积虑让你跟周家人和睦，就是不想破坏朝政平衡……"

"我就是疯了！"赵思年怒红了双眼，"没有楚归羹，我就是个疯子！楚归羹被下毒，与周家脱不开干系。我给你两日，你去通知宋明照也好，去通知周家也好，让他们去找楚归羹。两日后，如果找不到楚归羹，我什么都不管了。"

"你认真的？"李炆之似乎觉得赵思年不可理喻，但又觉得这个时候的赵思年才是他所认识的赵思年。楚归羹是他的一把锁，锁住了他体内的那只恶鬼。

就在李炆之想再用楚归羹劝说什么的时候，赵思年咬牙道："我能让天下太平，就能让天下不太平，趁我没彻底疯之前，你该干什么就干什么去吧。"

该干什么就干什么……

那当然是去通知周家跟宋明照，举全国之力找到楚归羹，活要见人，死要见尸……

思及此，李炆之匆匆往府外跑去。

空荡荡的庭院里，只有赵思年一人孤零零地站着。他摩挲着手上的那把剑，声色沉沉道："归荑，为你报仇之后，我就下去陪你。"

永政二十五年四月十六日。

全天下的人都在寻找楚归荑，兴师动众之下，却连楚归荑的一根头发都找不出来。

翌日，满头白发的赵思年提剑直奔周府，将周府上上下下三百余人杀个精光。

人人都在传，赵思年疯了……

屠府之事很快传到乾承殿，宋明照震惊之余，忍痛下令将已经疯了的赵思年捉拿归案。

身穿红衣的赵思年却将奉旨捉拿他归案的大臣也亲手斩杀，之后他快马加鞭，一路南下去往桂城，去杀另外一个对楚归荑构成威胁的人。

一路上，朝廷增派无数人马阻拦赵思年。赵思年无论来者是谁，通通杀个精光。

放眼望去，遍地之上，皆是血流成河，横尸遍地。

明城整整下了两天的雨，山路湿滑难走，马儿在陡峭之处一个不慎跌了下去。

赵思年欲以轻功飞上去，忽然悬崖处有数不清的箭朝他射来。他左避右闪，用剑劈开箭雨，却也随着他的马一同跌落悬崖。

砰！

歪斜长在悬崖壁上的一棵老树将赵思年拦腰接住。

从上面滚落下来的山石砸在赵思年的头上，他两眼一黑，昏了过去。

喀，喀，喀。

赵思年再次醒过来时，是被人按在湖水里呛醒的。

"说，你是什么人？为什么来这里？"

开口的人声音带着一股青涩味道，想来年纪不大，应该是个少年。

但赵思年听这声音，却有一种十分熟悉的味道。熟悉得让他心里一惊，眉头一跳。

当赵思年的头被少年拉起来的那一刻，他才在水中的倒影里看到那少年的模样。这少年高冠束发，一身黑衣，薄唇紧抿，面色紧绷，眉眼透着几分阴狠。似乎他只要多说一句假话，这个少年就会扭断他的脖子。

哈哈哈哈。

他后背已经中了五箭，明明是危险至极的处境，他却忽然哈哈大笑。

这笑声成功激怒了少年，他将赵思年后背上的箭狠狠往里插了几分，冷着脸道："你再笑一下，我就让你再痛昏过去，之后再让你痛醒过来。你想死，我也不让你痛快死。"

很好，很有他的风范，赵思年只说了一句："我是十三年后的你，你是十三年前的我。"

荒唐至极。

少年冷笑一声，不欲与人废话，直接拔了赵思年身体里的箭，要往赵思年身体里插。这时赵思年道："你是赵思年，在大风寨长大，你爹叫赵炜。大风寨明面上是赵炜在管，实际上是你在打理。"

前面三件事，只要对大风寨有心思的人都知道。但最后一件事，外人绝不可能知道，因为他从来不曾对外人说过。少年沉默几秒，拧眉道："世上只有一个我，怎会无端出来两个我，这太荒谬。还有，你既是我，为何伤成这样，又为何挂在树上……"

赵思年看着自己面前的少年，也觉得惊奇不已。他张口想跟少年说明来由，却发现自己一开口，那些话始终说不出来。

好像冥冥之中，有人不让他说。

"哑巴了？"年轻的赵思年有几分不耐烦，抱着双肩看向他。

最后，赵思年只能解释："我说不出来……太过具体的事，我没办法说出来。"

这是什么道理……

年轻的赵思年有些疑惑，甚至觉得眼前的人在骗他。可仔细看他眉眼，再过十三年，自己完全能长成他这样。可以说，十三年之后，他们会长得一模一样。

听到匪夷所思的事，只要是人，就会觉得荒诞。

但如果亲眼所见呢？

年轻的赵思年为了确定更多，抽出袖中的金丝缠，要跟赵思年一比高下。

但金丝才碰到赵思年的手腕，赵思年便见招拆招，将金丝缠变成了绕指柔——在重伤之下，还能将金丝缠变成自己的所有之物。

金丝缠是年轻的赵思年自创的暗器，就他所知，天下无人能解。而眼前之人竟能看透他每一个招式，这让他开始相信，眼前的人就是十三年之后的自己。他问："既然你是十三年后的我，那你告诉我，我会变成什么样子？"

赵思年道："看你现在的模样，应该十三岁？"

"对。"

"十三年之后，你客死异乡，无人收尸。再之后三年，被天下人唾骂。"

十三岁的赵思年嗤笑一声："那你怎么还活得好好的？"

赵思年道："因为我有楚归荑。"

"楚归荑，她是谁？"

"是我的妻。"

"那也是我的妻？"

"嗯。"既然他来到这里，就有来到这里的原因。也许他来到这里，就是为了改变一些什么。如果能改变一点什么，如果能……

赵思年忽然问："现在是什么日子？"

"永政十二年三月十七。"

三月十七，三月十七！

再有两天，楚家就要被灭门了。

赵思年突然紧紧抓住年轻的自己，认真道："快，你现在就快马加鞭去蝴蝶村。去救楚归黄一家。"

十三岁的赵思年："你做梦。"

见年轻的自己无动于衷，赵思年知道他是怎么想的，就道："我在永政十二年救下了楚归黄，但没能救下她的爹娘，是我这辈子的遗憾。如果你能救下她的爹娘，也许……也许……"

他嘴唇张张合合，却始终说不出十三岁的赵思年想要听到的关键。

关于永政十二年三月十七日之后发生的事，赵思年怎么都说不出来。

既然说不出来，那用写的呢？

他尝试用剑在地上写，发现不管写什么，都变成了鬼画符，什么也写不出来。

这是……不让他改变历史吗？

赵思年心有不甘，还想再挣扎，却一口鲜血喷了出来。

"你中毒了。"

十三岁的赵思年有些迷茫，却也能看出来一些端倪。

现在箭上散发的独特香味，让他明白，他中了跟楚归黄一样的毒。

是周家人吗？

但周家人，明明已经被他杀了个精光。

难道还有漏网之鱼?

但是……

他好不容易来到这里,还什么都没来得及做。怎么能这样就死掉呢?

他的意识开始变得昏昏沉沉,他知道,这是要昏迷过去的迹象。这一昏迷,也许一睡不醒,也许醒来就是面临死亡,就像楚归荑一样……

若是没有看到十三岁的自己,他死便也死了。

但是碰到了……

"你一定要去救楚归荑,一定要带她远走高飞,一定不要让她学医,以后要是遇到一个叫宋明照的人,一定要离他远远的。"他已经避开了所有历史,只说与他有关的事,"一定要对她言听计从,一定对她百依百顺,一定要对她温柔,一定……要让她高兴快乐。"

十三岁的赵思年没想到,年长的自己竟然满脑子都只有女人!都快死了,还想着女人。他不屑地道:"我偏不听你的,我不按你走的路走,我自己能蹚出一条阳关道。"

"那么,你只会众叛亲离,茕茕孑立,连立碑的人都没有。"赵思年看着年轻的自己,"我尝过那种滋味,我知道那有多痛苦,所以我不想让你再尝。思年,去救楚归荑,你的人生才是完整的。"

赵思年越说越困,在双眼合上的前一刻,还在用眼神说服年轻的自己去救人。

什么只有去救楚归荑,自己的人生才是完整的。

什么众叛亲离,什么茕茕孑立,他才不会混成那样。

但……

他的眼神在告诉他,一定要去救人,否则他会后悔一辈子。

如果不按他说的去做,那么他在十几年之后,就会像这样满头白发,身中数箭,被迫跌下悬崖。

还穿着成婚时的衣裳……

这得是多惨，才会在新婚时被人暗算，落一个这样的死法。

死不可怕，但被人阴着死，不管怎么想，都不应该。

要是将来有一天必须死，他也要站着死。

所以……这楚归冀他救也得救，不救也得救！


晚了，还是来晚了！

赵思年快马加鞭赶到蝴蝶村的时候，楚家已经被村民围得严严实实了。他把马拴在树桩上，往门口使劲儿挤了挤。

"死了，都死完了。就剩下一个孩子了。"

"那孩子也是可怜，那么小，爹娘就死了，以后可怎么活？"

"可惜了，那么聪明漂亮的小女孩。"

…………

周围的村民都在小声议论。

在村民的小声议论声中，楚楚的目光从两具尸体移到了门口。

看着门口微微喘气的少年，她先是有些疑惑。然而当她看到他脸上有几分懊悔的姿态时，她就朝着他咧着嘴笑了笑。

赵思年：……

她笑什么？

不会傻了吧？

蝴蝶村离大风寨整整七天的路程，他跑死了三匹马，把七天的路程变成两天，就是想要在凶手动手前救下楚楚的爹娘，但人没救着，眼下发生的一切还吓坏了这个小女孩？

"嘿嘿。"

在大家都为楚家死人议论纷纷时，楚楚却是直接笑出了声。

赵思年就更……

他眉头狠狠皱了皱，正常的孩子看到爹娘死了，应该是号啕大哭、哭得撕心裂肺才对，她还对着尸骸笑出了声。

难道真傻了？

赵思年心里正这么想着，忽然看到一个衣着光鲜的中年人正捏住楚楚的下巴，那人看她的眼神还带着几分不怀好意。

"叔叔。"被人捏了下巴，楚楚的目光从赵思年的身上移回来。看着油光满面的中年人，她眨了眨眼，不解地问："你捏我的下巴干吗呀？"

"楚楚长得真漂亮，以后跟我住好不好呀？"中年男人说着话，从兜里摸出一颗梅子，笑着摸了摸她的脸，"只要跟我住，每天都有这样的梅子吃。"

楚楚从他手里拿起梅子，哐吧两口吃进了肚子，津津有味地吃完之后，还意犹未尽地舔了舔唇："叔叔，梅子好好吃，还有吗？"

赵思年：……

一个梅子就能哄走的人。

真的是他将来的妻子吗？

"家里有，等会儿啊……"中年男人凑到楚楚耳边，低声说，"你跟我回家。"

回家？？

跟这个中年男人回家？

耳力极好的赵思年这下忍不住了，还来不及多想，身子就比想法快了一步，抬脚往院子里跑了过去。

"表妹，表妹！"赵思年看见楚楚就大声喊，"出什么事了，舅舅、舅妈他们……"

他一低头，看见地上躺着整整齐齐的两个人，吓得双腿发软，一下跪在了地上，同时把楚楚从中年人身边拉过来。他双手捂住她的眼，装作惊慌失措的样子："别看，千万别看。没事的，没事的，我会陪着你的。"

楚楚透过指缝看到一脸慌张的赵思年，就伸出小手，轻轻拍着他的后背："别怕啊，别怕，我爹娘没死，他们只是睡着啦。"

"你是他什么人？"被打扰的人满脸写着不高兴。

赵思年唯唯诺诺地回答："回大人，我是她表哥。"

"他是你表哥？"中年男人的脸色瞬间不耐烦了。

楚楚拨开赵思年的双手，看了看赵思年，像安抚他一般笑了笑，然后点点头，回答方才摸着她脸的人："回大人，他是我表哥。"

本来吓成了傻子，能占便宜为什么不白占？但现在亲戚来了，就变得麻烦得多。那人脸上露出不耐烦的神色，居高临下地看着这个少年："既然你是他表哥，那她也不算孤女。她爹娘死了，记得把人埋了。"

"叔叔，我爹娘没有死，他们只是睡着了。"楚楚的眉头狠狠地皱在一起，她还想再说话，却被赵思年再次捂住了口。

只见赵思年连连回答："好，好。"

说话的时候，他害怕得浑身都在颤抖，一看就是被尸体吓的。

这没出息的样子惹那人笑了笑，之后，那人朝着屋里高声喊："有没有可疑之处？"

很快，从里面跑出来两个人。

"回村长，没有。"高个子回答。

"要往上报吗？"矮个子询问。

"报什么呀？没有可疑之处，不就说明不是冤死吗？既然不是冤死，为什么要往上报？"村长又蹲下身子，仔细看了看尸体，"你们看，他们身上也没什么伤痕，颜色也是正常的尸体颜色，证明生前没有遭受过殴打、下毒。"

两人头点得如小鸡啄米似的，齐声回答："是，是。"

"走了走了，真是晦气，查了一大早，就是忽然死了，我还想大显身手，破案立功呢。这下好了，都是白搭。"村长一边说，一边往外走。

"可是村长啊，好端端的人，怎么就忽然死了呢？"矮个子一脸纳闷。

村长回头瞪了矮个子一眼："我又不是大夫，我怎么知道？"

"可是……"这下矮个子的话还没说完，就被高个子撞了撞。高个子朝他摇了摇头，示意他不要再问了，矮个子乖乖闭上了嘴，只老老实实地跟在村长身后。

村长双手背在身后，昂首挺胸走到门口，看着围在门口的一大群人，咳了一声，清了清嗓子，方才的不耐烦顷刻间消失，取而代之的是几分惋惜："经过我缜密查看，楚氏夫妇不是他杀，他们是……病死的！"

"村长，没听楚战跟秦氏说自己有病啊。怎么好端端地就病死了？"有村民接受不了这个说法，"再说，就算是病死，也不会两个一起死吧？"

"你会验尸吗？"村长被反问，也不生气，只是看着那个村民，"我见过的尸体比你吃过的大米都多，我说他们是病死的，那他们就是病死的。"

又有人开口："村长，我们也不是怀疑你，就是觉得蹊跷得很……"

"觉得？"村长很有耐性地问，"如果觉得能破案，那这个案子交给你来办，好不好？"

"这我哪儿会啊？"后来开口的人咧着嘴笑了笑，"我就一种地的，主要是楚家人平时对我们都很好，所以我们就多嘴问问。"

"我跟楚家也没仇啊。"村长叹了口气，回头又看了一眼两具尸体，"但是我们总得眼见为实，如果觉得能解决事情，我现在就让楚家人活过来了。"

大家虽然跟楚家关系不错，但论验尸破案，谁也不懂。现在村长这么说，他们也不知道该怎么办了。围在门口的村民左看看你，右看看他，谁都不说话了。

"都散了吧。"村长道，"虽说楚家人死得是有些突然，但的确就是病死的，都回去干活吧。"

眼下是农忙季节，田里的农活还多得要命。村民们听见楚家人是病死的，就各自散了回去干活。

在回去干活的路上，大家都忍不住长吁短叹。

谁能想到昨天还跟大家有说有笑的人，怎么一夜之间就死了呢？要不是早上夫妻俩没有去田里干活，他们也不会想着去家里叫人，这一去，才发现夫妻俩整整齐齐躺在被子里，任凭怎么叫也不醒。一探鼻息才知道，原来他们死了。

哪有人死的时候就像睡觉一样呢？

反正就是很奇怪。

但村长说是病死的，那应该就是病死的吧。毕竟蝴蝶村这么多年都风调雨顺，和和睦睦……

议论声越来越远，等赵思年再也听不到的时候，他才放开怀里的楚楚，然后起身把大门关上。

可他一转眼，就看见原本坐在地上的楚楚，不知什么时候已经站起来了。

她站在爹娘尸骸的前面，用瘦弱的身子挡住炎炎烈日。似乎这样，他们就不会受到日头暴晒了。

也许是察觉到背后的人在看她，她回头冲着看她的人甜甜一笑："表哥。"

赵思年：……

骗村长的话，她听听就行了。眼下又没其他人，她还喊什么表哥！

看出赵思年的无语，楚楚又朝他咧嘴一笑，眼睛弯弯的，好似月牙。

赵思年看着面前还没自己腰高的小个子，一时不知道该说点什么。

"你说你是我表哥，虽然口说无凭，但你这么着急赶来解救我，就算不是我表哥，也一定是好人。"楚楚想到这儿，就朝赵思年深深鞠了一躬，很有礼貌地说，"所以，谢谢你赶来。"

先前他说是她表哥，她当着村长的面点头承认，他以为她是吓傻了，原来她是需要在那些大人面前给自己寻个靠山，让那些人知道，她家里是有人的。

知道她的想法之后，赵思年不由得多看了楚楚两眼。

看来她不但不傻，还很聪明，知道怎么做才对自己最有利。

楚楚朝赵思年扬了扬下巴，问："所以，你到底是不是我表哥？"

赵思年反问："你说呢？"

楚楚：……

"如果我不是你表哥，你会怎么做？"

"那天大地大，我们就此别过。"

还"就此别过"。

爹娘都死了，她一个弱不禁风的人，能过到哪儿去。

赵思年看着细瘦矮小的人道："当然是你表哥，不然我也不会千里迢迢过来看你。"

呼……

楚楚重重叹了一口气，这才道："爹娘他们在这里睡着了，但是我叫不醒他们，再过一会儿太阳就好大了，我想让他们去屋里睡。你帮我把他们抬进去吧。"

睡什么睡啊，他们都死了，你怎么就一直认为他们没死呢？

赵思年很想这么说，但是硬生生给忍住了。他正想开口，就听见

"咕噜"一声，他盯着楚楚的肚子，确定声音是从她那里发出来的。

"你一直没吃东西？"过了好久，赵思年才开口问她。

"嗯。"楚楚看着赵思年的眼神里满是信任，"在等我娘做饭。"

还等什么呀，你娘都死了。赵思年一忍再忍，还是没能忍住，问："他们都说你爹娘死了，但你看着也不傻，为什么认为你爹娘没死呢？"

楚楚一脸诚恳地道："看在你是我表哥的分上，我就跟你说实话吧。我不说我爹娘死，有两个原因。第一，我娘跟我说，女孩子让别人觉得傻一点，才能过得好一些。因为别人觉得你是傻子，才会对你放松警惕。"

看来楚夫人是个戒备心更强的人。

赵思年朝她扬了扬下巴，让她继续说下去。

"第二，你刚刚也听见那些叔伯姨母的话了，爹娘的确没有生过病，而且身上也没有伤痕，他们身上的颜色也跟我一样，所以，他们没有死，只是睡着了。"楚楚怕自己的说法不能让赵思年信服，又道，"如果我累极了，就会睡得很死，谁也叫不醒。你也有这样的时候吧？"

那也不至于这么多人、这么大的动静都吵不醒睡着的人。赵思年心里这么想着，却想到十年后的赵思年与自己的交代，一定要对她温柔，对她百依百顺，于是他到底是什么也没说，而是弯腰将楚战的尸骸扛在左肩，又把秦氏扛在右肩，然后稳稳当当地往屋子里走。

楚楚跟在赵思年身后赞不绝口："表哥，你好厉害啊，竟然能把我爹娘一起扛在身上。"

被夸赞了，赵思年的唇角弯了几分。

"爹，娘，你们这么瞌睡吗？为什么晃来晃去，你们还是不醒呀？"

赵思年的笑容瞬间就消失了……

进了门，赵思年将楚楚爹娘的尸体放在床榻上，就听见身后的人问："表哥，你是从哪里过来的呀？远吗？累吗？"

他住的地方太过复杂，眼下不是能与她详细说的时候，他只回答："还好。"

"我娘一直跟我说，在我小的时候，你可疼我了，要不是后来你们出去挣钱，我肯定特别黏着你。"眼下知道赵思年是自己的表哥，楚楚心中完全放下戒备，朝他神秘一笑："表哥，先歇歇脚，我给你留了好东西。"

说完，楚楚就小跑着往屋子里去了。

等楚楚跑远了，赵思年这才凑近尸骸，把致命处挨个儿看个遍，的确跟那个村长说的一样，没看出有什么奇怪之处。

也难怪楚楚看不出什么异样。

但他知道，楚楚的爹娘绝对不是病死的。

而且到了晚上，如果楚楚还没有离开，她今晚一定会死！

"表哥，表哥，你看……"

赵思年一抬头，就看见楚楚双手捧满了首饰。

她一蹦一跳地来到他跟前："这是我娘送给我的。我娘说，关键时候，我可以拿它们活命。我给自己留了一些，剩下的都给你。"

赵思年捏了一根簪子看了看，是金的。

再拿起一个手镯看了看，是玉的。

至于其他的，珍珠、玛瑙、翡翠……

个个都很值钱，也都容易遭贼惦记。

一个小小的蝴蝶村竟然藏龙卧虎，藏着楚楚爹娘这样的有钱人。到底是什么原因，能让他们放弃锦衣玉食来到这边？哪怕是隐姓埋名，也没能逃过一死？

赵思年只是简单地想了几种可能，就头疼得要命。

麻烦，实在是太麻烦了。

但想了想十年后自己的那些话，他把心中几分躁意掩了下去。

再麻烦，他也得带着她一起走。

他没有拿那些珍珠、玛瑙，而是说："我在外面过得很好，不需要这些东西，你还是自己拿着吧。"

楚楚有些不满地道："但你大老远跑来看我，还替我赶走了那个坏蛋村长。我应该给你点什么呀？"

懂得知恩图报，看来他爹娘将她的品行教很好。

但在这个弱肉强食的天下，品行好的人不见得会有什么好下场。赵思年把那些珠宝塞回楚楚手中，告诉她："以后，不要把这些贵重的东西随便送人。"

楚楚把珠宝又推给赵思年，理直气壮地道："你是我表哥，我送你，不叫随便。"

推来推去，赵思年很快没了耐性，也不想再在这个事儿上过度纠缠，只道："你先代我保管吧，日后我若用得上，你再给我就是了。"

"行吧。"楚楚这才将珠宝又重新收好。

赵思年低头看着她收拾，想到方才那个村长摸楚楚脸时的猥琐眼神，忽而又问："如果我不是你表哥，你还会像刚刚那样让我抱吗？"

楚楚摇了摇头，她又不是傻子，他们非亲非故的，为什么要给他抱。她伶牙俐齿地反问："如果你不是我表哥，你会千里迢迢来找我吗？"

这问题他刚刚回答过，所以他不会再回答第二次。他反问："既然不让我抱，那为什么村长摸你下巴，你就给他摸？"

楚楚看着赵思年的脸色有些复杂，但就是因为复杂，她没读懂他心里想着什么，只是看他脸色一直阴阴沉沉，就问："他摸我脸，你很生气？"

废话！

你是我十年后的妻，我看着我妻子被人占了便宜，我能不生气？

但他能这么说？

说出来有谁信！

赵思年心中有点闷，语气不免更有些阴沉了："我问什么，你答什么。"

这就是生气了。

表哥好小气哟。

她撇着嘴道："他在蝴蝶村当的官儿最大，我不能当面忤逆他，不然他会让我吃不了兜着走的。"

这个回答倒是让赵思年有点意外，看来那个狗村长占她便宜，她是知道的。他问："那他以后还那样，你会……"

"我又不傻，绕开他就好了。"楚楚打断了赵思年，"今天人多，我是没办法，只能装傻糊弄。"

赵思年很满意这个回答："跟我走吧，只要跟着我，以后没人敢占你便宜。"

"你来，就是带我走吗？"

不然呢？

"村子外面，好玩儿吗？"

看来她没出去过。

楚家有意要在这里过一辈子。

明明有那么多珠宝，却要在小破村子过一辈子……怎么想都不正常。虽然楚家有很大的秘密，但赵思年不打算查，他只想先带楚楚离开是非之地。

"表哥？"看到赵思年出神，楚楚等不及地追问，"外面好玩儿吗？"

"嗯。"赵思年点头，"很好玩儿。"

"那太好了。"楚楚立刻变得有些期待，"等我爹娘睡醒了，我们一起走。"

她以为他带她只是出去玩一会儿吗？

赵思年看了一眼宛若睡着的楚战跟秦氏，微不可察地叹了一声。

知道楚楚会错意，赵思年也没拆穿，只道："等你吃饱了再说吧。"

咕噜。

赵思年的话音刚落，楚楚的肚子就响了一声。

嘿嘿。

楚楚对着赵思年笑："好饿。要不，你给我们做饭吃？"

听到楚楚的话，赵思年又是一声轻叹。从今往后，她再也没有爹娘了。

看秦氏给她的那些珠宝首饰，想来应该是很疼她。

那些疼爱，从今往后，也不会再有了。

"表哥，表哥……"

楚楚在他身边一直这样喊着。

要是放在平时，赵思年肯定会觉得吵闹。但是好奇怪，楚楚一直围着他，他一点也不觉得吵。难道以后她真的会成为他的妻子？

# 第二章　有怨报怨，有仇报仇

在给楚楚做饭的时候，赵思年的余光总是忍不住往楚楚身上瞄。

像樱桃一样的小口，柳叶一样的弯眉，真是怎么看怎么顺眼，怎么看怎么喜欢。

所以以后要是真的成了他妻子，那也还不错。

这么想着，赵思年就问："我家没有城里繁华，也没有村里这么自由，但你跟我走，吃喝不愁，衣食无忧，你愿意去吗？"

吃喝不愁，衣食无忧，那她为什么不愿意？楚楚点点头："愿意。"

"既然答应了，那就不能反悔了。"赵思年提醒她，"我家一旦进去，就不能再出来了，你可要想好了再回答。"

"表哥……"楚楚忽然想到什么，脸上有几分紧张，忍不住吞了吞口水，"你的家，在大牢里吗？"

"哈哈哈……"

赵思年爽朗大笑，笑过之后，摸了摸楚楚的头："你可真是有趣。"

有趣？

楚楚有点呆，她娘没教过她什么是有趣。所以他在说什么？

"你好好歇着吧,我去做饭。"赵思年丢下这句话,就转身出去了。

楚楚盯着赵思年的背影,想到他刚刚在村长面前装作害怕的样子,但村长一走,他就立刻变成另外一副模样,丝毫不见害怕跟紧张。她冲着他的背影做了做鬼脸:"你也好会演。"

"你说什么?"已经走出去的赵思年很快又折回身。

楚楚立刻改口:"我说你好厉害。"

赵思年的唇角扬了几分,脸上是意味不明的笑。

这个笑,让楚楚忍不住打了个哆嗦。

他笑起来……好像坏人。

不过还好,他笑完之后,很快就走了。


很快,番茄鸡蛋面的香味从灶房飘了过来,楚楚一溜烟往灶房跑去。

知道楚楚饿坏了,赵思年也没多耽误,很快就把面条捞出锅,装到一个白瓷大碗里,然后端到小桌上,朝楚楚招了招手:"过来吃吧。"

"我去叫爹娘一起吃。"楚楚蹦蹦跳跳地往卧房里去。

"回来。"赵思年叫住她,"我去,你好好吃饭。"

于是楚楚乖乖坐下吃饭,换赵思年去了卧房。

卧房的床榻上并排放着两具尸骸,赵思年往床沿一坐,看着昨夜死去的人,沉声道:"其实我很想救你们,可我到底还是来晚了。不过你们放心,只要楚楚跟着我,我肯定会好好待她。要是将来,我是说将来……楚楚真的成了我的妻,肯定我有的她都有,就算成不了我的妻,只要跟我赵思年沾上关系的人,别人都不敢碰她半根手指,所以你们好好投胎去吧。"

该说的都已经说完,赵思年也不再多言。他盘腿坐在床沿打坐歇息。隔壁的楚楚还在吃饭，他还不能好好休息，必须等楚楚睡着以后，他才能眯一会儿。

过了一会儿，隔壁没有吃饭的声音了，赵思年站起身去看，只见楚楚趴在小桌上睡得正香。

她睡着的时间比他预计的稍微早上一些，看来她身子骨还是太弱，就那么点蒙汗药，她就扛不住了……

赵思年把楚楚抱上床，让她继续睡觉。

之后，趁着楚楚睡着，他把她爹娘埋在了后院。

然后他在屋子里翻了一遍，找到秦氏教楚楚写字时候的纸张，照着秦氏的笔迹仿写了一封书信。

写完之后，赵思年将仿写的信放在了楚楚的床头。

一切都做好之后，赵思年就怀抱双肩，坐在楚楚的床沿，闭上眼睡去了。


等楚楚醒来的时候，已是一个时辰之后了。

她稍微动了动身子，赵思年就立刻警醒过来，陌生的周遭让他的目光异常凌厉，还带了一丝狠绝。

"表哥，我怎么睡着了？"

甜糯的声音让赵思年想起来了，他在楚楚家，不是穷凶极恶之地。

他看向楚楚的时候，脸色重新又换回了温和："可能你在长身体，所以就睡着了。"

"哦……"楚楚醒了一会儿，虽然还有点瞌睡，但惦记着她爹娘，就从床上爬起来，"我去叫爹娘吃饭。"

刚睡醒就找爹娘，看来她很喜欢她爹娘。

赵思年往后院看了看，摇了摇头。

"咦？我爹娘怎么不见了？"楚楚疑惑的声音从隔壁传来，她大声问道，"表哥，我爹娘去哪里了？"

赵思年就像什么都不知道似的，脸色比她还奇怪："我才来你家，我怎么知道舅母舅父去哪儿了。刚刚他们还在的。"

楚楚想了想，觉得赵思年说得很有道理，于是开始翻箱倒柜地找东西。

赵思年看着她小小的身子爬高爬低，这对她来说着实有些不方便，于是他问："在找什么？"

"字条。"楚楚道，"如果爹娘出去了，肯定会给我写个字条，告诉我他们去哪儿了。"

赵思年看了一眼放在楚楚枕头旁边的仿写信。

因为她睡觉不安分，仿写信已经被她不知不觉地弄到了枕头底下，只露出小小一角。

难怪她看不到。

赵思年把仿写信从枕头底下拿出来，明知故问地道："这个是吗？"

楚楚歪头看了一眼，点点头："对。"

她跳下小板凳，把信拿过来，仔仔细细地看了一遍。知道爹娘是外出挣钱养她了，她的眼眶一下子就变得红彤彤的。

好在有表哥一家出去挣钱在先，所以她很快就接受了这个事实。她说："娘叫我跟着你走，以后别回来了，还说等她挣够了钱，就会在城里买个大房子，然后接我回家。"

"那我们现在就走吧。"再晚一些，天可就要黑了。一入夜，她的处境就会很危险。赵思年看了一眼对这里恋恋不舍的楚楚，低声问："既然舅母舅父都不在这儿了，你还有什么怀念的？"

楚楚看了看一穷二白的家，小声道："我从小就在这儿长大，这里就是我的家。"

对于一个从来没出过小村子的孩子来说，忽然要远走他乡，的确没那么容易。赵思年走到楚楚跟前，轻轻摸了摸她的头，声音尽量放柔和一些："还记得他们最后怎么交代的？"

"记得。"想到爹娘的交代，她的声音里带着浓浓的哭腔。

察觉到她在哭，赵思年道："抬起头来。"

楚楚一抬头，眼泪就吧嗒吧嗒地往下掉。

那么漂亮的脸，却被泪水沾湿……赵思年眉头一皱，伸手擦掉她的泪，然后开口："舅母说，以后我在哪儿，你就跟到哪儿。从今往后，我是你唯一可以相信的人，对不对？"

白纸黑字，她记得清清楚楚的，点点头："对的。"

赵思年又道："你爹娘既然把你交给我，就证明他们是完全信任我的。那你呢，你愿不愿意信任我。"

楚楚看着赵思年的脸，回答："愿意。"

赵思年松了口气："既然愿意，就去收拾东西吧，天黑之前，我们必须离开。"

"好。"楚楚就乖乖去收拾东西了。

赵思年再次来到院子里，仔细查看周围地形，又看了看周遭的花草树木。片刻之后，他找了舒服的姿势，斜倚着院中老树，看着日落西沉。

老树上的乌鸦一声一声地啼叫，似乎在为谁哀鸣。赵思年没来由听着心烦，朝树上扔出几根银针。

银针精准地射在乌鸦的喉头，不一会儿，几只乌鸦张着嘴，却再也发不出声音了。

院子里瞬间恢复了安静，赵思年开始闭目养神，但不知怎么，只要他一闭眼，眼前浮现的就是那小小的身影，还有她跪在她爹娘尸骸面前一遍遍叫他们起来的画面。

"麻烦，真是麻烦。"赵思年的语气里多了几分急躁。

楚楚收拾好行囊之后，赵思年打开看了看。除了秦氏留给她的珠宝首饰之外，剩下的就是一些字画。

没等赵思年开口，楚楚就主动解释："那些东西是娘留给我的，字画是爹的宝贝，我绝对不能丢。"

原来是这样。赵思年心里大概有了数，就问："那你的呢？你就没有想要带走的东西？"

楚楚摇摇头。

很好，轻装上阵就会走得更快。赵思年摸摸楚楚的头："我们走吧。"

说罢，赵思年抬脚往前面走。走到门口时，却不见身后的人跟上来，他转过身，正要叫人，却看见她那张小脸的神色很是复杂。

他抬头看了看天，天上已有几颗星子出现，再过一会儿可就要彻底黑了……

他不禁有些烦躁，但想到来这里的目的，他只得忍耐着问："你可还有什么顾虑？"

想到过去他们在一起的种种，楚楚有些不高兴，撇着嘴道："我娘说，每次我们一起出门，你都会牵着我的手，这次……你怎么不牵了？"

牵手？赵思年有些头疼。他庆幸，她真的有个表哥，而且她表哥在她的记忆里还对她很好，但糟糕的是，他从没牵过别人的手。

只是眼下，他必须要牵……

赵思年看着耷拉着头、来回抠着自己手指的小女孩，以一种极不自然的姿势牵起了她的手："这下可以走了？"

楚楚点点头，冲他甜甜地一笑。

赵思年就这么牵着楚楚的手走出了楚家的院门，然后跨马而上，带着楚楚往正东面奔去。

这是楚楚第一次骑马，她害怕自己会掉下去，所以一直紧紧抓着赵思年的衣襟，紧张之余，又稀罕马儿竟然跑得这样快，周遭树木不停地从她眼前掠过，马蹄所踏之处，把蝴蝶、蜜蜂惊得慌忙逃窜，也把花朵踩得零落成泥。她惊问："表哥，我会不会掉下去？"

赵思年答："不会，我骑术很好。"

楚楚又问："表哥，我们这是要去哪儿？"

赵思年答："先带你去城里歇歇脚，明儿继续赶路。"

楚楚仰着头看着赵思年："赶路，是回你家吗？"

赵思年说："不错。"

楚楚歪了歪头，看着离她越来越远的家，也不知什么时候才能见到爹娘，眼眶又忍不住开始泛了红。过了好久，她才问："表哥，在我爹娘没回来接我之前，我就只有你了，你会对我好吗？"

那语气里带了几分难过，还有几分不安。赵思年想让她安心，于是道："会。"

这下，楚楚的脸上终于又有了笑容。她往赵思年的怀里钻了又钻，跟赵思年发誓："表哥，我也会对你好的。"

对他好？

赵思年的嘴角不禁露出笑容："坐好了，我们要快些去镇里。"

楚楚紧紧贴着赵思年道。

"坐好了。驾！"赵思年狠狠踢了一下马腹。马儿立刻跑得比刚刚更快了。


蝴蝶村离江离镇并不远，在天彻底黑下去的时候，赵思年带着楚楚来到了镇上。为了安全起见，他带楚楚住进了镇子上最繁华、顾客最多的别月驿站。

别月驿站里来来往往的都是人，楚楚虽然见过人，但从来没有见过这么多穿着漂亮衣服的人，一时好奇，忍不住东看西看的。

赵思年带着楚楚在窗边的桌子坐下，给她点了一只鸡。

楚楚饿得要命，吃得格外香。

赵思年见她喜欢，就问店小二又要了一只。

上第二只鸡的时候，楚楚就吃得差不多了。吃饱喝足之后，她才发现赵思年只看着她，都没动筷子。于是她把烧鸡往赵思年的面前推了推，甜甜地道："表哥，你也吃。"

赵思年这才开始动筷子，他一边慢条斯理地吃着饭，一边跟楚楚道："这世上有很多坏人，有些坏人长得面相很凶，脾气很大，但这样的坏人并不可怕……"

"为什么不可怕？"楚楚打断赵思年，"这样的坏人，会把人吓哭吧？"

赵思年道："一眼看出对方是坏人，你就能对他心生防备。有本事的人，会把这个坏人治得服服帖帖。没本事的人也会绕道走。对不对？"

说得很在理，楚楚点点头。

赵思年继续说："因此这种坏人，顶多也就是骂骂人，打打架。只要你诚心想要防备这种人，总能见不到他。所以我说，这种人并不可怕，因为你能找到应对之法。"

听起来也很有道理，楚楚点点头："知道了。"

"但是还有一种坏人，他长了一张和善的脸，平日里说话也与你和颜悦色，你若有了困难，他也很乐意帮助你。然而他好人的外貌下，却藏着一颗杀心。如果遇到这样的坏人，绝大多数人都会死。"

楚楚眨了眨眼，关于死什么的，她完全不明白那是什么。

女孩儿的懵懂让赵思年叹了一口气。他打了个比方："如果人死去了，就会没有呼吸，没有知觉，你叫他，他听不见，他会一直躺在那里，一动也不动，然后慢慢地，他就会腐烂掉，最后变成一具骨头。日子再久一些，骨头就会化成灰，风一吹，就四处飘散，连个渣子都找不到。"

那也就是说，这个人会从这个世上彻底消失。楚楚的眼睛里终于多了一丝恐惧，她问："那像好人的坏人，在没有下手杀人之前，谁也看不出来他是坏人吧？"

终于上道了！赵思年心中不免有些安慰，他道："对，所以出门在外，不要对任何人和任何事有好奇心。除了我，其他的所有，你一概不许多听，不许多看，不许表现出好奇心，不许表现出软弱。你一定要让自己看起来很强大，这样别人才不敢欺负你。"

楚楚"哦"了一声，明白了："我会努力变强大的。"

"我会教你的。"赵思年已经想好了，回去就让她学武。他不能让她看起来瘦瘦弱弱的，虽然她强大不强大对他来说都无所谓，但她现在都长得这样好看，将来一定也好看得要命。等她长大了，肯定想出去玩儿，有武艺在身，他也放心她去玩儿。这么一想，他又加了一句："只要你不怕吃苦，我会好好教你。"

"我不怕。"楚楚立刻保证，"我很能吃苦的。"

就这么一边聊着，一边吃着，他们吃完之后正好月上柳梢。他问："困吗？"

楚楚点点头。以往这个时候，她早就睡下了。

"走吧，我带你去休息。"赵思年起了身，领着人往楼上走。

这一回，楚楚紧紧跟在赵思年身边，不管外人的衣衫多鲜艳华丽，她的目光都不会再被吸引过去了。甚至有人离她稍微近一点的时候，她还知道往赵思年的身边靠，这让赵思年的唇角勾了勾。

赵思年低头看着紧紧挨着他的少女。

她看起来……很好带。

看着楚楚睡下之后，赵思年又回到了楚家。

他知道，这些凶手既然避开村民杀人，就一定会趁大家睡着之后再动手。算算时辰，他们应该差不多来了。

他跃上门口的粗壮柳树，躺在树干上，跷着二郎腿晃呀晃，仔细看着周遭的动静。

果然，不一会儿，村的东边出现了三个黑衣人。他们飞檐走壁，正往楚楚家方向这边靠近。

月光清亮，那些黑衣人被树上的赵思年看了个一清二楚，但只看了几眼，赵思年的眼底就出现了几分不屑——这三脚猫的功夫，还不值得他大费周折。

接下来，就是有怨报怨、有仇报仇的时候了。

这种时候，他最喜欢了。

他身轻如燕，脚步生风般转瞬飞上楚家的屋顶。

他坐在屋檐处，双腿垂下来，在空中晃呀晃。

晃了一会儿，也没见里面的几个人出来，他顿时就有几分不耐烦了。

既然敌不动，那么他来动。他从怀里掏出火折子，放在嘴边吹了吹，吹亮之后，他把火折子在手里转呀转，朝屋里喊："里面的人是老鼠吗？偷偷钻到别人家翻东西，明明听到外面有响声，还不敢出来看。真是丢人现眼。"

里面的人听到外面的声音带着几分青涩，一个胆大的壮汉提着刀就出来了。

壮汉一到院子，就循声往屋顶望去，看到说话的人是个身穿一袭黑衣的少年郎。

那少年眼里含笑，正低头看着壮汉。

也不知怎么，那少年的笑，让壮汉没来由地背脊生凉。

就好像眼前的人……是个邪物。

壮汉握住大刀的手忍不住发着颤，他忍着惧意朝屋顶上喊："一个娃娃，还敢口出狂……啊——"

"言"字还没说出口，那壮汉就惨叫了一声。

里面的两个人从戳破的窗户里看到……张二的左眼被火折子戳瞎了。鲜血从张二的左眼里往外涌，流了张二一脸血。

这能是一个娃娃干的吗？

一个娃娃，怎么可能在黑夜里从屋顶上把火折子正好扔到张二的眼睛里？

他分明是个武林高手！

还是个下手快、准、狠的高手。

两个人本来想出去帮忙，但看到张二的惨状，谁都不敢贸然出去。

"我杀了你！"张二嘶吼着提起大刀一跃而起，径直冲向赵思年的方向。

但人还在半空中，就被从屋檐飞下来的黑衣少年一脚踹在胸口。只听张二一声闷哼，从半空快速摔落下来，接着狠狠砸在地上，之后就一动不动了。

张二的眼珠子还瞪着半空，脸上是不可置信的表情。

同样不可置信的还有屋子里的两个黑衣人。

那少年仅仅只是踹了一脚，张二就活活被踹废了。

张二可是他们三个人里最孔武有力的啊……但少年却像一片叶子一样翻跃落地，没有发出半点声响。这样上乘的轻功，他们混迹江湖二十余载，从来也没见过，也从来没听过！

砰！

赵思年一脚踩上张二的头，头骨发出碎裂声，脑浆混着鲜血一起往外流。

张二那颗完好的眼珠子从碎开的脸颊掉了出来，咕噜噜地跑出去很远。

呕……

屋内一个稍微瘦一些的男人开始弯腰吐了。

另一个吓得额上不停往外冒着细汗。

这是什么妖怪！杀人就杀人，何必要杀得这么骇人！

赵思年缓缓转过身，朝着门口的方向微微一弯唇，笑着问："也该看够了吧，还不出来？"

他知道他们在看他……

两个黑衣人早就吓得双腿发软，连走一步都不可能，更何谈出去？

"少侠，我们有话好好说。"偏瘦的男人斗胆开了口，祈求赵思年，"我们也只是混口饭吃，不管你要什么，我们都可以满足你，"

"哦？"赵思年语气轻扬，朝门口走近了几分，"是吗？"

"是。"那人紧张地吞了吞口水，却对着身旁的男人悄悄使了个眼色。

个人稍高的男人立刻会意，悄悄拿出飞镖，对那人点了点头，以示明白。

那人因为太过害怕，连声音都在发颤，却强作镇定："真的，不管你想提什么要求，我们都会满足你。"

赵思年邪魅一笑："隔着门，我怎么能看到你们的诚意。"

那人擦了擦额上的细汗，细细斟酌片刻，斗胆开口："少侠可是为悬赏金而来？她的人头价值白银万两，少侠放过我们，我们给您白银二万两，您看如何？"

赏金？

楚家竟然被悬赏了？

啧！

真是麻烦。

比他想象中还要麻烦。

隔着一道门，两个黑衣人都能感觉到少年身上的戾气更重了。他们不由得又打了个哆嗦。

意识到眼前的少年太不简单，个头稍高的男人唯恐错过了暗杀的时机，遂不敢再耽搁下去。他抬手准备扔飞镖，可手才抬起来一点点，一根银线就从外面捅破了门，牢牢锁住了他的手。

"不是说我不管提什么要求，都会满足我吗？"赵思年邪魅一笑，露出的白牙在月色下瘆人恐怖。

他如阴间厉鬼一般，飞快移到了屋子里，与此同时，银线顺着个头稍高的男人的手腕，将两人捆绑得结结实实。

这是什么邪门功夫！

那两人俱是一愣，清醒过来后，害怕的感觉瞬间遍布全身。

"少侠，你听我解释……啊——"

偏瘦的男人还没解释，他的胳膊就被银线硬生生地割断了。断掉的那只胳膊恰好就落在他的脚下，鲜血从伤口处不停地往外流。

滴答，滴答……

血滴落在地上的声音打破了屋内的寂静。

"我看起来很傻吗？"赵思年勾唇笑问。

偏瘦的男人吓得根本说不出话来，只好侧目看向个头稍高的男人。

偏瘦的男人这一侧目，才发现银线不知什么时候勒在了个头稍高的男人的脖颈，不，更确切地说，是锁伤了气管。

气管断裂，可个头稍高的男人还在大口大口地呼吸。

气管处的鲜血随着呼吸变成了血沫儿，血沫儿喷到了偏瘦的男人身上。

偏瘦的男人吓得脸色惨白，他明白这个时候，自己的同伙是发不出声音了。为了活命，他只能硬着头皮回答："少侠……少侠不傻。"

赵思年微微点头，对他这回答还算满意。赵思年朝他走近几步，居高临下地问: "既然你认为我不傻,那为什么想暗算我?"

"我……我没想……暗算……"

咔嚓。

后面的话还没说完,偏瘦的男人的另外一只胳膊被银线割断了。

但偏瘦的男人连痛都不敢表现出来,只两眼祈求着少年,希望少年能留他个活口。

赵思年又偏头看向个头稍高的男人: "你这位朋友不太会说话,换你来说。"

"回……少侠……"个头稍高的男人已经发不出声音,努力在用气说话,一开口,血沫子喷得到处都是。

这场面看着要多骇人就有多骇人。

但赵思年看着这骇人场面,竟还笑了笑。

这个笑让个头稍高的男人觉得他更恐怖了,唯唯诺诺地回答: "我错了。"

"嗯。"赵思年认可个头稍高的男人的认错姿态,拍了拍他的脸, "还是你会说话。"

而后,赵思年动了动手中的银线,偏瘦的男人的左腿就断了。

偏瘦的男人狼狈地倒在地上。被捆绑在一起的个头稍高的男人也随着一起倒了下去——

正好倒在了偏瘦的男人那条断了的腿上。

偏瘦的男人痛得五官扭曲,却紧咬牙关也不敢叫痛,只粗粗地喘着气。

"求……求少侠,让我快点死……死吧。"气管没有完全断裂,但呼吸已经变得十分困难,个头稍高的男人心里清楚,他只不过在苟延残喘,他活不了了,少年也没想让他活着,既然求活不能,那求死呢?

个头稍高的男人试着求个痛快死法,他一边口吐血沫子一边说求饶："少侠，求求你……求求你……

赵思年故作认真地想了想，随后笑着摇头。

"为什么？"偏瘦的男人浑然不解，"我们不活了，难道也不行？"

赵思年低头看着两个欺弱怕强的东西，虽然这两个东西都让他觉得恶心，但这个偏瘦的男人更让他恶心。

从小到大，他最讨厌说话不算数的人。

所以他狠狠地踩着这个人的脸，踩得这个人的脸血肉模糊以后，才觉得心情舒畅。他愉悦道："他是一心求死，但你方才还想杀我。"

偏瘦的男人痛得昏死过去，再发不出任何一个音了。

但赵思年没有就此罢休，他先卸掉了这偏瘦的男人仅有的一条腿，最后又用内力震碎了他的心脏。

旁边气管断裂的男人满目震惊，这辈子他杀了这么多人，也见过太多人杀人，但从来没见过这种杀人方法的。

就好像……就好像他们成了这个少年的玩物。

这个少年……也许最开始的目的，就是要把他们一点点地肢解掉！

但扪心自问，他们并没有得罪过他。

也从来不知道，江湖上还有这么一号喜欢肢解活人的变态……

很快地，稍高的男人就没空多想了，因为那少年把他的同伙儿活活玩死之后，目光就缓缓地移到了他的身上。

明明是充满笑意的眼眸，但那双眼眸却是阴冷至极，让他不寒而栗，但他连呼吸都快要停止了，还谈什么求饶？

赵思年盯着那双满是绝望的眼睛，笑容更多了。赵思年收了银线，让他获得短暂的自由，同时，赵思年从袖子里拿出一把短刀，扔到他面前："我看你还算顺眼，你要不要试试痛快点儿死？"

原本闭上双眼的人瞬间就睁开了眼睛，带着一丝期望看向赵思年，仿佛不敢相信突然而至的恩赐。

"我数三声，如果你不动手，那我可就看着你慢慢地死掉了。"赵思年说完，就开始倒数，"三，二……"

"一"还没说出来，个头稍高的男人就使出浑身的劲儿去拿短刀。他好不容易拿到了刀，正要彻底割断自己喉咙的时候，赵思年却弯下腰握住他的手，用他的手割掉了他的手脚筋脉。他疼得青筋暴起，却是一个字都说不出来了。

这少年，他说话不算数！

他很想这么说，但他已经呼吸不上来了，犹如干涸的鱼，只能大口喘着气。

"我给了你机会，只是你动作太慢了。"赵思年一边说着话，一边用小刀将男人的脸全部挑花。

"为……为什么……"他的唇齿张张合合，终于将这三个字拼凑出来。

赵思年摸着下巴想了想，笑道："如果我比你们弱，你们也不会让我好过。我不过是以其人之道还治其人之身。"

之后，他继续对那人进行肢解。

直到把那人活活折磨致死，赵思年才算心满意足。

肢解完，赵思年把两具七零八落的尸体胡乱塞进麻袋里，而后将血腥的屋子打扫干净，背着麻袋以轻功去往几里外的山上。

那山上有豺狼，因为异常凶猛，故而一到夜幕降临，山上就无人敢来。

山上能吃的野味已经被豺狼啃食干净，久而久之，那些豺狼都饿得皮包骨头，开始啃食野草。

这时几个豺狼正围在一起打盹，忽然闻到了血腥味，瞬间就龇牙咧嘴，看向了树上。

树上的赵思年把麻袋打开，将碎掉的尸体往下倒。

饿狼立刻扑上去，将那些骨头都吞食入腹。

赵思年坐在树干上，心情愉悦地欣赏着这幅饿狼扑食图。

等骨头被啃得干干净净，饿狼们又开始看向树上的人。

赵思年厉声一喊："滚！"

那些饿狼们被吓得尾巴一夹，迅速逃散了。

这年头，连畜生都挑软的欺负，所以人们欺软怕硬也没什么好稀奇了。

行走江湖，要想过得潇洒自在，就必须得有真本事。

赵思年看了一眼天上的月，再过一阵子，天就要亮了。

他得尽快回到楚楚身边。

想到楚楚，赵思年就忍不住叹了口气，那么弱小的小女孩，弱小到随便一个人都能掌控她的命运……

在这弱肉强食的年代，他一定得让她强大起来。

但在她强大之前，他得先把身上这股子血腥味洗掉。

赵思年轻轻踮脚，身轻如燕般在树林里穿梭，不一会儿就来到了一个湖边。

湖水清澈见底，倒映着弯弯的一轮月。

赵思年脱去衣衫，踏入湖水中。

湖水泛起涟漪，月亮被打散，散成了点点月光。

赵思年捧了一手的水，将脸上血迹洗得干干净净。

没了血迹，他就少了几分戾气，多了几分英气。

洗完澡之后，赵思年看了一眼湖边的血衣。

那些衣衫铁定是穿不成了，他在岸边架起了篝火，将血衣烧得一干二净，重新换了干净的衣衫，又将头发暖干之后，才以轻功回了客栈。

回到客栈时，天色还没亮，楚楚还睡得正香。

赵思年就坐在楚楚的床沿，盯着她看啊看。

杏眼，樱桃唇，柳叶眉，瓜子脸。脸蛋白皙，性格乖巧。真是越看越好看，越看越喜欢啊。赵思年一个没忍住，就伸手摸了摸楚楚的头发。

忽然，赵思年就抬手给自己脑门儿一巴掌。

他这是在干什么？

堂堂男子汉，理当志在四方。他怎么能这样摸一个女孩子的头发！

"表哥……"楚楚迷迷糊糊地醒来，就看见赵思年阴沉着脸，她瞬间就清醒了，一下子爬起来往后躲得好远。

他看起来很可怕？

赵思年看着因为害怕而浑身发抖的楚楚，指了指自己的脸："我是谁？"

"是表哥。"

"表哥看起来很可怕？"

楚楚先点点头，然后又摇摇头。

这到底是可怕还是不可怕？

赵思年尽量让自己看起来和颜悦色："如果我不可怕，你为什么要躲？"

为什么一定要躲？说他像坏人，肯定会叫他伤透心，毕竟是她亲表哥啊，以后她还要跟着他过日子呢。楚楚支支吾吾，哼唧半天，但说不出一句话。

赵思年见她实在说不出什么，也不再多言，只是伸手摸了摸她的头，问："饿了吧？"

楚楚老实回答："饿了。"

"你先起来洗漱，我去下面叫些吃的。吃饱了，我们就回家。"

赵思年说完，起身就要出去。

只是刚起身，就被楚楚拉住了手。

他低头，看着那只白嫩的小手。以往他要走，从来没人敢留。这是第一次有人拉住他，但这种被人拉住的感觉，他一点也不讨厌，甚至……有些喜欢。

"怎么了？怎么拉住我又不说话？"赵思年低声问。

说谎一定会被赵思年发现，那不如实话实说，楚楚豁出去了："你不可怕，就是刚刚的样子有点凶，我一时不习惯。但你不可怕，我不害怕你。"

颠来倒去地说着不害怕，但瘦弱的小身板还在发抖，摆明了还是害怕。看来他刚刚一定很凶。

这口是心非的样子，让赵思年忍不住叹了口气。他耐心地解释："我经常跟坏人打交道，所以只是看起来凶一点。"

楚楚不太明白其中的因果，但她不懂就问："只要看起来凶一点，坏人就不敢乱来吗？"

"嗯。"赵思年想了想，又道，"以后我在你面前，尽量温柔一些。"

"没关系的。"楚楚咧嘴笑笑，"你以后一直对我凶，我就会习惯了。"

一直对她凶？

那万一以后有个人温柔地对待她，她喜欢上那个人了怎么办？

想到未来可能发生的事，赵思年的脸色一下就拉了下来。

这模样看起来，比刚刚还凶……

这让楚楚好不容易平复的心情，又开始变得紧张了。

赵思年从楚楚的脸上看到了惊恐，赶紧转过身，深吸了几口气，缓和了心绪后，才道："我会改的，你不用习惯我。"

楚楚有些不信："真的？"

赵思年回答："真的。"

楚楚道："你真好，我也会对你好的。"

赵思年回头看她，看到她的脸上有了几丝笑容。

就是这一丁点的笑容，好像能融化他的骨头，让他快要走不动路……

两人吃过饭，赵思年就带着楚楚离开了。

这是楚楚第一次出远门，路上不管看到什么，都是一副好奇的模样。

但凡楚楚的眼眸在一样东西上停留两次，赵思年就会把它买回来。

于是一路走，一路买，东西越来越多，两人只好从骑马变成了坐车。

赵思年赶马车，楚楚就坐在里面吃甜点。

如果赶车的时间稍微长了点，楚楚认为赵思年会觉得闷，就把头伸出来，跟赵思年说说话。

赵思年知道楚楚的心思，为了让她也不无聊，就跟她讲起了他路上听到的好玩儿的事，还有那些他见过的南北风光。

听到塞北的沙漠大雪，楚楚会感到惊奇；听到江南的水乡阁楼，楚楚会一脸向往。

见楚楚一会儿"哇"一会儿"啊呀"地惊叹，赵思年忽然想带她走遍天南地北。

当然了，这个前提得是他足够强大，强大到能震慑所有坏人。

想想楚家的仇敌，赵思年的目光沉了几分。

如果他知道是谁就好了，这样他就能直接杀了对方了事，但偏偏查无可查。

要让楚楚当一辈子的缩头乌龟，他着实不想，但眼下又必须如此。

不能掌控未来，让他很不高兴。

但这种不高兴，他还不能让楚楚看出来，也不能让所有人看出来……

马车嗒嗒嗒地朝前走着，穿过两座山后，来到一片桃花林。

这边桃花开得旺盛，风一吹，桃花朵朵往下坠，粉粉嫩嫩，煞是好看。

楚楚从来没见过这么多的桃花，还开得那么好看，忍不住"哇"了一声。

这一声，成功让赵思年回过了神。

他侧目，看到楚楚一张小脸上都是惊喜，就问："喜欢桃花？"

楚楚点点头："喜欢，好喜欢。"

赵思年唇角微扬："到家了。"

"家？"楚楚睁大了眼睛，"这是我们的家？"

我们的家……

明明简简单单几个字，却叫赵思年觉得有些微妙，心里同时荡漾不少。他颔首："穿过桃花林，就到家了。"

楚楚问："我能走过去吗？"

赵思年："不能。"

"为什么呀？"楚楚耷拉着头，一下子变得没精打采的。

赵思年："等你走过去，天都要黑了。你不饿吗？"

这两天赵思年发现了楚楚一个特点：很容易饿，不管她当时吃得有多饱，撑不过一个时辰就会饿。

咕噜……

赵思年看了眼楚楚的肚子——他想什么，就来什么。

"饿了。"一路上都是她在吃吃吃，就一会儿没吃，她竟然就饿了……她红着脸，有些难为情："那我不走过去了，我们坐马车

044

回去。"

赵思年继续赶马车,但穿过桃花林的时候,却刻意勒马让马儿走得慢些。

桃花淡淡的香味儿让楚楚喜欢得不得了,她的小鼻子像小狗一样不停地嗅呀嗅。有桃花飘进马车时,她还会捡起一朵插在耳朵上,然后歪着头问赵思年:"表哥,我这样,好看不好看?"

赵思年回眸,看到楚楚脸上浅浅的酒窝说:"好看。"

# 第三章　喜欢

大风寨里都是男人，之前也从来没有女人出现过。所以当楚楚出现的时候，大风寨里正在习武的男人们都惊讶得要命，他们盯着楚楚的眼珠子都快要掉下来了。

楚楚从来没被这么多人盯着看，而且那些男人看起来都好可怕。楚楚本来还高高兴兴的小脸，一下子就变得紧张不少，她不停地往赵思年身边凑，最后躲在赵思年的身后。

"表哥……"她小声嘀咕，"他们……我一眼就能看出来是坏人，怎么办，我们赶快跑吧？"

坏人？

赵思年盯着自己的叔叔和弟兄们，摸了摸下巴，正想着怎么跟楚楚介绍这些人，就听见赵瘸腿大声喊了一句："女娃娃，你从哪里来的？"

楚楚惊得浑身一哆嗦，拔腿就要往外跑。

赵思年却将楚楚一把抱在怀里，另外一只手轻轻拍了拍楚楚的背——生平第一次安慰人，所以他还有些不习惯："别怕，他叫赵子沉，因为右腿瘸了，所以我们都叫他赵瘸腿。他虽然嗓门大、面相凶，但实际上心地善良，内心细腻，是个很温柔的人。"

"哦……"虽然赵思年说赵子沉不是坏人，但楚楚不管怎么看，都觉得赵子沉不像好人，温柔什么的，她一点也没感觉到。她再看看赵子沉旁边满脸刀疤的人，趴在赵思年耳边问："那他旁边的呢？"

赵思年看了一眼刀疤男："他叫柯平，武艺不错，除了性子直，没有别的缺点。"

"他也不是坏人？"

"嗯。不是。"

"那……那些拿大刀拿长剑的，都不是坏人？"

"嗯。都是好人。"

楚楚有些迷茫了。她悄悄伸头，往那些人的地方看了一眼，看到他们"凶神恶煞"的目光，又害怕地缩回了头："可我看他们，就是你说的那种……一眼看着就是坏人的那种人。"

"真正的坏人，等我以后慢慢教你分辨。"赵思年把楚楚放在地上，弯腰在她耳边道，"现在，你大声告诉他们，你是谁。"

楚楚看着赵思年道："你让他们认识我，是让他们跟我和睦相处吗？"

"对。"赵思年喜欢一点就透的人，"我是他们的少主，你是我的表妹，有这一层关系，他们就会对你如对我。"

闻言，楚楚挺直腰板朝那些人走过去了。

面对那些"凶神恶煞"的人，楚楚还是有些害怕，但她很有礼貌地道："我是赵思年的表妹，在我爹娘还没回来之前，就要麻烦你们照顾我了。我会很乖，也会很有礼貌。我叫楚归黄，你们可以叫我小楚，也可以叫我归黄。"

楚楚不明白，回来的路上，赵思年为什么要让她改名字，但她相信，赵思年让她这么做，就一定有这么做的道理。

还有，既然赵思年说他们不是坏人，那他们就是好人。

跟好人待在一起，她就不会被欺负了。

于是，曾经的楚楚，现在的楚归黉，冲着那些人咧嘴笑了笑。

这一笑，让她的眉眼弯弯的，眼睛显得更亮了。

赵子沉那几个糙汉，平时都在打打杀杀，过着腥风血雨、刀上舔血的日子，哪里见过这么漂亮可爱的女娃娃，一时间眼睛都看直了。

喀！

赵思年轻咳一声，道："大家都听见了吧，她是我表妹，叫楚归黉。以后，你们都注意些，不要裸着上身走来走去，还有……不要一直盯着她看。"

最后一句，明显语气沉了几分。

几个人听得俱是心尖一颤。大家常年跟在少主身边，谁都知道这时候的少主不高兴了——不高兴的少主会让他们吃尽苦头，大家连忙各回各屋了。

很快，厅堂里就空空荡荡的。楚归黉盯着地上长枪短剑，微微有些出神。

"想试试吗？"赵思年在她身后问。

对于没见过的，楚归黉一概都想摸一摸、瞧一瞧，于是点点头："想。"

赵思年道："那你随便挑一个。"

楚归黉回头看着赵思年："可我不会用。"

赵思年走向她："没关系，我会。"

瞧着地上一大堆兵器，楚归黉有些不敢相信："你都会？"

"嗯。"

"好厉害！"

"不算厉害，只是保命。"

楚归黉从一堆兵器里找到一把小短剑，然后握在手里掂量："它好像不重。"

赵思年道："那就先从它开始学。"

楚归荑把短剑递给赵思年，赵思年接过短剑，在手中转了几圈。正在试剑时，有人从门外跑进来，赵思年将手中短剑朝那人一掷，那人头上的帽子就被短剑刺到后面的木桩上。那人回头看看木桩，再看看赵思年，吓得坐在地上。

"少主，您这是……"

赵思年看向徐淳："教我表妹学用短剑。"

表妹？！

他在大风寨这么多年，就从来没听说少主还有一个表妹啊。徐淳看着赵思年身后满脸苍白的女娃娃："少主，您好像……好像吓着她了。"

吓着了？

赵思年回头，看向楚归荑，只见她脸色惨白，的确是吓得不轻，他问："你怎么了？"

"表哥，你刚刚……刚刚差点杀了他。"楚归荑吓得魂儿都快丢了，结结巴巴地回答。

惊慌的楚归荑让赵思年想起来，她不是大风寨的人，动刀动枪的场面她从来没见过。仅仅这样一个小场面，都能把她吓得成这样，那她以后怎么才能变强大？

"小姐，你别害怕，我们少主刀法准头天下第一。他刚刚没想杀我，他就是想取下我的帽子，让你看一下短剑的威力。"徐淳赶紧把短剑从木桩上拔下来，然后把帽子戴在自己头上，还在楚归荑面前转了个圈，故作轻松道，"看到没？我没事儿，一点事儿都没有。"

"可是……"楚归荑哪里见过这样惊险的场面，心里有好多话要说，却吓得一句话都说不出来。

看着楚归荑欲言又止的样子，赵思年想上前安慰几句，没想到脚步才朝她迈出去，她就吓得连连后退。

扑通……

她身后没长眼睛，被铁锤绊倒，摔了个四脚朝天。

铁锤搁着她的后背，疼得她眼泪汪汪的。

赵思年：……

他到底是带了一个多娇气的女孩子回来啊。

这个想法才冒出头，另一个想法就出现了：她是女孩子，娇气一些是正常的。没关系，这些坏习惯，他都会慢慢帮她改掉。

于是，他迅速移到楚归羹身边，在不碰到她背部的情况下将人抱起来，温声道："剑先不练了，回去让我看看伤着没有。"

这下楚归羹什么都没说，只是把头埋在赵思年的怀里。

"我很可怕？"这是赵思年第二次这么问楚归羹。

楚归羹还是摇摇头："不害怕，一点也不害怕，我会习惯的。"

楚归羹越这样说，赵思年就越想要怜惜她。他轻叹一口气，有些不明白："就算我要杀人，杀的人也不是你，你为什么会害怕？"

"杀人是不对的，杀人就是犯法的。"楚归羹盯着他，"犯法就会坐牢，坐牢了我就会看不到你了，我不想看不到你。"

不想看不到他……

赵思年心里有一处变得柔软起来，他看着怀里瘦弱的一小团，声音不知不觉变得温柔："如果以后我要杀人，杀的是做了错事的人，这样也不可以吗？"

楚归羹往赵思年的怀里又钻了钻："娘说，别人做错了事，可以教他训他，让他知错就改。"

这么说也有道理，但这个道理的前提是坏人还能从良。

如果是根子里都坏透的人，怎么可能听你教训？

赵思年很想让楚归羹明白这个道理，于是循序渐进地问："如果这个人不管你说什么都不听，他只想杀你，你杀是不杀？"

"杀人要坐牢的。"楚归羹好看的眉头狠狠地皱在了一起，满脸写着的都是"纠结"。因为太过纠结，她的小脸也皱成了包子。

赵思年看着"小包子"，心里轻轻地一叹，她到底是年纪小，害怕他被人杀，但又不想让他坐牢。

人不犯我，我不犯人。一个在他看来如此简单又浅显的道理，在楚归荑这里却是难上了天。

"反正杀人要坐牢的。"纠结了好半天，"小包子"还是说了这么一句。

这就是没得商量了。

赵思年明白了她的意思，就拍拍她的脑袋："行，我知道了。我先带你去自己的房间看看。"

"嗯。"她白嫩的小胳膊往赵思年的脖颈处一绕，乖乖窝在他怀里。

大风寨从外头看，像是被桃花林围绕的世外桃源，但从里头看，里面到处都是兵器，刚刚的大厅是，现在的长廊也是。刀枪棍棒，长枪短剑，铁锤飞爪，软鞭长矛。楚归荑盯着那些兵器，眼睛一眨不眨。

这些年，表哥挣钱一定很不容易。要不然，家里也不会放了那么多打架用的东西。

"表哥……"楚归荑再开口的时候，语气里有几分心疼，还有几分难过。

"嗯？"赵思年低头看着怀里的小女孩，她怎么忽然就不开心了？

他再顺着小女孩的目光看过去——她在看一把砍人用的大斧子。

大斧子的斧刃被人磨得又光又亮，在阳光的照射下闪着森森寒光。

原本在他看来，越锋利的斧头用着就越舒服顺手，但现在他瞧着，瞧出来几分阴森。

而前面的长廊两旁，还有比斧头更阴森的东西……

赵思年腾出一只手捂住楚归羡的眼睛，另一只手将楚归羡抱得稳稳当当。

"表哥，我一定会变强大的。"

"很好。"变强大，只有变强大，将来才不会被人欺负。

"这样，你以后就不用被欺负了。"楚归羡吸了吸鼻子。

赵思年：……

他看起来，像是能被人欺负的人？

她对他有什么误会？

"表哥。"楚归羡的声音甜甜糯糯，她紧紧抱住赵思年，像是安慰他一般，还轻轻地拍着他的背，"你放心，我会保护你的，就像我保护我娘那样。"

你看起来……不太像能保护你娘的样子。

赵思年言不由衷："嗯。我等你保护我。"

虽然他不指望被人保护，但听到这些话，还是让他笑了笑。

赵思年穿过长廊之后，在长廊尽头朝南的屋子门口停了下来。他正要用脚踹门，但立刻想到怀里的小女孩，他收回了脚，很礼貌，也很规矩地用手开门。

他住的地方没有兵器，所以一进门，他就松开了捂住楚归羡眼睛的那只手。

楚归羡盯着周围，左看右看，屋子里干巴巴的，除了一张床、一把椅子、一个桌子，其他什么也没有。

没有好看的花儿，没有好看的衣裳，也没有好看的珠宝。

这些年，她的表哥到底过的是什么可怜日子啊。

楚归羡心疼地抱了抱赵思年，用比刚刚还要心疼的口吻道："表哥，我以后帮你一起挣钱。苦日子一定会过去的。"

赵思年：……

她对他又有什么误会。

他看起来像养不活自己的样子？

"不用，我能养活你。"

楚归莫用那种"我知道你在强撑"的眼神看着赵思年。

"真的。"赵思年不得不解释，"我完全有能力把你养得白白胖胖。"

楚归莫眨眨眼："我信。"

但你完全认为我在撒谎的眼神是怎么回事？

赵思年：……

罢了，解释再多也是无用。日后她且等着看吧。

赵思年将人放在床上，正要掀开她衣裳，看看她的背，手就忽然在半空停下来了。

楚归莫感到身后的人明显一顿，就回头看着赵思年："表哥，不是要看我背上的伤吗？怎么不看了？"

赵思年道："你是女孩子，我来看，不太好。"

"但我爹娘都可以看呀。"楚归莫不懂，"爹娘是亲人，你也是亲人。"

那能一样吗？

赵思年完全不明白楚家是怎么教导楚归莫的。

然而从现在开始，她跟楚家就完全没关系了，以后他会好好教的。

他语重心长地道："男女有别，以后不管任何人，就算是我也不可以看你身上任何一个地方。"

男女有别，她知道。她爹娘说过。但亲人为什么不可以呢？

那他刚刚还抱她了呢。

难道抱着……可以？

"抱着也不可以。"看着楚归莫东想西想，赵思年就猜到她在想什么，于是直截了当地堵住了她的想法。

好吧。

他一脸严肃，看起来不像能商量的样子。

那就按照他的意思来吧。

"我听你的。"她冲他甜甜一笑。

俯下身子，赵思年在楚归薁的背上按了按："疼吗？"

楚归薁摇摇头。

"这样呢？"赵思年下手的力道重了几分。

楚归薁点点头："有一点点。"

赵思年站起身，心里有了数，对楚归薁道："你先好好休息，我去给你拿药。"


当赵思年将药拿回来的时候，楚归薁就那么趴着睡着了。

还睡得很甜。

赵思年手脚放得很轻，将药瓶放在床头，悄无声息地退了出去。

出了房门，赵思年将寨子里管事儿的几个人叫到了一起，四个人齐刷刷地坐在离楚归薁睡觉的屋子很远的听雨阁。

听雨阁不远处，有不少人在练剑比试。

被打倒的人，有的立刻爬起来继续跟对面的人比试，有的被打趴下之后爬不起来，鲜血顺着他的身上流得满地都是。

受伤的人会有大夫赶来救治。

好在下手的人也有分寸，不会找人命门去攻。

所谓的分寸，还是赵思年立下的规矩：想要身手好，没有别的诀窍，唯有抱着必死的决心去拼杀。只要不把人打死，随便怎么打。

所以这些年，大风寨的弟兄们迅速成为江湖一带赫赫有名的高手。每一个人拎出去，都能独当一面。

赵思年的目光从弟兄们的身上收回，缓缓开口："以后寨子里的兵器，不要放在显眼的地方。"

噗——

张达一口酒喷了出来，喷在了对面冯树的脸上。冯树也是一脸吃惊："思年，你把我们叫到一起，就为了说这个？"

"不然？"

什么不然？以往把他几个叫到一起，肯定是为了商讨扩充领地、抢占高地、巩固边地这等大事。他们都准备撒开手大干一场，结果就跟他们说这个。

说这个？

喀——

赵炜咳嗽一声，打破了大家大眼瞪小眼的尴尬。他率先出声："思年，你让我们这么做，是因为楚归羡？"

赵思年点点头。张达跟冯树互相看着彼此，惊得下巴都要掉在地上。

赵炜看了一眼更加诧异的两个好朋友，开口道："我是家里独子，根本没有什么秦氏那样的亲戚，楚归羡自然不是我的侄女……不过她的身份对我来说并不重要，我且问你，楚归羡确定要留在大风寨？"

赵思年再次点了点头："确定。"

大风寨向来只收男人，不收女人。这是规矩。赵炜顿了顿，问："我能……问问原因吗？"

"她可能是我未来的妻子。"

赵炜：？

张达、冯树：?!

少主前几天突然觉得心烦，就跑出去散心了，怎么散心回来，就好像完全变了一个样儿。

带回来一个漂亮可爱的小女孩也就算了——这个小女孩还是他未来的妻子?!

他们看着少主长大，从来都不知道，少主还有这种……这种癖好。

喀。

他们的眼光太过赤裸裸，赤裸裸地好奇。

赵思年忍不住咳嗽一声来掩饰："我说……她有可能是我未来的妻子只是……一种可能。"

但就是这个"可能"，都够让人浮想联翩了啊！

"行了，思年的事儿，他自己能做主。"赵炜最后开口，"他要我们怎么做，我们就怎么做。"

也是，自从思年开始掌管大风寨之后，大风寨的队伍日益壮大，从以前东躲西藏被人追着打的窘境，已经变成了如今能自给自足、衣食无忧、抵御侵犯的好生活。冯树想到这些翻天覆地的变化，忍不住点了点头，道："少主心有城府，我等自然无须担忧，只是这个小女孩忽然住在这里，她爹娘那边……"

"都死了。"面对看着他长大的长辈，赵思年坦诚心扉，"我见她心思单纯，又与爹娘感情很好，就与她撒谎，说她爹娘出门做生意挣钱去了。这一点你们都要记住，以免日后说漏嘴，惹她伤心不快。"

冯树道："你交代的事，我们自然照做。"

赵炜也道："放心吧，我既然是她姨父，自然会疼她爱她。"

只有张达保持沉默。

赵思年神色平静地看着张达，在等他表态。

张达本来不想说，但被赵思年看得有些不自在，只道："她爹娘是因为什么死的？"

"病死，明面上。"

"那实际上呢？"

"我看不出。"赵思年略去了杀刺客的地方，直接道，"也许是无意间惹到了什么人。"

知道赵思年向来说一不二，但张达想到楚家这些糟心的破事儿，还是忍不住提醒道："大风寨有规矩，不接收来路不明、自身有麻烦、阴险歹毒的人。楚归荑是其二……"

"她有可能是我未来的妻子。"赵思年沉声打断了张达，"也就是说，她将来是大风寨的女主人。"

见赵思年坚持，张达道："少主放心，就算楚家真的招惹了什么了不得的坏人，凭我们大风寨的能力，也能把那些坏人打得屁滚尿流。"

赵炜道："对，现在楚归荑是我侄女，谁敢给我侄女找不痛快？我可是大风寨明面上的大当家。"

冯树跟着道："就是，少主放心，现在楚归荑就是我们的宝贝，我们肯定会呵护她。"

虽然目的达成，但……他们满脸都是"他拐了一个小女孩当妻子"的表情，让他心里很别扭。

但仔细想想，好像是这么回事。

但如果十年后的自己没有来找他，他能干这种事儿吗？

赵思年心里有点闷闷的，奈何又不能对他们讲事实。

毕竟遇见十三年后的自己这种事儿，他当时亲眼所见都觉得荒谬，更何况只是道听途说。

他太了解赵炜跟冯树他们了，只怕会越描越黑。所以赵思年决定什么都不说，只是理了理并不凌乱的衣袍，起身离开了听雨阁。

出了大风寨，赵思年以轻功去往铭山。

在动身前往蝴蝶村救楚归荑之前，赵思年先把已经昏迷的二十六岁的赵思年安置在了附近的山洞里。当时他跟老天爷赌了一把，赌命硬如自己的人，性命不会轻易丢掉。所以他给二十六岁的赵思年留了足够的食物。如果他能扛过来，也许……

赵思年轻车熟路地找到了二十六岁的赵思年的藏身之地，结果发现他不见了。一起不见的还有那些食物。

不见了也好，至少他没有死在这里。

赵思年心中稍微松了一口气，他可不想自己会在二十六岁这一年死去。

本想找到二十六岁的赵思年之后，他再好好问问有关他未来十三年的事，眼下既然没碰到人，也许冥冥之中自有天定。

天定的事，谁也无法改变。

但改变不了，不代表就要逆来顺受。

他定要与天搏一搏，将那命运扭转。


回大风寨之前，赵思年去了一趟集市，买了一些甜食，还有一些小女孩儿穿的衣服。

他面相太凶，卖东西的老妇都是哆哆嗦嗦地把东西递给赵思年。

赵思年：……

再往前走走，赵思年看到漂亮的头绳儿，想到漂亮头绳儿扎在小女孩儿头上的样子，就顺手买了一些颜色明亮的。

尽管他这次面色已经温和许多，但他看起来实在不像个善类，卖头绳的妇女吓得连钱都不敢要。

赵思年：……

不要也得要。赵思年朝那妇女扔了钱，转身就走。

路过做首饰的铺子，赵思年又买上了一些。这次卖家依旧是吓得哆哆嗦嗦，但因为首饰太过贵重，卖家几乎是硬着头皮才敢接了赵思年的钱。

再一次，赵思年：……

他看起来就那么不像个好人吗？

平时很少出门买东西的人，现在不由得开始怀疑自我。

想到那些卖家对他的态度，再想想楚归荑对他的态度，他突然觉得楚归荑看起来要可爱许多。

赵思年回来时，楚归荑已经醒了。

当时她正趴在床上晃着脚丫，还东瞧西看地，听到门外有脚步声传来，她立刻趴得好好的。

赵思年推门进来，看到小女孩转头看着自己，于是挤出来一个自认为十分温柔的微笑："好些了吗？"

楚归荑点点头："你找的药可灵啦，我用了以后，很快就不疼了。"

说着话，她的目光就盯着赵思年手上的大包小包。

赵思年把东西一股脑儿都放在楚归荑床上："吃的、穿的、用的，你看看还缺什么，缺什么我再去买。"

楚归荑"哇"了一声，忍不住夸赞："表哥，你想得真周到。"

"楚楚，我看起来，是不是很凶？"想到集市上那些人的反应，赵思年脸色有几分不自在。

楚楚从眼花缭乱的一堆东西里抬起头，看着正等她回答的赵思年。他的脸相确实有点凶巴巴的，但是比起油腻、满嘴瞎话的村长来说，他这种凶巴巴又算得了什么呢？所以她很真诚、很坚定地道："表哥，你就是再凶上好多好多，我也喜欢。"

再凶她也喜欢。

赵思年心里默念着这句，忽然就笑了。

接下来的十几天，楚归荑一直都是在床上躺着的。她只是不小心摔了一下，而且认为自己早就好了。只是表哥太把这事儿当成事儿了，让她一直躺着不说，还专门找了一个人照顾她。

那个照顾她的人叫张大花。一开始照顾她的时候，张大花还有些胆怯。她不停地跟张大花聊天，两人关系才慢慢拉近了好多。

几天之后，张大花主动跟楚归荑说起了自己的身世。楚归荑这才知道，她爹娘都被土匪打死了，是赵思年把她从土匪手里救回来的。

这是楚归荑第一次知道，原来打人，是可以把人打死的。再看着张大花的时候，她的眼里多了几分心疼。没爹娘的孩子没人疼，要是再离开大风寨，还不知道要过什么苦日子。

一想到这儿，楚归荑就拉着张大花的手："往后你无亲无故，我便与你姐妹相称。你比我大，就是我姐姐，以后我就是你妹妹了。"

张大花惊得又哭又笑："是赵思年让我重生，我会好好报答恩人，细心照顾你。如今你又给我一份温暖，我定当将这温暖妥善珍视。"

楚归荑连忙摆摆手："说这些就未免太严重了。"

如果不是张大花照顾她细致入微，又待她真心实意，她又怎么会认张大花当姐姐。

"此生此世，若我背叛今日所言，就让我不得好死。"张大花指天发誓。

这太严重了，楚归荑连忙道："姐姐，既然你重生了，那不如换个名字，我们重新开始？"

"好。我听你的。"

楚归荑老早就觉得张大花这个名字实在不好听，心里早就想好了新名字，眼下张口就来："张桦，桦树的桦。"

"好名字。我以后就叫张桦。"

桦，桦树。笔直高大，挺拔清秀，像极了张桦。

看到张桦脸上满意的样子，楚归荑心里不免有些得意。

就在楚归荑自信满满的时候，张桦忽然意识到楚归荑该午休了，于是起身道："你好好休息，下午我再来陪你。"

楚归荑一下拉住了张桦的手，满脸急色道："好姐姐，你看我躺了十多天，都快躺发霉了，我想出去啊……"

这些天都是张桦在给楚归荑擦药和换洗衣物，在张桦看来，楚归荑早就可以下床了，但赵思年不允许，她有什么办法啊。她只是听从赵思年的吩咐，她有些为难，但楚归荑又一心想要出去玩……

"这样，等少主回来，我跟他好好商量一下。"纠结来纠结去，张桦终于做了决定。

"真的？"张桦年纪比她大，只要她跟赵思年说了，赵思年肯定会相信。这么一想，楚归荑的眼睛都亮了几分。

一想到赵思年那阴沉沉的脸，张桦心里就发怵，但楚归荑明亮好看的眼睛又让她无法拒绝，于是她硬着头皮点了点头。


从笑口斋出来以后，张桦心事重重地到了桃花林的入口处。

昨儿个下了一夜的雨，桃花被夜雨打落满地。

残存在枝头上的桃花也已经快要开败，桃花蔫蔫儿地垂坠在枝头。张桦从枝头经过，被擦落的桃花朵朵坠落下来，与满地的花瓣融在一起。

许是残花，许是伤春，张桦心头总是高兴不起来。她踩着一地的桃花，不停地唉声叹气。少主说一不二，等下不知要如何劝……

嗒嗒嗒……

张桦正沉重地胡思乱想着，东面就有十几匹壮马嗒嗒地朝这边跑来。

壮马上的人张桦都认识，是大风寨的弟兄们。

最前面的人鲜衣怒马，面色沉沉，正是赵思年。

只听跟在赵思年身后的赵子沉高声笑道："哈哈哈，少主一出来，那些人吓得东西也不要了，一群欺软怕硬的东西。"

"你还笑得出来，要不是你打不过人家，少主能用金丝缠下手？"柯平呸了一声，"说到底，都是你技不如人。""我技不如人？大风寨里的弟兄们有几个能打得过我？"赵子沉不服气了，当下勒住壮马，调转马头面对柯平，"瞧瞧你满脸的血腥子，要不是我为你挡了几个飞镖，你现在就去地底下见阎王了，还会有工夫损我？"

这话就像刀子一样直接插在了柯平的心口上。柯平擅长用斧子，但今天来抢占地盘的人，用的却是飞镖。当时他冲在最前面，根本来不及反应，身上就被飞镖刮了几个口子出来。他只能用躲闪来避开飞镖，但不管怎么避，脸却被飞镖刮开了。

"你先好好想想，为什么那些人合力攻击我。"柯平的脸色阴沉沉的，紧皱的眉头让脸上的刀疤看起来更加明显。他吐了一口血沫子，咬牙道："你要比我强，他们也会攻击你。到时候不是你救我，而是我去救你了。"

"你不就斧头要得好点！"被人比了高下，赵子沉的怒火一下烧了起来，他拔出佩剑，指着柯平的脸，"来，现在眼下也没外人，我们来好好比比。"

"来就来！"柯平抡起大斧……

眼看就要打起来了，周围的人都勒马停了下来。

两个脾气火暴的人一旦打架，谁也不敢去劝，因为怕殃及自身。

周围的弟兄们你看看我，我看看你。都在用眼神示意对方去劝。

可谁也不是傻子，谁也没那个勇气去劝。

柯平的斧头抡过来，那滋味也不好受。

赵子沉的剑刺过来，谁能躲得开？

就在所有人都纠结于劝还是不劝的时候，只听赵思年不冷不热来了一句："打，给我好好地打，后面谁输谁赢，记得通知我一声。"

乒乒乓乓的声音从不远处传过来，动静很大，把张桦吓得捂住了耳朵。

只要不听、不看、不想，她就可以装作什么都不知道。

"你怎么在这儿？"赵思年在桃花林下马时，看到张桦躲在一棵老桃树底下，就问，"你要走？"

"不不。"张桦道，"少主对我有救命之恩，我说过要一直留下的。"

她走不走的，对他来说都无所谓。他面无表情，只牵着马，继续往前走。

张桦瞧着赵思年面色沉沉的样子，犹犹豫豫，不太敢追上去，但又想到楚归萸正渴望的样子……她咬咬牙，壮胆朝前跟了过去。

然而她还没走到赵思年身边，赵思年突然转身，拔剑朝她刺了过来。

她吓得当时就白了脸色，傻傻地愣在原地。

察觉到没有危险，赵思年立刻收了剑。

即便如此，凌厉的剑刃仍旧划破了张桦的衣襟。

要是再晚一点点，那剑就完全割断了她的脖子。

张桦吓得瘫软在地，额上冷汗涔涔。

"我说过，我身后很危险。"吓坏了姑娘，赵思年非但没有一丝心疼，反而还有几分不悦，他声色沉沉："你不要没事找事。"

"是，少主教训的是。我以后一定记住，不跟在你身后了。"张桦擦了一把冷汗，仰视着赵思年道，"让少主不开心了，我罪该万死。"

"倒也不用死。"赵思年道，"如果不想走，就把小楚照顾好。"

张桦道："是，我一定谨记少主吩咐，从今往后，定将楚姑娘贴心照顾。"

该说的都已经说完，赵思年牵着马，继续朝前走。

张桦低头看着自己的衣襟，就算再给她一百个胆子，她也不敢再跟着赵思年了。但该说的还没说，那该怎么办？

那还能怎么办！

"少主！"张桦提起胆子，喊住前面的人。

赵思年停住脚步，回头，看着地上吓得爬不起来的人。

"少主，我实在不想故意叫您，而是……而是我想为楚姑娘说说情。"张桦浑身都在颤抖，"请您别生气，如果……如果一定要生气，请您看在我为楚姑娘着想的份上，请轻些责罚我。"

赵思年："说。"

张桦道："楚姑娘很想出去玩儿。今日我看了她背上的伤，只有浅浅的一点印痕，再过几天，应该就能痊愈了。"

原来是为这件事。

这些天，小楚常在他耳边念叨想要出门，但他身为男子，自然不方便看她的伤究竟好没好。现在张桦既然这么说，想来应是小楚知道跟他说没用，于是换了个人来说。

真聪明，知道迂回地提要求。

赵思年道："果真如此？"

张桦道："绝不敢有任何欺骗。"

"要是日后背上的疤痕没有完全消去……"

张桦指着自己项上人头："我就自杀谢罪。"

也不必说得这么绝。

但张桦这么说，也就证明小楚已经能下床走路了。

想当初，看她摔倒在地，疼得眼泪汪汪，他以为伤得很重……

"既是如此，那我带她出去玩儿吧。"赵思年留下这句话，便抬脚往前走去。

张桦看着疾步远去的人，后怕得拍了拍胸口，还好她用自杀谢罪来证明她句句属实，少主这才相信了她！少主果然名不虚传，要想得少主的一个相信，必须付出生命的代价。

赵思年回到笑口斋的时候，刻意在门口站了一会儿。

他抬头看着牌匾，牌匾上工工整整地写着"笑口斋"三个大字。

大风寨从初建到完工，从来都没有给屋子取过名字。但楚归黉来了之后，不但给她自己住的屋子取了名字，连厅堂、亭台楼阁、桃花林、鱼池，但凡能过人的地方，都取了名字。

笑口斋，畅游池，饱腹厅，诗情楼……

这些雅俗共赏的名字，让人很容易明白屋子的用途，又让大风寨有了些别的趣味。

例如赵瘸腿心血来潮去钓鱼，会说："走，咱们去畅游池。"

这时候冯树就会开玩笑："你要当鱼还是当鸟儿？我看你就是个鸟儿。"

"你才是鸟儿，你看你长的那个鸟样儿……"

然后大家就会哈哈大笑……

大风寨从来不缺笑声，但缺生活里的笑。自从楚归黉给这里的屋子取了名字之后，一切都慢慢发生了变化。

想到这些变化，赵思年突然想快点见到里面的人，于是笑着推开了笑口斋的门。

一般这个时候，楚归黉还在午睡。笑口斋以前是赵思年住的地方，但楚归黉来之后，他就搬到了对面的自在居。他轻车熟路地走到了楚归黉的床边。她果然还在睡觉。

也不知梦里梦到了什么，嘴角笑得都快收不住了。

小女孩笑起来天真无邪，弯起来的嘴角勾出浅浅的梨涡。

赵思年生来最讨厌吃甜食，但此刻觉得小女孩很甜，甜得他想闻一闻……

还来不及多想，他就俯下了身，将楚归黉看得更仔细些。

这一看，他才发现楚归黉在流口水。

口水将帛枕浸湿，湿答答一小片。

"好香啊，娘，我还要吃……吃烤兔子。"楚归荑咧开嘴，咂吧两下。

原本嘴角有笑意的人，在听到"娘"这个字时，眼神暗淡了几分。

秦氏死得蹊跷，他暗地里查了许多天，也没找出可疑的人。

对方隐藏极深，行事却如此张扬。这些人到底是什么来头，才能做出这等事？

"表哥……"

楚归荑是被一道凶凶的目光看醒的。

梦里她还在吃着烤兔子，但背后一直有人凶巴巴地看着她——好像她吃烤兔子是件罪大恶极的事儿。

她想跟背后的人理论理论，但她一转身，就醒了。

一睁开眼，她就看到赵思年阴恻恻地看着她。

这熟悉的目光，她已经看过太多回了，以至于她现在没什么感觉了。

梦里的烤兔子实在太好吃了，她舔了舔唇，还有些意犹未尽。

"听张桦说，你伤好了，想出去玩儿？"

本来还有些迷糊的人，听到"玩儿"，瞬间就变得精神。她一下子从床上坐起身："对，我好透了。"

赵思年：……

不过是出个门，至于这么高兴吗？

"走吧。"赵思年道，"我们去放风筝。"

风筝！

好久好久，她都没放风筝了。

楚归荑立刻跳下床，像个小兔子一样在赵思年身边蹦来蹦去："走吧，我们现在就去放风筝。"

呵！

赵思年轻笑，看来她是被“关”了太久了。只是一个放风筝，就让她这么高兴。

咔嗒。

就在赵思年微微出神的时候，楚归荑已经打开了门，往外跑得飞快。

今日楚归荑穿着前些日子赵思年为她买的绣着淡粉桃花的衣裳，赵思年从他站的地方看过去，楚归荑就像一个小桃花仙子。

小桃花仙子才跑到门口，忽然站住不动了。

赵思年走到她身边，问：“怎么了？”

楚归荑抬起头，噘着嘴问：“那些兵器，为什么都不见了？”

来大风寨那天，她被赵思年抱着经过这个长廊时，长廊两旁还放着各种各样的兵器，但现在都没有了。

“放在那里占地方，我嫌碍事，就把它们卖了。”依着楚归荑要强的性子，如果说是因为担心她害怕，他才让人把那些东西藏起来，她肯定会让人再把那些东西拿出来。

小女孩之前没接触过那些打打杀杀，一下子让她看到兵器的寒光，对她来说确实过于残忍。想到这儿，赵思年又道：“以后长廊里，大概会养养花，种种草。好看，我心情也好。”

楚归荑忧心忡忡：“可是……没了那些兵器，如果有人欺负你们，打架就打不赢他们怎么办？”

赵思年道：“既然平时都放在地上，就说明那些兵器都是多余的。要是有人打过来，多余的东西也派不上用场。”

“哦……”说得有道理。

楚归荑一下子就释怀了，重新咧嘴笑了起来，继续往前面跑。

嗒嗒嗒……

她一路往前跑，脚步声一路传开。

大风寨里的弟兄们常年练就了极好的耳力，稍有风吹草动，都能听得清清楚楚。

这样轻盈欢快的脚步，放眼望去，整个大风寨除了小楚之外，就不会有别人了。

于是亲朋厅里原本正在大口喝酒的人，立刻把酒坛子胡乱塞到桌子底下。厅外正在互相看着对方兵器，探讨使用之法的人，立刻将自己的兵器胡乱塞在草丛里。

等楚归黄一路从亲朋厅走到厅外时，看到大家都在一起笑着聊天，就觉得能住在大风寨，真的好幸福啊——大家都像家人一样，处处都是一派祥和。


出了厅堂往前走上一会儿，就会走到桃花林。上次楚楚过来的时候，桃林的花儿开得正旺。好多天不出门，她还想好好地看会儿桃花，但她还没往那边走上几步，赵思年就把她抱在怀里，施了轻功往桃花林相反的方向去了。

"表哥，我还想看桃花呢。"

"今年的桃花都败了，来年再看。"到了桃花林，就会听见赵子沉跟柯平的打架声了。

"那我想看打架……"楚归黄撇撇嘴。

赵思年：……

这耳力很不错。

他看了眼怀里满脸好奇的小朋友，心想：这么小就爱凑热闹，长大了可还了得？

"打架有什么好看的，不斯文。"女孩子，喜欢花花草草、琴棋书画，哪个都好，但打架不好。

楚归黄往桃花林那边看过去，可赵思年带着她越飞越高，她能看到的也就越来越少。她看到桃林的入口处大伙儿都聚集在一起，看起来好热闹，便道："以前爹娘带我去赶集，也像那么热闹的。"

爹娘……

赵思年发现，只要一听到楚归薨说"爹娘"两个字，他的心就会没来由地不舒服。

不知要多久，她才能把爹娘抛到脑后。

也不知要多久，她才能忘掉蝴蝶村……

"想要看热闹，何必要看打架。等过几天，我带你去看戏。"赵思年缓缓开口，"市里的茶馆有说书先生，他们说的戏文，比打架要热闹多了。"

楚归薨长这么大，还没听过戏文。对于没见过的、没听过的，楚归薨一概都感到好奇。她使劲儿点点头："好哟。"

再往打架那边的方向看过去，大家都变得好小好小。

她的表哥就是厉害，能飞得这样快！

# 第四章　树大招风

这些天都风和日丽，一丝风都没有。如果不是赵思年听到楚归黉梦里说着放风筝，他根本不会带她去放风筝。

风筝这种东西，怎么会比练武有意思呢？

但楚归黉喜欢，楚归黉想放……

铭山山脚下，有人摆着小摊在卖风筝。赵思年本想带着楚归黉慢慢挑，但楚归黉迈开小腿儿往前跑得飞快。

赵思年：……

放风筝很无趣，买风筝更无趣。

为了买风筝，楚归黉都不跟他一起走了。

"大叔，这个风筝好看！"楚归黉从风筝堆里挑了一个个头最大的。

赵思年脸色很不好看地将铜钱丢给卖风筝的大叔。

"走了。"赵思年拿走楚归黉手里的风筝，径直朝前走去。

卖风筝的大叔：要不是看你长得凶，我非要教训你这个毛头小子！

楚归黉把随便丢在摊子上的铜钱一个个地捡起来，然后礼貌地递给大叔，朝他甜甜一笑："大叔很棒，做的风筝很好看。我很喜欢，表哥也喜欢。"

说完，楚归羹朝赵思年那边跑得飞快。

卖风筝的大叔看着欢快哼着歌儿的小女孩，摇摇头，直叹气：这么漂亮可爱的小女孩，怎么会有一个凶神恶煞的表哥呢？小女孩的爹娘怎么忍心把她交给表哥照顾……

山腰上有风。赵思年找了一个安全的位置，带着楚归羹放风筝。

没过多久，他发现了一件事，楚归羹完全不会放风筝。她只喜欢看别人放风筝。

所以说，放风筝真的很无趣。

在楚归羹满脸期待赵思年快点将风筝放飞的情况下，赵思年只能不负期待地放起了风筝。

尽管赵思年并不喜欢放风筝，但他很快就掌握了诀窍。凭借山风，他手中的风筝很快就飞得又高又远。

楚归羹看着高高飞在天上的风筝，激动得拍手鼓掌："表哥好棒，表哥太厉害啦。"

放风筝……好像又有那么一点儿意思了。

被夸了。

赵思年的唇角微微扬了几分。

由于下午蹦蹦跳跳、拍手鼓掌，又用力为表哥呐喊，吃晚饭的时候，楚归羹一下子吃掉了两大碗米饭，吃得比赵思年还多。

赵思年又从盘子里夹了两个鸡腿，放在楚归羹碗里，让她继续吃。

楚归羹也不客气，大口吃掉了两个鸡腿。

张桦知道楚归羹平时吃到什么程度会吃不下了，就起身把洗好的樱桃端到楚归羹的面前。

饭后水果，楚归羹最爱。

晚春时节，樱桃刚刚熟透。楚归羹端着盘子站起来，抓了一把樱桃，分给身旁的赵思年；然后再抓一把，分给张桦；接着再抓一把，分给赵炜……

不一会儿，盘子里的樱桃就被分完了。

新鲜的樱桃还没吃到嘴里就没了，楚归荑抿了抿唇——早知道，刚刚每个人就少分一点儿了。

这时候张达就朝楚归荑招招手："叔叔不喜欢吃樱桃，樱桃太甜，你吃呀。"

楚归荑咧开嘴笑了笑，端着盘子把樱桃收回去："谢谢叔叔。"

"难吃死了。"赵思年一脸嫌弃，把樱桃扔到楚归荑的盘子里，"你自己吃吧。"

很难吃吗？

楚归荑捏了一颗放在嘴里，酸酸甜甜的，哪里难吃啦？

他不喜欢吃，好挑哟。

不吃正好，就这些樱桃，还不够她塞牙缝呐！

楚归荑端着盘子，一口一个樱桃，吃得正欢。

"现在你身子好透了，能吃能跑，也该让你学些本事了。"赵思年看着吃完樱桃，正摸着圆鼓鼓的小肚子的人。

"本事？"楚归荑想了想，"我要学什么呢？"

赵思年道："身为大风寨的人，当然要学武。"

听到学武，楚归荑一下子想到她曾见过的各种各样的兵器。

那么多兵器，都是要跟人打架用的。

一定是别人嫉妒她表哥家大钱多，所以才会欺负他们。

以前她不知道，挣钱会那么难。但是现在知道了，怎么都要帮一把手的。

学武好，等她习武之后，谁要是欺负她表哥，她就帮表哥欺负回去。

这么想着，楚归荑就重重地点了点头，用一副要干大事业的口吻道："放心吧，表哥，我会助你一臂之力的。"

赵思年：……

助他一臂之力？

何来这一说？

赵思年有点疑惑。

同桌而食的其他人也一头雾水。

小小的女孩子，能助少主什么呢？

"嗯。我等着。"在众人疑惑之时，赵思年缓缓开口了，"走吧，我带你学武去。"

说罢，赵思年起了身，往外走去。

楚归荑摩拳擦掌，信心满满地跟了出去。


楚归荑跟着赵思年来到了桃花林新盖的那个小屋子里，从五花八门的兵器中，挑了一把看起来最有气势，也最锋利的大斧头。她使出浑身解数想要把斧头拎起来，结果斧头纹丝不动，她却喘得上气不接下气。

尝试了好多遍仍然无果，无奈之下，楚归荑只得放弃："表哥，它不适合我。"

它当然不适合你，这是你平叔的东西。整个大风寨，能提动它的也没几个。

赵思年上前，从角落里挑了一把匕首。他把匕首放在手里转了几圈——匕首不重，她完全拿得动；匕首不大，也便于携带。赵思年回头，正想把匕首递给楚归荑，就看见楚归荑噘着嘴不高兴。

赵思年不解："怎么不开心了？"

楚归荑皱着眉头："寨子里的其他弟兄都能拿大刀，用长剑，为什么我只能用匕首？还是一把破旧的匕首。"

赵思年解释："东西大不大不重要，好看不好看也不重要，重要的是合适。"

"你怎么知道我不合适用大刀、长剑？"赵思年越不让她用，她就越想用。她仰着头，用很认真的口吻道："我要试大刀，要试长剑。"

赵思年看出来了，如果逼着她用匕首，往后就算她用匕首，也不会用得开心，与其这样，不如眼下顺着她。于是他道："那你想用什么便用什么。"

"表哥，你真好。"一听赵思年这么说，楚归荑就露出了笑容，开始夸赞，"我一定会认真习武，绝不辜负你。"

赵思年：……

小丫头刚刚还生着气，转眼就好了。小小年纪就这样善变，等长大以后可还得了？

哐当。

赵思年一个愣神，就听见剑掉在地上的声音。他一回头，就看见长剑掉在楚归荑脚边。她垂头丧气，低着头看着长剑发呆。

还好她足够机敏，还知道躲开掉落的长剑。

楚归荑红着脸小声道："它好重啊。"

不是它重，是你太小太轻。

赵思年叹了口气。

楚归荑左看看右看看，这次不挑个头大的兵器了，而是挑了一把弓箭。

"我拿得动！"发现能把弓箭拿得稳稳当当，楚归荑的眼睛一下子变得亮晶晶的，精神抖擞地道，"表哥，我就学它。"

弓箭不适合她这样没有力气的小女孩，但赵思年已经摸透了楚归荑的脾气，于是循序渐进地道："你试试，能不能拉开弓？"

楚归荑刚开始只是随意试了试，但她很快发现，弓箭虽然拿着轻，但要用它却很难。她使出浑身的力气去拉弓，结果脸涨得通红，弓弦才开了一半。

　　她连最轻的弓箭都没法用，看来赵思年说得没错，东西大不大不重要，好看不好看也不重要，重要的是合适。

　　眼下这些兵器中，只有赵思年挑的那把匕首适合她。

　　赵思年缓缓开口："我小时候跟你一样，想学看起来最厉害的武器。你姑父跟我说：如果贸然去学暂时学不了的武器，只会让你厌恶习武。与其这样，不如先从简单的开始学起，等你长大了，能拿得起喜欢的武器之后，再去学那些，就会顺利许多。"

　　其实他爹根本没跟他说过这些话——他爹教他学什么，他就学什么。样样兵器，他没有哪个擅长，也没有哪个不擅长……

　　"表哥，你是在安慰我？"楚归黉回头看着赵思年，发现他的面色依旧是平时的面无表情。

　　"我只是在说事实。"习武是严肃又庄重的事，他怎么可能去安慰她。他只是……只是不想看到她沮丧的小脸。

　　"哦……"她从赵思年手里拿过匕首，对赵思年道，"表哥，从现在开始，你教我吧。"


　　酉时，楚归黉终于练完回来了。

　　张桦一早就在门口等她，看到人从桃林里出来，就把烧好的洗脚水端去了笑口斋。

　　一路回来，楚归黉都笑得合不拢嘴。

　　洗脚的时候，她还哼起了歌儿。

　　楚归黉洗脚的时候，张桦就发自肺腑地赞美她："习武又苦又累，楚姑娘却能苦中作乐，真让我佩服。"

　　苦吗？

　　累吗？

　　她怎么不觉得？

　　楚归黉歪着头想了想，刚学匕首的时候，她只是按赵思年说的，前戳戳，后戳戳，左划划，右划划，比种田要简单多啦。于是她道：
"桦姐，习武还挺好玩的。表哥说，我很聪明，也有天分。"

看，这就是她认识的楚归黉。脾性好，能吃苦，关键还聪明
伶俐。

张桦道："楚姑娘，你以后一定能成大器。"

楚归黉点点头，对张桦所言十分赞同。她道："表哥也是这样
说的。"

桃林深处，赵思年月下练剑。

剑气所到之处，桃花纷纷坠落。

本来在桃林里散步、喝酒的几个人，听到练剑声，同时停住了
脚步。

谁都知道，赵思年很少独自练剑，一般都是找人对练，因为他认
为与人对练才有趣，顺便还能让对练之人增强武艺，一举两得之事，
他又何乐而不为？像今天这样一个人闷闷练剑的情况，他们几人从来
没见过。

大家正是因为没见过，所以都在欣赏。

赵思年的舞剑行云流水，一气呵成，没有任何破绽。

换句话说，赵思年一旦拔剑，对方必死无疑。

整个大风寨，就属赵思年武艺最高。赵炜看着自己的儿子，心里
满足又骄傲。

张达这时候撞了撞冯树的肩膀，低声道："少主心情似乎很
不好。"

废话，这是个人都能看出来。

冯树瞪了一眼张达，没说话。

张达眯着眼笑："平时你跟少主说得多，你去问问他为什么不
开心。"

冯树哼了一声道："平时你说也不少，你怎么不去问问他为什么不开心？"

张达一脸坏笑："因为你比我更想知道啊。"

他当然想知道，但他又不傻：少主练剑时，只要有人靠近，都会被误伤。当然，所有事情都会有个例外，这个例外就在眼前。

张达看向正欣赏儿子练剑的赵炜，低声道："要不你去问问？"

赵炜一脸写着不想去问。好不容易有机会看他儿子练剑，他怎么会错过？

张达一看赵炜不理他，直接把他手里的酒坛子抢过来："你不问就别喝我的酒。"

赵炜：……

看在好酒的分上，他还是去吧。

赵炜径直走上前，在赵思年身后道："怎么一个人练剑？"

听到是赵炜的声音，赵思年就收了剑，脸色有些阴沉。

赵炜看他不想说话，又想到刚刚楚归黄哼着歌儿回去的样子，以为他是在为楚归黄有天分而自卑，就开口劝导："强中自有强中手，你也不必因此烦闷。天资聪颖的人，是老天爷赏饭吃，我们应该为小楚感到高兴。这样日后她若想独自出门，肯定不会受人欺负。"

"强中手？天资聪颖？"赵思年的眸色更沉了。

"是啊。"赵炜以为儿子不肯正视事实，就道，"刚刚我跟你张叔和冯叔都看见了，也都听见了。我们经过兵器库的时候，听到你在教小楚学用匕首。我们都听到你在夸小楚'很好''学得很快'这些。"

赵思年的脸色更沉了，直接不说话了。

赵炜拍拍赵思年的肩："你已经是我见过最有习武天分的人了，你总得接受别人比你优秀吧？"

楚归黄可以误会，因为她是女孩子，以后也不需要跟人打打杀杀，但如果连爹他们都要误会，那只会对楚归薁产生误判，日后万一疏忽对楚归薁的保护，只怕会出大事。思及此，赵思年只好道："如果我不夸她，怕她会失望。她若以后不想习武，就违背我的初衷了。"

"哦，这样……"赵炜知道儿子从来不会拿习武一事说谎，便看着一脸阴郁的儿子，缓缓问，"那是……她用匕首用得……并没有你想的那样好，所以你才闷闷不乐？"

"不是没有我想的那样好，是实在……很差劲。"赵思年干脆实话实说了。

赵炜：……

儿子是他一手带大的，这些年，赵炜对他儿的脾性摸得一清二楚。赵思年对教人一事完全没有耐心，眼下教的又是一个笨拙的，难怪他会不高兴。赵炜想明白之后，就道："你天分高，遇到个普通人，会觉得对方差劲也是情理之中。往后慢慢教她，她会好起来的。"

赵思年觉得跟赵炜说不明白，必须得让赵炜亲自看到楚归薁究竟差在哪里，于是道："这样，明天你教她吧。"

"我明天要去巡视周围啊。"

"不用你去。"赵思年拂了拂衣袖，转身往回走，"我去。"

他不能教楚归薁习武，他会眼疼。

看到赵思年朝这边走过来，冯树本来想上前跟赵思年聊上几句，结果一看见他阴沉可怖的面色，终究还是没敢上前说话。

没敢开口的还有张达……

没办法，谁叫赵思年不笑的时候……那么可怕呢？

等赵思年走远之后，冯树跟张达才凑到赵炜身旁，想知道赵思年因为什么心情不好。

赵炜就把赵思年与他说的话，转述给冯树与张达。

两人听完都沉默了一会儿。

他们实在是没想到，楚归夔究竟笨到何种程度，才让赵思年这么不高兴。但不管如何愚笨，楚归夔都是他们的晚辈，还有可能是未来的侄媳妇。两人看看彼此，最后异口同声道："没有笨徒儿，只有笨师父。"

这句话，就像是一盏明灯，将赵炜的心一下子点亮了。他道："对，小楚究竟底子怎么样，我一试便知。"

"对嘛！"冯树这人一向护短，更何况楚归夔可能会多一个侄媳妇的身份，他就更护短了，"我看小楚机敏可爱，绝不可能像少主说的那样差劲。"

张达道："我看也是。"

翌日，楚归夔兴冲冲地吃完早饭，准备跟赵思年习武。

然而赵思年吃了早饭之后，把楚归夔交给赵炜，就出门了。

望着赵思年的背影，楚归夔眨了眨眼——昨天他还跟她说，今天会继续教她，怎么就把她丢给姑父啦。

"小楚，思年他出门办点事。今天由我来教你。"赵炜笑着捋了捋并不是很长的胡须，和蔼可亲地道，"你放心，我一定会好好教你。"

"姑父，我一定会给你惊喜的。"楚归夔信誓旦旦地开口。

瞧着信心满满的楚归夔，赵炜心情大好。

习武嘛！不管底子怎么样，得把最起码的气势跟拼劲儿拿出来。

他看看抬头挺胸的楚归夔——不管怎么看，都有大风寨人的气势！

午时，习武结束后的楚楚一蹦一跳地到了饱腹厅。

远远看她过来的张桦连忙将备好的樱桃端上了桌，问："楚姑娘，今天累不累？"

"不累。"

樱桃真甜。楚楚吃完嘴里的一颗，一下子又拿了两颗塞到嘴里，把嘴里塞得鼓鼓囊囊的，脸"肿"得像个小包子。

张桦看着可爱的小包子，继续问："今天跟着庄主学习，庄主有没有说什么？"

想到庄主的话，楚归荑就甜甜地笑了："姑父说，比他认为的还要好。"

刚刚走到门口的赵炜听到里面的对话，顿时觉得头疼眼花。昨天赵思年为了让楚归荑有信心习武，不惜违背心意说出那些假话。今日他又因为与赵思年想的一样，不惜虚情假意地说出让自己都头疼的话。

眼下一想到小楚，赵炜就头疼，索性也不进去吃饭了，转身往外走去……

日子说慢也慢，说快……也的确过得很快。

转眼间，楚归荑来到大风寨已有九个年头了。

这一年，楚归荑十八岁。按理来说，如今她应是亭亭玉立、闭月羞花，然而也不知怎么了，明明她在大风寨有吃有喝，但个头却看着跟十三岁的小女孩一般。

这可愁坏了二十二岁的赵思年，也愁坏了赵炜一众人。

眼看着楚归荑只长年龄不长个子，大家唯恐她日后会吃亏，纷纷使出绝学教她武艺。她虽学得异常认真，奈何不是练武的料子。苦练九年，她也不过学了大家的皮毛。

偏偏楚归荑隔三岔五就喜欢问大家她有没有长进，那几人不忍心叫她伤心，都昧着良心说她很棒。

很快，楚归荑习武有天分这件事，整个大风寨都知道了。

　　本来楚归黉一直都很谦虚，赵思年跟赵炜他们所教之事，她都一一记在心底。他们夸奖她的话，她也从不往外说，但她不说，有人却说。

　　饱腹厅是大风寨吃饭歇息之地，而张桦因为要为大家准备饭菜，饱腹厅是她待的时间最长的地方。只要大家一来吃饭歇息，张桦就会跟大家说楚归黉如何厉害，如何被少主跟庄主夸，如何得到少主跟庄主的青睐。

　　徐淳更是添油加醋，把楚归黉的天分夸得天上有、地下无。

　　但楚归黉在大家面前从来不显摆，也不卖弄新学的刀法。大家都不约而同地认为：谨慎，她实在是太谨慎了；谦虚，她实在是太谦虚了。

　　由于少主跟庄主平日里也很谨慎，甚少在大家面前露过武艺，所以他们一致认为，师出少主与庄主的楚归黉，一定是随了他们的为人处世……

　　于是，大家对楚归黉更加钦佩跟喜欢起来。

　　大家每次从外面回来，都会给楚归黉带一些小东西。

　　有时候是路边摘来的漂亮野花，有时候是一些小食、甜点，有时候是小朋友喜欢看的小人书。

　　大风寨的弟兄们对楚归黉越来越喜爱的样子，被赵思年跟赵炜看得一清二楚。明知楚归黉天分高是个误会，但他们谁也没有戳破。

　　这怎么能戳破！

　　说楚归黉不是个练武的料子，楚归黉一定会很伤心。

　　大风寨的弟兄们也会对楚归黉感到失望。

　　而且这么多年，大风寨从来没有像现在这样热闹过。弟兄们每日刀口上过日子，回来以后都靠喝酒和习武麻痹自己。但自从知道楚归黉在习武上有天分以后，他们的生活就整个不一样了。

　　从外面打打杀杀回来，弟兄们都会聚在一起，听到楚归黉的刀法又有了进步，就会很高兴。为了不被楚归荑的武艺赶超，他们会把平日里喝酒的时光用来勤奋习武。

所以弟兄们的武艺突飞猛进，欢声笑语也比曾经多了太多。

楚归荑来大风寨九年光景，带来了很大的变化。往后不用多说，一定比现在更好。

楚归荑就像天上耀眼的太阳，给所有人带来了光。

这样一个太阳，赵思年跟赵炜无论如何也无法将其掐灭……

冯树跟张达也明白这个道理，于是他们对此也出奇沉默。

只要是对大风寨有利的事儿，他们就是豁出性命也愿意干。区区一个夸赞又算得了什么！

知情人的"纵容"无疑是对张桦跟徐淳最大的纵容。

有一次，张桦跟徐淳两人一唱一和，一个慷慨激昂地说着楚归荑又学了什么刀法，一个卖力地演着楚归荑的刀法，大家一片叫好声跟鼓掌声。

刚跟赵炜学完刀法，正虚心请教不懂之处的楚归荑，听到饱腹厅的鼓掌声跟叫好声，好久没看过热闹的她顿时往饱腹厅那边跑得飞快。

等跑到门口，楚归荑就看见徐淳拿着一把匕首凌空左刺右划，舞得十分好看。

这是楚归荑第一次看徐淳舞匕首，之前总听他说刀法很差，天资愚昧，但她今儿看着，很好啊！比她好太多太多了。如果他这叫天资愚昧，那她就是榆木脑袋，完全不开窍。

"好！小楚舞得太好了！"

"小楚太厉害了！"

"我们小楚就是优秀！"

…………

周围一片赞扬声，还伴随着像雷声一样的掌声。

楚归荑：……

小小的脑袋里，有着大大的疑惑。

明明是淳哥在舞剑，跟她有什么关系呢？

为什么弟兄们都在拍手叫好，为她欢呼？

楚归荑张口就想问，却被身后之人捂住了嘴。同时，身后之人还一把把她扛在肩上，往桃林那边的方向走去。

那人身上有淡淡的清香，是她熟悉并且喜欢的味道。

赵思年回来了。

她眨了眨眼。她有好多天没看到赵思年了。听淳哥说，他出远门办事去了。既然是出远门，她就以为没个一年半载的他绝不可能回来。他怎么这么快就回来了？回来就回来，干吗还扛着她往外走？扛着她就扛着她，为什么还要捂住她的嘴？

短短一会儿，楚归荑的小脑袋里就装满了各种各样的疑问。

等赵思年将她放在地上的时候，他们已经离饱腹厅很远很远了。

弟兄们的叫好声都听得不太真切。

楚归荑一边理自己的衣裳，一边回头往饱腹厅的方向看。

赵思年见她这么喜欢凑热闹，不由皱了皱眉头。幸亏他来得及时，才没有让楚归荑跟那些弟兄凑在一起。否则依着她的天真性子，三说两说，她在习武上根本没有天赋一事绝对会露馅。

露馅事小，他跟他爹没面子也事小，但大风寨弟兄们的心里没有太阳，就是比天还大的事。

思及此，赵思年就叹了口气。

听到叹气声，楚归荑就回头看着赵思年。毫不意外地，她看到一脸凶相、面色阴沉的赵思年。若是刚见他那会儿，她会害怕得想往后躲，但现在她却咧开嘴，嘿嘿地笑了笑。

也不知怎么了，只要楚归荑一笑，赵思年也想笑。

于是，他真的也跟着笑了。

呀!

表哥笑起来好好看。

楚归夔就笑得更多了。

两个人就这么互相看着对方笑了一会儿。直到赵思年想起他把楚归夔扯到这边的目的，才咳了一声，正色道："以后，我与爹教你的本事，切不可在他人面前显露，也绝不可在他人面前说上一二。"

"为什么？"她还想帮淳哥他们呢。

赵思年面不改色地道："你天赋高，一学就会。其他的弟兄都是普通人，若是在他们面前显露太多，他们难免会自卑。"

"对。"经赵思年一提醒，楚归夔恍然大悟，"娘说，财不外露，以免遭人嫉恨。我想才能也是一样的。"

"没错。"违心话说得多了，表达起来就浑然天成了。赵思年顺着楚归夔的心思道，"寨子里的弟兄们每日忙于生计，都很辛苦。你也不想他们再为武艺上的事儿自卑，对不对？"

楚归夔点点头。大家待她就跟家人没两样，她当然希望弟兄们都能好。楚归夔道："表哥，我有一事一直想不明白。"

"你说。"

"明明淳哥的刀法比我快，也比我准。为何你们说他愚笨，却说我有天分？"楚归夔想到刚刚徐淳在大家面前舞刀的样子，不由心生羡慕，叹道，"我要成为他那样，一定会高兴死的。"

还能高兴死？

在大风寨里放眼望去，徐淳的刀法，他闭着眼，都挑不出比徐淳刀法更烂的了。

楚归夔扯了扯赵思年的袖子，有些怀疑自己："表哥，我真的有天分吗？"

如果有天分，为什么到现在……十刺九不中呢？而淳哥十刺八中，很明显，淳哥比她更强吧……

就在楚归荑越来越怀疑自己的时候，赵思年开口道："刀法并非花里胡哨就是厉害，而是在于一刀毙命，让人没有还手余地。否则，就算舞得再好看，敌人也会找到你的破绽。"

楚归荑点点头，有点明白，但也不是完全明白："表哥，你说我有天分，但我刺中的概率比淳哥更小，岂不是……"

"徐淳已经学了五年了，你呢？"不想看到楚归荑失去信心，赵思年打断她说道，"你才学了不过半年，急什么？"

"哦。"表哥不会骗她的。大家都说表哥很严厉，所以她一定是有天分的。楚归荑重新又笑了起来。

"走，带你去集市转转。"赵思年抬脚往前走。

楚归荑跟在他身后："可我下午还要习武呀！"

习什么习，再习也就这样了。

赵思年心里这样想着，嘴上却道："听你姑父说，这些日子你勤于习武，一日不曾荒废。你这样辛苦，带你出去散心是应该的。"

"可是……"

"别可是了。今天带你去看戏。"

看戏！

楚归荑的眼睛一下子亮了。来大风寨之后，尽管谁闲谁带她出去玩儿，但她还从来没有看过戏呢！

可是……

还要习武呀。

她想早点学成，这样就可以像弟兄们那样，挣钱养大风寨了。

这么想着，楚楚就有点不想去了。

察觉女孩没有跟上来，赵思年就停下了脚步："看完戏回来，我陪你习武？"

"好！"楚归荑这下不再纠结了，立刻迈开腿朝赵思年跑过去，嘴里还道，"表哥，你真好。"

戏台上，凶神恶煞的盗贼正被满脸正气的官差追着到处跑。

台下一片叫好声。有人还抓着花生米跟瓜子往那个凶神恶煞的盗贼身上扔。官差武艺超群，很快把盗贼压倒在地，盗贼哀声求饶……

盗贼被抓到了，看戏的人都往戏台上给官爷扔赏钱。

只有楚归荑闷闷不乐，连赵思年给她剥的花生米都觉得不香了。

这一出官差抓盗匪是当下老百姓最喜欢看的戏。戏班子为了挣赏钱，在官差抓盗匪的这段戏上下足了功夫，又是舞刀，又是弄剑，功夫虽不怎么样，但足以让老百姓开开眼界了。按理来说，一向喜欢凑热闹的楚归荑，这时候应该高兴得手舞足蹈，可为什么闷闷不乐呢？没等赵思年将缘由想明白，楚归荑站了起来。

"走吧，这个戏班子演得太烂了。"楚归荑拍拍身上的花生皮，转身朝外走。

赵思年跟了上去。等两人走了很远之后，里面还在一片叫好。赵思年回头看了眼戏班子的方向，再看看垂着头走路的女孩，低声问："为什么觉得戏不好看？"

凭什么凶神恶煞的人就要被官差追着打？

难道长得凶神恶煞就有错吗？

不问还好，一问，楚归荑就更郁闷了。她看了一眼赵思年，见他在等她回答，于是开口了："我认为写这个戏的人见识太浅，认为面相凶的就是坏人，面相好的就是好人。但生活不是这个样子的，蝴蝶村的村长看着就是个大好人，平时见了我，总喜欢给我好吃的，可是我爹娘就让我提防着他。而你看起来好凶，大家一看见你就躲得远远的，但实际上你就是好人啊。"

原来是在为他打抱不平。

赵思年笑了："只是看戏而已，图个热闹不就行了。"

楚归荑抱怨："戏都这么写，别人看你，不就更躲着你了吗？"

才说着话，迎面走来的妇人忽然掉头往回走。楚归羹想都不用想，就知道那个妇人被赵思年的凶狠面相给吓住了。她冷哼一声，顿时就气了："以貌取人之人真肤浅。"

"对，也不对。"赵思年道，"所谓相由心生，有些面相凶的人，是坏人。"

"但你不是啊！"楚归羹争辩，"在我眼里，你是很好很好的人。"

"那是对你而言。"如果对别人，他从来没有耐性，也从来不会说废话。人若欺他一分，他必还人十分。

"表哥，你真的是好人啊。"楚归羹发现跟赵思年讲不通了，干脆就说得更直白些，"大风寨的弟兄，都是投奔姑父跟你的。如果你不是好人，那什么才叫作好人？好人可从来不是写在脸上的。"

"如果……我是盗匪呢？"赵思年忽然问。

"盗匪？"楚归羹摇摇头，一脸不相信，"表哥，你怎么会是盗匪呢？盗匪都是干杀人劫财的勾当，那是犯法的。"

"如果我犯了法呢？"赵思年再问。

楚归羹想了想，也不知是想到了什么，脸色一下子变得很严肃。

见他这样，赵思年就揉揉她的脑袋："别想了，走吧。"

楚归羹却拉着赵思年的手，把他的手放在自己的手掌心："如果你犯了法，那也一定是别人逼的。如果你犯了法，那整个大风寨，也都犯了法。我爹说，如果许多好人被逼得犯了法，那就不是好人的错。"

赵思年倒是头一次听说这话。他听着稀罕，就问："那是谁的错呢？"

楚归羹道："是当官的错。"

赵思年怀疑自己听错了，重复道："当官的？"

楚归羹狠狠地点了点头："嗯，就是当官的错。如果好人能吃饱肚子，能有地方住，不会犯法的。"

"哈哈！"赵思年放声大笑，"小楚，我舅父舅母说得很对。"

"本来就是呀！"楚归荑道，"所以，表哥，要是以后你真的成了盗匪，那一定也是盗匪中的好人。"

也不知怎么，好些天没见到楚归荑，今儿再见，赵思年竟觉得她更好看了，看着也更顺眼了。也许是因为她为他抱不平，又或许是因为她认为他就算当了盗匪，也是盗匪里的好人……这些话，从来没有人跟他讲过，也从来没有人敢跟他讲。

"小楚……"情不自禁地，赵思年低声唤她的名字。

楚归荑扬了扬下巴："怎么啦？"

"没事，就是想叫叫你。"

"哦，表哥。"

"嗯？"

"我也没事，就是想叫叫你。"

"那你叫吧。"

"表哥，表哥，表哥！"楚归荑越叫越来劲儿。

赵思年伸手弹了弹她的额头："走吧，带你去吃好吃的。"

"嗯。"楚归荑一蹦一跳地往前走。

赵思年看着欢呼雀跃的背影，忽然觉得，她比前些天看着又长高了不少。

张桦说她最近又能吃不少。大风寨里，属她吃得最多。

不知是不是因为最近天冷了不少，她瞧上去胖了不少。

胖了好，胖了才不会一阵风就把她吹走了。

戌时，赵思年将楚归荑送回笑口斋之后，自己回了对面的自在居。

自在居里，赵子沉跟柯平坐在西面，赵炜、冯树、张达等人坐在东面。赵思年一进门，几人就不约而同地往他这边看。

"小楚睡下了吗？"寂静的屋内，赵炜率先开口。

赵思年点点头："睡下了。"

"今儿她逛得高兴吧？"想到楚归薁睡着之后的可爱模样，冯树的脸色变得慈祥不少，"平时我们陪她出去玩儿，她虽然高兴，但时不时会冒出一句'要是表哥在就好了'。"

"嗯。很高兴。"昏暗的烛灯下，跳跃的烛火明明灭灭，赵思年看着烛火，神色温和不少，"就是看戏的时候不太高兴，认为面相凶恶的不一定都是坏人。"

"那是在为我们抱不平呢。"张达道，"小楚跟我们在一起生活，当然知道人不可貌相。"

冯树笑道："小楚聪敏机警，善良可爱，岂是凡夫俗子能够比得上。"

一提到楚归薁，大家都忍不住多说了几句。

只有赵子沉面色沉沉，一言不发。他一直低着头，将手中的剑擦了又擦。

锋利的剑刃将烛火的光照在了柯平的脸上。柯平有些躁意，一把抢过他手里的剑："行了，别擦了，擦来擦去，你还不是一个样儿。难不成你还能多杀几个人！"

赵子沉沉声道："只要我死不了，我一定会多杀几个。"

原本祥和的氛围，一下子被打断了。

柯平摸着脸上又添了的刀痕，脸色也阴沉沉的。

赵子沉道："要不是小楚在这里，我早就追着那些人一杀到底……就算死又怎样，也好过现在这样没完没了。"

"什么叫没完没了？"张达陡然拔高了声音，又急忙往笑口斋的方向看了看，想到楚归薁还在睡着，把声音压低了几分，"你是第一天到大风寨吗？从一开始，我们哪个不是跟外面的人打打杀杀到现在的？你以前想死，现在小楚来了就不想死了？怎么，你还赖起小楚了？"

赵子沉怒视着张达，半晌没吭声。

冯树看看张达，又看看赵子沉，开口道："你们两个一见面就吵，吵了几十年，怎么就不能消停一天呢？子沉兄，我知道今天你生气，是因为左腿也伤着了，但你放心，这个仇我们一定会报。"

张达也道："就是，子沉兄，你们勿躁，我们听听思年怎么说。"

"思年，周围有没有什么动静？"赵炜忽然看向赵思年。

这些天，赵思年暗地查访铭山周边的城镇，发现周边的盗匪窝在蠢蠢欲动。他道："我预料得不错，那些盗匪发现不可能靠单打独斗抢到我们的地盘，于是私下联合，想合伙攻击我们。"

"可笑！"赵炜满脸怒容，"我们不争不抢，他们还打到我们头上了。思年，如果我们再不动手，只怕以后很难有好日子过。"

"没错。"赵思年的脸色阴阴沉沉，"所以当晚，我就杀光了一个土匪窝。"

"你一个人？"赵子沉有些震惊。

赵思年颔首。

自在居里的人都是看着赵思年长大的，他们都知道赵思年从不说谎。赵炜咳了一声道："思年，我们都知道你武艺好，但那些都是什么人啊，是会把老弱妇孺都毫不留情杀掉的人。那些人要是狠起来，我怕……"

"我也怕。"赵思年打断了赵炜，"所以我趁其不备，将人都杀完了。"

一个土匪窝，就算再小，也得有好几十人。他是怎么趁其不备将这好几十人都杀掉的？

长辈们你看看我、我看看你，谁都不知道赵思年是怎么做到的。

"各位叔叔，以前我总觉得树大招风，所以让你们守着大风寨。但现在要变天了，如果再守下去，只怕我们这个家以后迟早成为别人的盘中餐。"赵思年微微顿了顿，看向赵炜，"爹，我先发制人，杀了齐寨的人，用不了多久，其他寨子会用齐寨为借口，一起讨伐我们，所以我们先打过去吧？"

"打？"赵炜眉头一拧，"如何打？大风寨的人身手是都不错，但是忽然开打，其他寨子的人肯定听到动静就会围过来，那我们……"

"不碍事。"赵思年道，"我守住后方，你们只管往前打。"

"不行！你武艺再好，也不能让你一个人去！"赵炜立刻拒绝赵思年的提议，"我是大当家，我说了算。"

赵思年反问："那还有谁能跟我并肩作战？"

赵思年五岁时就能手刃土匪，十岁就能冲锋上阵杀敌。如今二十二岁，如果不是守着大风寨，早就能成为一方霸主，谁能与他并肩作战？谁配与他并肩作战？跟他在一起，除了让他分心之外，只怕没有其他的作用了。

赵炜沉默了。

其他几人也闷声不吭。

到了这个时候，都恨自己武艺不精。要是……

"好了，太晚了，你们都去睡吧。"看到大家垂头丧气的脸，赵思年直接开口撵人，"我来回奔波，累了。"

"思年……"赵炜犹豫了一下，还是开口了，"我觉得这事儿，我们还得从长计议。"

"没什么好商量的。"赵思年道，"明天多派一些人去放哨。后面会有一场恶战，让大家都准备准备。"

这就是没得商量了。

大风寨明面上是赵炜当家，但早在几年前，大风寨就是赵思年在做主了。起初元老们还有些顾虑，但看着大风寨被赵思年打理得井井有条，才彻底放心下来。

既然那么多灾都扛过来了，那这一次，也一定可以吧？

几个人你看看我，我看看你，发现对方都没底，就想继续跟赵思年再商量商量。

但赵思年一脸不愿意再说下去，他们只好起身离开了。

几人走到门口时，赵思年又开口了："让弟兄们管好自己的嘴巴，后面攻打的事，要是让小楚听到半个字，无论是谁，直接逐出大风寨。"

几人都重重地点了点头。

在这一点上，他们都不谋而合。

# 第五章　真相

今晚的月很圆很亮。

赵思年独自来到了铭山脚下，那个山洞里还是空无一人，脚印也是旧的，果皮也早已变干。

一切都跟他走时的样子一样。

那个二十六岁的赵思年从来没有回来过。

他去哪里了……

自认"我命由我不由天"的人，此刻却想知道几天之后的大风寨，会是怎样的光景。

当今天下，祥和只是表象。官匪勾结，民不聊生。如果不是逼得走投无路，他爹也不会带着几个弟兄躲到山里。大风寨也不会应运而生。

当年大风寨是他爹靠着双手，一步一个脚印建起来的，他必须要把大风寨继续守下去。

所以他不后悔杀光了齐寨的人。他只后悔武艺还不够好，不能杀更多盗匪。

弱肉强食的天下，只有更强，才能更安稳地活着……

然而往后，只是安稳还不够。他身边还有一个楚归黉。楚归黉被楚家教得这样好，他没有道理不继续让她美好下去。

想到楚归荑，赵思年一直阴沉的面容微微有了几分暖色。

在山洞里待了一会儿，赵思年抬脚离开。走出山洞时，天上忽然飘起了雪花。

去年的雪夜，他曾提剑与盗匪整夜地厮杀，才换来黎明后的安宁。那年大雪纷飞，他站在满地尸身中，看着自己沾满鲜血的双手……

想起去年，赵思年忽而一叹。

生不到好时候，做人比做鬼还难。

"哇，下雪了！"楚归荑一醒来，看到窗外白茫茫一片，高兴得眼睛都弯了起来。

自在居的赵思年听到楚归荑的欢呼，不由想到昨夜他的感慨，顿时十分嫌弃昨夜的自己。

不过是一场雪罢了。楚归荑看到雪兴高采烈，他怎么连她还不如。

这样想着，赵思年起身，来到笑口斋门口，跟里面的人道："现在雪还没停，你快些穿衣起来，我陪你玩一会儿。"

"只陪我玩一会儿？"表哥昨天才回来，听起来今天又要忙的样子。

"嗯。"赵思年道，"这些日子，大风寨的弟兄们都会很忙。"

"是准备来年的吃的？"以往到了冬天，她爹就会出去干些杂活儿补贴家用，所以大风寨的男子是不是也是这样？

楚归荑等了一会儿，没听到外面的人回答，不由得急了，立刻跳下床往门外跑。

结果她跑到门口，就看见赵思年在微微出着神。

见他这样，楚归荑就以为大风寨养活这么多人其实是入不敷出，但赵思年碍于面子，又不肯跟她多说。于是她踮起脚尖，张开双臂去抱了抱他。

赵思年看着怀里的女孩，忍不住弯了弯唇。

"表哥，外出挣钱养家一点也不丢人。"楚归荑轻声安慰，"我爹娘不也是外出挣钱了吗？我们不偷不抢，凭自己本事挣钱，我们要骄傲。"

楚归荑这一开口，倒是叫赵思年回过了神。刚刚他在想，明明不缺她吃穿，为何她会认为他们忙是外出挣钱？

她以为他是在怕外出挣钱丢人？

知道楚归荑误会了他，赵思年却不打算解释，只温声道："知道了。"

楚归荑又抱了抱赵思年："表哥，我们的日子会越过越好的。"

"嗯。"

当然会越过越好，等清理完这些盗匪，我们就能过清闲日子了。

"表哥，我们去堆狮子吧。"

"堆狮子？"赵思年不懂那是什么。

每年下大雪，爹都会带她出门堆狮子啊。难道姑父从来没带表哥堆过？眼看赵思年越来越迷惑的脸，楚归荑就什么都明白了。她疼惜地道："表哥，你放心，我一定会带着你堆出一个很大、很漂亮的狮子出来。"

她想堆就想堆吧。但为什么要带着他一起堆？

正愣神间，楚归荑就拉着赵思年往外跑。

赵思年这才发现，来大风寨这段时日，楚归荑的力气变得比从前大了许多，看来习武还是有用的。

得坚持下去。


下了一整夜的雪，地上已是厚厚一层。处处银装素裹，显得寒气逼人。

两人才出了门，赵思年就按住楚归羹的肩膀："外面冷，你再回去多穿一些。"

"不冷！"楚归羹在雪地里蹦蹦跳跳，"堆狮子可花力气了，等会儿我还会热呢。"

赵思年从来没堆过狮子，但看着楚归羹忙乎来忙乎去，不比跑步轻松，于是便由着她去堆狮子了。

"表哥，你也一起来嘛！"很快，楚归羹不甘赵思年只在旁边站着，就朝他招了招手，"堆狮子，要一起堆才有意思。"

赵思年：……

小朋友玩儿的东西，他一个大人才不要去。

"表哥，快点呀！"楚归羹见赵思年纹丝不动，就继续催促。

算了，就陪她玩一会儿吧。

就只是玩一会儿，毕竟后面他要忙很多事情。大风寨里也没人能陪她好好玩了。

这么想着，赵思年便陪着楚归羹一起堆起了狮子。

饱腹厅里，张桦迟迟不见楚归羹跟赵思年过来吃饭，就往笑口斋的方向找。结果走到半路，看见一大一小在外面堆雪。

雪堆得很高，她还看不出是什么样子。

"表哥，不对，不对，狮子不是这个样子的。"楚归羹把东边白雪去掉一些，又补了一些。

一个像动物身子一样的东西就出来了。

又过了一会儿，楚归羹把赵思年又堆高的地方倒腾了一下。

眼睛、鼻子、耳朵都能看出来模样了。它活灵活现，栩栩如生。

"真好看！"张桦忍不住夸赞，"楚姑娘真是手巧，竟然在院子里堆了这么好看的小动物。"

楚归羹叉腰，一脸骄傲地说："那当然，我爹教我的。"

张桦笑道："那楚先生定是见过大世面的。我长这么大，第一次见堆狮子，还是这样好看的狮子。听说只有宫里头或者达官贵人才会在冬天堆狮子，但我从没想过能亲眼见到。"

只有宫里头跟达官贵人才能堆狮子吗？

凭什么呀？

楚归�眉头一皱，当下就转头看着赵思年，跟赵思年道："表哥，富人会玩儿，为什么穷人不会玩儿？难道堆狮子，只教富人，不教穷人吗？"

赵思年不懂堆狮子，也从来没见过别人堆狮子，是以楚归�这么问他的时候，还真被她问住了。但很快他就反应过来，道："富人跟穷人的衣食住行本就不一样，玩的游戏自然也就不一样。"

"不对。"楚归�摇了摇头，眼里有几分不高兴。

赵思年见她闷闷不乐，就想开导她，问道："你且说说，哪里不对？"

"这……"楚归�却说不出了。

在她看来，大家都是一样的。既然大家都是一样的，那就应该没有什么秘密。为什么堆狮子，却成了富人跟穷人人间的秘密呢？

楚归�想了很久，最后道："他们就是显摆自己会堆狮子！"

就像村长每次都穿得光鲜亮丽地从田地走过，虽然每次都笑容满面、一脸和蔼，但她就是知道村长在显摆他的官威。

赵思年微微侧目，用余光看向满脸愤恨的小女孩。他没想到，她才不过十七岁，却已经想得这样多、这样远了。

"表哥，这个冬天，我们一起堆狮子，要堆好多好多的狮子！"楚归�大声哼了一声，"富人玩什么，咱们也玩什么。"

赵思年并不明白，楚归�为什么要在堆狮子上生气，但他不想看到楚归�生气，于是点了点头，答应她："好，就按你说的来。"

楚归�这才重新高兴起来，继续堆下一只狮子。

当徐淳慌慌张张地从外面跑进来的时候，赵思年才跟楚归荑交代："堆完这只狮子之后，你就不要再堆了。外面冷，你又没有吃东西，要赶紧去吃饭。"

"嗯。"楚归荑摆摆手，"你快去忙吧，我能照顾好自己。"

赵思年摸摸楚归荑的头："乖。"

说罢，他抬脚往外走了。

徐淳紧紧跟在其后。

楚归荑盯着赵思年的背影，他的步子不像平时那样沉稳，甚至有一些匆忙。徐淳的面色也有几分慌张，好像是遇到了什么急事要办。

大风寨那么多人，有什么急事非找赵思年不可呢？

楚归荑歪了歪头，有些想不明白。

眼见楚归荑站在雪地里一动不动，张桦以为她是一个人堆觉得无趣，又怕她那样站着会冷着身子，就笑着朝她走过去："楚姑娘，我跟你一起堆吧。"

楚归荑却摇了摇头："我饿了。"

刚刚表哥在，她只顾着跟表哥一起玩儿了。但现在表哥走了，她忽然就不想堆了。

"今天煮了八宝粥，还做了你喜欢的油炸丸子。"听到楚归荑说饿，张桦就道，"要是还想吃别的，我就再去做。"

"不用那么麻烦，桦姐做什么，我吃什么。"楚归荑咧嘴一笑，夸道，"桦姐做的饭很好吃的，除了我娘，我最喜欢吃你做的饭。"

被楚归荑夸，张桦的笑容更多了。她道："楚姑娘喜欢就好，最近我又学了新菜，中午就做给你吃。"

吃过饭，楚归荑就乖乖等着习武。

结果等到快吃午饭了，赵炜没来，冯树没来，张达也没来。

以往总有一个人会教她用匕首的。

这半年来，没有一天落下。

今天为什么没人教她呢？

也许是一向咋咋呼呼、爱凑热闹的徐淳今日不在，所以大风寨里显得格外冷清吧。楚楚侧目看着正在琢磨中午做什么饭菜的张桦，问："桦姐，你有没有觉得，今天大家都好忙啊？"

大风寨的弟兄们每天都很忙，只是大家无论再忙，都会抽空陪她，所以她根本感觉不到忙。

张桦看破不说破，只道："也许吧。"

"你今天择的菜好少哟。"楚归荑忽然道，"这怎么看也不是几十人吃的。"

张桦的手微微抖了抖，生怕她要问出什么。

楚归荑忽然往张桦身边凑了凑，一只白皙的手在择好的菜里拨来拨去："桦姐，你中午要做三个人的菜吧？"

张桦择菜的手又抖了抖，还真的是怕什么来什么。她的头低下去了几分。

楚归荑俯下身子，一双水灵清澈的双眸迎上正躲躲闪闪的目光："桦姐，你一有心事，就会这样低着头。所以其实你真的没有必要藏着掖着。"

"楚姑娘，我……"

"嘘……"楚归荑捂住了张桦的嘴。她不想听张桦解释，因为知道张桦不管解释什么，也不是她想听的。于是她就自己猜。她看了眼灶台旁边的猪蹄，眼珠子转了转："猪蹄是赵叔最喜欢吃的，所以今天中午是赵叔跟我们一起吃。"

张桦：楚姑娘，你这么聪明实在是不太好啊……

"桦姐，既然赵叔今天休息，为什么没来教我射箭呢？"楚归荑的眼底更疑惑了，平时只要赵子沉休息，就会抓着她去铭山山腰射箭，"今天为什么没来呢？"

张桦支支吾吾地说:"可能……赵叔累了。"

"哦……"楚归荑这下没再说什么了,就帮着张桦一起择菜、洗菜。

吃午饭的时候,赵子沉仍然没来,楚归荑就把自己吃的饭跟赵子沉吃的饭塞进食盒里。张桦在旁边默默看着,没敢出声。其实她跟楚归荑相处的这些年,早就知道楚姑娘有颗玲珑剔透心。有些时候,楚姑娘看得比谁都明白,只是什么也不说罢了。

所以她不掩饰,才能让楚姑娘不讨厌……

尽管少主说过,那些所有关于黑暗的事,要对楚姑娘隐瞒得滴水不漏。但若是楚姑娘自己察觉,谁又能责怪她呢?

看着楚归荑提着食盒、哼着歌儿去给赵子沉送饭的背影。张桦的目光微微暗了几分。

她也不想让楚姑娘看到那些黑暗,但大风寨已经不同以往了。以往只要住进大风寨,天下就算再动荡,大风寨也会安全无恙。但现在……大风寨所有弟兄忽然都出去,一定是有要命的大事发生。

所以,楚姑娘若是能早点知道一些黑暗面,也许以后看到刀光剑影的时候,就不会像她这么害怕了。

嗒——嗒——

熟睡的赵子沉猛地惊醒,捞起枕边的弓箭,立刻拉了满弦,准备射向发出声音的地方,却忽然听见了歌谣。

这个歌谣他很熟悉,是楚归荑最喜欢的。

来人是楚归荑。

赵子沉松了一口气,放下了手中的弓箭。

但很快地,他开始紧张了。

他的左腿伤着了,要是叫楚归荑看见,吓着她了怎么办?

就是因为不想让楚归荑看到腿伤,他才躲在屋子里睡大觉……

咚,咚。

是楚归羮在敲门。

赵子沉紧张得要命，左看右看，看有没有地方可以藏起来，但屋子就那么大，他人高马大的能往哪里躲。

"赵叔，该吃午饭啦，我进来啦。"楚归羮敲完了门，没听见赵子沉喊她进来，就自作主张地推开了门。

赵子沉：……所以晚上一定要锁门啊，锁门真的是个好习惯。

楚归羮推门进来的时候，就看见赵子沉蒙着被子在打呼噜。

她那么大声地敲门都没能把他吵醒，看来这些天他一定很累。

但是再累，也不能饿着肚子睡啊。

这样睡也睡不好啊。

于是楚归羮就把食盒放在一旁，走到床边去掀赵子沉身上的被子。

赵子沉：这叫我还怎么装睡……

"赵叔，你先起来吃饭，吃饱了再继续睡。"楚归羮在他耳边好大声地说话。

他只是装睡，又不是听不见，这么大声要是还不醒，怎么都说过不去了……

赵子沉彻底没办法装睡了，只好揉了揉眼，装作迷迷糊糊的样子："是小楚啊，你怎么来了？"

楚归羮指了指食盒，把食盒里的饭菜一一端上了桌："没见你来吃饭，想跟你一块儿吃。"

一块儿吃？

他腿上有伤，只能躺着吃饭来着。

但楚归羮都把饭菜摆好了，他是起，还是不起？

起了，会叫楚归羮看到伤；要是不起……

"赵叔，你是不是累得不想动？"楚归羮看着凝眉发呆的人，就笑了笑，"我喂你吃吧。"

一个大男人，让人喂虽然很丢人，但比起让楚归黄受惊吓而害怕，明显丢人来得更划算。这样想着，赵子沉就很配合地张开了嘴："我们小楚就是善解人意！"

"应该的嘛！"楚归黄吹了吹粥，等不烫嘴了，才喂给赵子沉，还道，"平时你们出门挣钱养家，累得不想动，我要是能照顾你们，也算为大风寨出一份力。"

瞧瞧！

我们家小楚多乖巧啊。

还懂事！

赵子沉张口吃粥，细细咀嚼，认真品尝，一脸的满足。

"赵叔，你有没有闻到什么味儿？"

就在赵子沉沉浸在被楚归黄喂饭的喜悦里时，楚归黄好奇的声音在他耳边响了起来。他咽下楚归黄给她撕下来的猪蹄，一边吃一边问："什么味儿？"

楚归黄的小鼻子皱了皱，使劲儿地在他身上嗅了嗅："血味儿。"

赵子沉心里咯噔一下，她的鼻子这么灵吗？

他的目光不由得往左腿处瞄了瞄，心里虚得厉害，满脸堆着笑道："什么血味儿，我怎么没闻到呢？"

楚归黄盯着他的左腿看了一会儿，又盯着赵子沉看了一会儿。

那样平静里又带着几分审视的目光，让赵子沉无端地看向了别处。

楚归黄的语气一下子变得严肃起来："从小爹娘就教我，撒谎是不对的。你是大人，为什么要撒谎呢？"

赵子沉没敢吭声。

楚归黄继续给赵子沉撕猪蹄："赵叔，咱们是一家人吧！"

"是啊。"赵子沉大口吃着猪蹄，心中琢磨着楚归黄怎么突然就来了一句"一家人"。

"一家人，就要说实话。"楚归荑幽幽地开口。

嘴里的猪蹄忽然就不香了。

赵子沉愣了愣，看着还是一脸单纯的女孩："我也没说谎啊。"

对，他什么都没说，所以不叫说谎。

"哦……"楚归荑长长地"哦"了一声，然后目光再次落在了他的左腿上。

头一次被人这样盯着看，赵子沉浑身不适，但他还得继续装作很平常的样子。

"赵叔，我也不知道为什么，你越不说，我就越想知道。"楚归荑忽然咧嘴一笑，"伤得很厉害吗？"

赵子沉："就……还行。"

发觉小女孩不好糊弄，赵子沉只得说了实话。

楚归荑一字一句地说："让我看看？"

"不行。"赵子沉立刻拒绝。

"为什么？"楚归荑疑惑了。

他们都商量好的，不允许她看见一丁点的血腥。

但这话，赵子沉他不能说啊。他看了一眼可爱无比的楚归荑，思来想去，终于找到了一个借口："伤口已经包扎好了，你也看不出什么名堂。"

"哦……"楚归荑继续给赵子沉喂饭，就再不说话了。

赵子沉吃着楚归荑喂来的饭，心里忽然变得很不踏实。

因为她脸上的笑容没有了，也不哼歌儿了，就连平时一见到他就叽叽喳喳地说个没完的话也没有了……

这跟平时的楚归荑差别太大了，大到赵子沉浑身都不舒服。

赵子沉这哪里还躺得住，他急得立刻坐起来就要跟楚归荑解释。

他这一动，便牵动了伤口。

血腥味就更浓了。

楚归羹的鼻子再次皱了皱，但没吭声。

"小楚，其实吧，我也不是故意要瞒着你。"赵子沉直起身道，"男子汉大丈夫，伤着点皮肉，算不过就是蚊虫叮咬。这对我来说就是家常便饭，但对女孩子来说，就是顶天的大事儿。你细皮嫩肉、天真可爱的，我……"

"所以我是累赘吗？"楚归羹抿了抿唇。

她一开口，赵子沉就听出她的声音里带了一丝哭腔。

这可是他们捧在手心里呵护的女孩啊，他却把她弄哭了！

"小楚，我……"赵子沉想解释他不是这个意思，他其实不想让她害怕，但面对悲伤中的小女孩，他却手足无措，"我……"

"我"之后，他就沉默了。

"要不……你打我一顿出出气？"

半天过去，赵子沉只憋出这句话。

楚归羹再抬起头，眼眶已经是红彤彤的了："赵叔，我们是一家人。你都受伤了，还要我打你出气……在你眼里，我不就是个拖油瓶吗？"

不说还好，一说，楚归羹一下子就哭出了声。

"不是，我不是那个意思。"赵子沉一下子急了，想把楚归羹抱在怀里好好安慰，但楚归羹却十分抗拒，使出全力推开他，把碗筷重重放在桌上之后，抹着眼泪往外边跑了。

赵子沉急得不行，立刻下床去追，脚才挨了地，就"哐当"一声摔倒在地上。

伴随着伤口撕裂的痛，赵子沉才想起来，他的左腿有伤，右腿又不太方便。

这残废的身子，怎能追得上身轻如燕的楚归羹？

更何况……

他看了一眼左腿。

原本不再流血的伤口又开始流血了。

还能看见骨肉。

这样血腥的画面，还是不要让她见了吧。

楚归薁回了笑口斋之后，就把袖子里的洋葱扔掉了。

"好呛啊。"她擤了擤鼻子，拿帕子蘸了水，使劲儿擦了擦眼。

如果一定要装可怜、装惨兮兮才能让她知道大风寨的事儿，那她愿意继续装一会儿。

只是……

如果能真的哭出来就好了。

这样她就可以不用洋葱来引出眼泪了。

但是不行啊。

爹娘从小就教导她，想要得到一样东西，哭跟求都没有用。

要想得到一样东西，就必须自己另想办法去得到。

可是她知道，大风寨的人都怕她哭。只要她哭，就一定能得到她想要的结果，所以她就只好装哭了。

"哎……"

她沉沉地叹了口气。

虽然她是小孩子没错，但她也不是普通的小孩子啊！

爹娘从小就教她为人处世，生存之道。要不然……她怎么能在村长面前装疯卖傻，蒙混过关呢？

夜幕降临时，赵思年浑身是血地回来了。

跟其他弟兄一样，他在进入大风寨的大门之前，去了桃林的温泉沐浴更衣，洗去一身血腥味，再穿上早就备好的干净衣裳，提了桂花酥，往饱腹厅走去。

以往这个时候，楚归薁都在饱腹厅跟大家说说笑笑。然而今天弟兄们都忙得不可开交，她一个人在饱腹厅里，多少会觉得孤单吧。

赵思年低头看了一眼桂花酥——等一下她吃到这个，应该会高兴一些。

片刻之后，赵思年来到了饱腹厅，没看到楚归萋，倒是看到了一脸愁云的张桦。

张桦见到赵思年，就更愁了。

赵思年把桂花酥放在桌上，问："小楚怎么不在？"

面对赵思年，张桦不敢有半分隐瞒，如实道来："回少主，今天中午楚姑娘从我做饭的分量多少，猜到还有人在寨子里，又通过我做的猪蹄，知道赵叔在，她就去找赵叔了。"

赵思年面色不变："之后呢？"

"楚姑娘东问西问的，赵叔就把受伤的事儿给说出来了。"张桦唉声叹气，"她想看看赵叔的伤势，可赵叔没答应。她就一边说着自己是拖油瓶，一边哭着跑出去了。"

听到楚归萋哭，赵思年的眉头微微皱了皱。

赵思年平日就面色沉沉，再加上皱了的眉头，使得张桦不免有些害怕，故而往后退了两步。她低声道："我去了无数次笑口斋，不管怎么劝，楚姑娘就是不肯开门，还……还……"

"还什么？"

赵思年的声音也低沉了几分。

张桦的肩膀抖了抖，颤声道："还说……大风寨能打架的都不见了，肯定是出大事了。大家打架都瞒着她，肯定没有把她当家人。既然没有把她当家人，不如把她饿死算了。"

"胡闹！"赵思年的脸色更阴沉了，抬脚往笑口斋方向走去。

这么多年，张桦第一次见赵思年真的生气。她生怕赵思年会对楚归萋动怒，赶紧跟在他身旁："少主，楚姑娘也是一片好心，才会说了那些不该说的话，您别往心里去……"

"你留在这里。"赵思年沉声打断她，"你在，只怕她会闹得更厉害。"

说罢，赵思年急匆匆地离开了。

到了笑口斋，赵思年敲了敲门，跟里面的人道："为什么不吃饭？"

等了一会儿，赵思年没听见楚归荑的回应，又道："张桦每隔一会儿就会过来劝你，你不可能睡着，所以回答我，为什么不吃饭？"

里面的人还是不说话。

赵思年深深吸了两口气，再缓缓吐出来。他耐着性子道："小楚，我这个人脾气不好，我问什么，你就答什么，不许惹我生气。听到没有？"

可里面的人依旧不说话。

赵思年的耐性瞬间就被消磨殆尽。他推了推门，想进去再说，却发现门从里面锁死了。

赵思年：……

她还能耐了！

赵思年的怒火一下子熊熊燃烧起来，抬脚便将门踹了个稀巴烂。

正闷头哭的楚归荑被巨大的声响吓了一下，停止了哭泣。

她好像把赵思年惹火了……她虽然想知道大风寨的真相，但是她没想让赵思年这么生气啊。

床上的人被锦被包裹得严严实实。赵思年看不到人，就一把将被子掀了起来。

楚归荑满眼惊慌地看着赵思年——她……她要挨打了！

本是气到极致的赵思年，看到楚归荑惊恐的样子时，怒气一下子就全消了。他把楚归荑从床上提起来，摆正位置，让她好好坐着，然后他搬了把凳子，与她面对面而坐。

楚归荑眨了眨眼……这是不打她了？

"因为赵叔不给你看伤口，你就不吃饭？"赵思年抬手，将她凌乱的头发理了理，"你不吃饭，大家都跟着担心，应该吗？"

楚归荑闷闷开地口："你们都把我当傻子，所以才什么都瞒着我。"

赵思年正欲开口，就听楚归荑又道："爹娘说，一家人总要为对方着想和付出，但你们都欺骗我，就是将我当傻子。"

赵思年理了理思绪，开了口："如果将你当傻子，早就把你丢到外面自生自灭了。"

楚归荑：……表哥，你这样，我怎么接话？

赵思年继续道："你仔细想想，大风寨可有养过闲人？"

这倒是没有。

大风寨的每一个人，在她看来都是十分厉害的！

对，都是十分厉害的，所以才显得她没用啊。楚归荑灵机一动，垂着眼眸道："他们都能为大风寨做事，而我却只能吃喝玩乐。我不是闲人，那是什么？"

"这……"赵思年没想到，楚归荑竟是往这方面想的。他想了想，又道："你一个女孩子，出门做事总有不妥。"

楚归荑擤了擤鼻子，可怜兮兮地问："你瞧不起女孩子？"

赵思年斟酌地开口："女子天生比男子体弱，而大风寨的弟兄们干的都是力气活，这才没有叫你。"

楚归荑点了点头，又问："你们以打架为生？"

严格来说当然不是，他们也开垦田地，能丰衣足食。然而遇到别人来烧杀抢夺，他们自然要对抗。这几年灾荒严重，盗匪横行，打大风寨主意的人也越来越多，对抗就成了习以为常的事，尤其是最近。

赵思年看着正等他回答的人，正声道："打架又不能吃饱肚子，怎么会有人以打架为生？等天气暖和了，我带你去看看我们的田地。"

原本赵思年是没打算让楚归荑去看田地的，怕她想为大风寨出力种田——他怎么会让楚归荑干农活呢？她应该开开心心地长大，无忧无虑地生活。但眼下楚归荑想得太多，他不得不灵活变通。

楚归荑不再说自己没用、傻，而是直接问："既然弟兄们都是以种田为生，就不会无故招惹是非。所以表哥……为什么赵叔会受伤？受伤了为什么要瞒着我？是被坏人打伤的，还是被……"

赵思年打断她道："小楚，有些事，你还是不要知道得好。"

楚归荑仰着小脸："所以……表哥，在你眼里，我是不是最没用的人？只能跟你们过好日子，不能跟你们过苦日子？"

赵思年否定道："当然不是。"

楚归荑反问："那为什么不告诉我？"

赵思年道："我想让你无忧无虑。"

楚归荑看起来更可怜了："只有让我知道真相，我才能无忧无虑。否则我会东想西想，会想得晚上睡不着，白天没精神。我会茶饭不思，很快就会消瘦的。"

赵思年：……

瞧着赵思年一脸无语的模样，楚归荑继续道："是家人，就不该隐瞒，哪怕是善意的也不可以。"

赵思年半晌无言。

"表哥……"楚归荑的声音越发地小了下去。她自说自话："我明白了，其实我就是个一事无成的人。这些年来，谢谢你照顾我这么长时间。"

说完这些，她就掀开被子下了床，然后低头穿鞋。

她满脸的悲伤，叫赵思年看得越发烦躁。

穿好了鞋子，楚归荑又翻箱倒柜地找东西。

丁零哐啷的声音让赵思年眉头皱了皱。他起身，朝楚归荑身边走去。到了楚归荑身后，他才看到，她正在分箱子里的珠宝。

她把大部分珠宝都留在了箱子里，只把一小部分装在了荷包中。

"这些给你。"知道赵思年就站在自己身后，楚归荑侧了侧身，让赵思年看个一清二楚，然后又晃了晃手中的荷包，"这些是我的。"

现在开始分钱财……这是要走？

"我走了。"楚归荑撇了撇嘴，满脸伤心，"我去找我娘了，等以后再……"

"一言不合就跑路，你真是出息了。"赵思年越听越觉得不对劲，夺过她手里的荷包，把珠宝都哗啦啦地倒进箱子里，盖好，放回原位。

楚归荑也不吭声，就低着头站在一旁。

"隐瞒你，叫你这么伤心？"赵思年一回头，看见楚归荑站在墙边，像是面壁思过，又像是跟他故意拉开距离。

平时两人在一起，楚归荑分明喜欢靠近自己。这样刻意的疏离，让赵思年浑身都不舒服。他抬脚，正欲朝楚归荑走近，却见楚归荑迈开脚步，拔腿想要往外跑。

赵思年站定不动，跟楚归荑一字一句地道："小楚，不管任何事情，我们都可以商量，但你要是刻意躲我，天南地北我也能给你找回来……但是回来后，可就不是现在这样能商量了。"

楚归荑听明白了，把迈出去的腿乖乖地收了回来。

赵思年这才继续朝她走去，而后俯下身子，与她平视，道："我带你去看赵叔的腿，但你答应我，看过之后，哭也好，生气也好，害怕也好，随便怎样都好，但是不要怨恨。"

楚归荑轻轻"嗯"了一声，答应了。

很快，赵思年就带着楚归荑一起来到了赵子沉的住处。

这时候，赵子沉正因为楚归荑不吃不喝而寝食难安，一看两人进来，赵子沉立刻露出了笑容。

"赵叔，让小楚看看你的左腿。"

"喀……喀……"一句话呛得赵子沉连连咳嗽。

楚归荑赶紧轻拍赵子沉的后背，帮他顺气。

赵子沉看着赵思年，挤眉弄眼道："以前你是怎么说的来着？"

"给她看吧。"赵思年的语气里有诸多无奈，"要是再瞒着她，她就要离家出走了。"

离家出走，这么严重？

赵子沉赶紧好言相劝："小楚，别看街上那么热闹，其实坏人多着呢，可千万别离家出走。天大地大，要是我们找不到你，你一个女孩子家……"

"赵叔，你放心吧，以后不管说什么，我都不会离家出走的。"从赵思年跟赵子沉的神色里，她就知道了一些。她只想知道真相，让他们担心并非她的本意。

"一定要看吗？"赵子沉有点犹豫，"小楚，要不……"

"赵叔！"楚归荑的声音大了几分，语气里有几分不满，"表哥都答应让我看了。"

赵子沉拗不过，只好掀开了被子。

原先洁白的纱布上，已是被鲜血染透。

楚归荑从来没见过这么多血，红得让她触目惊心。她伸出手，似乎想要去摸一下伤口，但在快要碰到的时候，又一下子缩回了手。

似乎只是碰一下，都会加重赵子沉的疼痛。

过了一会儿，楚归荑才缓过劲儿来。她满眼心疼地看着赵子沉："赵叔，疼吗？"

"不疼。"赵子沉道，"这点伤算什么。"

楚归荑又看了眼赵子沉的右腿——他的右腿都瘸了，左腿这点伤，的确算不了什么。楚归黄抿了抿唇，轻声道："虽然在你看来这点伤算不得什么，但流了这么多血，里面一定伤着骨头了，我想应该能看见骨头跟肉吧？"

"别哭了，丑死了。"

有人用衣袖在她脸上胡乱地擦着。

原来……她哭了。

她抬起头，看着凶巴巴、恶狠狠的人。

"表哥……"

她一抬头，带着几分哭腔。

泪又往下滚。

赵思年继续擦："不让你看，就是怕你难受，怕你哭。现在看来，果然如此。"

楚归黄小声道："为什么受欺负的总是好人呢？为什么坏人就不能被欺负？"

赵思年回答她："因为好人还不够强大。"

楚归黄抿了抿唇："好人手上没有权力，就算想强大，也没办法强大。"

"这些你想了也没用。"赵思年伸手把赵子沉身上的被子盖好，重新遮住了他腿上的伤，继续道，"现在伤也看完了，你心里是怎么想的？"

楚归黄咬了咬唇，没吭声。

"小楚，你心里是怎么想的？"没听到回答，赵思年再问。

看到赵子沉的伤后，她想了好多好多，但赵思年说得没错，她想了也没用。她胡思乱想，还会让大家担心。她看看焦急的赵子沉，又看看面色沉沉的赵思年，最后开口："赵叔的腿伤得不轻，不能耽误。明日请个大夫来给他好好瞧瞧吧。"

"不用，这点伤，瞧什么瞧……"

"我说，要请大夫！过来给你瞧！"楚归黉一字一句，咬字一个比一个重。

她俨然生气了。

她的眼泪还在眼眶里打转，但眼神却凶得要命。

赵子沉心里一跳，没来由地觉得她生气的样子，跟赵思年有几分相像。赵思年若是生气，大风寨就没有人不怕的。因而生起气的楚归黉，硬是叫赵子沉蔫了。他只好附和着道："好，等明日就看，听你的。听你的，行吗？"

楚归黉伸手抹了一把眼泪，擤了擤鼻子，转身离开了。

赵思年看了一眼赵叔，微微摇头，也跟着离开了。

# 第六章　你很好

出了赵子沉的屋子之后，楚归荑直奔笑口斋。

一路上，她面色沉沉，也不说话。

见她不说话，赵思年也不说话，就那么静静地陪在她身边。

长廊里茉莉花开得正好，若是以往，楚归荑会走走停停，在开得最好的茉莉枝头前停下，轻嗅芬芳。现在，她却一眼也不看，急匆匆地走过，碰落了大朵大朵的茉莉。

茉莉坠落在地，碎成一片片花瓣。

赵思年扫了一眼那些花瓣。不知是月光照得花瓣惨白，还是今夜楚归荑哭得伤心，满地落花之处，他竟觉得有些寒凉。

曾经在他看来，拼杀之中会受伤是武艺不精，是自己不够强大，怨不得别人。要想毫发无损，就要成为强者。但楚归荑一句"为什么受欺负的都是好人，为什么坏人就不能被欺负"让他忽然想到：以前的想法，也许都是错的。

天下习武之人不胜枚举，能有几人是武林高手？

难道因为武艺不精，就要处处遭人欺凌，受人摆布？

身旁的楚归荑越走越快，越走越急，似乎想要离他远一些。他快走几步，拉住了她的胳膊，轻声问："小楚，不要因为旁事而疏远我。"

"我没有。"

说是没有，却是底气不足。

她低着头，叫赵思年摸不清她在想什么。

"抱歉，方才我说了那些叫你不高兴的话。"赵思年从未与人道歉过。此生头一遭，他还有些不适。

"你说的也没错。"楚归荑有些失落，"是我太固执了。"

"你没有固执，你很好。"赵思年的声音轻了几分，也多了几分怜惜，"别的姑娘要是看到赵叔的伤势，只怕要吓跑的，你能这样勇敢，真的很好。"

"表哥……"楚归荑轻轻扯了扯赵思年的袖子，"对不起，我刚刚……确实想要离你远一点。"

赵思年没有多言，只是轻轻拍了拍她的肩。

"表哥……"楚归荑轻声喊着赵思年，"以后，我再也不跟你闹别扭了。"

她的表哥是天底下最好的人，她却跟最好的人闹别扭，真是不应该。

好人都应该被疼爱的。

想到这儿，楚归荑忽然又说："表哥，我如今也长大了，我想帮你点什么，但我能帮你什么呢？"

她一个弱女子，打架打不赢别人，吵架也学不来泼妇骂街。他这样每天打打杀杀的日子，除了缺帮他打架、骂人的，眼下还真什么都不缺。

但如果真这样说，她肯定会失望吧？

毕竟她这么要强的一个人。

这样想着，赵思年就道："我最不擅长管账，但大风寨偏偏就我管得最好。每年大风寨的粮食卖出去之后收进来多少钱，大风寨的弟兄们用多少钱，我们总也对不上，好在进的钱总比用的钱多得多，这才没有入不敷出。"

"我四岁的时候，娘就教我管钱了。要不……以后我慢慢管咱们大风寨的？"虽然她家只有三口人，大风寨的弟兄有一百多个，但不管人多人少，管钱的方法总是一样的。但钱这样重要的东西，若是交给她，只怕是……

"你若能管，我求之不得。"赵思年丝毫没有犹豫，"那明天开始，你上午习武，下午过账。有不清楚的，你就来问我。"

终于能帮表哥做一些事情了！

楚归荑咧嘴笑了笑："表哥，你放心，我一定会给你惊喜的。"

等等……

这句话怎么听着有些耳熟。

赵思年细细一想，便想起来了……

当他发现楚归荑武艺方面天资极差，让他爹试着教楚归荑习武时，楚归荑对他爹说了同样的话。

后来惊喜就变成了惊吓。

所以……他还是不要抱什么希望。

只要她别把账管得一塌糊涂，他就谢天谢地了。


翌日，楚归荑早早起来，发现大风寨里仍旧空空荡荡。

在饱腹厅吃饭时，张桦忧心忡忡地看着楚归荑。

知道张桦为什么提心吊胆，楚归荑就拉住张桦的手："桦姐，你放心吧。表哥可疼我了，虽然生气归生气，但还是舍不得打我，连一句重话都没说。"

张桦一颗悬起来的心这才放下，心有余悸地道："少主知道你不吃饭的时候，那气的样子你是没见，我心跳都快吓停了。没事就好，没事就好！对了，给赵叔看伤的大夫来了！"

楚归荑的眼睛一下子亮了，端起桌上的茉莉花茶就往外跑。

张桦见她跑得急，赶紧小跑着跟了上去，还在她耳边道："这个大夫跟一般人可不一样，别看他年纪轻轻，胆量却大得要命。整个源城的大夫被请完了，只有这个大夫愿意到大风寨。"

楚归荑的眼睛里带了几分笑意："他叫什么？"

"李炆之。"张桦道，"看着眉清目秀、柔柔弱弱，却是软硬不吃的硬骨头。"

楚归荑笑容更多了："能来大风寨的都是英雄好汉，才不是硬骨头。硬骨头不好听，以后不许再说了。"

"是，楚姑娘说的是。"张桦看了一眼她手里的茉莉花茶，犹豫了片刻，还是开了口，"楚姑娘，李炆之他……好像不喜欢喝茉莉花茶。"

楚归荑盯着茶壶看了两眼，笑道："没关系，他不喝，我喝。"

万一他只是不喜欢喝别人递的茶呢？

娘说，伸手不打笑脸人。她相信，只要她恭恭敬敬地，笑着把茶递给李炆之，他一定会喝的。


"李先生，算我求你了，行吗？真的没有必要喝那些乱七八糟的汤药，我真的喝不下去了。"

楚归荑才走到闻道居，就听见赵子沉央求的声音从里面飘出来。

她悄悄把门打开了一道缝儿，从门缝儿往里面看。

她看到一个身穿一袭青衣的年轻男子，正站在床边居高临下地看着赵子沉。

"想要好得快，还想要保住这条腿，就必须喝我的汤药。"不管赵子沉说什么，李炆之丝毫不听，依旧坚持己见，"我是大夫，你是病人。病人听大夫的，这是天经地义的事。"

赵子沉掀开锦被，露出那条受伤的左腿，指着把左腿包扎得十分精致的纱布道："李先生，我是伤患，不是病人，我没病！还有，包扎就包扎，弄这么漂亮干什么，我又不是女子。"

"原先你确实只是伤患，但由于伤口清理不及时，已经被感染，导致你今日发烧了。所以你现在就是病人。还有，伤口包扎得好，证明我包扎的本事不错，这是考验治疗伤患最基本的……"

"这都什么乱七八糟的啊。"赵子沉被李炆之说得心烦意乱，却偏偏不能开口赶人。请大夫来治伤是楚归黄的意思，赵子沉不能负楚归黄的一片好意，但现在李炆之跟念经一样在他耳边絮叨个没完，他实在受不了了，大声道："我没发烧，我怎么会发烧！"

"现在你是低烧，自然感觉不到，等……"

"我求求你了。"赵子沉只差没跟他磕头求饶了，"昨天你让我喝乱七八糟的药，我也喝了。但今天你另外加的药，我是实在不能喝了。"

要是今天他还喝，谁知道明天会不会变本加厉，弄出更多的药汤来。

他只是受了伤，又不是马上就要死了，用得着喝那么多药吗？

本来他是因为怕楚归黄生气，才同意让大夫来给他换药包扎的。这就已经够让冯树他们几个笑话了，要是再听一个外人的话，岂不是要被他们笑话一辈子？

只是这么想想，赵子沉就非常抗拒，甚至觉得眼前这个李炆之有些胡搅蛮缠的意思了。他脸色一沉，冷声道："明明我没有发烧，你却说我发烧，我看你是想讹诈勒索，好趁机敲诈一笔药材钱。"

面对凶神恶煞的赵子沉，李炆之淡淡开口："发热的钱算我送你的。"

赵子沉愣在那里。

"哈哈哈……"

门外笑若银铃的声音传来，赵子沉往门口一看。

他看到楚归黉正提着茶壶过来。

赵子沉：……

刚刚他们说的，她都听见了？

楚归黉一脚踏进了门，同时道："赵叔，你这么大了，还怕喝中药，好丢人啊。"

赵子沉的脸色更难看了，他看李炆之的眼神也越发凶狠了。

李炆之任由着他看，语气依旧不冷不热："这位姑娘说得不错，这么大的人，竟然还怕喝中药，真是丢人。"

赵子沉：要不是小楚在这里，我骂不死你……

赵子沉脸色十分难看地……端起汤药，咕噜咕噜地喝了下去。

亲自盯着赵子沉喝完药之后，李炆之才转身离开。

楚归黉看着李炆之要走，赶紧在他身后道："先生，我泡了刚摘的茉莉花茶，可好喝了……"

"我不……"

李炆之拒绝的话还没说完，就看见姑娘满脸笑容地跑到了他跟前。

她双手恭恭敬敬地把倒好的茶递到李炆之面前——那满满的诚意，让李炆之顿时说不出拒绝她的话了。

毕竟还只是个孩子……

看样子，也就十二三岁。

比他还要小十岁呢。

但任何茶对他来说，都堪比毒药，不，比毒药还要让他难以下肚。

"先生，喝了这杯茶，就是我楚归黉的朋友了。"楚归黉豪言壮语道，"是朋友就两肋插刀，肝胆相照。以后我帮你盯赵叔喝药。"

朋友不朋友的，李炆之倒是不在意，毕竟治好了人，他的目的就达到了。但盯赵子沉喝药……刚刚她不过三言两语，就激得赵子沉把药喝完了，一句话比他一百句话都顶用。

这么一想，李炆之就把楚归荑端来的茶给喝了。

之后，他把茶杯还给楚归荑，与她道："记住你的话。"

"嗯。"楚归荑跟他保证，"以后我们是朋友了！"

"不。"李炆之道，"是后面那句。"

"盯赵叔喝药。"

"嗯。"

楚归荑拍着胸脯道："放心吧，赵叔可宠我了。我让他向东，他绝不会往西。喝药这点小事，全部包在我身上。"

喀喀……

忽然，赵子沉猛烈地咳嗽起来。

小楚，就算你说的都是实话，但你当着一个外人的面这样说你赵叔，让你赵叔以后的颜面往哪儿搁？

楚归荑忽然有些担心："先生，赵叔好端端的，怎么开始咳嗽了，是不是病更重了？"

"没有。"李炆之回头看了一眼咳得满脸通红的赵子沉，也不知是想到了什么，唇角微微勾起，"大概是药苦到他的心，才会咳嗽吧。"

楚归荑陷入了疑惑："因为药苦，所以咳嗽？"

胡扯，这绝对是胡扯！

赵子沉咳得更厉害了。这个该死的庸医，什么时候才能走啊！

"赵叔，别怕，良药才会苦口。"楚归荑像大人一样安慰赵子沉，"我娘说，只有弱者才会甘于现状，强者都是越挫越勇。"

喀喀……

赵子沉咳得厉害了。

酉时，楚归荑习武结束，照旧来到饱腹厅。她准备跟张桦说话解闷时，正巧看到张桦在帮着李炆之挑选药材。

那甘苦的味道让楚归黄十分熟悉。

每到青黄不接的时候，爹娘就会出去采一些药材回来贴补家用。所以她从记事的时候开始，就已经认识好多药材了，像大黄、牛膝、板蓝根等，都是她每年会见到的东西……

想到过去，她忽然有些想念爹娘了。

这么多年没有见到他们，也不知道他们现在过得好不好，有没有想她。

但她很快又想，爹娘应该是不想她的，要不怎么都该给她写封信。

爹娘不想自己啊。

楚归黄低着头，一张小脸上都是不开心。

过了一会儿，她忽然又想：天下哪有不想念女儿的父母呢，何况爹娘一直都疼她爱她。所以他们这么久没给她寄信，一定是因为怕她看到信会想念吧……

"楚姑娘，怎么来了都不进来。"张桦弄完药材，正准备拿去熬煮，忽然看见楚归黄站在厅外，一脸若有所思的模样。

楚归黄朝张桦咧嘴笑笑，往门里走："闻到药草味儿，就想爹娘了。"

闻言，李炆之停下整理药箱，回头看了一眼楚归黄："你爹娘也是大夫啊？"

楚归黄摇摇头："是农民，家里种地的。"

这两年大旱，老天爷下个雨比下金子都难。种地的老百姓日子都不好过，也难怪楚归黄要来大风寨。想到楚归黄的处境，李炆之微微叹了一声，道："你爹娘呢？"

楚归黄道："出远门挣钱了。"

还好没有闹饥荒饿死，眼下这年头，活着就是老天爷的恩赐了。

李炆之朝她招了招手："你来。"

楚归羹朝他走过去，在他对面坐下。

李炆之将药箱推到她面前，问："能认出里面是什么药吗？"

楚归羹朝药箱探了探头，一边指着药材，一边道："这是金银花，这是鱼腥草，那个是板蓝根，旁边那个是黄连。"

她再往下面几层瞧了瞧，其实还有好多，但一个都不认识了，她道："如果是爹娘，可能认识的要多一些，我只知道这么多了。"

对于诚实的人，李炆之向来喜欢。李炆之道："喜欢药草味儿吗？"

楚归羹点点头："喜欢。从小就喜欢。"

那就跟他一样了。

对于有相同爱好的人，李炆之难免有几分亲近。他道："明日我还来，你几时得空？"

楚归羹道："我上午习武，下午过账，只有吃饭的时候有空。"

晚上盗匪横行，出门十分危险。李炆之想了想，转头看向了张桦，询问道："那我中午留下来吃饭，午饭时候教你。"

"先生！"楚归羹一下子抓住李炆之的手，兴奋地道，"先生，我没听错吧？你刚刚说……你要教我？"

看来她很想学这个。对于勤奋好学之人，李炆之打心里喜欢，于是再开口时，语气里多了几分亲切："只是闲来无事时教一教，若是日后忙了，只怕也无法继续教你。"

"先生愿意得空教我，我便是感激不尽了。"楚归羹连忙像学生拜见老师那样，朝李炆之深深一拜，毕恭毕敬地道，"学生定当努力，不让老师失望。"

这就……拜师了？

但他还没打算收学生呢。

生逢乱世，他行医也不过是图个温饱。哪里需要大夫，他就往哪里去。

现在大风寨需要他，他才能每日教她医理，但日后大风寨不需要他了，他自然要去往别的地方，到时候他怎么教她呢？

看着楚归萋认真好学的模样，这些话李炆之实在说不出口。

李炆之将她扶起来，正琢磨着要怎么委婉地拒绝楚归萋拜师，就听见楚归萋高兴地道："老师，你不拒绝我，就是默认收我为学生了吧？"

李炆之：……

他还什么都没说，怎么就忽然多了一个徒弟。姑娘，你难道从来不会看人脸色？

"桦姐，我有老师了。"楚归萋立刻跟张桦分享她的喜悦，"从今往后，我吃什么，都要记得给我的老师留一份。"

"我们楚姑娘就是心地善良，这还什么都没开始学，就已经想着先孝敬先生了。"张桦笑着看向李炆之，道，"先生放心，楚姑娘天资聪明，学什么都很快。连习武这样吃力吃苦的差事，她一天也从未断过。想来学医她也不会落下。"

李炆之：……

他没说要收学生……他没说要收学生……他没说要收学生！

"老师，我一定会让你惊喜的。"楚归萋一脸认真，"只要教我的人，没有说我不好的。"

李炆之叹了口气……从头到尾，他都没有说要收她啊！

楚归萋盯着李炆之的脸，终于从他一再沉默的态度中找到了一丝不对劲。他好像……并不是很愿意收徒。但她一直生活在大风寨，叔叔跟弟兄们都不允许她一个人外出，她好不容易碰到了李炆之，要是不拜师学艺，以后到哪儿去找下一个李炆之呢？

虽然爹娘说过"己所不欲，勿施于人"，但爹娘也说过"精诚所至，金石为开"。所以她为了让李炆之诚心收她为徒，又开口道："老师，我也不是强人所难之人。你先教教看，若我让你失望的话，你随时可以断绝师生关系。这样行吗？"

话已至此，李炆之只能点头答应。

后面他若是忙了，大不了随便找个理由不教就是了。

本着这样的想法，李炆之的心终于好受了那么一点点。他准备提药箱离开，楚归荑却先他一步，殷勤地为他提起了药箱，还很骄傲地道："老师，日后提药箱这种事儿，放着我来就好，我皮糙肉厚，力大无穷……"

一个娇滴滴的姑娘，硬把自己说得像个粗犷的男人。李炆之是好笑又无奈，但见她满腔热情，也就由着她了。

两人一前一后往外走。楚归荑蹦蹦跳跳地，提着药箱摇摇晃晃，李炆之在她身后道："药材精贵，当心些。"

"哦。"楚归荑立刻老老实实地提着药箱，将人送出了大风寨。

穿过桃林再走上一会儿，就是楚归荑能独自走到的最远的地方了。她东看看西看看，最后什么也没瞧到，就问李炆之："老师，没看见马车，你怎么来的？"

"走来的。"又不是人人都买得起马车。李炆之轻叹一声，看来楚归荑虽然是农民出身，却被家里人保护得天真无邪，连最起码的贫贱富贵都不懂。

"老师，你会骑马吗？"城里离大风寨还有好远的路要走，这要是走回去，肯定就天黑了。楚归荑看了一眼李炆之，见他一脸疑惑地看向自己，只好解释："如果你会骑马，我去给你牵一匹马。"

接连几年的大饥荒，百姓常常食不果腹，每天都在不停地死人，而一匹像样的马，能搬运货物，能开垦荒地。

正因为现在马的用处比人大很多，在贩卖人口的市场上，一匹马可以换十个奴隶，人命比畜生的命轻贱……而现在，这个天真的姑娘，却说要给他牵一匹马来。

李炆之蹲下来，微微仰视着这个还没有被残酷生活折弯的善良的姑娘，温声道："我给赵子沉治疗伤口，每天来回奔波数十里，也不过是挣个糊口钱。一匹马可远比我的糊口钱多多了，你不怕我把马骑走之后，就再也不来了？"

楚归莫咧嘴笑笑："不过是匹马罢了，要是因为一匹马你就不认我这个学生，那我也没什么好后悔的。一匹马换认清一个人心，怎么看我都不吃亏。"

虽然人小，但想得确实长远。

李炆之揉揉她的头："人小鬼大。"

"老师，山路难走，再晚一点，太阳可就沉下去了。还是骑马吧，骑马会快很多。"楚归莫指了指不远处的马房，"那边有好多马，我给你挑一匹温顺的马。"

"好。"小姑娘热情至此，他若是再推脱，就显得矫情了。他道，"既然我骑马来回，就能腾出些空闲教你识记药材。明日你也腾出空闲给我。"

"好。"楚归莫又朝李炆之灿烂地笑，"老师，你真好，我一定不会辜负你的。"

到底是年纪小，他说什么她都容易当真。

这样单纯的性子，往后长大了，还不知道要吃多少亏。这大风寨好歹是盗匪窝，里面的人哪一个不是刀口上活过来的，怎么会教出这样天真无邪的姑娘呢？

李炆之有些想不通，但见楚归莫兴高采烈地去马房牵马，也不好再多说什么。

毕竟……说多了她也听不懂，又何必多浪费唇舌。


再次回到饱腹厅的时候，楚归莫就闻到一股浓浓的药草味。

她皱着鼻子嗅了嗅，草药里掺杂着黄连、黄芩、黄檗、栀子等药。她想起李炆之说赵叔在发低烧，想来那些汤药应该是煮给赵叔喝的。

这样好闻的药草味，让楚归羹忍不住弯了弯唇。她哼着歌儿往里走。

这时张桦正捏着鼻子把汤药盛到碗里，看到楚归羹回来了，连忙道："楚姑娘，药味刺鼻，要不你晚些时候再用饭？"

"刺鼻？"楚归羹笑道，"我倒是觉得很香，让我来吧。"

她把汤药盖好，放进食盒里，又给自己跟赵子沉盛了饭菜，一并放进食盒中，然后去往闻道居。

张桦想跟着一同前去，却见楚归羹回头与她道："你不喜欢中药味儿，还是别去了。再晚些时候，可能表哥就回来了。这两天他看着很憔悴，想来没吃好也没睡好，你给他炖个鸡汤，让他补补身子吧。"

张桦点点头，轻声道："好。"

和张桦交代完，楚归羹哼着歌儿，往闻道居去了。

瞧着越走越远的人，张桦忽然有一种感觉：楚姑娘没有恃宠而骄，反而勤学好问，对人周到、亲切，俨然一副大风寨女家主的风范。

也许以后，楚姑娘真的会成为女家主。


有楚归羹亲自盯着赵子沉喝药，哪怕汤药再难以下咽，赵子沉也乖乖地喝了下去。

赵子沉喝完之后，楚归羹还很欣慰地拍拍赵子沉的肩膀，一副大人安慰小朋友的语气："赵叔，你很勇敢，也很坚强，是我心中顶天立地的男子汉。"

话是好话，但……他怎么越听越别扭呢？

就在赵子沉身心都非常别扭的时候，楚归羹从锦囊中掏出两颗梅子。他就更别扭了。

"吃了梅子，就不会觉得那么苦了。"楚归冀的语气很温柔，温柔得就像在哄赵子沉吃梅子。

这跟哄小朋友似的态度，让赵子沉更别扭了。

他又不是小孩子！

楚归冀指天发誓："赵叔，你放心，吃药怕苦这件事，天知地知，桦姐知李炆之知，你知我知，就再不会有其他人知道了。"

赵子沉看看楚归冀，开始觉得眼疼了。

所以说，他到底应该怎么解释，才能把这个误会说明白？

"赵叔，我还想问你个事儿。"楚归冀把汤碗放回食盒里，一脸讨好道，"这个事儿我只想问你一个人，其他人我压根就没考虑过。"

只想问他一个人！

赵子沉心底顿时生出一种说不出的满足感。他道："你尽管问，我知无不言，言无不尽。"

楚归冀道："我就知道赵叔最好了。"

被楚归冀夸，赵子沉脸上的笑容就更多了。

"弟兄们这两日都没回来吃饭，也没回来睡觉，他们都在哪里睡，在哪里吃饭？你的腿伤不是跟人打架弄的，是碰到坏人了吧？你武艺那么高强都受了伤，那其他弟兄呢，他们会不会也受了伤？你受了伤还能医治，那他们呢……"

"小楚，打住，你别说了。"在无法说真话的时候，赵子沉一般都装傻充愣。他一本正经地说假话："我这两天一直躺在床上，其他弟兄的事儿，我也不知道啊。"

"赵叔。"楚归冀没听到答案，并没有失落，反而对着他眨了眨眼，俏皮可爱地道，"你知不知道，有个词叫作欲盖弥彰。"

赵子沉继续装傻："不知道。"

楚归冀笑道："不知道也没关系，我给你解释，意思就是你们越瞒着，我就越想知道点什么。"

楚归荑还是甜甜地笑着，但这个笑容在赵子沉看来有几分恐怖。

就在赵子沉避开楚归荑的目光时，楚归荑缓缓开口："十多天前，大风寨忽买了很多金疮药。但是好奇怪，下午我去盘查金疮药时，发现金疮药没剩下多少了。那么多的金疮药，怎么会在十几天之内就用完呢？"

赵子沉惊呆了："你怎么……会看到金疮药的采买记录？"

楚归荑依旧笑得甜美："表哥说他不太会管账，恰好我会。我想为表哥分忧，表哥就把账给我管了。"

赵子沉：……

好好学武不好吗？为什么要去祸害账呢？

本来大风寨的账就是个糊涂账，再来个小姑娘管账，岂不是越管越糊涂！

不对，这根本不是该关注的重点！重点是他现在应该怎么把金疮药不见了的这个事儿给圆过去。

面对楚归荑这张天真可爱的小脸，赵子沉忽然发现自己其实很……没用。

因为他想来想去，都不知道该怎么圆过去。赵子沉思量许久，支支吾吾地开口："小楚，其实这个事儿吧……说真的，大风寨的账，我从来没看过，而且钱也不归我管。所以你说的那个金疮药……我是真不知道。"

"我知道了。"明白赵子沉什么也不愿意说，楚归荑也不强逼，还贴心地帮赵子沉盖好了被子，"赵叔，你好好休息。明天我再来看你。"

说罢，楚归荑就起身离开了。

赵子沉却开始胡思乱想起来了。

那些外面的腥风血雨，他们究竟还能瞒多久！

亥时，赵思年还没有回来。

坐在烛灯旁的楚归黄使劲捏了捏脸，才让自己更加清醒一些。

张桦见之，温柔地道："楚姑娘，都这么晚了，兴许少主跟其他弟兄们一样，不回来了，你早些睡吧。"

看完一页账簿，楚归黄就翻到下一页，同时与张桦道："再等等吧。"

只要表哥不出远门，不管多忙，每天都会跟她见上一面。

所以再等等……

哗啦——

北风又吹开了窗子。

凛冽的寒风灌了进来，吹得楚归黄打了一个激灵。她顿时没了睡意，歪了歪头，往窗边看去。

张桦连忙起身，正要去关窗户，却见楚归黄站起来往外跑去。

"楚姑娘，外面冷，你出去干什么啊？"张桦话才说完，就见楚归黄已经跑出了门。她连忙拿了件披风追了出去。

张桦才出门，就看见楚归黄跑到了赵思年跟前。赵思年将披风披在楚归黄身上，张桦就悄悄退了下去。

"怎么这么晚还不睡？"看到楚归黄冻得打哆嗦，赵思年脸色不悦，抬手敲了一下楚归黄的头，"既然冷，还穿得这么单薄跑出来，冻病了怎么办？"

很快，赵思年披风上的温暖就传到了楚归黄身上。她嘿嘿直笑："就是在一直等你，好不容易见到你，哪里想那么多。只想快点见到你，就跑出来了。"

赵思年不解："我们每日都见，为什么忽然就想快点见到我。"

楚归黄低低哼了一声："想看看你有没有受伤。"

赵思年微微一顿，然后继续朝前走："没有。"

"哦……"今晚的月色很亮，楚归黄被裹得严严实实。她从缝隙里看到月色照在赵思年的脸上，显得他比平时更清冷了。她忽然想伸手抱一抱他。可是她的手才刚伸出手来，就被赵思年按进了披风里。

"不许乱动。"赵思年沉声道。

"好吧。"楚归黄撇撇嘴，任由赵思年带着她进了门。

进屋之后，赵思年才松开了楚归黄。

楚归黄看了一圈，没有看到张桦，就自己去给赵思年端菜盛饭了。

赵思年在明亮的灯烛旁坐下，信手翻看桌上的账簿。原本他叫她管账只是随口一说，没想到她竟然真的在看。每一页的翻阅痕迹都十分明显——她看得还很细致。

"表哥，汤来了。"楚归黄端着鸡汤出来，看到赵思年正在看账簿，忙道，"那些看着累，先喝汤，汤要趁热喝。"

赵思年将账簿放到一旁，喝着楚归黄盛来的鸡汤。

楚归黄在他对面坐下，两手撑腮，一直盯着他看。

赵思年咽下口中鸡汤，问她："为什么盯着我看？"

楚归黄摇摇头，也不说话，就是看着他笑呀笑的。

赵思年觉得楚归黄今天的行为有些奇怪，一时半会儿又弄不明白她到底是哪里奇怪，只好继续吃饭。

外面寒风呼啸掠过，屋内烛火轻轻摇曳。

许是今日太晚吃饭，赵思年吃得比平时要快要急。楚归黄见他这样，就拿筷子帮他夹菜。

以往都是赵思年为楚归黄这样做，今日吃着楚归黄为他夹的菜，他竟是有些感动。

他养了好多年的小姑娘，竟然知道为他做一些事了。

"外面那么冷，也不知道其他弟兄有没有吃饱穿暖，有没有地方睡觉。"楚归黄忽然轻轻一叹，脸上有几分惆怅，"表哥，他们会照顾好自己吧。"

"嗯。"赵思年没料到楚归黉会想到这些，声音难得温柔："他们都是大人，知道怎么照顾自己。"

楚归黉沉默了一会儿。半晌过去，她又抿了抿唇，最后还是开口："桦姐她爹，是跟人打架的时候……被人打死的。但是桦姐明明读过好多书，做事也很有礼貌、懂规矩，她爹应该也是好人，要不然桦姐也不会这么好。表哥，好人也会打架吗？"

赵思年回答："被逼急了，就会。"

其实，张桦他爹是因土匪闯入家中劫财，走投无路之下拿着菜刀与那些土匪搏斗的。可他一个文弱书生，如何抵得过野蛮的土匪？

幸好那些土匪正是他要猎杀的人，他顺着蛛丝马迹找到张桦家门口，恰好撞见这一幕，就顺手救下张桦。至于为什么带回张桦，那是因为大风寨全部都是男子，如何照顾楚归黉，一直是他头疼的地方。

那时的张桦已经举目无亲，又无处可去。赵思年便问她愿不愿意去大风寨，帮他照顾一个人，于是便有了楚归黉跟张桦现在的姐妹相称。

他想，张桦这一辈子都不会忘记土匪闯入她家的那晚。她爹的血溅得四处都是，土匪忙着四处搜索钱财。她半夜被惊醒，吓得号啕大哭，哭声惹来了一个土匪，土匪举起斧头，正准备……

"表哥，你在想什么？"楚归黉伸手在赵思年面前晃了晃。

这一晃，让赵思年回过了神。他轻声道："我在想，这么晚了你还不睡，为什么还没有哈欠连天。"

楚归黉看看赵思年，一字一句地道："今天晚上，我想跟你一起睡。"

"不行。"

赵思年立刻拒绝。

楚归黉垂下眼帘，显得有几分可怜："最近这两天，我老是做噩梦。被噩梦吓醒之后，自己一个人孤零零地躺在床上，就害怕得要命。”

想来是看到赵子沉的腿伤之故。赵思年虽然没被吓醒过，但看着楚归荑可怜兮兮的模样，也有几分不忍。他道：“你不是跟张桦关系要好吗？这些天你跟她睡。”

“跟桦姐关系再好，可她又不是你。”楚归荑噘着嘴，满脸写着不开心，“如果噩梦醒来，你不在身边，我还是会害怕。”

她能这样依赖他，叫他的唇角忍不住弯了几分。心中高兴归高兴，他还是道：“男女有别，我们若是睡一间房，以后有损你的清誉。”

这下，楚归荑的头也低了下去，声音里带了几分哭腔：“可是……我真的好害怕，害怕得不能再害怕了。”

眼看着她的眼泪就快要掉下来了，什么礼义廉耻，什么男女有别，通通被赵思年置之脑后。他捧着楚归荑的脸，让她抬起头看看他，道：“晚上跟我一起睡，天微微亮就回自己屋子睡，这样可好？”

眼下，能让赵思年让步，对楚归荑来说就是胜利。她见好就收，道：“好。”

好在笑口斋跟自在居是对门，这么近，只要赵思年不说，楚归荑不说，那谁也不会知道。思及此，他又道：“你在我这儿睡的事儿，对谁也不许说。”

楚归荑点点头，表示知道。

赵思年想了想，觉得自己说得还不够明白，于是又补充：“就连对张桦都不许说。”

楚归荑又点点头，表示知道。

“走吧。”赵思年放下碗筷，起身离开。

二人一起回了自在居。楚归荑往床上爬得飞快，然后将鞋子踢到床下，钻进被窝里。

反观赵思年，他慢腾腾地走到床边，看着被窝里的楚归羮，面色有几分复杂。

"表哥，这么晚了，你怎么还不上床？"楚归羮拉了拉赵思年的衣袖，催促他，"快点睡觉。"

赵思年：……

不怪他想得太多，主要大风寨那些弟兄们，时常去青楼消遣寂寞，让他偶尔听到大家私下聊起男女房事……

楚归羮现在说的这些话，很像那些青楼女子间的情趣。他若是不知道，还可镇定自若，但偏偏他又什么都知道。

"表哥，快上来呀！"楚归羮见赵思年犹犹豫豫地，就使劲儿拉了他一把。

赵思年：……

他五味杂陈地上了床，和衣躺在楚归羮身边。

# 第七章　所料如神

深夜，赵思年均匀的呼吸声在楚归薁耳边响起。

楚归薁这才蹑手蹑脚地爬起来，然后悄悄地……悄悄地解开赵思年的衣裳。

屋子里太黑了，楚归薁什么都看不见，但那里的血腥味浓得要命。看来之前她果然没闻错，她表哥的的确确受伤了，而且伤得不轻。

在伸手不见五指的夜里，楚归薁的眼泪吧嗒吧嗒地往下掉。还好赵思年睡得很沉，还好她死皮赖脸非要跟他一起睡，这才叫她知道了一点点真实的情况。

还好……在这样悄无声息的夜里，不管她怎么偷偷掉眼泪，都不会有人知道，也不会有人看到。

眼泪湿了满脸，湿得楚归薁有些难受。她拿起衣袖，胡乱擦了擦自己的脸，往赵思年的身上又贴了贴。

也许是动静有些大，赵思年微微睁开了双眼。很快，他看清是楚归薁在动，就以为她又做噩梦了，就轻轻拍着她的背，轻声哄着："小楚不怕啊，表哥在呢。有表哥在，你就什么都不用怕……"

那声音温柔得不像话。自打楚归薁认识赵思年以来，就没见他这么温柔过。

幸好她在装睡，也幸好她很清醒。

枕着赵思年的胳膊，想到他这样温柔是为了自己，她心中又是感动，又是开心，眼泪差点要掉下来了。但她怕赵思年看出端倪，只好把眼泪硬生生地憋了回去。

而后，她又装着继续睡觉。

直到赵思年再次睡去之后，楚归荑才敢睁开双眼。

漆黑的夜里，即使她看不到赵思年，但她仍然看着他。

她哪怕看不见他，但就是知道，这个夜晚，他睡得一定很不踏实。

哪有人能在受伤的时候还能睡踏实呢？

赵思年可是大风寨的少主啊！

作为少主，他要跟坏人打架，还打得胸口都是伤，那坏人得多坏啊。

他一定很疼吧？

但是再疼，他都没有在她面前表现出来。

在外面的时候，他还因为怕她冻着，把她裹在披风里。

那时候她一定碰到他的伤口了，但是他还是什么都没说。

外人看他面相凶恶，对他如避蛇蝎，可谁又能看到他凶恶面相下的温柔与善良呢？

她还记得多年前赵思年来蝴蝶村接她的时候，曾经跟她说：他经常跟坏人打交道，所以看起来会凶一点。

那时候她还什么都不懂，就问他：是不是看起来凶一点，坏人就不敢乱来？

他说，是的……

她的记性向来很好，别人跟她说过的话，她就不会忘记。所以，在那之后她还一直在想：天下就属表哥面相最凶恶，应该没有坏人敢欺负他了；再后来，看到大风寨每个人的面相都很凶恶，她就觉得，那么多看起来像坏人的人聚在一起生活，以后谁都不敢欺负大风寨。

但是呢？

但是呢！

现在大风寨的弟兄们都不在寨子里待着了。

赵叔的左腿伤着了。虽然赵叔不说，但她看伤口也能看出来，是被砍伤的。

而砍伤赵叔用的大刀……她最近还练过。

所以，习武用来防身不假，但也能用来杀人。当然，她也明白，他们教她习武，一定不是让她去杀人，而是希望关键时刻她能保护自己。

可她不想只保护自己，也不想在大家都在跟坏人打架的时候，就只是这么待在一旁，什么也帮不了，什么也做不了。

她想帮点什么。

但她又能帮什么呢？

这个夜里，楚归薁了无睡意。她只是枕着赵思年的手臂，一直不停地胡思乱想……

卯时，赵思年醒来，看到怀里的小姑娘睡得正香，就轻手轻脚地将人抱回了笑口斋。

小姑娘在床上翻滚了一圈，似是随时都会醒来。

这时天色还早，赵思年想让她多睡一会儿，于是又帮她焐热了被子。

有了温暖的被窝，她这才继续睡去了。

回了自在居，屋子里没了楚归薁，赵思年才拿了金疮药涂抹伤口。

昨日一场恶战，杀光了所有来犯的土匪。但他知道，还会有更多的土匪拥过来。

当吃饱肚子都困难的时候，还有余粮的大风寨，就是所有土匪窝的眼中钉。

但是没关系，那些人想拔掉的这颗眼中钉，一定会戳瞎那些人的双眼，戳穿他们的头颅。

很快，一串急促的脚步声传来，赵思年拿了披风就起身离去。

长廊里，徐淳与赵思年低声交代："少主，你所料如神，果真又有大批土匪过来了。一些人栽在了我们设的陷阱里，但还有好些人正骑着马往这边冲过来。"

"无妨。"赵思年十分冷静，"有我在，来得再多，也是个死。"


辰时，楚归黄醒了。

醒来之后，她并没有像以前那样很快爬起来穿衣洗漱。她把自己窝成小小的一团，待在被窝里发呆。

她在想刚刚做的那个梦。

那个赵思年浑身是血的梦。

梦里，赵思年被一群人追杀。他满身是血，一边与人厮杀，一边后退，最后被逼到悬崖峭壁。他的前面是无数个想要他死的人，后面是万丈悬崖。

就在他奋力搏杀之时，忽然有数不清的箭从四面八方射向了他。他来不及躲闪，也无处躲闪，身中数箭之下跌落悬崖。

梦里发生的一切太过真实，真实到她以为都是真的。她急得冲到他面前，想要为他挡箭。可是那些箭穿过了她，射向赵思年。再后来，她想拉住坠崖的他，但不管怎么努力，她都握不住他的手。

他的目光冰冷，且冰冷之中充满了绝望。

那是无法好好活着的绝望，是对天下这么多坏人的绝望……

那样的目光，让她一下子就醒了。

她摸了摸湿润的脸颊，还有头下的帛枕。帛枕湿一片，原来她在梦里哭了这么久。

表哥对她真心实意好，大风寨的弟兄们让她开心快乐地生活。以前她认为，生活本就该如此，但她认为的本该如此，想来是由大家小心翼翼地守护的。

爹娘说，善意从来没有应该不应该，只有想或者不想。别人待你好，不要认为这是理所应当，而你要记住这份好，等有一天，你能还回去这份好的时候，一定要还回去。只有这样，别人才会永远对你好下去。

她一直都记得这句话，可她一直找不到机会对别人好。

所以，现在是不是她的机会？

午时还未到，楚归羹就早早来到了饱腹厅。这时，李炆之刚好从自在居出来，楚归羹主动接过李炆之手里的药箱，张桦把饭菜端上了桌，几人坐在一起吃饭。

吃过饭，李炆之就带着楚归羹记背药材。为了让楚归羹学得更快，李炆之还教楚归羹熬煮汤药。

汤药又苦又冲，张桦不忍心楚归羹忍受这样的味道，想要揽下熬煮汤药的活儿，却被楚归羹拒绝了。楚归羹拒绝张桦的时候，是这样说的：老师肯认真教我，我也应该认真学习，这样才不会辜负老师的一片心意。

她说这番话的时候，眼睛里亮晶晶的。

满满的真心，让张桦再说不出帮忙的话。

而李炆之看楚归羹态度端正，便也倾囊相授。

一个学得认真，一个教得认真，不过眨眼间，一个中午就过去了。楚归羹送李炆之离开的时候，心里突然就有些舍不得了。虽然跟李炆之相处的时日不过两天，但她能看出来，李炆之是个不折不扣的好人。

就像赵子沉看他再不顺眼，他也会全心全意地给他治伤一样。

目送李炆之离开之后，楚归羡又去习武了。

以往她会睡个午觉，然后下午去看账簿，但现在她觉得大家都在外面忙于生计，她再过得滋润、舒适，实在太不像样，应该要尽快变得强大起来。

这一夜，赵思年依旧回来得很晚。

风雪交加的夜，大风寨里漆黑一片，只有饱腹厅里烛火通明。

现在的大风寨寂静无声，而在大风寨十几里之外的地方，弟兄们才对付完另一个地方扑过来的土匪。随着被大风寨杀掉的土匪越来越多，大风寨只会招来更多的土匪。

再过不久，谁都会知道大风寨里米粮充足……

他该如何做，才能守住这个养育他二十几年的大风寨呢？

何况今日冲过来的土匪比往日更多了，即便是武艺不敌他，但一直打个不停，他也有些体力不支了。

从来没有这样累过，累到他连饭也不想吃，只想倒头就睡……

这还能撑多久呢？还要撑到什么时候，才能让那些盗匪明白，大风寨没有他们想象的那样弱；让他们明白，与其攻打大风寨，不如随便干点别的什么事来会活得长久。

高悬的月光下，赵思年的面色尽显疲惫，还有几分无力。

离自在居还有一段距离时，赵思年看到了从木格子窗里散发出的昏暗烛光。他迈出去的脚步微微一顿——今日他实在太累了，竟忘了去温泉洗澡。可即便洗了澡，也无干净衣物可换。这些天大家都在忙着抵御土匪，哪里还顾得上勤换血衣！

他低头看了一眼自己的身上，身前一大片血迹……

就这样回去，实在是太不应该。

但他早上出门，偏偏忘记带与今日身上这身相同的衣物。

"少主……"

就在赵思年左思右想的时候，忽然听见有人叫他。

听到声音，他才回过了神。他站的位置，正是张桦屋子的窗前。他微微侧身，看向了张桦。

一身血衣的人让张桦吓了一跳，连脸色都变得苍白了。

看到张桦这样，赵思年心里在想：就连亲眼看到土匪杀害亲爹的张桦都害怕他这个样子，何况是一无所知的小楚呢？

赵思年背过了身，大步往桃林的方向走去。

然而没走出去几步，就听到一阵急匆匆的脚步追了上来。

"少主……少主……"张桦在赵思年身后喊，"我看到你身上有血……"

"小声些。"赵思年转头看向张桦，"若是小楚还醒着，吓坏了她可如何是好。"

张桦往自在居的方向看了一眼，声音小了几分："少主放心，楚姑娘早就睡下了。那盏灯，是楚姑娘特意为您点的。她说您回来看到有灯，就不会觉得冷了。"

也不知怎么了，如此朴实无华的话，却叫赵思年心头没来由地一暖。

"少主……"在冷风之中，穿着单薄衣裳的张桦冻得瑟瑟发抖，连声音都在打着寒战，哆嗦着道，"您伤到哪里了，我看到好多血。"

张桦明明看到他害怕得脸色都泛了白，却还在意他的伤，这让赵思年觉得有些奇怪，遂问："你明明这么怕我，为何又鼓起勇气出来追我？"

张桦真心实意地道："是您让我衣食无忧，也是您给我活下去的机会……即便我再害怕您，但每每想到您对我的恩情，我就会试图抗拒这份害怕。"

赵思年点了点头，又道："我没受伤，这些血是土匪的。"

"那就好。"张桦轻轻吐了一口气，像是知道赵思年心中所想，就道，"少主放心，楚姑娘这两日很忙，早就睡下了，所以您无须再去洗澡换衣，就这样回去歇息吧。"

眼下实在太晚，若是换衣梳洗，再回自在居，睡不了多久就要起来。换作平时，这一番折腾倒也无妨，只是如今不同以往，若是睡不好，明日他便少了精力与土匪厮杀……孰轻孰重，他自然心中有数。于是他缓缓开口："好。"

说罢，他抬脚往自在居走去。

月光很亮，夹杂着大风雪。很快，赵思年的身影就消失在张桦的眼里。风雪之中，她看着赵思年离去的方向，抱着双肩自言自语："连您都会感到无力，那我呢？"

她抬头看着天上那轮满月，语气里带着几分失落与感伤："这天下好人不得志，坏人肆意妄为，还有比现在更难熬的时光吗？"

北风吹得更烈了，风声呼啸而过，雪很快就落了她满头。可她似是浑然未觉，只深深吸了一口气，继而重重叹道："爹，你曾经总在我耳边说，只要有一口气活下去，就无论如何都要活下去，因为只有活着，才能见到美满盛世，太平人间。但是……"

说着说着，她的眼泪就毫无征兆地流下来了。

"但是……我很努力地活着了，已经很努力、很努力地在活着了。"眼泪很快在她脸上冻成了冰，她浑身也落满了雪，"大风寨的所有人，也都在努力地活着。可是爹，你告诉我，我还能不能活下去了，我们还能不能活下去了……

"毕竟……毕竟他是我见过……最强的人啊。"

自始至终，回答她的只有风雪，只有黑夜，只有……那一行血迹。

然而再过不久，就连那血迹，都要一并埋入风雪中了。

也许……

她看向笑口斋……也许再过不久，那些汹涌而至的土匪就要杀进来了。

到时候，那个单纯无邪的楚归黉该怎么办呢？

真的到了那个时候，面对那么多死去的大风寨弟兄，面对伤痕累累的赵思年，楚归黉会不会伤心绝望，会不会抑郁消沉，会不会……

到了那个时候，她又该怎样去安慰楚归黉呢？

赵思年回到自在居后，一眼就看见放在床上的几瓶药，药的旁边还留了一张字条。

那字迹娟秀好看，与那个女孩儿的如出一辙。

字条上写道——

表哥，今日盘库，发现了这几瓶药，也不知作何用处，但看着瓶子好看，就想拿过来给你也看看。还有，这几日看得出来你很忙，我怕你不按时吃饭，不好好休息。你已经是个大人了，千万不要让我操心哟。

看完字条，赵思年笑着摇了摇头。

当时买药，只想着挑瓶子最结实的买，谁会在意瓶子好看不好看。

幸好结实的瓶子都入得了楚归黉的眼，要不然这金疮药也许还放在角落里落灰。

眼下正好他伤口还未敷药，这金疮药送得是及时。

赵思年脱下外衣，打开药瓶……上药。

翌日，楚归荑继续早上习武，中午跟着李炆之识记药材。送李炆之回去之后，她依旧没有睡午觉，而是继续习武，然后下午看账簿。到了晚上，她累得实在不想动，还会想着李炆之与她说的药材。

有些药材的名字很难记，她就不停地默念……

跟着李炆之学习的第四天，楚归荑送李炆之穿过桃花林时，忽然跟李炆之道："老师，我来大风寨已经好多年了，从未一个人下过山。这次，你能不能带我看看外面是什么样子的。"

外面是什么样子的？

到了晚上，烧杀抢夺就开始横行。

天下大乱，良民为了自保，不得不学点本事防身。现在的源城，几乎人人枕头下都有一把匕首。

一到天黑时分，家家户户的大门、小门都会锁死；门口一定堆放着乱七八糟的东西，生怕让人知道这里还住着人……

但是这些……他能跟楚归荑说吗？

大家都将楚归荑保护得这样天真美好，他不忍心带她看到那些真相？

"老师，你好像有什么顾虑。"楚归荑瞧着有些出神的李炆之，故意沉沉叹了一口气，"也罢，我也不强求你。你若不带我去，我便自己去吧。"

她一个小姑娘，若是碰到了恶霸可如何是好。李炆之赶紧道："我带你去见见世面，但你答应我，要很快就回来。"

楚归荑连忙点头："那是自然，表哥如果看不到我，一定会急死了。"

有了楚归荑的承诺，李炆之才带着楚归荑离开了。

途经一段山路时，楚归荑忽然闻到浓浓的血腥味。她不由得抓紧了李炆之的衣裳，李炆之以为她是冷着了，当下勒马停住，就要解开身上的裘衣给她穿。楚归荑却按住了李炆之的手，知道李炆之要干什么，就解释道："老师，我一点也不冷，我就是有些恶心。"

李炆之仔细看了看她的小脸，见是面色红润，的确不像受冻的模样，又想着她细皮嫩肉，平日定是被大风寨的人娇养着，兴许是受不得路上颠簸，于是就道："我骑慢些。"

楚归荑摇了摇头，紧紧抓着李炆之："老师，我能与你说实话吗？"

说实话？

此言有些突然，让李炆之一时摸不着头脑，但他骨子里认为做人最起码的品行就是说实话。于是他未作多想，开口道："当然可以。"

楚归荑道："我觉得……这里可能有很多死人。"

短短一句话，却叫李炆之背脊发凉。

的确，这段路的确埋了很多死人。

死的都是想夺大风寨地盘的土匪。

这几日，大风寨的人会趁夜不断将杀掉的土匪埋在这个无人管辖的地方。他之所以会知道，是因为赵思年提前跟他说过。赵思年还说：他为大风寨的弟兄们看病治伤，大风寨会保李家平安无事。这段回家的山路，不会有一个盗匪敢打他的主意，也不会有一个土匪能打他的主意。

自从他为赵子沉治伤之后，他回家的路就变得畅通无阻，也没人敢再去骚扰他的家人了。

"……老师，你是不是也有些害怕？"楚归荑小声问。

不知是这天太冷，还是楚归荑有些害怕，李炆之看到她的身子在微微地颤抖。李炆之轻轻拍了拍她的肩，跟她温声道："小楚，平时不做亏心事，夜半不怕鬼敲门。是人就有生老病死，死是人之常情，如果你惧怕死人，日后就无法从医，更不可能当个世人敬仰的好大夫。"

楚归荑往散发出血腥味的方向瞧了瞧，紧紧抓住李炆之的胳膊，抿了抿唇，低头想了好久，才道："爹娘说，只有生逢乱世，才会死很多人。所以，现在我们是在乱世里吗？"

李炆之没有立刻回答她是或不是，而是反问："这些话，你问过你表哥吗？"

楚归荑道："表哥跟大风寨的弟兄们，只会带我吃好吃的，让我玩好玩儿的，从来不曾与我说过这些。"

这就是没有问过你表哥了。

这几日，李炆之因楚归荑的勤学好问、一点就透的聪明劲儿而心生喜欢。她的纯真善良，在这乱世中就如同悬崖峭壁上灿烂盛开的洁白雪莲，叫他不忍看她哀伤。他避重就轻地道："乱世如何，盛世又如何，只要心中有光，只要眼里有情，即便乱世之中也能看到真心，也能感受真情。反之，如果心术不正，那即便在祥和盛世，看到的也不过是精明算计、虚与委蛇。"

"老师说得对，是我多想了。"楚归荑移开了看向散发血腥味之地的目光，跟李炆之道，"走吧，我们继续走吧。"


白天的源城热闹非凡，即便是天寒地冻的冬天，街道两旁也在卖各式各样的小吃，有热气腾腾的包子，有精致好看的甜点，有可爱的糖人、糖葫芦，小食铺子间，还有卖胭脂水粉的，卖斧头菜刀的。

李炆之知道楚归荑爱吃甜食，于是让她去挑。

以往楚归荑对甜食来者不拒，碰到什么就要吃什么。但今日不知道为什么，她忽然觉得闻到甜食的味道就腻得想吐，看到糖葫芦上鲜红的颜色，就想到了赵子沉那条受伤的左腿，她更想吐了……

李炆之发现楚归荑脸色逐渐泛白，就牵着她离开了。

离卖糖葫芦的铺子很远之后，楚归荑才回过了神。她看着牵着她的李炆之，眼里尽是迷茫，问："老师，糖葫芦……有没有可能是用人血做的？"

李炆之的脚步一下子就停了。

在山上，她闻到了很浓的血腥味，问他是不是那个地方死了很多人。

这几天，她总是对治理受伤流血要用到的药材记得格外清楚，尤其是对如何救治失血过多的将死之人非常在意。

再就是前几天，她看到赵子沉腿上的伤口。

她对血的味道有着异于常人的警觉，想必早就发现赵子沉的情况不对。

也许更早，她就已经隐隐知道了些什么。也许从那时候起，她就已经不舒服了。只是在大风寨、在赵思年、在所有关心她的人面前，她故意装作什么事都没发生。

"老师，我想回去了。"楚归薁忽然又开了口。

反正她现在也看出来了，李炆之跟大风寨的人也没什么两样，说是答应带她见世面，但带她见的世面，都是大风寨的人带她看过无数遍的。

来来回回就这些，她早就看腻了。

见李炆之纹丝不动，楚归薁就失去了耐心，转身想自己回去。

但她才转过身，李炆之就开口了："在我很小的时候，我也很害怕看到血。"

楚归薁又慢慢转回来，面对着李炆之："可我瞧着你现在一点也不害怕血，你是怎么变得不害怕的？"

"真想知道，就跟我走。"说罢，李炆之就大步朝前走了。

楚归薁：……

哟……看你沉稳内敛，想不到还会卖关子呢。

真是人不可貌相！

楚归荑一路小跑着去追他了。

二人并肩走，李炆之将楚归荑护在自己身侧。街上人来人往、热闹非凡，孩子的吵闹声，大人的说话，商贩的叫卖声源源不断。

为了让楚归荑听得更清楚，李炆之微微侧弯了身子，在她耳边说着幼时被爹逼着学医的趣事。

原来，别看李炆之现在温和沉稳，他小时候可是十分顽劣。以前他十分抗拒学医，为了躲避学医，经常逃跑，然而不管他跑多远，都能被他爹抓回来，之后就是被他爹教训得鼻青脸肿。

久而久之，为了少挨训，李炆之竟然去学了一些武艺防身。然而魔高一尺，道高一丈，他只要一抗拒学医，就会被他爹用药"收拾"，叫他整日身心疲惫得只能在家里走走路，散散步。那时候他就算能扛得过他爹的棍棒，但他的身子不听自己使唤，只能任由他爹"捏扁搓圆"……

听到这儿，楚归荑心里一阵暗叹：看来，老师的爹真是个狠人。

李炆之又跟她分享了一件小事。小时候看到他爹杀鸡，鸡血溅了他爹满身。本来他看到他爹就不由自主地害怕跟腿软，那会儿他爹还浑身是血，把他吓得都尿裤子了。他爹见他浑身瘫软的模样，一边骂他没出息，一边把他提到鸡圈里，然后丢给他一把菜刀，让他杀完二十只鸡再出来。

他刚开始根本不敢下手，但不杀鸡就意味着要饿肚子。最后，在他饿的第三天，他被逼无奈，才动手杀鸡。杀完二十只鸡之后，他再也不怕血了，但再也不吃鸡了……

李炆之说着，楚归荑就听着，时不时"啊"一声，再时不时"哦"一声，心里却在想：看来不只老师的爹是个狠人，就连老师自己也是个狠人呢！

二人一边聊着，一边说着，很快就走到了卖小吃的铺子街道尽头。

"好啊！"

"哎呀，这猴儿多精啊，跟人似的。"

"娘，娘！我也想看，你抱我起来看呀。"

……………

随着大家说话声的，还有如雷鸣般的鼓掌声。

楚归黈顺着声看过去，只见一群人挤成了一个圈儿。她指了指人群的方向："老师，我也想看猴儿。"

李炆之向来不喜欢凑热闹，但他明白楚归黈实在是被养在大风寨太久，城里这些杂耍对她来说着实是稀奇了些。于是他道："那边的人太多了，以防我们会走散，等一下你要一直牵着我的手。"

楚归黈点点头："好。我保证会牢牢牵住你的手，绝对不会松开。"

有了楚归黈的保证，李炆之才带着楚归黈往耍猴儿的地方走去。

很快，楚归黈看到了漂亮可爱的小猴子，它身上还穿了一件花衣裳。

驯猴人叫小猴子作揖，小猴子就作揖；叫它翻跟头，它就翻跟头；叫它跟人们挥挥手，它就跟人们挥挥手。驯猴人叫它干什么，它就干什么。

楚归黈从小到大就没见过耍猴，之前总是听爹娘绘声绘色地说，如今第一次见，高兴得不知道该怎么表达，她使劲地捏着李炆之拖住她的那双手，跟着人群里的人一起叫好。

李炆之不禁笑着摇头，不过一个耍猴儿的……他在这个地方长大，早已经看厌了。

小猴子耍了一会儿，累了，就赖在地上不起来。

驯猴人就趴在地上哄着小猴子。

楚归黈耳力极好，她听到驯猴人说："小祖宗，你快起来吧，这个冬天我就指望你给我挣钱吃饭呢。"然后小猴子翻了个面儿，继续跷着腿晃呀晃。

驯猴人又说："哎哟，我的姑爷，你到底怎么样才肯干活，求你给我个明示吧。"然后小猴子就看向人群。

当小猴子看向人群的时候，围观的人一下子就散去好多。

楚归薨有些纳闷，不明白大家刚刚还看得兴致勃勃，怎么就突然不看了。

李炆之这时候就跟她解释："驯猴人是以耍猴为生，猴子过来是来向人们要赏钱的。"

李炆之的话才说完，楚归薨就看到小猴子拿着一个破碗过来了。它努力地扮可爱，想让大家给点赏钱，但还没散去的人们都装作没看见，还有人在逗小猴子，说你再翻几个跟头，才给赏钱。

小猴子就回头看着驯猴的人，驯猴人叹了口气，点了点头。

于是小猴子就在地上翻了好几个空翻。

楚归薨是习武的，知道空翻这个动作看起来简单，但要做成其实好难。她立刻使劲鼓掌，大声叫好。

本来蔫蔫儿的小猴子，在听到叫好声后，立刻就来了精神，往楚归薨这边跑得飞快，像是为了讨好楚归薨，又在楚归薨的跟前一连翻了七八个跟头。翻完之后，就捡起碗，用大眼睛看着楚归薨，把碗伸到楚归薨跟前。

楚归薨问李炆之："老师，我应该给多少钱？"

李炆之道："几文钱就可。"

楚归薨解开腰间的锦囊，在里面扒拉了几下，然后捏出五文钱，放到了小猴子的碗里。

小猴子高兴得立刻上蹦下跳，往驯猴人那边跑得飞快。

驯猴人也朝楚归薨作揖，连连感谢："谢谢姑娘。姑娘菩萨心肠，日后定有好报。"

她也就给了几文钱，怎么就菩萨心肠了呢？就算在茶楼里听说书人讲故事，那也得看赏钱不是？

怎么在这驯猴人眼里，就成了菩萨心肠了呢？

看完了耍猴，楚归黉心里仍然疑惑重重。

李炆之见她这样，就跟她解释道："别看驯猴人敲锣打鼓的场面热闹非凡，都只是表象。耍猴跟看戏一样，全凭大家心情给钱。说书人不管听书的人给不给赏钱，至少还能从茶楼里挣些茶水费，但耍猴的人除了看客的赏钱，就没有其他收入了。"

楚归黉"哦"了一声，回头看了一眼已经离了很远的驯猴人。天色还早，他们就已经收摊了，明明碗里总共也没多少赏钱，为什么不多挣一些再走呢？

"走吧，带你去吃面。"李炆之指着不远处的一家面馆，"那家的面是我小时候最喜欢吃的，里面放的鸡蛋又多又香。"

"哦……"楚归黉还在想着耍猴的事儿，任由李炆之牵着她往前走。走了没几步，她像是忽然想到了什么，就跟李炆之道："老师，城里看着很繁华，但大家兜里是不是都没钱？"

这些年源城赋税重，老百姓苦不堪言，大家兜里的确没什么钱，但楚归黉仅仅只是看个耍猴，就能想得这样远，让李炆之不由得对她刮目相看。但那些听来有些沉重的东西，李炆之不打算说给她听，只道："这我就不知道了，我是个无欲无求的人，对钱财看得很淡。"

楚归黉对这一点深信不疑，要不然他也不会当着赵子沉的面说不要治疗发烧的药材钱——也是跟着他学习后，她才知道，那些药材都是他跟他的爹娘在深山老林里挖的。药材品相不好的不要，个头太小的不要……总而言之，只要稍微有些不满意的地方，李家人通通都不要。楚归黉自打有记忆开始，就知道挖药材有多难。李家人这样做，居然还能在城里活下来，这在楚归黉看来简直是个奇迹。

二人走去面馆的路上，楚归黉就跟李炆之道："老师，你不但无欲无求，还很铺张浪费。"

"铺张浪费？"李炆之有些疑惑。

楚归荑咧着嘴笑："若是大夫都像你家这样采药，可能天下的医馆都得关门歇业。因为挣的钱少，但采药付出的精力实在太贵。"

闻言，李炆之也跟着笑了。他道："大夫若都像我这样，那天下也就无人病死，岂不好事一桩？"

若天下大夫都如李炆之，那就无人病死？这句话她可不可以理解为：李炆之给很多穷人看过病？

这样想着，楚归荑再看向李炆之的神色里，就多了几分崇敬。

爹娘说，世人慌慌张张，图的不过是钱财几两。然而，世人所图的，却在李炆之这里好像不是什么大事。

不仅如此他行医治病，去的是人人面相凶恶的大风寨。别人不敢去的地方，他却坦坦荡荡地去。

他的品行为人，完全配得上"英雄"二字。

忽然，马蹄声由远及近传来，街上行人来不及躲避，有的被壮马踩在蹄下——楚归荑亲眼看着行人被活活踩死。她惊得睁大双眼："老师……死……死人了……"

李炆之回头去看，看到马上的人正是源城知府纪园之子纪福。他心里一惊，正想带着楚归荑赶快离开，可那纪福手中的长鞭直接朝这边挥了过来。他来不及多想，赶紧将楚归荑护在怀里。

长鞭所到之处，打倒了一大片人。

李炆之只觉背后刺痛，下半身顿时失去了知觉，摔倒在地。

"老师！"楚归荑惊叫，"老师，你怎么了！"

# 第八章　惹上麻烦了

嗒嗒嗒……

马蹄声越来越近。

楚归荑从李炆之的怀里爬出来，看到他的白衣被打烂了。

打烂的白衣之下，是一条深深的血印。

那条鞭子带了铁钩！

楚归荑抬头看着壮马上穿着华丽的人，眸子里带着几分恨意。

"快……你快走……"李炆之想从地上爬起来，却发现自己重伤之下已经无法动弹，只能继续催身旁的姑娘，"快走啊！别管我……"

楚归荑非但没有离开，反而面对着纪福的方向站了起来。她手臂一挥，袖中小刀就被她握在了手中。她对准马蹄的方向，将手中的刀朝前掷去。

只听壮马一声长鸣，"扑通"一声跪在了地上。

纪福始料不及，从马上跌落下来，摔了个四脚朝天。他看着被小刀割断的马蹄，气得挥着鞭子，大声质问："谁，是谁砍了我的马。"

楚归荑正想自报家门，却被李炆之紧紧捂住了嘴。

李炆之在她耳边道："纪福是知府纪园之子，性格古怪蛮横。那匹马是他最近的新宠，若是叫他知道是你伤了马，定不会轻饶你。"

楚归荑不懂其中弯绕，但她懂法。她道："他是杀人凶手，杀人是要坐牢的，我怕他做什么？大不了我赔他马就是了。"

李炆之正想开口解释，就看见纪福的视线朝他这边看过来了。他赶紧把楚归荑按在自己怀中，头也低了下去。

"不要说话，不要被他看到。"李炆之低声道，"小楚，你现在一定觉得我很窝囊，但无论如何，现在保命最重要。"

明明纪福杀了人，应该人人喊打才对，但为什么大街上的人都只是四处逃窜，没人敢上前抓住纪福，把纪福送去府衙呢？

就算纪福是纪园的儿子，但法——才应该是最大的吧？

谁能违法呢？

若是知法犯法，那是罪加一等的。

楚归荑心里满是疑惑，却明白李炆之不会害她。她也明白眼下活着最重要，于是乖乖由着李炆之护着她。她悄悄抬起头，看向纪福，发现他弯腰将地上的小刀捡起来了。

纪福把小刀握在手里把玩着，明明是怒到极致，却用笑着的语气道："这刀子还挺漂亮的，是谁丢过来的？"

"纪爷，人我们都给抓回来了。"纪福才把话说完，就有人赶快跟了上来，"惹爷动怒的人，一个也跑不了。"

话音刚落，又有人从对面跑了过来。那人因跑得太急，大喘着气道："爷，匕首是从前面丢过来的，我就把前面也封住了。不抓住罪魁祸首，谁也别想好过。"

纪福微微点头，脸上仍旧是笑意连连。他看向被吓得鸦雀无声的人们："你们这么多人，总有人看到是谁扔的匕首吧？"

大家头低得更甚，谁也不敢吭声。

纪福唇角一勾，击掌而笑："好啊，看来……不给你们点颜色瞧瞧，你们是不知道包庇罪犯的下场了。"

说罢，他扬起手中长鞭，往人群中打去。

长鞭上那些锋利的铁钩把人们打得皮开肉绽，惨叫声一浪高过一浪。

鞭子一打到李炆之身上，李炆之的眉头就会狠狠地蹙一下。他却安静得没有出声，只紧紧捂住楚归莫的嘴巴，怕她会吓得尖叫出来。

周围的人都在大声哭喊。他的忍耐被楚归莫看得一清二楚。也正是因为这种忍耐，才牵动了楚归莫的心，她的眼眶一下子就红了。她怒视着纪福，恨不得将他扒皮抽筋。

李炆之费力地抬起另一只手，遮住楚归莫的双眼，轻声道："是我不好，不该带你来凑热闹……你要恨，就恨我……"

为什么要恨李炆之？

李炆之何错之有？

分明是纪福视人命如草芥，无视律法，滥杀无辜——他才是罪该万死的人！

楚归莫很想这样跟李炆之说，可她被李炆之捂住了嘴，根本说不出话。

啪!

啪啪!

啪啪啪!

鞭子抽打的声音越来越大，好像就快要打过来了。

说是好像，是因为楚归莫被李炆之捂住了双眼，她什么也看不到。正因为什么也看不到，所以她听得比平时更加清楚了。

啪嗒，啪嗒……

是人走过来的脚步声。

脚步声在她跟前停下。

是谁？

谁站在那里？

扑通！扑通！扑通！

她察觉到李炆之的心跳声越来越大，也越来越快，快到好像那颗心脏随时都会从胸膛里跳出来。

站在旁边的人到底是谁，能让连赵子沉都不怕的李炆之紧张成这个样子？

"李炆之！我找你找得好辛苦，想不到你在这里。"

是纪福，说话的人是纪福！

楚归荑吓了一大跳，心脏也快从胸膛里跳出来了。

"回大人，我出门远游，才回来没多久。"

尽管李炆之的音色依旧如常，但楚归荑听得出来，他的气息有些紊乱。

是因为受伤才气息紊乱，还是被纪福发现之后太过紧张，又或者两者都有？

楚归荑在心里猜测着，忽然听见鞭子"啪"的一声打在了李炆之的背上。

李炆之一声闷哼，气息变得更乱了。

楚归荑强压下去的愤怒，在这一刻全部喷涌而出。她使劲儿咬了一下李炆之的手，想要李炆之吃痛放开她。但她没想到，她都把李炆之的手咬破了，李炆之都不松开她的嘴。

她急得在李炆之身下扭来扭去，李炆之偏偏不动分毫。

"李炆之，上个月我生病，花重金让你给我看病，你宁愿跑到深山老林里躲我，都不愿意为我治病！"纪福说着说着，顿时来了气。他挥着鞭子，一下一下地往李炆之身上抽："我让你不给我看，我让你不给我看！"

李炆之浑身是伤，已是动弹不得。

纪福看他要死不活的样子，心情大好，鞭子抽得也就更快了。

渐渐地，捂住楚归黉的手松开了……李炆之连阻止她不准胡来的力气都没有了。

楚归黉心中难受得要命。她握紧了手中的银针，趁着纪福毒打李炆之的时候，迅速朝纪福的双眼射去。

啊——

纪福惨叫！他双眼剧痛，什么都看不见了。他丢掉鞭子，去摸自己的那双眼睛，然后摸到了银针……

随之，四面八方的官差都赶过来了。

"爷，我看见了，是李炆之身下那个兔崽子！"有官差高声道，"爷，小心，她会武功！"

纪福吓得抱头乱窜。因为看不见，他跌跌撞撞，磕磕绊绊，一下子摔了个四脚朝天。

眼下大家都知道楚归黉会武，都齐刷刷地看着李炆之身下的动静。谁也不敢轻举妄动。

"一群贪生怕死、恃强凌弱的狗东西！"楚归黉缓缓从李炆之身下爬起来。她站起身，看着那帮畏惧她的官差，阴沉着脸道："来啊，来抓我啊。"

明明一个十几岁的小姑娘，此时却像极了一个来自阴间的厉鬼，谁也不敢靠近。

楚归黉弯腰捡起被纪福扔掉的长鞭，狠狠地往纪福身上抽了一鞭子。她大声道："刚刚是我把马蹄割断的！来啊！来把我抓到大牢里啊！"

刚刚楚归黉离纪福那么远，都能丢出匕首割断马蹄，谁知道她还有什么绝招？

此言一出，那些官差更不敢上前了。

啪！

啪！

…………

刚刚纪福抽打李炆之有多狠，现在楚归羡就抽打纪福有多凶。

"疼疼疼……"纪福身上被打得皮开肉绽，他大骂那些官差，"你们这群畜生，老子要是有个三长两短，你们统统吃不了兜着走！还愣着干什么，还不赶快抓住她！"

那些官差互相看了彼此一眼，而后一起抽出佩剑，缓缓靠近楚归羡。

渐渐地，楚归羡被他们围成了一个圈。

这个圈越来越小。

楚归羡没有跑。她也清楚，现在她也跑不了。

她抽出腿上的小刀，将其横在纪福的脖颈处，冷声道："谁再敢靠近一步，我就立马杀了他。"

大家的脚步一下子就停了。谁都不敢不听纪福的差遣，但谁也不能让纪福死在这里，否则纪园要是动怒问罪，在场的人一个都跑不了。

于是，他们看看彼此，最后提剑杀向了楚归羡……

嗖嗖嗖……

忽然，箭从四面八方射过来，将围在楚归羡周围的官差通通都杀了个精光。

楚归羡看向射箭的方向——徐淳跟其他几个弟兄站在屋檐高处。

他们来了！

看到大风寨的人，楚归羡心里顿时就不慌了。她坐在纪福身上，朝徐淳他们几个挥了挥手。

很快，徐淳他们从屋檐上飞下来，来到楚归羡身旁。

楚归羡正想说话，就见徐淳朝她使劲摇头。她立刻心领神会，眼下人多口杂，他们还是不要透露身份为好。她道："纪福这人太坏了，如果我放走他，纪园肯定不会放过我。与其后面被纪园捏在手里，不如现在把纪福当作日后谈条件的筹码。你们说呢？"

徐淳看着被银针戳瞎、躺在地上奄奄一息的纪福，面色有几分犹豫。不跟官府打交道，是大风寨的第一条规矩。这么多年来，从来没有人敢打破这个规矩。

更何况眼前这人还是知府的儿子！

但如果不把人带回去，楚归荑的顾虑就一定会成真。

可是大风寨现在光是抵御其他盗匪，都已经耗费巨大心神；再来一个纪园，这可如何是好？

徐淳看了看其他几个弟兄，他们也同样有此顾虑。

"如果表哥在这里，表哥肯定不会犹豫。"楚归荑看他们犹犹豫豫，就拿话激他们，"畏首畏尾，一辈子都不会成就大事。是我让你们把人带回去的，后面姑父要是怪罪下来，我替你们挡着。"

楚归荑说这番话的时候，颇有几分赵思年的气势。其实大家私底下倒不是很怕赵炜，因为赵炜虽然是庄主，但庄主平时很少管事，都是交代给赵思年，再由赵思年执行……

想到少主对楚归荑的疼爱，再看看像极了赵思年的楚归荑，徐淳咬牙将纪福扛在肩上——就算日后少主怪罪，有小楚这番话，他们也能少受点罪！

楚归荑走到李炆之身边，轻声问："老师，你怎么样？"

等了一会儿，李炆之没有回答。

楚归荑有些害怕了，伸手探了探李炆之的鼻息。虽然鼻息很微弱，但好在还有。她微微吐了一口气，跟徐淳旁边的年轻男子道："鸣哥，你背着我老师回去。其他人带我去老师家，我们去请老师的爹娘一起回大风寨。"

楚归荑说完，看到其他几个弟兄都还愣在原地，不由得有些急了："现在大家都知道我跟老师是一伙的，我伤了纪福，回头纪园一定不会放过老师的爹娘。所以必须带走老师的爹娘。"

"不是我们不想带。"齐鸣无奈地开口，"李炆之的爹娘……脾气比李炆之还硬，我们根本请不动他们啊。"

难道让他们死在家里吗？要是他们死了，她哪里还有脸再去面对李炆之？楚归羡咬咬牙："就是绑……也要把他们绑回大风寨。"

用绑的？

徐淳他们都愣在了原地。虽说大风寨在铭山一带是出了名的，但绑架什么的，大家谁也没干过。

对野蛮凶残的盗匪，他们该打该杀的，从来就没有含糊过。可是，李炆之的爹娘可是好人啊，要是用绑的把人带回大风寨，庄主他们知道了，会不会对他们一顿收拾？

"还愣着干什么！"楚归羡有些急了，要是再晚一些，有人给纪园通风报信怎么办？

源城是纪园的地盘，到时候人多势众，他们怕是要吃大亏。楚归羡现在只想安全离开，不想多生事端。她看见弟兄们都愣在原地不动，就佯装生气要离开："你们不帮我就算了，我自己去请。要是被纪园抓到，我就自认倒霉……"

"等等我们！"楚归羡话还没说完，大风寨的弟兄们就赶紧跟在了楚归羡身后。

戌时，赵思年从半山腰赶了回来。

回来的路上，徐淳已经将今日楚归羡遭遇的一切尽数告知。徐淳本以为赵思年一定会狠狠训斥他把纪福跟李炆之的爹娘带回来，结果赵思年阴沉许久之后，只开口道："这次你做得不错。"

天啊，徐淳惊得嘴巴张得老大。他揉了揉眼，又狠狠掐了一下自己的脸，疼得他嗷嗷直叫的时候，才相信自己没有做梦。

徐淳高兴得只差没手舞足蹈了，但很快他又想到眼下大风寨严峻的形势，就再也高兴不起来了。他愁眉苦脸地问："小楚得罪了纪园，纪园肯定要找我们算账。那些盗匪平时就跟纪园暗中勾结，里外夹攻，我们会不会死得很惨？"

"你说呢？"赵思年不答反问。

我说？

我能怎么说啊？

除了跑腿跟打小喽啰，我还能干什么呢？

想到自己的无能，徐淳就更忧愁了。

"放心，就算死，也是我先死在你前面。"赵思年脸色更沉了，加快脚步朝前面走去。

阴沉着脸的赵思年比平时更添几分阴森，叫徐淳不敢靠近。

徐淳回头看了一眼他们来时的方向，那死人坡里埋的人越来越多了，要是再打下去，都不够堆放盗匪的尸体了……

饱腹厅里，楚归羡坐在李鹤跟柳风的跟前，看着满满一桌子菜，满脸笑容地道："叔叔，阿姨，是桦姐做的饭菜不好吃吗？这是已经换的第十桌饭菜了。"

"放我们离开。"柳风面色冰冷地道，"你们这里不干净，我待着不舒服。"

一旁的张桦叹了口气，这是柳风第二十次说这句话了。当然，楚归羡明明听见了，但是当作听不见。

"阿姨，什么是干净，什么是不干净？"楚归羡的小脸上仍然充满笑意。她伸出手，想去握住柳风的手，但这次依旧毫不意外，柳风再一次拒绝了她。她还是一点也不介意，只没心没肺地笑笑："阿姨，我们这里不干净，那城里其实也没多干净。要我说，城里比大风寨还脏呢。大风寨都是一家人，不会滥杀无辜，但城里的人却打打杀杀，还专挑老百姓欺负。如果你在大风寨待着不舒服，那你们在城里还怎么待得下去？"

"你伶牙俐齿，我说不过你。我也看出来了，没有你的允许，我也走不出这里。"柳凤冷言冷语，自始至终都没给楚归黄一个好脸色，"不让我们走也可以，那就饿死我们吧。"

楚归黄缓缓地摇了摇头："阿姨，我要是饿死你，我的老师会很难受的。"

"他才不是你的老师，你不要胡说！"柳凤激动得狠狠拍了一下桌子，"我们家没有盗匪学生。"

楚归黄微微一愣。

原来大风寨的人……是盗匪吗？

原来大风寨在世人眼中，竟然是这个模样。

若是被不相干的人这样说，楚归黄一定会还嘴骂回去，但柳凤是谁，柳凤可是李炆之的娘亲呀。楚归黄看着柳凤，要说心里头一点也不恼，那是骗人的鬼话，但恼火归恼火，她还是压着怒气道："阿姨，也许在你们眼中，大风寨的人十恶不赦。但在我眼中，大风寨所有人都很好，他们都是我的家人……"

"闭嘴。"似乎是终于忍受够了楚归黄的喋喋不休，柳凤终于发不再忍耐，"你囚禁我是犯法的。犯法的，懂吗？"

楚归黄还是甜甜地笑着："官员不顾百姓死活，人们食不果腹，才会被逼上梁山占地为王……不对，是占地为生。你见过我姑父吗？你见过赵叔他们吗？你跟他们打过交道吗？"

柳凤没想到，这个小姑娘竟然这样能说会道。所以她干脆不说话了，就在那背脊挺拔地坐着。

这时，门忽然从外面被人推开了。

楚归黄转身去看，是赵思年回来了。她朝赵思年甜甜一笑："表哥，今天怎么回来得这样早，累吗？渴吗？"

楚归黄一边说着，一边起身给赵思年倒茶。

赵思年踏进门来，坐在楚归蓂身旁。

柳凤看到赵思年阴沉沉的脸，心里不由发怵，遂往自己的丈夫李鹤身旁靠了靠。

"夫人，先生，不管如何，都先吃饭吧。你们不像我们这般皮糙肉厚，要是饿坏了身子，我们也不好跟李炆之交代。"赵思年不冷不热地开口。他接过楚归蓂递来的茶水，微微抿了一口，继而拿在手里转了几圈。

半晌过去，柳凤跟李鹤纹丝不动。赵思年便跟张桦道："天灾人祸的年份，粮食本就格外珍贵。既然先生跟夫人都不吃饭，那就在他们住在大风寨的这些天，都不用做他们的饭了。"

赵思年话音刚落，李鹤的嘴唇就微微张了张。

柳凤在桌下偷偷踩了李鹤一脚，暗示让他不要胡乱开口。李鹤才又坐直了身子。

赵思年只当没察觉柳凤的举动，缓缓开口："还有，夫人跟先生既然不想吃饭，那想必李炆之也不想吃饭。所以从今往后，李炆之也不许吃饭。"

"这怎么可以！"李鹤终于坐不住了，跟赵思年讲道理，"我儿是为了保护楚归蓂受伤的！你这样就是欺人太甚。"

"哦？"赵思年语气微扬，看向对面那个书生意气的李鹤，右手轻轻扣着桌子。

咚咚声一下又一下，敲得李鹤心慌意乱，也敲得柳凤失神心烦。

在两人都快沉不住气的时候，赵思年沉声道："我怎么听说，如果不是小楚割断了纪福的马的腿，李炆之就会被纪福的马活活踩死？"

"这……"柳凤惊得说不出话来。

今儿个柳凤跟李鹤被几个年轻人绑回来，只听楚归蓂说李炆之救了她，所以她要保护他们。却没听她说割断马蹄的事。

　　柳凤的神色尽入赵思年眼底。赵思年又用余光看向李鹤，见他亦是大惊，便知楚归夔并未将事实真相尽数告知，于是又道："明明只要李炆之跟众人一起趴好，就纪福那个蠢人，想找到割马腿的人简直难于登天。然而也不知李炆之与纪福有何过节，纪福一看到李炆之，就用长鞭对其一阵抽打。这些天，因为李炆之为赵子沉看病治伤，小楚便将李炆之当成自己人。那时候她见纪福殴打李炆之，气急之下，才用银针刺瞎了纪福的双眼。这些……你们知道吗？"

　　他们当然……不知道。

　　说了半天，原来楚归夔竟是李炆之的恩人！

　　柳凤的脸瞬间涨得通红，只觉无地自容，恨不能立刻钻进地缝里。

　　再看看李鹤，他直接撇过了头，不敢再正视赵思年跟楚归夔。

　　赵思年冷笑一声："如此看来，小楚刺瞎纪福双眼之后，为了替李炆之报仇，用纪福的鞭子连抽纪福数十下的事儿……你们也是不知道了？"

　　这……他们上哪儿知道去啊！

　　他们就算想知道更多事实，那也得有人跟他们说啊。

　　柳凤跟李鹤互相看了彼此一眼，最后又同时看向楚归夔。

　　柳凤红着脸问："小楚姑娘，这些……你怎么不跟我们说？"

　　她觉得没有必要啊！

　　但表哥为她说了这么多，她如果说没有必要，岂不是在拆表哥的台？万一他们还在恼她"绑架"，把火撒在表哥身上，那表哥的颜面该怎么挽回？

　　楚归夔圆溜溜的大眼睛转了转，像赵思年一样沉稳地开口："这事儿放弟兄身上，大家都会这么做。我所做之事并不特别，无须刻意提起。"

　　她的眼神清澈无比。

她的面色纯洁无瑕。

她是一朵盛开的雪莲花，不是笑里藏刀的恶人。

柳凤为之前看走眼而愧疚，主动握住楚归羹的手，由衷道："第一眼看你，就觉得你可爱至极。当时还在想，这么可爱的姑娘，怎么是盗匪头子呢？现在想来，我应该相信自己直觉的。"

喀喀——

李鹤捂住口咳嗽了两声，刚刚也不知是谁说人不可貌相……

"阿姨，我一直都觉得你是好人。"楚归羹看着李鹤，眉眼弯弯，"叔叔也是，我觉得叔叔跟我姑父他们一样，都是很好很好的人。就是因为你们都那么好，我的老师才能拥有特别优秀的品行。"

儿子被夸，柳凤跟李鹤都很高兴，一下子就笑开了。

咕噜……

李鹤的肚子这时候叫了起来。

"吃饭，我们现在就吃饭。"楚归羹摸了摸自己的肚子，"我都饿得前面贴后面了。"


子时。

赵思年来到笑口斋门口，听到楚归羹的声音从里面飘出来。

"甘草，性平味甘，主祛五脏六腑寒热邪气，健筋骨，长肌肉，金疮，解毒……"

这是……医书？

赵思年不懂医，但他识字。

"你一定要去救楚归羹，一定要带她远走高飞，一定不要让她学医……"

忽然，赵思年想起二十六岁的自己所说的这番话。

一定不要让她学医……

他从来就没想过让楚归羹学医，但楚归羹现在是在干什么？

还有那个李炆之，她才认识他不过几天，竟叫他老师，还背着大风寨的人跟李炆之偷偷下山，险些没命……

在这乱世之中，想当个医者，想救普天众生，简直难于登天！

更何况楚归荑在武艺上难有建树，她孤身闯荡江湖，连自保都困难重重，还怎么用医术救天下人？这无异于痴人说梦。

她才认识李炆之不过几日，就荒唐到想学李炆之做个侠士？

所以，楚归荑学医，确实是十分危险的事情，危险到她随时可能丧命。

因此二十六岁的自己才会提醒他一定不要让她学医，只是他一直不曾留心。他以为大风寨地处深山老林，是无人问津之地，她一辈子也不可能接触到医理。

然而现在听到楚归荑的声音，赵思年才发现自己大错特错……

如果一个人天性喜爱某样事物，就会不惜用一切办法去拥有。

何况是本就心存正义，想要天下大同的楚归荑！

赵思年越是细想，就越发觉得事态严重。他立刻推门而入，朝楚归荑走去。

楚归荑念书正念在兴头上，未曾察觉有人进来。直到赵思年走到她身旁，她才知道有人来了。

"表哥，这么晚了，你怎么还不睡。"楚归荑放下手中书卷，朝赵思年露出甜甜的笑容。

以往赵思年看到她这样笑，内心有一处总会变得柔软温暖，但现在他无心去管内心感受，甚至连看都不看楚归荑一眼，而是垂眸看着放在楚归荑手边的医术书。

《扁鹊内经》《外经》《濒湖脉学》《奇经八脉考》《湿热条辨》……

这些都是他从未看过，也未曾听过的。

数十本书，他随手拿起一卷翻了翻，是医书。

他又随手拿起一卷翻了翻，还是医书。

赵思年按了按太阳穴，在极力忍着想把这些书全都扔出去的冲动。

"表哥，这些书都特别有趣，我一看就停不下来。"本来楚归薁想学有所成之后再跟赵思年分享，但既然被赵思年发现了，她就大大方方地让赵思年看，"我以前一直以为学武是这世上最有趣的事儿，但我最近发现，其实学医比学武更有趣。"

听着这些话，赵思年只觉头更疼了。

他本想直接把书摔在桌上，但余光瞥到楚归薁正盯着他手中的医书，用那种明亮的、清澈的、高兴的眼神……他心中忍耐再三，才将医书好好放回桌上。他深呼吸了两口气，再轻轻吐出，心平气和地跟楚归薁道："学武跟管账已经让你忙得要命，何必再去看这些医书，让自己更累？"

"看医书才不累，看医书让我高兴。"楚归薁解释，"学武让我锻炼身体，遇到危险能够自救，遇到不平事还能惩恶扬善、替天行道。学医也是如此。"

若说学武能自救，能惩恶扬善，赵思年还觉得还有些道理，可学医如何能做到这样？

不过，没等赵思年问出口，楚归薁就自己说了："日后我若成为医者里的高手……在病人无钱看病时，我能为他们看病；在我自己受伤的时候，我能给自己疗伤；若是再碰到赵叔这样的伤势，我们也不必找他人……"

"小楚。"赵思年实在不想打断楚归薁，但她说这番话的时候太高兴了，高兴到种她要脱离他掌控的错觉，于是他不得不开口，"世上不平事有很多很多，但我跟你保证，今日这样的情况，这辈子，只发生一次。所以，答应我，不要学医，好吗？"

他的脸色异常平和，声音也十分温柔。

这样的赵思年，是楚归荑很少见到的。正是因为很少见到，所以楚归荑才不得不正视他的话。

以前不管她要做什么，赵思年一向都是支持的……为什么学医就不行呢？

她想来想去，最后实在想不明白。她不想因为学医而跟表哥之间有不愉快，于是问："表哥，为什么不想让我学医？"

为什么？

因为学医会要了你的命。

但依着他对楚归荑的了解，她一定觉得他在危言耸听，而他又不能说自己能洞悉将来。

赵思年想了很久，才道："大风寨不需要学医的人。"

如果大风寨不需要，那把大风寨当成一家人的小楚，应该就不会再执着于学医。毕竟她急大风寨之所急，忧大风寨之所忧。

思及此，自认为很了解楚归荑的赵思年，又补充道："大风寨需要的是武林高手，是能把账簿管得一清二楚的管账高手。学医没用，大风寨的人都身体健康，能跑能跳。"

"表哥。"楚归荑抿了抿唇，似乎是在酝酿着什么。稍后，她缓缓开口："我会努力习武，成为天下第一，也会认真管账，开源节流，但我还是想学医。"

赵思年：……

他从来没发现楚归荑的固执……有时候会让他觉得为难。

如果换作其他大风寨的人，他要是说一遍不听，那他就直接打对方一顿，把对方打得心服口服，便也了事。

问题是……楚归荑他能打吗？

赵思年看着一脸认真的楚归荑，她没有跟他胡搅蛮缠，也没有跟他求情、装可怜，而是跟他据理力争。

这一为了喜欢的事物而跟他努力争取的样子，在他眼里闪闪发光……一下子就熄灭了他心中的怒火。

赵思年在心底叹了口气："真的想学医？"

楚归羹点点头："特别特别想学。"

连用两个"特别"，看来是真的非常想学了。

若是让她立刻断了学医的念头，估计她会很伤心，说不定还会恨他。

既然如此，那还不如暂时顺着她，改日再想其他办法让她放弃学医。

这样想着，赵思年就道："既然这么想学，那就学吧。"

"表哥，你放心吧，我一定会给你惊喜的。"楚归羹抱着赵思年的胳膊，摇呀摇，"表哥，你可真好。"

听到"惊喜"两个字，赵思年的心情就变好了许多。毕竟她说的惊喜，也许后面就变成了惊吓。

也许她在医术的天资上比武艺上的更差……

也许用不了多久，李炆之就失去了对楚归羹的耐心。到时候她就是再想学，也无人愿意教她。

仅仅这么想着，赵思年就觉得浑身舒坦不少。他再开口时，语气也变得温柔了："今日，纪福吓坏你了吧？"

提到纪福，楚归羹的脸色浮现几分厌恶。她冷哼一声："确实是吓着了，但比起吓着，我更觉得他恶心。"

知道楚归羹为什么会恶心，赵思年便顺着她的情绪道："恃强凌弱，确实是恶心了些。"

楚归羹点点头："表哥，要不是我怕纪园找麻烦，我当时就想杀了他。"

听到楚归羹说"杀"这个字，赵思年就想到杀人时浑身沾满了鲜血的自己。他的刀剑已经沾满了鲜血，大风寨的人亦是如此。那些打打杀杀之事，放着他们来就好，她只要开开心心、无忧无虑……

"小楚。"赵思年抬手，轻轻揉了揉她的头，"刚来大风寨时，你曾跟我说，杀人是不对的，杀人会犯法的。你还记得吗？"

楚归荑的记性一向很好，她不但记得，还记得非常清楚。她道："我还说，如果你杀了人，就会坐牢，我就会看不到你，我不想看不到你。"

她记得就好，赵思年道："不错，杀人的确要坐牢。所以无论你遇到的人多可恨，都不要有杀人的念头。你不想我坐牢，我也不想你坐牢。"

楚归荑道："那是以前我见识太少，不知道有些人会坏到滥杀无辜，会……"

"即便如此，我也不希望你去杀人。"刚遇见她时，她干干净净，纯真无瑕。她既是如此，那就本该如此。他道："我是你表哥，如果保护不了你，那还叫什么表哥？还有大风寨那么多弟兄，如果都保护不了你，那岂不是叫天下人笑话？所以只要我一天是你表哥，你一天在大风寨，都轮不到你来动手，更轮不到你来杀人。"

本来，楚归荑只是随口一说，但赵思年当真了。看着赵思年严肃的脸，楚归荑轻轻握住了他的手："我知道了。"

"你知道什么了？"他要让她亲口说出来。

"不动杀人的念头。"楚归荑靠着赵思年的肩膀，笑着开口，"天塌下来还有高个子顶着呢，像纪福那样的混蛋，迟早有人会收拾他，他的下场会很惨的。"

"嗯。"赵思年轻声回应。

"表哥……"楚归荑轻轻唤他。

"嗯？"

"对不起。"她仰头看着他，"我让你担心了，对不起。"

看着她那张小脸写满了自责与愧疚，赵思年说不上为什么会烦躁。还未来得及多想，他就使劲儿捏了捏她的脸。

　　"疼疼疼……表哥，疼疼疼……"

　　本是自责愧疚的脸，瞬间皱成了包子。

　　终于不再是自责跟愧疚了，赵思年这才满意。过了一会儿，赵思年又问："你把纪福关起来之后，接下来打算怎么办？"

　　提到被关起来的纪福，楚归萸就搓了搓手，显得有几分局促："爹娘教我做一个好人，但如果在纪福面前做好人，只怕我早就被他杀了。所以，我必须得做一个让纪福害怕的人。"

　　做一个让纪福害怕的人，而不是坏人。

　　以恶制恶，是最累的办法，也是最下等的办法。

　　她能这样想，让赵思年有些意外，但更多的是惊喜。

　　看着踟蹰的人，赵思年提醒："源城没有人不怕纪园、纪福。想要纪福怕你，堪比登天。"

　　关于这一点，楚归萸在纪福拿长鞭抽打众人、众人却不敢还口的时候就看出来了——这也是令她困扰的地方。她皱了皱好看的眉头，问赵思年："表哥，你有没有什么好办法？"

　　如果有了难处就先找赵思年解决，那楚归萸永远都不会有长进。赵思年想让她独当一面，于是道："没有。"

　　楚归萸挠了挠头，重重叹了口气："连你也没有办法，看来我是惹麻烦了。"

　　还知道是麻烦就好。

　　赵思年道："不怕，大不了大风寨跟官府硬拼就是了。"

　　楚归萸：……

　　"表哥，你是认真的吗？"她怎么觉得表哥是在说笑呢。

　　赵思年颔首："自然是认真的。"

　　楚归萸：……

　　"表哥，跟官府硬拼，我们会吃亏的。"毕竟官府手里握着权势，很容易颠倒黑白，要不然她怎么会在村长面前装疯卖傻？

赵思年道："无妨，吃官粮的那些人，武艺没有大风寨的人好。真若打起来，我们不一定会输。"

不一定会输……也就是说输的可能性很大。

不对，这不是输赢的问题，这是压根就不能跟官府打啊！

楚归荑一张小脸慢慢垂了下去，她好像……带回来一个大麻烦。

赵思年似乎觉得这样说还不够，又多说了一句："反正在世人眼里，我们也不是什么好人。我们不介意坐实坏人的名声。"

你们不介意，我介意啊。

楚归荑顿时愁眉苦脸，当时情况紧急，她只想先把人都带回来再说。现在纪福被关在大风寨里，但他就是个烫手山芋，丢也不是，不丢也不是。

原本以为赵思年会有些办法，毕竟大家没有不怕赵思年的。但眼下来看，赵思年对纪园他们是有些忌惮的。

想想也是，官大一级压死人，何况是源城知府！

这搁谁谁不忌惮？

本来大风寨就人手不够，要不然寨子里也不会白天见不到人——她现在还给自家人添乱。

想到这个"乱"，楚归荑就又搓了搓手，沉默很久之后，才道："表哥，你放心，我一定会把纪福的事情解决好，绝不会让你操心。"

"嗯，我相信你。"赵思年道，"时候不早了，你早些睡吧。"

都火烧眉毛了，她哪里还睡得着。她现在如坐针毡，但必须在赵思年面前表现得跟没事人一样。她挥挥手，跟赵思年道："表哥晚安。"

"晚安。"赵思年长腿一迈，转身朝外走去。

楚归荑盯着赵思年的背影：表哥对她这么好，大风寨的人都对她这么好，她绝不能让大风寨陷入麻烦。

但她现在该怎么做，才能让大风寨平安无事？

这一晚，楚归黉愁得要命，以致整整一个晚上，都没睡个安稳觉。

# 第九章　想让纪家倒台

翌日，天还不亮，楚归羮就直接去了金石楼。她搬了个小板凳，坐在李炆之身旁、瞧着仍然昏迷不醒的李炆之，她自言自语："老师，你快点醒过来吧。我已经得罪了纪家人，要是你一直这样昏迷下去，我岂不是赔了夫人又折兵？"

"小小年纪……就知道'赔了夫人又折兵'……谁是夫人……谁是兵？"李炆之虚弱地开口。

"哎呀！"听见说话声，楚归羮终于不再愁眉苦脸了。她惊喜道："你爹说你伤得太重，很难再醒过来……"

"我爹？"李炆之哼了一声，"他这人就知道吓唬人……等等，你见了我爹？什么时候？"

于是，楚归羮一五一十地说出来了。当然，对那些中间发生的不愉快，她一个字都没说，只报喜，不报忧，说她跟他爹娘相处得很愉快。

李炆之心中生疑，但见楚归羮说得翔实具体，便也信了七八分。他心中不由感动，暗道爹娘终于不再迂腐，认为躲在深山老林之人都是逃亡的罪犯。

"老师，纪园既然让纪福作威作福，平时一定也没少干坏事吧？"楚归羡话锋一转，谈起纪家的事来，"要不然，那些被纪福欺负的人，随便哪个人跟纪园说一声，纪福都不敢这么猖狂吧？"

那些大人间的阴谋诡计、复杂的人情世故，李炆之都不想让楚归羡知道。他正想聊些别的，就听楚归羡又道："老师，我们现在可是共患难了。当时你没有丢下我一个人躲开那道长鞭，我也没有在你昏迷的时候独自逃跑。所以，我们应该是亲密无间的人，对吧？"

当时楚归羡抽打纪福时，李炆之的内心十分震惊，震惊之余又是满满的感动。他当然知道楚归羡如此愤恨纪福是为哪般。他没想到只是教楚归羡几天，她竟然将他看得如此重要，重要到能为他与有权有势的人抗衡。

这件事，如果换作其他人，恐怕都不敢出头。

偏偏楚归羡就这样做了。

因为楚归羡的惊人举动，李炆之不得不坦诚心扉："是的，我们共患难，的确是亲密无间的人。"

楚归羡道："所以你必须得告诉我，纪家人到底是怎样的，有没有仇敌。"

李炆之越听，越觉得不对劲，他的眼神里是不可思议："小楚，你想对付纪家？"

本来李炆之不问，她是不打算说的。但既然问了，她也没打算瞒着。她点点头："对，我想让纪家倒台；想让纪家杀人偿命，血债血还；想让大风寨不要因为我受牵连。"

"你不可能做到的。"李炆之直接否定她，"纪家是源城第一大户，家大业大，无人能扳倒他们。"

"嗯。"楚归羡听懂了，又问，"源城没人能扳倒他们，那别的地方总有能扳倒他们的人吧？"

李炆之微微愣了愣，思索良久后才道："官官相护，谁愿意蹚这浑水呢。"

听李炆之这么说，楚归荑就放心了。她咧嘴一笑："老师，官官相护的确不假，但只要利益足够大，那就可能变成互相拆台了。"

瞧着楚归荑眼里放着精光，李炆之隐约有种不太好的预感。他问："你该不会是想借他人之手打压纪园吧？"

楚归荑指着自己的脸道："我一介女流，哪有那么大的本事。"

就是啊。

他担心楚归荑因心急意乱而异想天开，到时候再徒增别的麻烦。他轻声安慰楚归荑："现在事情已经发生了，就不要想太多。你眼下应该把前因后果都告诉赵思年，让他心中有数，知道接下来如何应对纪家。"

她能说表哥准备硬碰硬吗？

看着趴在床上养伤的李炆之，她心里一叹：还是什么都别说了吧，要是说了，老师准得担心。

"老师，你好好休息吧。"楚归荑起身为李炆之披了披被角，"我一腾出空，就会过来看你的。"

看不看他倒不重要，重要的是学业不可落下。李炆之赶紧道："我这伤一时半会儿是好不了了，但你的功课一日不可落下。我爹教人最没耐心，脾气还大。后面这些时日，你跟着我娘多学习，她是这世上少有的温柔又耐心的人。"

她能说昨日相处下来，叔叔比阿姨要温柔太多了好吗？

叔叔从头到尾都没怎么开口，反而是阿姨一直在说呀说的。

不过现在的李炆之实在太虚弱了，瞧着脸色惨白的他，她也就没破坏他娘在他心中的美好样子了。她只是笑了笑："老师就放心吧，就算你不交代我，我也会去缠着你爹娘教我的。"

毕竟自家的爹娘说过：能成大事者，不拘小节，只要坚持下去，就是好样的。

她冲着李炆之挥了挥手："老师，我去忙啦，你好好歇息。"

"嗯。"李炆之想到楚归羡抽打纪福的凶狠样子，觉得她骨子里的倔强和恨意一时半会儿很难消除，生怕她会趁机再对纪福做出什么出格的事儿。他很不放心地道："小楚，纪福虽然可恶至极，但他有权有势，不是我们能得罪得起的。眼下还是应该求得他的谅解，不要追究……"

"老师，我心里有数的。"李炆之都伤成这样，还要为她操心，实在是她不懂事了。她连忙道："我这就去跟纪福道歉。"

虽然道歉了也不见得纪福会原谅她，但总比什么都不做的要好。

想到这儿，李炆之又道："等一下你见到纪福，就跟他说，如果他愿意不追究我们，我就给他治好他的不治之症。"

本来楚归羡的脚都迈出去了，结果听见李炆之的话，她迈出去的脚就一下子收了回来。她好奇地道："老师，纪福得了什么病啊？"

李炆之没回答她是什么病，脸倒是红了不少："你一个女孩子，问这些干什么。"

楚归羡见他这般模样，就更是好奇了，但面上是义正词严："我将来可是要做大夫的，有什么不治之症我得提前知晓，以后也好心中有数，遇事不慌。"

李炆之用余光瞥了一眼楚归羡，见她面色波澜不惊，浑身透着沉稳干练，确实是个好苗子。李炆之心中挣扎几番，最终还是开了口："……阳痿。"

"那是什么？"楚归羡从未听过这个病症，但见李炆之已经将头藏在了被子里了，知道她实在是强人所难了，便知趣道，"等我回头去看医书吧，医书里可能会比你讲得更仔细。"

终于不用跟一个小姑娘说这些了，李炆之"嗯"了一声，头却是依旧没从被子里再冒出来。

看来阳痿的确是个很难治好的病症。

毕竟老师连提都不想提这两个字。

楚归黄眼观鼻、鼻观心，最后得出这个答案。

要真是治好了纪福的阳痿，那岂不是太便宜纪福了？

从金石楼离开的时候，楚归黄看了一眼关押纪福的小黑屋，轻声哼了一声："坏人就得有坏人的下场，叫我碰见了还想作威作福，门都没有。"

末了，似乎觉得只是说说还不过瘾，她在四周看了看，在地上找了块不大不小的石子，使劲儿往小黑屋的窗子上扔过去。

楚归黄看着石子飞向窗子，冷声道："道歉？这辈子都不可能跟这种坏人道歉！"

只听"嗖"的一声，石子就穿透了窗子。

冷风飕飕地刮进小黑屋，冻得纪福一激灵，开始瑟瑟发抖。

很快，又一个石子砸烂了窗子，更多的冷风呼呼地刮了进来。

这下，纪福已经不是发抖了，而是一直哆嗦。

他的双手双脚都被捆得结结实实，他只能一步步地跳到床上，像蛆一样拱到被子里。那被子单薄，与自家府内的绫罗绸缎完全无法比。

被近乎咆哮的风声包围，纪福心中是又气恼，又觉得被羞辱了。已经被困在这个鬼地方一天半了，按理来说，他爹怎么都该找过来了。源城那么多人手，就算是一尺一寸地找，总该有点动静才对。

可是为什么会这样安静？

这到底是什么鬼地方。

"阿嚏！阿嚏！阿嚏！"

纪福不停地打着喷嚏。

破洞的窗子，破旧的被子……

那个贱蹄子敢这样侮辱他……等着瞧吧，他一定要把她囚禁在身边，先各种折磨，后把她丢到纪园，让人折磨死她。

阿嚏！

好端端地，正在习武的楚归羑忽然就打了个喷嚏。

"有人骂我。"楚归羑看了一眼小黑屋的方向。

"整个大风寨，谁舍得骂你。"坐在轮椅上的赵子沉叹了口气。楚归羑年纪虽小，但疑心很重。放眼望去，大风寨哪个人不把她捧在手心里疼着，连一句重话都不敢说。

就说她这习武，明明底子差到……差到他们实在没脸教，但大家谁敢说一句真话了？

这不都在尽心尽力地哄着教她，不都是使出毕生所学，将自己所长教授予她？

要不是这样，她怎么可能又银针又长鞭又匕首的，将纪福那帮下三烂吓得够呛？

想到徐淳在他面前得意扬扬地说小楚多厉害，将纪福那个狗仗人势的东西打得一动不动，赵子沉的心肝儿都快吓得跑出来了。但凡那些人稍微懂点武艺，都会看出来小楚就是个半吊子。

还好那些人什么都不懂，小楚这才躲过一个大劫。

要不然，按照纪家睚眦必报的性子，小楚只怕是凶多吉少。

这个凶……也许就是成为——禁脔。

想到纪福平时的猖狂，赵子沉再看这楚归羑练剑的样子，忽然就很发愁。她这套风花雪月的剑法，就算再练一百年，也难有突破。好看却不中用的招式，吓吓一般人也就罢了，但往后要是碰到了高手……

"小楚啊。这套剑法你练得实在太棒了。在剑术上，我认为你已经可以当我的老师了。"换作以往，让赵子沉说句赞美的话还不如叫他去死，但自从有了小楚之后，他夸人的本事练得可谓浑然天成。他脸不红心不跳地道："所以，我们再换个剑法练练？"

换个剑法？这风花雪月剑她练了大半年，剑气始终无法形成一股风。表哥说，什么时候有风了，她的剑法才算是天下无敌。眼下她还没有天下无敌呢，怎么能随意换剑法来练？

楚归羹看了一眼赵子沉，打心底也明白：赵子沉是想让她集大家之所长，但眼下实在不是换剑法的时候。于是她委婉地道："赵叔，换剑法的事儿过些天再说，我想再多练练风花雪月。"

练、练、练，就知道练。

练到底又有什么用！

赵子沉心里快愁死了，但对着勤学苦练的楚归羹又没法说。

他往小黑屋的方向看了一眼，顿时觉得眼疼得厉害。想到纪家往日待人的种种，他用比楚归羹还要委婉的语气问："小楚，前些天你不是想去临城看看？这两天我在大风寨也待得烦了，要不我们两个去临城转转？"

楚归羹也往小黑屋的方向看了一眼，语气扬了几分："赵叔，想带我去转是假，想让我避开纪福才是真吧？"

什么都瞒不过这丫头。

被楚归羹拆穿的赵子沉非但没有感到丝毫的尴尬，反而趁势道："既然你知我所想，也一定知我心中顾虑……"

"赵叔。"楚归羹将手中长剑放在一边，与他面对面而坐，"我还在蝴蝶村的时候，经常跟村子里的小朋友玩捉迷藏。我最喜欢找他们了，不管小朋友躲在什么地方，我总能很快就把他们找到。"

他在说什么，而她又在说什么。

赵子沉一头雾水，完全不明白楚归羹怎么会扯上捉迷藏。

那不就是个小孩子玩的游戏吗，跟纪福有什么关系？

虽然不明白楚归羹何出此言，但赵子沉知道只要夸就对了："我们小楚就是聪明伶俐，找人对你来说，简直就是轻而易举，不费吹灰之力。"

面对赵子沉的赞美，楚归羹却摇摇头，跟他道："赵叔，你

179

不明白我的用意。对我而言，现在的我只不过刚好跟当时的我反过来了。"

赵子沉仔细品了一品小姑娘的话，当时楚归黉是在找人，而现在她是被人找，可不就是刚好反过来了！他沉思道："可在蝴蝶村的时候，是你找几个小朋友，现在却是纪家无数人找你。"

"对，纪家在源城家大业大，现在源城一定布满了他们的人，所以我可能还没走到源城，就被人发现了。"楚归黉道，"大风寨在深山老林，现在又冰天雪地的，天冷路滑，纪家就算找过来，也要花好多工夫。趁他们还没找过来的这段时日，我想找个人。"

赵子沉没想到，看似什么都没考虑的小姑娘，已经想得这样远了。他问："找谁？"

楚归黉道："纪园的死对头。"

赵子沉："……我不知道。"

"哦……"

赵子沉听出她那一声"哦"里带着点别的意思，就看向楚归黉，这一看就不得了了——

他一个四十多岁的人，竟然被十七八岁的小孩子给鄙视了。

这叫他还怎么坐得住！

赵子沉还没来得及多想，嘴巴就快脑子一步："纪园这些年为谋求高官，一直没少给通政使李卿送钱财字画。临城的贾有才因为家底不厚，无钱可送，所以经常死盯纪园。纪园稍微有哪里做得不好，但凡叫他知道了，就会大做文章去参他一本。"

楚归黉不懂什么通政使，但她知道敌人的敌人就是朋友。她眉开眼笑地道："那个贾有才，赵叔你肯定接触过吧？"

赵子沉：!!

他刚刚都跟楚归黉说了些什么东西！

赵子沉悔得肠子都青了，立刻捂住嘴，头摇得跟拨浪鼓一样。

楚归荑忽然凑近了："赵叔，就算你全都告诉我了，我也不会告诉别人的。"

他不会说的，就算把刀架在他的脖子上，他也一个字都不会说的。

见赵子沉守口如瓶，楚归荑眼底的精光就更明显了。她道："赵叔，如果贾有才知道纪园官匪勾结，他会不会把这事儿捅出去，然后让纪园吃不了兜着走啊？"

赵子沉惊得瞪大了双眼："小楚，你的小脑袋里究竟在想什么？纪园是什么人？贾有才又是什么人？他们都是狡猾的大官员，岂会被你三言两语左右？"

言语虽然不多，但楚归荑听明白了。赵叔不但不支持她，反而还对她的想法产生了严重的怀疑。

但……她思来想去，觉得自己没说错什么啊。

本来就是嘛，贾有才看不惯纪园。眼下能让纪园栽跟头的，不就只有贾有才吗？

但凡赵子沉肯相信她半句，她都愿意跟赵子沉解释一下。

但……

楚归荑看了一眼用充满了怀疑的眼光看着她的人，乖巧地点点头，顺着他道："赵叔，我方才就是随便说说。经你刚刚这么一说，再仔细想了想，我只不过是个女孩子，太异想天开了。"

赵子沉的心这才彻底放下来……

下午，楚归荑照旧开始看账。

柳凤在大风寨实在无事可做，就死盯着楚归荑一个。

楚归荑也不觉得被人盯着有什么不好，还叫张桦备了甜点和茶水，摆在柳凤的面前满满当当的。

柳凤起初是拒绝的，但甜点的色香味俱全，让她的内心无法

思楚歌

抗拒，她就拿了一个尝了尝。这一尝，她就停不下来了，一直吃个不停。

等楚归羹看完一本账的时候，发现柳凤面前的甜点已经被吃完了，就高兴得像是找到了同道中人，忙让张桦又重新拿了一些过来。

很快，柳凤的面前再次被摆得满满当当。她的脸一下子就红了，支支吾吾地解释："甜点什么的，我才不爱吃呢……你拿来，我不吃，就是不给你面子。"

"对。"楚归羹使劲点点头，用一脸"我完全懂你"的神色道，"其实我也不爱吃那些东西，但主要是它们实在太好吃了。"

柳凤也跟着点点头。

楚归羹又一本正经地道："而且吧，这些东西是我硬要给你的。如果你不吃，我不但面子上过不去，而且心里会很不开心。"

柳凤重重地点了点头："你说得很有道理。"

在一旁浇花的张桦听了，满眼皆是疑惑。

分明柳凤跟楚归羹的相处犹如针尖对麦芒，怎么一些甜点就让二人的关系变得这样融洽和睦了呢？

到了快用晚饭的时候，柳凤已经在给楚归羹讲述医理了，还给楚归羹列了好些医学的书籍。

一提到有关医理方面的东西，楚归羹的面色就会变得虔诚、认真。

这个时候，柳凤的心底就会升起一种强烈的满足。

这种满足，是在教幼年的李炆之时从未有过的。

入睡时，柳凤主动在李鹤面前提起楚归羹，还夸她是学医的好苗子。李鹤十分诧异，以至于不小心揭了柳凤的老底："夫人，你之前不是说，楚归羹在大风寨生活，伶牙俐齿的，擅长搬弄是非、颠倒黑白，就算救了李炆之是真，也叫我离她远一点吗？"

柳凤蹙眉道："你怎么只记得我说的这个？"

李鹤想了想，继续道："你还说过，楚归荑小小年纪就敢绑架我们，可见她跟着大风寨学了很多江湖匪气。"

柳凤的眉头都快皱到一起了："还有别的吗？"

李鹤仔细思索片刻，继而道："你还说，李炆之都是学我有眼无珠，才会一个倒贴药材给人免费诊治，一个教了大风寨的小盗匪学医，简直是胡闹，太伤风化，不成体统。"

发现李鹤根本不可能说出她想听到的回答，于是柳凤道："我三番五次地用言语激怒小楚，她却始终跟我讲道理。我对此是如何说的？"

李鹤故作恍然大悟道："夫人说她这么沉得住气，将来肯定了不得。"

柳凤的脸色终于好看了一些："与人相处，以貌取人不可取，但以旧眼光看人同样也不可取。你说呢？"

李鹤频频点头："夫人说得对，夫人说什么都是对的。"

"去你的。"柳凤轻轻握了握拳头，往李鹤的胸口捶了一拳。

"疼疼疼……"李鹤夸张地握住柳凤的手，在他的胸口来回抚摸，"夫人打得好疼，为夫的心都要被你打碎了。"

"哦？是吗？"柳凤使劲儿捏了捏李鹤的胸口，"这样呢，好些了吗？"

李鹤却是咧着嘴笑得好开心："夫人是医术超群，妙手回春，为夫的心立刻就不疼了。"

"贫嘴。"柳凤也跟着笑了。说着话，她就拉着李鹤的胳膊，将它枕在自己的头下。

李鹤贴心地为柳凤披好被角，之后将她抱在怀里。每到这时，他就会心满意足，生出满满柔情。他轻轻地亲着柳凤的脸颊，柔声道："夫人，现在哪里都乱哄哄、一团糟，我们还能有吃有喝，还能像这样什么都不用操心，不必担心外面什么时候有人抢咱们药材，砸咱们家药铺……"

"所以，你想说什么？"柳凤半眯着眼，语气里威胁味儿十足。

李鹤一看柳凤的脸色不对，立刻话锋一转，带着几分怒意道："虽然这里吃喝不愁、衣食无忧，但这里毕竟不自由。我们生而为人，怎能被人肆意捆绑着，困住身子。说到底，都是大风寨的人蛮横无理，狡诈多变。"

"行了，行了。"柳凤打断了李鹤的话，"我说什么你都随口附和，你有没有自己的主意？"

李鹤将怀里的人又搂紧了几分，下巴轻轻抵着她的额头："夫人的主意就是我的主意，夫人说的就是我心中所想。夫人……"

"闭嘴。"柳凤实在不想听他"夫人、夫人"的，伸手捂住了他的嘴。

李鹤眼中流淌的都是柔情，笑意也越来越明显。

"都老夫老妻的，还这么肉麻，不害臊。"柳凤虽是这样说着，嘴角却也带了许多笑意，她往李鹤怀中再靠近了些，轻声道："如果不是亲眼所见，我是真的不敢相信，大风寨原来是这样的。"

李鹤问："这样的……是哪样的？"

柳凤道："没有刀光剑影，没有血性残酷，反而花花草草，笑笑闹闹。真的……很不一样。"

"嗯。"李鹤也道，"之前炆之提过几次大风寨，我一听见他说'大风寨'三个字，就气不打一处来。现在想想，当时打他，确实狠了点儿。"

提到前几日对李炆之的那顿打，柳凤的眼眶微微有些红。她叹了一声："是我们老了，总拿旧眼光看人。亏我们还是读书人，竟是迂腐到这般境地。"

李鹤道："夫人不必自责，儿子是我打的，大风寨也是我不让儿子去的。你要怨就怨我，可别气坏了身子。"

一直依偎在李鹤怀中的人突然开口："你说……大风寨现在几乎没人，是不是遇到了什么麻烦？"

"夫人不是说，各人自扫门前雪，莫管他人瓦上霜吗？"爱妻在怀，室内温暖如春，李鹤已是困意来袭，但听见柳凤的话，他便打起精神道，"大风寨不管日后如何，我们定能安然无恙离开。夫人不必烦恼忧心，一切都听天意吧。"

若是以前，柳凤当然无视、不管，但是现在呢？

李炆之的命可是楚归薆那丫头救的。

而且楚归薆那丫头……她现在瞧着越来越顺眼。

也许是那丫头讨人喜欢的手段太高明，又或许是那丫头在医术方面太有天分。总而言之，当初有多不喜欢那丫头，现在她就有多喜欢她。

大风寨是那丫头的家，那大风寨的人，应该都是她的家人。

如果失去了家人，那丫头应该会伤心欲绝，会泪流满面吧？

那张一看见她就立刻露出满脸笑容的样子，直戳柳凤的心窝。

于是一切与柳凤无关的人和事，此时此刻，都变得有了牵连。

柳凤碰了碰李鹤的胳膊，已经睡着的人很快就睁开了眼。他柔声问："夫人，怎么了？"

"这两天风很大啊。"柳凤轻声道。

闻言，李鹤笑了几声："夫人，以往源城的冬天，不都是风很大吗？你怎么忽然感慨？"

柳凤没回答他，只自顾自地道："刚回来的时候，外面又在下着雪，这一场雪之后，风应该会更大吧？"

李鹤随着她道："是啊，风会更大的，夫人。"

说罢，李鹤转念又想，风大不大于他们有何干系？

别说他们因李炆之暂住大风寨不受风吹雨打，即便是离开大风寨，他们就是走南闯北，他也从未叫夫人受过风吹雨打。

晚上，柳凤回来，虽不再对大风寨抱有怨念，笑容也终于重新出现在脸上，但她有了心事。这叫李鹤心中有些异样。

"夫人……"

这两个字才说出口，剩下的话便消失于柳凤安详的睡颜中。

瞧了一会儿柳凤睡着的模样，李鹤忽然笑着摇了摇头。罢了，夫人心中爱如何想便如何想，眼下先让她好好睡吧。

李鹤挥手灭了烛灯，随着柳凤一同睡去。

翌日，楚归羡便与柳凤学起了如何制作金疮药。下午，楚归羡就能自己一个人制作金疮药了。

柳凤看着空空荡荡的大风寨，心知楚归羡制作金疮药是为哪般，但看破也不说破，就顺便教她如何给伤患包扎，如何给伤患止血……

只要有关医术，楚归羡总是对一切都好奇不已，而且学得非常快。

等赵思年半夜回来时，便看到饱腹厅的桌子上堆满了大大小小的药瓶子。他走近那些瓶子，拿起来，放在鼻尖闻了闻，是熟悉的金疮药。

但不是集市上售卖的金疮药。

"少主。"张桦将温热的饭菜端到赵思年面前，"饿了吧，饭菜不冷不热，尽快吃。"

赵思年并未直接吃饭，而是道："李鹤与柳凤对盗匪向来深恶痛绝，绝不可能给我们制药，那么能制药的人只有……"

"是楚小姐。"不待赵思年问，张桦便与赵思年主动道，"楚小姐与李夫人也不知怎么了，忽然就很投缘。李夫人见楚小姐喜欢医术，便倾心教授。我们楚小姐不但在武艺有天分，就连医术方面也很有造诣。李夫人对楚小姐赞不绝口，称楚小姐是百年难遇的奇才。"

若是大风寨夸楚归羡，赵思年一定心如止水，但柳凤是谁？

一个明明对他们讨厌至极的人，怎么会赞美大风寨的人呢？

就算楚归荑救了李炆之，但她如果没有一技之长，单凭救人一事，就想让柳凤放下执念倾囊教授，是绝无可能的事。

赵思年微微垂下眼眸，把药瓶在手中转了又转，一言不发。

以往若是听到楚归荑被夸赞，赵思年就算什么都不说，但面色总会变得跟平时不太一样。若要让张桦细说，应该是更有人情味一些，让她敢靠近一些。

但现在……赵思年什么都没说，也没有什么神色。他就像他穿的那一袭黑衣，让人看了压抑，喘不过气。

也像窗外那漫漫夜色，让人不敢靠近，让人心生绝望，让人……害怕。

张桦努力克制想要逃离的感觉，硬着头皮问："少主不想让楚姑娘学医吗？"

赵思年微微抬眸，看了一眼身边的人。

不看还好，这一看，让张桦的腿忍不住打起了哆嗦。

赵思年看了一眼她的腿，不冷不热地道："在这里住了这么久，你还是没有改掉害怕我的习惯。"

"抱歉。"被赵思年一说，张桦连声音都在发颤。

赵思年轻叹一声，继而道："你刚刚说什么？"

张桦微微一愣："我刚刚……说了什么？"

赵思年看了一会儿张桦，见她努力想方才说了什么的样子，便又是一叹："因为我看了你一眼，便是叫你吓忘了。看来我的确很可怕。"

张桦低下了头："少主，对不起……"

赵思年挥了挥手："你出去吧。"

"是。"

张桦知趣地离开了饱腹厅。

张桦走在沉沉的夜色里，眼前浮现的是赵思年听到楚姑娘学医时候的面色。她当时多嘴问了一句，他是不是不想让楚姑娘学医，那时她心中很确定，他是千真万确不想让楚姑娘学医。

可她没有勇气再问第二遍了。

随着赵思年回来得越来越晚，他身上的戾气也越来越重。

他看起来……比之前更像一个"坏人"了。

是因为杀了太多人吗？

可就算是杀人，他杀的都是该死之人。

生在这样的世道，如果那时她有机会举起菜刀，她一样也会杀人。


吃过饭，赵思年去了笑口斋。

到了笑口斋门口，赵思年便止步不前了。他就那么坐在门口的台阶上，神色依旧是不冷不热。

但那张喜怒不表的面孔下，却是藏了一颗忧虑的内心。

这些年来，他去了很多次铭山脚下的那个山洞。但年长他十三岁的赵思年就好像凭空消失了，任凭他怎么寻找那个赵思年的足迹，依旧寻不着半点踪迹。

如果能找到那个赵思年就好了……这样他就能问一问，如果楚归黄执意要学医，他要怎么做才能保护她？

明明他在那个山洞里放了那么多信，不管是明处还是暗处，任何他能想到的地方都放了。只要那个赵思年回来过，就一定能看见那些信。

然而那么多的信，一封都没有被动过……

为什么那个赵思年要凭空出现，然后又突然消失？要让他知道部分真相，又不让他看到真相背后更深的东西。

只说不要让她学医。可学医之后会怎样，他却只字不提。

只告诉结果，不告诉后果，这让他怎么有备无患？

只要提起学医，她就两眼放光，就高兴至极……他如何说得出不许让她学？

原本想要她自己放弃，可现在看来，是他想得太过简单。

但日后如果她真的成了医者，那会怎样呢？

如果他一直陪在她身边，这样是不是就能为她挡住所有危险？

这念头才起，他就想到初遇十三年后的赵思年的惨状。

十三年后的赵思年当然比他武艺更精湛，对楚归黄的感情也更深厚，却落了个跌落悬崖的下场。当时他没有问楚归黄下落如何，但从赵思年身中数箭，又身中奇毒就能看出，十三年后的楚归黄多半是凶多吉少。

难道这一切，都是因楚归黄学医而起吗？

不知不觉，他坐在这门口许久许久，也想了很多很多。

再回过神来时，皑皑白雪已是厚厚一层。

风声也比方才更大了，吹得呜呜作响。

赵思年回头看了一眼楚归黄的房门，又低头看了一眼自己的双手。

就在今天，他的双手杀了无数盗匪。他的双手沾满了那些盗匪的血。而里面睡着的人……却有着这世上最干净爽朗的笑容。

这一夜的风雪很大，而赵思年就这么坐在笑口斋的门口，怀抱双肩，静静地睡去了。

在暴雪时分，赵思年被呼啸的风惊醒。他起身离开，带走了所有金疮药。

等赵思年彻底消失在暴雪中，楚归黄才从窗边离开，窝在早已不暖和的被子里。

其实她半夜就被大风吹醒了，但她不知道赵思年就在自己门外。

如果不是他离开时有脚步声，她还以为他在自在居睡得正香呢。

为什么不在自在居睡，反而一直坐在她的门前？

他又坐了多久呢？

这人真是奇怪！

外面的风雪实在太大了，尽管吹不到笑口斋来，但她还是裹紧了被子。等被子暖和一会儿后，她才把放在床头的衣裳一件件地放进被子里。等被子把衣服焐热了，她再一件件穿在身上。

穿得严严实实之后，楚归荑才去了饱腹厅。

原先堆了满满一桌子的金疮药，此时都已经消失不见了。至于去了何处，楚归荑不用想都知道。

有了那些金疮药，大风寨那些弟兄们就算打架受了伤，也能很快止血救治。

那么他们就算长期不回来，她也不会太担心。

哎……

楚归荑揉了揉自己的脸，轻轻叹了一口气。

不管怎么样，她都希望大风寨的弟兄们快点回来。

再不回来，冬天就要过去了。

她还想跟表哥一起堆雪人呢。


今日楚归荑跟往常没有什么区别，除了习武就是看账，然后跟着柳凤学医。柳凤知道楚归荑在学医上很有天分后，不但教她做药，还教她怎么看病。

为了试探楚归荑的天分究竟有多高，柳凤故意将望、闻、问、切几个方面说得又多又快。楚归荑时而点头，时而"嗯嗯"两声，表示她有认真在听。

到了抽背的时候，柳凤又问了各种刁钻难解的问题，但楚归荑都能回答得周全详细。这让她对楚归荑更满意了。

仅仅这些还不够，柳凤见过太多病患，知道他们被病痛折磨得脾气暴躁又古怪。于是她就扮演那些暴躁古怪的病人，说话不但难听，还拒绝楚归薨给她看病。

有些话难听到柳凤自己都受不了，但楚归薨始终一张笑脸相迎。不管柳凤说了什么，她都点点头，很有耐心地把话听完。

柳凤发现，这丫头不但学医有天分，哄人也很有一套。

身为医者多年，柳凤心里十分清楚，对病患有耐心的医者，日后名声都不会太差。而楚归薨很有天赋，他们若是肯用心教她，也许日后她能成就一番伟业，成为一代名医。

眼下李炆之就算医术再高，但内心始终不喜欢行医。

时隔十几年，柳凤还是会想起李炆之抗拒学医的过去。再看看现在主动学医又极有天赋的楚归薨，所谓没有比较就没有伤害，柳凤突然就发现……李炆之好像没以前看着那么可爱了。

# 第十章　这妹妹好看

柳凤看楚归羹，哪儿都看着顺眼，哪儿都瞧着可爱得不行。

就连之前不经过他们同意，硬将他们五花大绑带到大风寨的行为，她现在再回味回味，觉得小楚那孩子做事果敢英勇，重情重义。

于是这一天下来，只要楚归羹去问柳凤医理，柳凤知无不言，言无不尽。二人只坐在饱腹厅聊这些东西，柳凤觉得太枯燥，便带着楚归羹去了思辨阁，将李鹤送她的翡翠镯子戴在楚归羹手腕上。

翡翠镯子太大，在楚归羹手上晃来晃去。

"喜欢吗？"柳凤右手撑着半边侧脸，笑着问正低头看着镯子的人。

楚归羹点点头："喜欢。"

翡翠是正绿色，浑身还透着光。映着烛光，她似乎能看到火苗在镯子里跳跃——那火苗好像就通过镯子传到她的心底了。

将腕上的镯子摸了又摸，楚归羹才缓缓道："这世上除了娘亲，就只有柳姨送我首饰。"

这是柳凤第一次听楚归羹说起家里人。身为女人，身为母亲，柳凤当然知道，孩子是女人的掌中宝，如果不是生离死别，是绝不可能与孩子分开的。

楚归荑来这大风寨那么多年了，她的爹娘从来没出现过。如今天下动荡难安，楚归荑的爹娘为什么没有跟过来……多半是凶多吉少了。

可怜这孩子……

"柳姨，我娘跟你一样，都是很好很好的人。等我娘回来接我，你就能见到她了。到那时候，你就知道我娘跟你有多像了。"她们都是一样的刀子嘴豆腐心，一样的好人，一样的……让她感到温暖。

"你娘……她去哪儿了？"原本以为她娘亲已经去世了，没想到健在。柳凤心中舒了一口气。

"我也不知道，她跟爹就留下了一封信。"提到爹娘，楚归荑脸上的笑容就慢慢地消失了。她抿了抿唇，轻声道："信上说，让我一直跟着表哥，她跟我爹出去挣钱养我了。等挣够了钱，就在城里买个大房子，然后再接我回家。"

她伶牙俐齿的样子招人喜欢，而她微微垂下眼眸，没了笑容的样子招人心疼。柳凤将楚归荑搂在怀中，柔声问："钱不好挣，你爹娘虽然一时半会儿不回来，但不是不回来，你也别太难受。"

"嗯。"楚归荑窝在柳凤怀里，沉默半响之后，才开口，"我娘说，只有把对方当成家人，才会送贵重的东西给对方。这镯子好看，一定很贵吧？"

好看的东西并不意味着很贵，就像很贵的东西不一定好看一样。

柳凤低头看着楚归荑，被她的可爱天真逗笑了。她摸摸楚归荑的头，语气更是温柔："贵不贵倒是其次，重要的是你喜欢。"

楚归荑想了想，伸手想把镯子从手腕上摘下来。柳凤见之，轻轻按住了她的手腕，满脸笑意地问："方才你明明说了喜欢这镯子。既然喜欢，为什么又想摘下来呢？"

楚归荑道："好东西是人都会喜欢，我不能夺人所爱，这样不好。"

柳凤道："我喜欢它是不假，但我也喜欢你。喜欢的东西戴在喜欢的人身上，才会让东西看起来更漂亮。"

还有这个道理？

楚归荑本来想把镯子还给柳凤，但见柳凤的确很想把镯子送给她，她若再推三阻四，岂不负了柳凤一番好意。

这么一想，楚归荑就把镯子好好戴在手上，冲着柳凤甜甜一笑："谢谢柳姨，我会好好爱惜它的。"

她这样一笑，两眼就弯成了月牙儿，好看又明亮。

柳凤盯着楚归荑的笑，忽然间想起怀李炆之的时候，就总是在想：肚子里的孩子是个丫头就好了，要是以后她的孩子有明亮又清澈的眼眸，眼睛笑起来像月牙就好了。

结果孩子一出生，是个男孩儿。

哎……

她重重地叹气。

虽然李炆之也有明亮的眼眸，但他平时总不爱笑，就算笑，眼睛也弯不成月牙。

而且最重要的是……李炆之不是女孩儿呀！

眼下，符合她心意，甚至可以说与她当年怀李炆之时所期盼的……就在眼前……

自打柳凤开始喜欢楚归荑之后，对自己多年前希望有个女儿的事儿，她慢慢想起来了。

所以，她送镯子并非一时兴起，其实昨天就想送了。

柳凤越看楚归荑就越是满意得很。

一时间，瞧着笑呀笑的楚归荑，柳凤心里有些复杂。

要是她能生出这样聪明又爱医术的丫头就好了……

柳凤抬起手，轻轻捏了捏楚归荑的脸，满眼都是疼爱之色。

"柳姨，你听过贾有才这个人吗？"

刚刚还在说镯子，这会儿就提到了贾有才。难道现在的小孩子，说话都天一嘴地一嘴的吗？柳凤问："平白无故地，你提他做什么？"

楚归荑道："我抓了纪福，纪园肯定会抓我。我听赵叔说，贾有才是纪园的死对头，所以我就记住他了。"

原来是这样。

柳凤细细想了想，委婉地跟楚归荑道："天下乌鸦一般黑，都是些大人的乌烟瘴气的事儿，不必提他。"

看样子，那贾有才也不是省油的灯。

如果家底比纪家厚，他也许也要买官往上爬了。

当官就这么好吗？为什么纪园跟贾有才都想当大官呢？

楚归荑有些不明白，但她懂，官匪自古势不两立，只要有匪的地方，就一定会出现官兵。这些天，大风寨里一直空荡荡的。那些跟大风寨作对的坏人一直不停地出现，却不见官差。

这说明，官差根本不管这一地带。

是不想管，还是不知道？

按理来说，那么多坏人同时出现，闹出的动静应该不小。要说官差一点没察觉，谁信？

反正她不信。

"柳姨，你可不可以帮我一个忙？"楚归荑脸上的笑容更多了。

楚归荑这样可爱，让柳凤失去了思考。她只有答应的份："当然能，你要我帮什么，你说。"

楚归荑往柳凤的肩上蹭了蹭，撒着娇道："当我一天的娘亲，好不好？"

柳凤：真是想什么来什么，天下还有这等好事！

柳凤没有任何考虑，立刻就答应下来："好。"

柳姨比她娘亲的年纪要大个十来岁，而且长得也完全不一样，行为举止也相差很大。要管柳凤叫娘亲，她还有些不好意思，但好在柳凤对她的好让她很容易就想起娘亲。于是,她想着那份好,开口道:"娘。"

这一开口,楚归黧忽然就想家了。

她的语气里不由带着浓浓的想念。

这饱含深情的口吻,叫柳凤心底颤了几分。她一定是想他们想得不得了,才会喊她娘亲。

大概只有这样,才能一解乡愁吧。

柳凤正这样想着,就听楚归黧道:"我想去临城玩,你可不可以带我去?"

小楚一定是想跟她娘亲一起去。

但她娘亲不在身边,所以退而求其次,想跟她去!

多么孝顺的孩子啊。

柳凤被这孝心感动得不知说什么好,只想圆了楚归黧这满腔思念的梦,遂开口道:"好。我带你去。"

话音刚落,柳凤马上就想到眼下大风寨空荡荡的情况。大风寨的地盘这么大,她除了看到赵思年跟徐淳几个,还有一个伤患赵子沉,就再不见其他人。

按照李炆之的说法,大风寨至少有百十余人,那么剩下的人都去了哪里?

大风寨有规矩:一天是大风寨的人,那么一天都是弟兄家人。

有谁会离开家人,去往别处呢?

天寒地冻,有家回不得,要在外面风餐露宿……

他们能去哪儿?又为什么去那儿?

想到其中缘由,柳凤又缓缓开口:"现在天冷,这些天又在刮风下雪。等天气好些了,我就带你去临城玩儿。"

等天暖和了,也许局势就定下来了。局势一定下来,大风寨也就恢复以往。依着大风寨对小楚的疼爱,小楚想去哪里就能去哪里。

当然，想去哪里就去哪里也有个前提。这个前提就是不要让小楚看到这世上的阴暗面。

而这一点，也正是柳凤心中所想。

"柳姨……"

那充满委屈的声音让柳凤回过了神。她低头看着怀里的人，见她眼里饱含泪水。

这可怜模样叫柳凤毫无招架之力。她忙将楚归黉眼中的泪轻轻擦去，温柔道："这怎么还哭上了？乖，有话好好说，别哭鼻子。要是我们小楚把眼睛哭肿了，那可就不美了。"

楚归黉往柳凤怀里钻了钻，狠狠吸了吸鼻子："我就这两天去临城，最近夜里我老做梦，梦到我娘带我去临城玩儿。可是一醒来，我娘不见了，我也不在临城。大风寨是我的家，虽然在这里生活我特别高兴，但我还是想去临城。我就想去临城逛逛，说不定我娘就在临城呢。"

这话晓之以理、动之以情，让柳凤左思右想都找不到拒绝的借口。她笑着捏捏楚归黉的小脸："好，我答应你。我收拾收拾，明天咱们一起去临城。"

楚归黉伸出手，紧紧搂住柳凤的腰："柳姨，你对我真好。我一定会牢牢记住这份好的。"

亥时，李鹤来到了饱腹厅。他知道，赵思年每晚都会回来，而且只要回来，就一定会在饱腹厅吃饭。

漆黑的夜里，一个人影从远处隐隐走来。

那人高冠束发，身姿挺拔修长。迎着纷飞的大雪，他的步履急而快。

待走得近些之后，李鹤这才看清了，那人是赵思年。而且，他的腿似乎……受伤了。

赵思年抬脚进了饱腹厅，一眼看到李鹤正坐在窗边喝茶。他面无表情地朝李鹤看了一眼，微微点了点头，算是打过招呼。

就那么淡淡一眼，移开的目光还那么快，快到李鹤以为自己是老眼昏花看糊了眼，才会觉得赵思年看了自己！

若是不知赵思年这人的真实心性，李鹤只会当赵思年是目中无人。不过这也不能怪他，毕竟整个源城都在传大风寨的少主狂傲自大、无法无天。

"你先吃饭。"李鹤先开了口，"吃完饭我帮你一起打架。"

听到前面那两个字的时候，赵思年连动都不动，但后面那句话……让赵思年的眼皮子抬了抬。

但仅抬的那一下，都是漫不经心、毫不惊讶的……一眼。

李鹤见怪不怪，继续道："你刚回来的时候，我注意到你走路一脚深、一脚浅。如果不是受了重伤，像你这样的习武之人，绝不可能那样。"

赵思年的脸色依旧平静如水，淡淡开口："与你无关。"

这话明明说得没错，但李鹤怎么听怎么不舒服。他好心帮忙，还吃了个闭门羹？

"我会死在所有弟兄前面。如果大风寨最后保不住，只能说天要亡我们。"赵思年看向李鹤道，"你我命不同，这浑水不必硬蹚。"

解释虽然是解释了，但还不如不解释呢。

只要是个正常人，在遇到困难之际，有人愿意帮忙，都会高兴得要命吧？

这赵思年倒好，直接一口拒绝，没有任何犹豫。

这还是个正常人吗？

"你认为天要亡你们，你们就算死去也不可惜，但小楚呢？"

李鹤话音刚落，赵思年的脸色就微微地变了变。

那微微的变化自然落入一直紧盯赵思年的李鹤眼中，他趁势道：

"小楚要是也跟着你们一起死了，你也没有任何难过？"

赵思年沉默片刻："你打算怎么帮？"

李鹤心底长叹一口气——让赵思年低个头，简直比要赵思年的命还难。

看来千说万说，都不如"楚归荑"三个字顶用。

李鹤直言："晚上你护我回家，我去做毒物。"

"你要杀人？"赵思年的眼底终于有了一丝惊讶了。

然而，李鹤不知是该欣慰，还是该哭。方圆几个城的人都知道他李鹤行善行医，赵思年这样惊讶倒也不足为奇。李鹤道："我不杀人，我只是把东西给你。至于你怎么用，我管不着。"

李鹤道："这件事，只可你知我知，天知地知。"

赵思年看了李鹤良久，缓缓开口："你放心，我会死守秘密。还有……谢谢。"

言简意赅，却字字认真。

细听之下，还能听出感谢之意。

李鹤忽然觉得，这样的赵思年，居然有些可爱。


夜色深沉，但笑口斋里的楚归荑毫无睡意。她趴在昏暗的烛火下，聚精会神地做着花草形状的药丸。

房里实在太暗了，楚归荑必须要离烛火很近，才能把药丸捏成花花草草的样子。

倒不是她舍不得多点两根蜡烛。自从她接手账本以后，她就发现，其实大风寨非但不是穷得叮当响，反而是有很多很多的余钱。有这么多的钱，别说多点根蜡烛，就是多点十根蜡烛，她也是舍得的。

只是要点的蜡烛多了，屋子里就会变得亮亮堂堂，那表哥回来之后就知道她没有睡觉。万一他要是进来看到她在做药丸，肯定会让她赶紧去睡觉。

之前表哥就不想让她学医，要是让表哥知道她因为做药丸而不好好睡觉，没准他又会冒出不让她学医的想法……

一想到表哥，她那双正在做药丸的巧手就缓缓停了下来。她往门口的方向看过去，那个方向的尽头就是饱腹厅。

夜色这样深了，也不知表哥回来了没。

如果回来了，也不知有没有好好吃饭。

就算好好吃饭了，也不知身上的伤有没有好一些。

也许他身上的伤好了一些，那大风寨的其他弟兄们也不知有没有吃饱穿暖，有没有照顾好自己……

想到大风寨的弟兄们，楚归薁的目光就微微暗了几许。

有好些天，她都没有见到大风寨的弟兄们了。

她想他们了。


辰时，柳凤来饱腹厅用饭时，看到楚归薁正双手捧着馒头，有一下没一下地啃着。

那漂亮又可爱的小脑袋，时不时朝桌子方向点一下。

柳凤上前捏捏她的脸，问：“昨儿个夜里都干吗了，怎么瞌睡成这样？”

楚归薁正想说话，话到嘴里却变成了哈欠。

眼见楚归薁马上又要睡着，柳凤就温柔地道：“小楚，想睡就睡吧，我们明天去临城也不迟。”

“不行。”楚归薁摇了摇头，强忍着困意睁开了眼，“我想去临城，我现在就想去临城。”

说着话，楚归薁就想站起来。柳凤赶紧按着她的肩，柔声道：“那你先睡，等睡醒了，咱们就到临城了。”

“真的？”楚归薁揉了揉惺忪的睡眼，声音里带着还没睡醒的甜糯，甜得让柳凤的心都快要化掉了。于是柳凤的声音更是柔了几分：

"真的，快睡吧。"

柳凤话音才落，楚归羹就头一歪，趴在桌上睡着了。

瞧着楚归羹的睡颜，柳凤满眼都是笑意。

柳凤特意等楚归羹睡着很久之后，才动身将人抱上马车。

马车里铺了厚厚一层被褥，还放了手炉等取暖的东西。

柳凤将楚归羹轻轻地放在烤热的被褥里，又盖上了貂裘大衣。这才驾着马车去往临城。

这时外面是北风呼啸，又夹杂着鹅毛大雪，前路尽是白茫茫一片。柳凤看不清前方的路，只凭着记忆缓缓往前行进。

经过一处山洞时，柳凤本想停下来歇歇脚。然而她才停稳马车，就看见洞口处堆着歪七扭八的人。她心下一惊，险些叫出声来。

很快，柳凤就发现，那些堆在一起的人好像是睡着了一样，一动也不动的。

可是这么大的风雪，谁会这样一起堵在洞口处呢？

啪嗒——

洞口处的大树被大雪压断了树枝。粗壮的树枝掉落下来，正巧砸断了最上面那人的脖子。

咔嚓——

那人的脖子被树枝砸断了，头颅咕噜噜地滚了下来，滚在了马车旁边。

而那些堆叠在一起的人，却是纹丝不动，仿佛眼前的一切都没有看到。

这诡异的气氛让柳凤有些诧异。她自从嫁给李鹤之后，见过的死人比活人还多，因而她看着那个滚在马车跟前的头颅时，心里非但不害怕，反而还有些好奇。

柳凤回头看了看马车里的人，又看了看洞口。她放轻了动作，将车门的门闩锁死，然后跳下马车，朝洞口走去。

等柳凤走到洞口之后，发现那些堵在洞口的尸体全都如刚刚那个头颅一样，对即将到来的死亡没有一丝察觉，死时的神色都是自大自信。

能在短短一刻造成这样大片范围死亡，只有一种可能——毒杀。

能这样悄无声息毒杀这么多人，在源城，目前有——也只有一人，那就是李鹤。

想到李鹤，柳凤忽然轻声一笑。

他知道她今天要走，担忧她的安全，到底还是忍不住出手了。

她拨开那堆尸体，往洞里又看了看，里面密密麻麻地全是尸体。

这个洞她之前来过，说大不大，说小也不小，但这样叠堆着的尸体，少说也有两三百人。

仅一夜之间，就拥过来这么多盗匪，看来大风寨这群盗匪也真是不容易。

打了这么久，大风寨还没被攻陷，大风寨的人还真抗打。

那赵思年还能日日夜夜准时回大风寨看楚归黄，也是神奇！

柳凤又低头看了看那些狂妄自大的盗匪。这些盗匪可跟大风寨那群盗匪不一样，平日烧杀掠夺，强抢民女……坏事一样没少干。如果不是现在收成不好，老百姓那儿已抢无可抢、夺无可夺，这些盗匪会依旧欺压百姓，作威作福。

也可以说，正是因为大风寨这些年自给自足，留下不少财富，才被那些盗匪盯上。

这么一想，柳凤就越发地觉得这些盗匪可气。

而大风寨就……显得可爱许多。

柳凤抬脚，狠狠踩了踩那些盗匪的头。解气之后，她才转身上了马车。

马蹄声嗒嗒，继续朝东驶去。

待车马远去之后，李鹤才从洞口后面的大树后冒出了头。他看向身旁的赵思年，疑惑地问："我夫人带走了小楚，你一点都不担心吗？"

赵思年不答反问："担心有用吗？"

李鹤被他问得一噎：那你不能因为没用就不担心吧？

李鹤正想这么怼赵思年，就听赵思年沉声道："你与李炆之都在大风寨，若是你夫人让小楚有个三长两短，你们谁也活不成。"

李鹤：……我说的是这个意思吗？我有说夫人会让小楚陷于危险吗？你不会说话能不能别说话！

好端端一个英姿少年，怎么就长了一张不会说人话的嘴！

李鹤本来还想继续跟赵思年说点什么，但赵思年长腿一迈，继续往前走了。

李鹤：……所以天下人都骂你，你真是一点都不亏！

"我夫人医术很好，我会的，她也会。谁敢让小楚吃亏，她肯定饶不了对方。你放心吧。"李鹤朝着赵思年大喊。

没听到赵思年的回应，李鹤又大声道："小楚跟我夫人去顾璞玉家住了。顾璞玉一家与我家是世交，人品很好，你放心吧。"

楚归黉一觉醒来，已经到了午时。

她在床上躺了很久，看着陌生的床褥，还有陌生的桌子、柜子，很久才反应过来：她没有做梦，她现在不是在大风寨，她在别人家了。

是谁家呢？

在大风寨她快要睡着时，迷迷糊糊地听到柳凤说，等她睡醒了，他们就到临城了。

所以说，她现在已经到了临城，那个有纪园的死对头的临城。

想到纪园，楚归黉一下子就没了任何睡意。她从床上爬起来，往门口走去。

这时，门突然从外面被人打开。她盯着门口，好奇来者是谁。

很快，楚归羡就看清了。

来人穿着一袭白衫，乌黑的青丝只用一支竹簪高高挽起。这人眼神清亮，面色白皙，齿白唇红，乍一看还以为是个曼妙女子。

但女子怎么会有那么明显的喉结呢。

因为他太好看了，以至于楚归羡一直盯着他。

"你竟然醒了。"那男子被楚归羡盯得有些不好意思，微微避开了她的目光，"柳姨跟我娘正聊得高兴，就让我时不时来看看。"

原来是到了柳凤的熟人的家。

弄清楚情况后，楚归羡就彻底放松下来，对着男子甜甜一笑。

男子指了指南面的方向："饭菜早就做好了，就等你起来吃。"

咕噜……

男子的话才说完，楚归羡的肚子就叫了一声。她摸了摸自己的肚子，挠头笑了笑："一大早就赶路，听不得'吃'字。"

男子道："柳姨一来就说了，说你没吃饭就往这边赶。走吧，我带你去吃饭。"

说罢，男子率先出了门。

楚归羡跟在他身后，说："我叫楚归羡，你呢？"

"我叫顾敬辞，今年二十三，大你四岁。"

"哦……那跟我表哥差不多大。"想到表哥，楚归羡就忍不住有更多笑容，"但你比我表哥看起来好相处多了。"

"你表哥很凶吗？"顾敬辞笑着问。

楚归羡点点头。

顾敬辞道："对你也很凶吗？"

楚归羡摇摇头。

顾敬辞懂了："那你表哥肯定很疼你。"

楚归羡又点点头。

顾敬辞道："我要有个像你这样漂亮的表妹，我一定也很疼我的表妹。"

这还是第一次有人直接说她漂亮。她指了指自己的脸："我漂亮吗？"

顾敬辞道："漂亮，比我看到的所有女孩子都漂亮。"

难道表哥是因为她长得漂亮才疼她，并不是因为她是他表妹才疼她？

万一以后表哥看到比她更漂亮的女孩子，因为对方漂亮而更疼对方呢？

楚归荑这么一想，就撇了撇嘴，头顿时耷拉了下去。

眼见刚刚还满脸笑容的人一下子变得失落，顾敬辞忙问："楚姑娘，你怎么了？"

对刚刚认识的男子，楚归荑不好意思说出自己的心声，只道："提起我表哥，我就忽然想他了。"

对，她没有骗人，确实是在想表哥。

想他以后会疼爱别人，也是在想他。

听出楚归荑语气里带着几分沉闷，顾敬辞就宽慰她："临城没有源城繁华，过两天你玩腻了之后就会回去了，到时候就能天天见你表哥了。"

"嗯……"尽管这番话并不能开解楚归荑，但顾敬辞的一片好心却叫楚归荑感到高兴。于是，她又冲着顾敬辞咧嘴笑笑。


楚归荑睡了一路，肚子早就饿得咕咕叫，因而吃饭的时候，显得比平时急了许多。

从没见过女孩子这么吃饭的顾敬辞一时有些好奇，不免就她的吃相看个不停。

柳凤跟阙雪循声过来时，就看到顾敬辞一直盯着对面的小姑娘。

阙雪走到自家儿子身边，在桌子底下狠狠踩了顾敬辞一脚，提醒他："小楚光顾着吃饭，都没怎么喝汤，你也不给她盛碗汤。"

"哦……对。"顾敬辞就要给楚归黉盛汤，却见楚归黉已经自己动手了。

"阙姨，敬辞是看我吃饭香，怕打扰我吃饭，所以才没给我盛汤。"楚归黉看向顾敬辞，水灵灵的大眼睛冲着他眨呀眨的，"对吧？我没猜错吧？"

"……对，是这样。"小姑娘为自己找了个台阶。顾敬辞脸一红，面子有几分挂不住。

论年龄，他比楚归黉整整大了四岁；论家世，他读了那么多年圣贤书，如何待人待事，心中有数。这样盯着一个小姑娘吃饭，若是放在别的世家小姐那里，定要说他非礼了。

眼前的小姑娘非但没有生他的气，反而还替他说话……

思及此，顾敬辞心中有些过意不去，便道："小楚，下午我陪你出去玩吧。"

楚归黉道："好呀，我要去最繁华的地方。我要听戏，我要看杂技。"

顾敬辞对那些热闹的地方向来提不起兴趣，但想到刚才的失态，破天荒地道："好，我带你去。"

听到顾敬辞这么说，阙雪眼底先是惊讶，而后眉开眼笑，暗道自家儿子终于不再是两耳不闻窗外事，一心只读圣贤书了。

为了不让儿子只埋头苦读，阙雪又跟楚归黉道："临城不仅有戏曲杂耍，还有各种各样的好吃的。听你柳姨说，你最爱吃东西。南门街那边儿有五花八门的小吃，你顾叔只要不忙，就会带着我们去吃……"

"娘……"顾敬辞有些无奈。她又不是不知道，他最讨厌去那些地方。他叹了口气道："我不……"

"好啊。"楚归羹呲巴着嘴，又摸了摸自己的小腹。

虽然它已经鼓起来了，但如果有好吃的，她还可以再撑一撑。

想到美食，楚归羹的口水都快要流出来了。她忍不住吞了吞口水，微微偏了偏头，看向顾敬辞道："敬辞，我不会让你白白劳累的。回头你到我们源城玩，我也带你把所有好玩儿的地方都去一遍。"

但是，他对玩儿没兴趣啊……

可是，面对着如此漂亮的楚归羹，他到底把话吞进了肚子里。

吃过饭，顾敬辞就带着楚归羹一起出门了。

源城那边还在下着大雪，临城这边却是阳光明媚。楚归羹好久都没有看到大太阳了。她看着马车外面的阳光，就想把手伸出去，然而她的手才刚刚碰到窗户，顾敬辞就伸手拦住了她："外面冷，当心冻着。"

她看起来有这么娇弱吗？

楚归羹撇撇嘴，正想还嘴，马车忽然停了下来。

紧接着，就听外面的车夫道："顾少爷，贾少爷的马车过来了，我们得避让一下。"

"嗯。"顾敬辞应了一声，眉头微微皱了皱。

楚归羹看到顾敬辞这样，就道："你很不喜欢贾少爷？"

顾敬辞没有回答喜欢还是不喜欢，而是问："仗着自己是知府贾有才的儿子就作威作福，如果是你，你会喜欢吗。"

那不是跟纪福一个德行？

想到纪福的恶行，楚归羹就道："我很讨厌那种人的。那种人最好不要落入我手里，不然我一定好好收拾他们一顿。"

她这疾恶如仇的样子倒是叫顾敬辞笑了一笑。他道："好巧，我也是这样想的。但这话，日后你万万不可与他人提起。"

楚归羹疑惑道："这是为何？"

顾敬辞与她解释："那些作威作福之人，都是有家人撑腰的。权贵之人不好惹，如果一定要惹，咱们只能智取。"

智取啊……

这一点，她跟顾敬辞想到一块儿去了。

嗒嗒嗒——

远处的马蹄声渐近。

很快，一辆镶金嵌宝的马车从楚归羹眼前经过。她看到马车里坐着一个穿着深紫色衣衫的男人，他怀里搂着衣衫不整的女子。

那女子正妩媚地笑着，左手攀上男子的脖颈，正给男人喂着苹果。

男人察觉到打量自己的视线，朝停靠在路边的马车看了过去。

他这一看，就看到马车里坐着一个倾国之姿的少女，瞬间觉得身旁的女子索然无味，便对着车夫高声道："停车。"

车夫闻声，立刻勒马停下。马车不偏不倚地正好停在楚归羹的正对面。

那男人撩起衣袍下车，朝楚归羹这边走来。

等人离得近了，楚归羹才发现那男人的目光……让她很不舒服，好像把她当成了猎物。

她才不要当谁的猎物呢。

楚归羹心中有些不高兴，但想到对方是知府的儿子，便将心中那些不悦都压了下去。她转头跟顾敬辞道："我们能提前走吗？"

顾敬辞跟贾志打过不少交道，两人在一个书院读书。按贾志的年龄，他其实早该去都城考取功名，奈何他是个无用草包，眼里只有美色跟美酒，这才与顾敬辞成了同窗。

正因为是同窗，所以他清楚贾志这人很要面子，若是提前离开，贾志只怕日后不会给他痛快。于是，他温声道："贾志大概是喝多了酒，想让我们捧他几句。等一下你别说话，我敷衍他两句，把他哄高兴了，他就会离开了。"

"好吧。"看来贾志跟纪福一样，都是不好惹的人。她已经惹了纪福，给大风寨带来了一个大麻烦，这会儿可千万不能再惹贾志了。

楚归荑心里这样想着，就往角落里又缩了缩，把头也低了下去。只要她看不到贾志看她的眼神，她就能装作看不到贾志。

"贾少……"

车夫的话还没说完，就被贾志从马车上拽了下去。

只听"扑通"一声，车夫摔在了地上。

"哎哟……"

车夫发出痛苦的呻吟。

楚归荑赶紧打开窗往下看，就见车夫躺在地上半天没起来。

糟了！

这车夫上了年纪，怕是摔坏了腰。

楚归荑起身就要下车，却被迎面上马车的贾志拦住了。

贾志朝楚归荑笑笑，伸手捏了捏她的下巴，居高临下地道："姑娘，你可真美。"

他一开口，酒气就铺天盖地地涌过来，冲得楚归荑直犯恶心。她压根没来得及多想，就将人推了出去。

这一推，直接将贾志推到了马车下面。

贾志倒栽一个跟头，酒醒了大半，抬头看着马车上看起来弱不禁风的美人。

同样愣住的还有车上的顾敬辞……

两人都没有想到，一个柔柔弱弱的女子，竟能把一个七尺男人推出去那么远。

顾敬辞很快回过了神，赶紧起身下车，想要将贾志从地上扶起来。

贾志却伸手推开了顾敬辞，指着楚归荑道："让她来扶我。"

方才顾敬辞离贾志有些远，没看到贾志眼中的色意，但刚才贾志上马车时分明想对楚归莫动手动脚，他要是再让楚归莫靠近贾志，那就是他糊涂了。他礼貌地道："贾兄，我这妹妹还小，不懂规矩，刚刚冒犯了你，回家后我定会让我爹娘好好教导。你别跟她一般见识。地上凉，我先扶你起来，当心冻病了身子。"

"顾兄……我也不是要难为你，只是你妹妹把我推倒在地，被你的车夫和我的新欢都看得真真切切。若是她不扶我起来，我这面子往哪儿放？"坐在冰天雪地里，贾志的酒也彻底醒了。他虽对着顾敬辞说话，但目光一直没离开楚归莫。

刚刚醉着的时候他就觉得这妹妹好看，现在清醒了，就觉得妹妹更好看了。

对了，她是顾敬辞的妹妹！

从来没给过顾敬辞一天好脸色的人，竟然转头对着顾敬辞笑得好开心："顾兄，你有这么漂亮的妹妹，为什么不跟我说？快让她过来扶我。"

顾敬辞："贾兄……"

"敬辞哥哥，我扶他起来吧。"坐在马车里的人将两个男子的话听得一清二楚，一个要扶，一个不让扶，推来推去。要是贾志真生病了，纪福的死对头怨她怎么办？

她还要跟贾有才搞好关系呢。

毕竟贾有才能治纪福来着。

因为有着这么一层关系，楚归莫看贾志也就变得亲切许多。

她提起裙摆，跳下马车，将贾志从地上拉起来。

她身上好闻的香味令贾志心旷神怡，也让他被她推下车的尴尬瞬间没了踪影。他正想跟楚归莫挨得更近一些，就见楚归莫素手一横，隔在了二人中间。

这一只小小的手，一下子拉开了他们心上的距离。

贾志看着那只白嫩小手，仿佛白雪都黯然失色。他痴痴地道："妹妹，天冷，你快把手放回衣袖里。这么漂亮的手，要是冻坏了就实在太可惜了。"

顾敬辞心想："……这还是我认识的贾志吗？向来只顾自己、不顾他人的贾志，怎么可能会关心别人？美色竟有这样厉害的本事？"

就在顾敬辞愣神间，贾志已经跑回自己的马车，拿了个手炉过来。

那手炉镀着一层金边，一看其精雕细刻的花纹，就知价值不菲。

然而这宝贵物件竟被贾志一下子塞到楚归羹手中，贾志还道："这破烂玩意怕是要脏了妹妹的手，但眼下脏了手也比冻着手强。妹妹说是不是？"

楚归羹盯着贾志看了一会儿……他好像也没她想得那么差劲，除了把车夫弄倒在地，除了看她的眼神儿让她不喜欢，但比起抽鞭子把人活活打死的纪福，贾志可就好上不少了。

抱着手炉，楚归羹对着贾志礼貌地微笑："那先谢谢你哟。"

美人笑了……这可是美人对他笑了啊！

贾志立刻着嘴，回了楚归羹一笑。他还想开口说点什么，就见楚归羹转身朝车夫那边走去了。

贾志立刻屁颠儿屁颠儿地跟在楚归羹身后，讨好道："妹妹，外头冷，你快回去吧。"

楚归羹没搭理他，而是走到车夫跟前，欲把车夫扶起来。

贾志一看楚归羹要扶车夫，立刻横在楚归羹面前，道："妹妹，车夫是粗俗下人，妹妹如此高贵，怎能扶车夫呢？会玷污你的手的，这等脏活儿还是我来干吧。"

说完，贾志也不给楚归羹开口的机会，上前两步就将车夫从地上抱了起来。

"当心些，小心他的腰。"楚归荑在一旁提醒。

"好的，妹妹，我肯定小心仔细抱。"贾志对楚归荑的话十分听从。他本来想把车夫随便往马车上一放，但楚归荑一开口，他就小心仔细地把人抱上了马车，还贴心地为车夫盖上了保暖的盖毯。

马车上衣衫不整的女子一头雾水，方才贾志还对她的投怀送抱很是满意，怎么下了个马车的工夫，贾志的眼里就完全没有她了？

还有，这个又老又丑的下人是怎么回事？他凭什么能上贾志的车？

"贾公子，是我服侍得不够好吗？"女子巧笑倩兮，吴侬软语，"我还有真心想给你看看……"

说着话，她的手就缓缓抬起，朝自己胸口处摸去。

要是放在以前，贾志怎么都得在女人的胸上揉摸两把再说，但见过楚归荑美丽的容貌后，这等姿色的女子就成了不入眼的货色，何况还是巴巴地往他身上贴的货色。

贾志丝毫没有心动，反而很认真地跟这女子道："这个老……喀喀……"

碍着楚归荑就在不远处，贾志没好意思把老头两个字说出口。他清了清嗓子，用庄重又关心的口吻道："这位老者年纪大了，经不起颠簸。方才我不小心伤了他的腰，你代我去找个大夫，给老者好好看看伤。"

女子瞬间睁大了眼："贾公子，那我们……"

"我们？"贾志沉声道，"什么我们？你是你，我是我，何来'我们'一说。"

女子张了张口，正想说话，贾志忽然凑近那女子耳边，解下身上的玉佩扔到女子身上，威胁道："别坏我好事，拿了值钱玩意儿就滚，速速带老头去看病。再多说一句，我叫你吃不了兜着走。"

"是，是。"那女子不敢再多言，赶紧道，"我这就离开。"

解决完麻烦，贾志这才重新下了马车。

面对楚归羡时，他又换了爽朗笑容，道："妹妹，之前我怎么没听顾兄提起过你。你是他亲妹妹吗？"

"贾兄，我妹妹不善言辞。"不待楚归羡开口，顾敬辞就主动道，"她见人还害羞，在外面只依赖我。"

说着话，顾敬辞就把楚归羡扯到自己身旁："贾兄，人也见了，话也说了，我们就此别过……"

嗒嗒嗒……

顾敬辞的话才说完，贾志的马车就朝前方疾驰离开。

"哎呀！"贾志大声叹气，"我也想走，但我的马车跑了。天这么冷，我要是冻着了可怎么办？"

要不是你让你的新欢离开，你的马车会走？

顾敬辞的脸都黑了……

"要不，坐我们的马车吧。"楚归羡甜甜地开了口。

"好呀。"贾志的笑容多得都快要溢出脸了，他跟楚归羡施礼，道，"多谢妹妹好意，想不到妹妹天生丽质，连心肠也这样好。今日有幸见妹妹芳容，又与妹妹一同乘车，实乃三世……哦，不，十世修来的福。"

说罢，贾志生怕顾敬辞不让他上车，爬马车的时候飞快。

楚归羡提着裙摆，正要跟在贾志身后上车，就被顾敬辞拉住了手腕。她回头看他，见他的神色是欲言又止。

楚归羡小声道："敬辞哥哥，你有话直说就好。"

顾敬辞压低了声音道："那贾志是临城出了名的色鬼，只要看到稍有姿色的女子，就走不动路。"

"哦……"楚归羡回应一声，"然后呢？"

然后？

还有然后？

她还不能领会他的言外之意吗？

"妹妹，外面冷，快些上来吧。"就在顾敬辞心烦意乱时，贾志的头从窗子里伸了出来，满脸讨好地冲楚归荑笑，"我把盖毯重新焐热了，你这会儿进来刚刚好。"

"贾兄？"顾敬辞几乎要把脸笑掉了，"外面冷，妹妹想说完话就进去，你看这……"

"哦，明白，我明白。"贾志依依不舍地看了一眼楚归荑，配合地把头伸进马车内。

等贾志的头钻回马车之后，顾敬辞立刻跟楚归荑悄声道："你看到没有？贾志才见你一面，就馋你的美色，想时刻黏着你。这说明什么？说明他看上你了。"

"看上我了？"楚归荑完全不懂这个"看上"是什么意思，懵懂地问，"看上我，要干吗？"

要干吗？

当然是要把你占为己有，纳你为妾。但这话，顾敬辞实在是说不出口。

毕竟楚归荑像莲花一样出淤泥而不染，他怎舍得让她被那些事情玷污半分。

但他现在也明白，楚归荑对男女情事丝毫没有开窍。他就算说得再多，她也无法领悟。于是他只能出个下策："等一下跟我坐在一起。"

"好的。"她也不喜欢跟酒鬼坐一起。

上了马车，楚归荑坐在顾敬辞身边。这让对面的贾志很不高兴，但只要楚归荑的视线落在他身上，他就立刻笑容满脸。

阿嚏！

阿嚏！

突然，贾志连打两个喷嚏。

"敬辞，贾志那样……怕是要生病呢。"楚归冀小声地在顾敬辞耳边开口。

"谁让他贪恋美色，病死也是活该。"顾敬辞小声回答，"等一下贾志一定会厚颜无耻地跟着我们，不管他说什么，你千万都别给他好脸色，不然他一定会黏你黏得更紧。"

楚归冀不懂贾志为什么才见她一面就这么热情，但她相信顾敬辞不会骗她。于是，她点点头："你放心吧，我心里有数。不管他怎么待我，我只要跟在你身边就是了。"

马车一直往南门街走。一路上，贾志的喷嚏就没停过。

楚归冀听在耳里，看在眼里，微微摇了摇头，心里暗道：这贾志看着人高马大，其实身子骨虚得很。这才吹了一会儿的冷风就喷嚏连连，等回到家保准儿要生病。

# 第十一章　奇上加奇

此时虽是寒冬时节，但南门街非常热闹，但凡人们能想到的东西，南门街都有售卖，不仅小摊小贩的商品应有尽有，就连杂耍绝技也花样迭出。

是以只要不刮风、下雪，街上总是人山人海、热闹非凡。而今日就是无风无雪，日头很足。

因而今日出门逛街的人异常多，男女老少，俊男美女，都左顾右盼、挑挑拣拣。

楚归黉就在人群里这么穿来穿去，但凡目光在一样东西上停留两次，顾敬辞就会立刻掏腰包将其买下。楚归黉就会说一声"谢谢敬辞哥哥"。

贾志每次听到这一句，心里都难受得跟刀割一样。其间，他曾抢着付钱，然而不管他买的东西是贵重还是便宜，都会换来楚归黉的"敬辞哥哥帮我买就好了，不过还是谢谢你"。

同样都是谢谢，为什么对顾敬辞说的就那么动听，说给他的就那么刺耳呢？

贾志表示很失落，也很失望……但只要看到楚归黉那天仙的容颜，那失落与失望很快又化为无穷无尽的力气，继续在楚归黉看向其他东西的时候，抢着付钱……

虽然抢来抢去，最后楚归萸都拒绝了。

虽然最后楚归萸还是要了顾敬辞买的东西就是了。

但那又如何，反正美人妹妹也跟他说话了呀！

贾志就这么一边自我陶醉，一边自我安慰，继续跟在楚归萸身旁。

街上来来往往的人中，有人认出顾敬辞与贾志，惊得瞪大了双眼。这人撞了撞身旁正在喝茶的朋友，指着楼下正在掏钱付账的顾敬辞，道："长云，那不是顾敬辞吗？他不是从来都不逛街吗？"

长云往楼下看了一眼，"噗"的一声，将口中的茶喷在了朋友的脸上。这实在是有辱斯文，长云赶紧抬起衣袖去擦朋友脸上的茶渍，道："抱歉，钱兄，我实在是太诧异了，不小心喷了茶。顾敬辞竟然会给一个姑娘买发簪，还亲手戴在了姑娘的头上？你我都知，顾敬辞一向对女性避而远之……做出这番举动，简直是……被鬼附身了？"

两人正在各自诧异着——更诧异的事儿就来了。

只见贾志一口气买了一把发簪，一股脑儿全都塞到那姑娘手里，还满脸笑容地说着话。

然后那个小女孩，把发簪又塞回贾志手里……

被拒绝的贾志非但不恼怒，反而笑得更开心了。

长云以为自己看花眼了，就揉了揉眼，等再次睁开眼往楼下看去时，确定自己没看错——贾志的确没有生气，而是发自内心地笑了。他惊呆了："钱兄，那是我们认识的那个不准女人忤逆自己的贾志吧？"

"没错，楼下的人的确是贾志……"钱朋比长云还要吃惊，"那姑娘到底是什么来头，竟然能让不近女色的顾敬辞与唯我独尊的贾志陪在身旁？"

"要不，我们跟在后头瞧瞧？"长云才说完这句，头立刻摇得跟拨浪鼓一样，"算了算了，贾志好糊弄，但顾敬辞太谨慎了。要是被他知道我们跟踪，后头我们都得玩完。"

两人就坐在这边一言一语闲聊之际，楚归莫他们三人已经渐行渐远了。

很快，顾敬辞跟贾志陪姑娘逛街的事，悄悄地在临城的公子小姐间传开了……

贾志看不惯顾敬辞已经不是什么秘密了，但愿意跟着顾敬辞一起陪姑娘逛街，堪称临城奇闻一件。

尤其是顾敬辞身边的姑娘对贾志爱答不理，贾志却始终喜笑颜开、毫不介意，堪称奇上加奇！


就在大家私底下议论纷纷的时候，楚归莫正直挺挺地躺在床上一动不动。她没想到，那条看起来一点也不长的南门街道，竟然让她整整逛了一天。

要不是她实得累得逛不动了，她还想看看南门街的夜景。

当然，如果没有那么多人看着她就好了。

想到白天那些人的眼光，她就揉了揉脸——她看起来很奇怪吗？为什么大家都一直盯着她看？

是她穿得不太漂亮，还是身旁的顾敬辞太过漂亮？想来想去，楚归莫决定明日换一身漂亮的衣裳，毕竟南门街女子都穿得鲜艳美丽，她穿来穿去，只有一身白衣裳，显得太过朴素了些。

况且她没有顾敬辞那样好看的脸，再穿一样颜色的衣裳，难免会被人比较一番。

她不喜欢被人拿来比较，所以还是与顾敬辞区别一下会比较好。

第二天，楚归莫就穿了昨日顾敬辞买给她的粉色衣裳。

从小到大，楚归莫偏爱白色，但现在她看粉色也觉得喜欢。

因为喜欢，所以吃饭的时候，她脸上都带着笑容。

顾敬辞见她喜欢这身新衣裳，心里也很高兴。他是家中独子，平日里又跟女性接触得少，更别提除了娘跟柳姨之外、还能住在自家的女性。

眼前正专心致志吃饭的小姑娘，或多或少在他心中是有些不一样的。

"敬辞，这个好好吃。你也吃。"

听到楚归羡说话，顾敬辞就看了她一眼。楚归羡夹了一个春卷放到他的碗里。

大清早就吃这样油腻的东西，顾敬辞着实有些吃不消，但小姑娘也是一番好意，看着一脸真诚地跟他分享美食的人，顾敬辞实在是不好拒绝，于是勉强拿起筷子，吃了下去。

"好吃吗？"楚归羡一脸期待地问。

"好吃。"虽然心底的真实想法是勉为其难，但顾敬辞尽量说得一脸真心。

"阙姨，春卷真的好好吃啊。"楚归羡很快就转过头跟阙雪道，"你看，敬辞吃了这么多年也没见腻，足以证明您的厨艺很棒。"

楚归羡赞美阙雪的时候是真心实意的，阙雪被夸得笑容不止。

顾敬辞喜欢不喜欢吃春卷，阙雪哪儿能不知道。从小到大，他就没吃过几回。

春卷对他来说哪里好吃，好吃个鬼！他分明是不想辜负小楚的好意。

楚归羡没来之前，阙雪以为顾敬辞这人只是直来直去、不懂圆通，担心他长此以往，会因为太过直接而找不到妻子。毕竟他已经二十出头了，她从没见过他身边有女孩子，也从没听他提起过谁。

但楚归羡一来，他不但主动陪楚归羡逛街，还给楚归羡买了一大堆甜点，还有衣裳首饰！

她儿有救啊。

阙雪喜上眉梢，仿佛已经看到将来自己有儿媳的那一天。阙雪再用余光看向自家儿子，他今天心情似乎也不错，至少能安安稳稳地坐在这里吃饭，而不是匆匆吃几口就去念书了。

这个难得静谧舒适的早晨，让阙雪看楚归荑的目光变得越发慈爱起来。

原先因为楚归荑是大风寨过来——虽说有世交李鹤的亲笔信，说大风寨全然不似外面的盗匪那般野蛮烧杀，但即便这样，阙雪也觉得楚归荑终归不是什么正经人家的孩子。因为这个大风寨，她还对楚归荑有些别样看法。

但现在就不一样了。

能让顾敬辞往正常人方向改变的孩子，能是什么坏孩子呢？

"贾少爷……贾少爷，夫人跟少爷他们正在吃饭，您要找少爷……"

"跟你说了多少遍，我不找顾敬辞，阿嚏……我找顾敬辞干什么？我是来找美人妹妹的。阿嚏，阿嚏。"贾志一边不停打着喷嚏，一边把在耳边喋喋不休的顾家家仆推开，大踏步往前走。

阙雪闻声朝窗外看去，看到贾志正往这边走来。想到贾志平日的荒淫举止，她不由蹙了蹙眉，问正在安静吃饭的儿子："美人妹妹是怎么回事？"

若是贾志不来，顾敬辞本欲自行解决，但眼下既被他娘亲撞个正着，他若是有所隐瞒，只怕他娘亲还会多想。思及此，他便将昨日之事一语道出。

听闻贾志对楚归荑紧追不放，阙雪的眉头皱得更深。先不提她跟柳凤两人姐妹情深，还有柳凤将楚归荑当成亲女儿这件事，反凭贾志这目中无人，连她顾家的客人都敢肖想，简直是无法无天！

她夫君顾璞玉虽说未曾在朝中为官，但当今首辅王琛可是顾璞玉的八拜之交：当年王琛无钱读书，是他夫君倾囊相助，这才没有误了功课。

也正如此，王琛总念着旧情，屡屡邀他们去都城。

那都城虽是富贵荣华、人人向往之处，但对她跟顾璞玉来说，却是个无穷无尽的销金窟，还是老家临城自在惬意……

后来王琛也看出顾璞玉无意为官，也对都城并不留恋。王琛只要闲来得空，总会来临城与顾家相聚。王琛来时，必是轰动全城，惹人注目；王琛一走，临城的达官贵人定会登门拜访，想通过顾璞玉与王琛攀上关系。

顾璞玉本就厌倦这些虚伪的人情世故。一次两次，顾璞玉还能客气待人。时日长了，顾璞玉就变得厌烦了，便与王琛假意决裂。

此后那些所谓的朋友们，瞬间都与顾璞玉划清界限，更有甚者还想尽办法与王琛取得联系，在王琛面前说尽顾璞玉的坏话……

有几次，王琛气到要办了那些嚼舌根的人，但被顾璞玉拦下了。

顾璞玉说，那些人只是想踩着他往上爬罢了。他们比起阴着坏的人，要容易对付，还容易提防，也正好借此叫王琛看到什么人可为朝廷所用，什么人不可推举，算是两全其美。

当时阙雪也是这样想的。她与顾璞玉一生都在念书，如今满腹学识却没有入朝为官，只是在城里做个教书先生。他们懂治国之道，却不肯出力，多少心中有愧，觉得对不起悉心栽培他们的老师。

若与王琛面上决裂，能让王琛看清一部分想要走仕途之人的秉性，他们也算是为国出力。

但那也只是当时……在临城官员还算像话的当时。

放眼现在，这临城的官儿，都是些什么东西呀？

就贾志这厮，也配想他们小楚？

本来对不学无术、成天就知道游手好闲的贾志就没什么好脸的人，因为贾志对楚归羹的殷勤，在贾志进门的时候，阙雪脸色就更差了。

"美人妹妹，我一晚上没见你，就想得觉也睡不着，饭也吃不香……"

喀！

阙雪一声轻咳，打断了贾志的话。

贾志往阙雪那边看了一眼，很快又专心致志地跟楚归黉说话："美人妹妹，今天你一定还想出门逛街吧。我闲得发慌，要不……"

喀喀……

阙雪一阵咳嗽，再次打断了贾志。

"阙姨，您怎么啦？"坐在阙雪身旁的楚归黉赶紧起身倒茶，将茶杯递到阙雪身旁，"是不是天冷，冻着身子了。"

"可能吧。"阙雪端起茶杯，抿了一口，看向楚归黉道，"吃完早饭，我正好要去集市买些东西，你陪我去吧。"

"阙姨何须这样麻烦。"贾志赶紧将话接了过来，"您咳嗽得那么厉害，还是在家静养比较好。阙姨想要买什么，知会我一声，我跟美人妹妹一起帮您买。"

真是一点脸都不要了？

阙雪直言："我认识你吗，你就叫我阙姨？小楚跟你很熟悉吗，你就自作主张过来找她？顾家跟贾家关系很好吗，你就不请自来？贾有才只管生你，不管养你吗？让你变成个没有脑子的草包。"

阙雪这接二连三的话把贾志说蒙了。一直都听说阙雪的嘴巴很是厉害，但他向来与顾敬辞不对付，自然不会到顾家做客，今日若不是美人妹妹在这里，他才不稀得过来。

难怪都说顾家的门槛高，有阙雪这样牙尖嘴利的人在，顾家的门槛不高才怪呢……

"贾志，你听不懂人话吗？"

阙雪忽然一声怒吼，把贾志吼回了神。

这要是别人这么吼他，他定会叫那人吃不了兜着走，但……贾志用余光瞄了一眼正有些担心地看着阙雪的美人妹妹，心里头那些不悦瞬间就没了。

美人妹妹关心阙雪，就证明美她跟阙雪关系很好。

那为了美人，他也不能跟阙雪斤斤计较。

再说了，男子汉大丈夫，被一个妇道人家说几句又怎么了……

"贾志，你给我滚出去！"眼见不管说什么贾志都无动于衷，阙雪终于怒了，指着贾志的鼻子道，"我们顾家不欢迎你这目中无人的人，你给我从顾家滚出去！"

虽然楚归羡跟阙雪不熟悉，但阙雪在楚归羡面前一向和颜悦色、知书达礼。眼下阙雪这般动怒，让楚归羡着实有些意外，也吓了一跳。她有些惊慌地看着阙雪，再看看并没有什么反应的贾志——先前的纪福已是前车之鉴，她实在不想再因为贾志，给顾家惹上什么麻烦。她赶紧跟阙雪说："阙姨，您先别生气，若是气病了身子就太不值得了。"

而后，她看向贾志，对他干笑两声："贾公子，按理来说，你要登门拜访，是得提前知会一声阙姨的。我们正在吃饭，也难有待客之道……"

什么待客之道？她没拿扫帚把贾志扫地出门，就已经是给足了贾志面子了。阙雪这样想着，但看着楚归羡已经出面调解，便也没有多言。

毕竟姑娘还小，就已经懂得大事化小……是怕她得罪权贵吗？

真是心思细腻的小姑娘！

"阿嚏……"贾志正想开口，一个喷嚏却先打了出来。

风寒会传染，楚归羡担心贾志会让他们都得了风寒，赶紧掏出袖中的手帕，递给贾志，道："贾公子，下次再打喷嚏，就对着手帕打吧。"

贾志盯着那块绣着淡粉梅花的手帕，硬是半天没有回过神：他的美人妹妹好善良，看着他的眼神也好温柔。

楚归羡只当他还在生气，声音不由得软了几分："贾公子，我跟柳姨学了些医术，要我帮你看看……"

"吗"字还没说完，顾敬辞就开了口："贾府不缺大夫，你这医术，想必贾公子也看不上眼。"

哦，也是。

她初来乍到，除了李家跟大风寨，也没人相信她能看病问诊。

这样想着，楚归羡又跟贾志道："贾公子，你这伤风比昨日可严重许多，昨日可有吃药？可好好歇着？"

这突如其来的关心，让贾志快要美上了天。因为太美了，以至于他根本无暇顾及顾敬辞跟阙雪都说了什么。他满眼只有楚归羡，也满脑子都是楚归羡说的话。他朝楚归羡咧嘴憨笑："回美人妹妹，我昨天回家就吃药了，也好好睡了，本来已经……已经……"

话还没说完，他就感觉自己的鼻子痒得厉害。他赶紧拿着楚归羡递给他的帕子捂住鼻子。

"阿嚏……阿嚏……阿嚏……"

接连打了三个喷嚏后，贾志才觉得鼻子舒坦好多。

当着美人妹妹的面打喷嚏，还一下子打了这么多，叫贾志的脸一下子红了不少。

顾敬辞看在眼里，嘴上没说，心里却是冷笑：从来不知脸皮是何物的贾志，昨天一看到小楚就移不开眼，今天一打喷嚏就脸红，真是稀奇死人。所以说，这贾志是表里不一、衣冠禽兽。

然而，顾敬辞眼中的衣冠禽兽，竟然一改平常跷二郎腿的大爷形象，在楚归羡面前规规矩矩地端正坐直，用温柔得不能再温柔的声音道："美人妹妹，我昨儿就想来看你，但是怕把病传染给你，所以昨儿个就捂了一夜的被子。早上起来，我的病就全好了。但谁知道吹了点冷风，我就又病了。"

闻言，阙雪翻了翻白眼，伤寒岂是一夜能好？

就连她这个不懂医的都知道，何况是李家人教出来的楚归荑。

阙雪看了眼正凝眉思考的楚归荑。

小楚肯定在想怎么撑贾志。

毕竟贾志的话实在太贱了。

阙雪心中正这么想着，就听楚归荑缓缓开口："贾公子，是谁说你的病全好了？"

阙雪当场就愣住了。

这是重点吗？

谁说的这句话，是重点吗？

同样愣住的还有贾志。

但贾志看着一脸淡然的顾敬辞，难道他还不过比他小十岁的顾敬辞吗？顾敬辞都不蒙，他蒙个什么劲儿！于是贾志咳了一声，清了清嗓子，换了一个坐姿，一个让他看起来很淡定的坐姿。他也学着楚归荑那样缓缓开口："是大夫说的。"

"那大夫是庸医。"楚归荑道，"就算身子再健朗，一旦染上风寒，也要几日才可治愈。何况你身子虚弱，就算灵丹妙药，你也要十天半个月才能好透。"

身子虚弱……

贾志听完这句，只觉面子挂不住，瞬间低下了头。

他这模样，倒是让顾敬辞觉得有些难得——他竟然没有破口大骂。

然而，接下来还有让顾敬辞觉得更难得的事。

只见贾志叹了口气，无奈地道："我爹是临城知府，鲜少有人不对我们阿谀奉承。大夫说我身强力壮，之前我虽是怀疑，但府上那么多大夫，他们说的话都如出一辙，我也就相信了。"

楚归荑道："如果是我，那些人，通通都不用。"

贾志立刻附和:"对,对,美人妹妹说得太对了,我早就不想用他们了。那些见人说人话、见鬼说鬼话的混账,我早就看不过眼了,今天我就把他们都赶出去。"

大夫都赶出去了,那他还病着呢?

正低着头的楚归荑眼珠滴溜溜地转,忽然想到什么,抬起头道:"那等柳姨睡醒起来,让她帮你瞧瞧?"

贾志不认识什么柳姨,但他看到楚归荑提到柳姨时眼神会变得更亮,心底猜出个七七八八,这柳姨估计跟美人妹妹关系更好。不管这个柳姨的医术到底如何,先把这个叫柳姨的人拉拢了再说。

贾志拱手道:"那我先谢美人妹妹一番好意了。"

得……这两人一番言语,就把柳凤给交代出去了。

阙雪心里重重叹了一声。

柳凤可是一身傲骨,就是贾志用八抬大轿去请,也未必能请得动柳凤。

但小楚却轻描淡写地说出来。

阙雪揉了揉额头,等一下柳凤起来,肯定会气得跳起脚……

"美人妹妹,你安心吃饭,别再跟我说话了,以免吃饭呛着。"贾志说着话,还贴心地为楚归荑又盛了一碗粥。

阙雪:……

你还知道食不语!知道还说个什么话,竟倒人胃口。

本来安静美好的早晨,因为贾志的到来,阙雪瞬间觉得晦气不少。

再看看少言寡语的顾敬辞,她心里不免烦躁起来:自家儿子什么都好,就是太能沉得住气。这种沉得住气,放在长远来看是好的,但放在眼前,就显得有些不解气。

明知贾志为人不行,却还能淡然与之同桌而坐,这搁谁,谁都受不了吧?

可偏偏顾敬辞……

哎……

阚雪心中又叹了口气，这饭她无论如何都吃不下了。她正想把筷子放下、起身走人的时候，忽听楚归羹娇声道："阚姨，你不仅做的春卷好吃，你炸的肉丸子也特别好吃。"

被小姑娘夸，阚雪那点晦气立刻就消散了不少。

她轻轻摸了摸楚归羹的头，继续安静地吃饭。

罢了，不能因为一个贾志就气坏了身子，那太不值当了。

…………

一顿饭，就在贾志一直盯着楚归羹的气氛下结束了。

然而，贾志左等右等，也没等来柳凤。贾志看了看爬上高空的日头，暗道这柳姨真能睡，又看看吃完早饭、开始喝茶的顾敬辞，感叹他也真能沉得住气。

平日功课从不落下的人，竟然今天没有去读书！

顾敬辞察觉到贾志的目光，吹了吹杯中飘来荡去的茶叶，慢悠悠地开口："贾兄，你也想喝茶吗？"

喝个头喝。

那寡淡的水有什么好喝的！

还是美人妹妹好看。

贾志继续盯着楚归羹……

被盯了一个多时辰，楚归羹终于有些坐不住了。她朝顾敬辞甜甜地一笑："敬辞，我去看看柳姨起来没。"

楚归羹找了个机会开溜，再也不在这里待了。

顾敬辞好似一眼看穿楚归羹的想法，唇角微微扬了几分，温声开口道："去吧。"

楚归羹又对着顾敬辞甜甜一笑，起身就朝外走了。

贾志盯着楚归羹离去的背影，满脸的郁闷和不解。

# 第十二章　站在你这边

走到离柳凤住的厢房还有好一段路的地方时，楚归荑就听见柳凤的怒吼："让我去给贾志看病，还不如让我去死！"

楚归荑微微垂了眼眸。

她好像把事情又搞砸了。

哎……

她在心里叹了口气，站在回廊处，仰头看着万里晴空。要是表哥在，肯定会告诉她，她才没有把事情搞砸，只是事情没那么容易罢了。

现在她住在顾家，这里的人都讨厌贾志，要不是她在中间和稀泥，贾志早就被阚姨赶出去了，但赶走贾志容易，那以后呢？

混蛋的贾志一定有个疼儿子的父亲贾有才。

万一贾志回家，跟贾有才告状，说顾家欺负人呢？

纪福的事情还没解决，再来个贾志，想想都够头疼的。

哎……

楚归荑又叹了口气，柳凤的怒吼声还在不停地继续。说实话，她从见柳姨第一眼到现在，还没见过她这么生气呢。

看来让柳姨给贾志看病比登天还难了。

但她话都已经说出去了啊。

哎……

楚归茣再次叹了口气，转身往正厅走去。

正厅里，贾志左等右等也不见他的美人妹妹回来，便与对面的顾敬辞没话找话聊，最后实在找不到话茬儿，就这么干看着顾敬辞喝茶。沉默安静的大厅很快就让他觉得无趣至极，于是就无聊到坐在椅子上睡着了。

顾敬辞随手拿了一卷书，闲闲地看了起来。

不知看了多久，他察觉有人过来，就抬眼望向窗外。

这一看，就看到了正低着头，一小步、一小步朝他这边挪的楚归茣。

她像是很不情愿，但又不得不过来的样子。

他放下手中书卷，抬脚往外走去。

该怎么告诉贾志，柳凤不可能给他看病，又不让贾志感到难堪呢？

一路上，楚归茣都在想这个问题。

忽然，她撞到了什么东西。

她抬起头来，原来是顾敬辞。

顾敬辞微微弯下腰，仔细看着她的神色，不像是要哭的样子。

还好她不是想哭。

顾敬辞轻声道："你再走下去，就要撞到树上了。"

楚归茣歪了歪头，看到顾敬辞的身后是一棵粗壮的槐树。她有些不好意思地笑了笑，挠了挠头。

"想什么呢？这样认真。"原本顾敬辞不想多问，毕竟她是个女孩子，有些心事很正常，但看到她一脸的困扰，不想问的话就一股脑都说出来了。

说完之后，他见楚归黄的脸色就更困扰了，一时也尴尬起来。

他好像问了什么了不得的事儿。

他不该窥探别人的秘密，这是很不尊重人的。

有违礼，有违义……

"小楚，你千万别误会，我只是关心你。"顾敬辞温声且庄重地与楚归黄道，"难以启齿的事，你不必说与我听。"

"倒也不是什么难以启齿的事。"楚归黄慢吞吞地开了口，"我刚刚跟贾公子说了大话，现在才知道，柳姨不会给他看病。"

原来是为这件事费神。

顾敬辞道："柳姨本就疾恶如仇，让柳姨给贾志看病，比要她命的还难。"

看来比她想的还要严重呢。

哎……

她重重地叹了口气。

顾敬辞见她惆怅，又道："柳姨虽然不肯为贾志看病，但你跟柳姨学医……你为贾志看病，其实就相当于柳姨为贾志看病了。"

楚归黄道："话是这么说没错，但我年纪这样小，贾志未必肯听我一面之词。"

顾敬辞道："你也别为此苦恼。我这里有一计，能让贾志药到病除，还能让你不说大话。"

他能说服柳姨去给贾志看病？

不是她不相信顾敬辞，而是她听完柳姨那些不带重样儿的骂人之词后，太清楚柳姨对贾志这类人的深恶痛绝。要让柳姨给贾志看病，不管怎么想都是不可能的。

顾敬辞看出楚归黄的怀疑，就笑着说："眼下你也没别的法子与贾志交差，我这计策不管你觉得行不行，不如都试试。反正试了也没坏处，对不对？"

那她能怎么办……只能这样了啊。

楚归黉垂头丧气地道："那你说说看吧。"

死马当活马医，总比没得医好吧。

"你跟我来。"说罢，顾敬辞抬脚往前走去。

楚归黉紧紧跟在他的身旁，两人一道去往沁舒园。

沁舒园是顾敬辞看书写字的地方。因为他喜静，加之看书之时不喜有人前来打扰，故而沁舒园除了顾敬辞的爹娘，从来没有其他人来过。

正是因为不怎么有人来，所以沁舒园处处透露着一股子冷清。

然而当楚归黉看到满屋子的藏书之后，就再也无暇顾及什么冷清不冷清；再看向顾敬辞的时候，她的眼神里就是多了几分崇拜。她惊叹道："敬辞，这么多书，就算拿去卖钱，也能卖不少钱吧？"

顾敬辞看向楚归黉正站着的位置，她身后的书架正是这世上就算黄金万两也买不到的绝迹书籍。那整整齐齐、顶天立地的几排书，可不是能卖不少钱吗？

小姑娘惊叹时睁着圆的双眼，比平时更显灵动可爱，惹得顾敬辞又笑了。顾敬辞朝她招了招手："你来。"

楚归黉朝他身边走去。

待人走到顾敬辞身边时，顾敬辞已经磨好了墨。

顾敬辞提笔蘸墨，先在宣纸上随意写了几个字，将墨迹晕开。

待墨均匀铺开后，顾敬辞温声问："贾志的药方，你背给我听。"

盯着顾敬辞苍劲有力的字迹，楚归黉以为顾敬辞是想要她报药方练字。于是，她背道："人参、苏叶、葛根、前胡、半夏、茯苓、陈皮……"

药方才背了一半，楚归黉就呆住了。

她愣愣地看着顾敬辞在宣纸上写下的药方。

那字迹与方才随意写的几个字截然不同，若说方才的字大气，现在的字则娟秀。若不是她亲眼所见，她绝对想不到这两种字迹都是出自一人之手。

更让她诧异的是：药方的字迹，跟柳姨所写的一模一样，不差分毫！

顾敬辞看着惊呆了的楚归莫，轻声问："怎么不报药方了，我正写着呢。"

楚归莫吞了吞口水，咽下了"吃惊"二字，将余下几味药材一一道出。

瞧着顾敬辞模仿柳姨的字迹，楚归莫由衷道："敬辞，你这样厉害，你爹娘知道吗？"

仅仅只是模仿字迹就叫厉害？

那他过目不忘，三岁能读书，四岁能写诗，五岁能献计……

这些若是让她知道，她岂不是要惊叹？

顾敬辞笑道："模仿字迹这件事是我们的秘密，你千万不要告诉别人。"

言外之意，只有楚归莫一个人知道。

如果不是她为贾志烦心，他也不想让人知晓他会模仿字迹。

毕竟在他看来，如果不是名家名作，他都没有模仿的必要……

"敬辞，你放心，你是帮我，才会让我知道这个秘密。我绝不会告诉任何人的。"楚归莫朝顾敬辞伸出手，"我们做朋友吧。日后你若需要我帮忙，我一定万死不辞。"

顾敬辞低头看着那只白白净净的小手，与它轻轻一握："我们可以做朋友，但你千万别与我交心，也不要让我知道你的秘密。"

他的话让楚归莫有些不明白。于是，她不懂就问："为什么？"

顾敬辞道："我是不达目的不罢休的人。若是有一天让我知道能用得上你，我可能会把你往死里用。所以，别与我交心。"

这么说，楚归羡就懂了。她咧嘴一笑，露出一口整齐的小白牙。

"你笑什么？"这下轮到顾敬辞不解了。

楚归羡仔细与他解释："我们是朋友，当然要互相帮助。你需要我做什么，只要你与我说，我自然能帮的都会帮。这与交心不交心没有关系。"

她太单纯了……哪里懂得成年人之间的利用和算计。

顾敬辞看着纯真无瑕的小姑娘，一时间欲言又止。

这时，楚归羡虚心请教："还有……为什么不能让你知道我的秘密？"

"当别人知道你的秘密，就会用这个秘密来要挟你。"顾敬辞道，"到了那个时候，你就会很被动，会处于不利的地位，会吃亏。"

"哦……"楚归羡指了指药方，"那你已经把秘密告诉我了。"

这个秘密无伤大雅，即便她说出去，也不过让他的名声受损，说他闲来无事模仿女子写字。除此之外，谁也无法撼动他的利益。

当然了，他在给她出这个主意的时候，就笃定她不会说出去了。

于是顾敬辞也轻声一笑："有时候，也要看秘密的轻重大小。我用一个小秘密换你的亲近，怎么看我都不吃亏。"

楚归羡问："那你为什么要用小秘密换我的亲近呢？"

因为她简单、好懂。他一眼就能看穿她，与她相处也让他感到舒适。

但这些话他还没来得及说出口，楚归羡又问："你与我相识不过两天，却屡次提醒我要提防贾志……贾志想与我亲近，但你一直不给他机会，那又是为什么呢？"

顾敬辞道："因为你跟柳姨关系很好，我担心你。"

楚归羡笑得眼睛都眯起来了："你会照顾亲朋好友的朋友，就说明你这个人很有义气。我不会看错人的，你是一个值得交的朋友。"

她才多大啊，如何能够看清真心和假意。

顾敬辞很想继续与她说话，却见她将药方卷好，放在衣袖里，高兴地往外跑去了。

呵！

到底是年纪小，一点也沉不住气。

顾敬辞正想抬脚跟上，随后又想到她说的那句：他是一个值得交的朋友。

仅仅因为他写了个药方，还是因为他提醒她要提防贾志，抑或者两者兼有？

顾敬辞左手撑着下巴，好看的右手轻轻敲着书案，思绪不由得飘远了……飘到再过个十多年后的日子里……


一个时辰后，也不知楚归黉用了什么法子，贾志竟然愿意乖乖地回去了。

回去之前，他还来沁舒园跟顾敬辞好好告别。

告别的时候，贾志双手作揖，规规矩矩地道："顾兄，今日我不请自来，多有叨扰，实在是对不住你。下次我若再来，定当提前告诉你一声。征求你的同意之后，我再登门。"

顾敬辞淡淡地笑着跟贾志回礼："贾兄客气了，随时欢迎你登门。"

反正顾家大门常年紧闭，你要能敲开大门，你就进。

他相信，她娘亲吃了这次的亏，定要把大门的锁里里外外再加固一层。

"那……顾兄，我这就走了。"贾志这话虽然是说给顾敬辞听的，但目光一直在楚归黉身上转呀转。

这目光转得……连顾敬辞都觉得同为男人，为他感到丢人。

但贾志丝毫不觉得丢人，甚至还很欣喜。他依依不舍地与楚归羹道别："小楚，我走了。"

楚归羹挥挥手："贾公子走好，我就不送了。"

"嗯，你要送我也不让你送，外头冷。"贾志善解人意地道，"要是把你冻病了，那可就太不值当了。"

楚归羹继续挥挥手："贾公子再见。"

贾志站在原地没动，继续开口："对了，替我谢谢柳姨。她的药方，我一定会珍藏一辈子。"

"好的。"楚归羹感觉自己的手都要摇断了，"贾公子再见。"

"那个……"

"贾公子再见。"楚归羹笑着打断了贾志。

她好像……有一点点不想看到他？

贾志领悟到这一点点意思，识趣地挥挥手："小楚再见。"而后一步三回头地往外走，迈出去的步子还没女子的鞋底大。

顾敬辞：……

算了，贾志能走就已经很好了，别的他就别奢求太多了。

等贾志离开以后，楚归羹就跟顾敬辞道："这个贾志看我的眼神真是可怕，像是要把我吃掉，又像是没见过女子一样。"

顾敬辞道："你知道就好，一定要当心些。"

楚归羹那漆黑明亮的眼珠转了几转，忽而一笑："敬辞，以后没准他也能成为你的朋友。"

若说楚归羹要与他做朋友，他还觉得"朋友"二字美好而烂漫；但若是贾志的话，他着实觉得"朋友"二字有些恶心。他摆摆手："他就不必了。与小人为伍，我怕我会英年早逝。"

楚归羹笑得眉眼弯弯："话别说得那样早嘛，也许他会变成好人呢？"

贾志变成好人？这不亚于妄想死人从坟墓里爬出来。

贾志一走，柳凤才从厢房里出来。

用午饭的时候，柳凤就在桌上把贾志那厮骂了半天，所用之词依旧与上次没有重样。

楚归冀一边低头吃粥，一边心里感慨：柳姨的口才真好，要是她骂人，估计骂上一会儿，话就会转回来了。

柳凤骂完贾志，还顺带把贾有才那些当官的都骂了一圈儿。

从骂的那些话里，楚归冀知道了两件事。

第一件事：贾有才这人很谨慎，平时不刻意巴结、讨好人，但也不会得罪人。

第二件事：贾有才很疼贾志，比如贾志要星星，贾有才会把满天的星星都摘下来给他。

看来，想让贾有才去对付纪家，还是得让贾志开口才行啊！

楚归冀好想马上就让贾有才去源城，这样她才能早些见到表哥……

"小楚，贾志那狗东西肯定看上你的容貌了。对这种人，我们硬着来只怕会吃亏，不如我们即刻动身回大风寨吧。"柳凤见楚归冀不言不语，以为贾志那色迷心窍的样子把人吓坏了。话锋一转，她温柔地道："虽然你表哥不在你身边，但你是我带出来的，我肯定会保护好你。"

她当然相信柳姨会保护好她。

只是……要她现在回去，那她还怎么见贾有才啊？

见不到贾有才，她怎么想办法让贾有才去对付纪家呢……

柳凤看着楚归冀在发呆，以为她顾虑颇多，急忙又道："你也别太过害怕，贾志虽然是个色鬼，但他爹还算守规矩。男女情事讲究你情我愿，只要你不愿意，贾志就算再想，也不敢强抢民女……"

"喀喀喀……"

阙雪在一旁咳嗽几声，提醒柳凤道："小楚还小呢，你与她说这些做什么？"

柳凤一拍脑袋——对呀，她与小楚说这些做什么，就是说了，她也未必听得懂。她张口就骂："那个贾志真是个混蛋，把我都搞晕了。"

一直在旁默默吃饭的顾敬辞这时候开口了："柳姨，你也别动怒。为小人动怒，除了气坏自己，你得不到半点好处。"

这倒是了。

柳凤深深吸了两口气，强迫自己静下心来。

片刻之后，柳凤与一脸茫然的楚归羹道："不管如何，贾志说的话，你一个字都不要相信，日后也不要与他有任何来往。记住了吗？"

楚归羹点点头："柳姨，你放心，如果贾志一直这么无礼，我是不可能跟他做朋友的。"

还想做朋友？！这怎么可以！

柳凤正要说话，就听楚归羹继续说道："表哥说，这世上只有两种人，一种是能做朋友的，另外一种就是敌人。所以我要跟贾志成为敌人。"

敌人！

这个话说得很好。

柳凤终于放心了。

吃过午饭，柳凤跟阙雪二人就带着楚归羹去街上转了转，正好碰到耍猴的。楚归羹喜欢看耍猴，她们就领着她在街边茶馆二楼，要了甜点、瓜子，三个人一边嗑瓜子，一边看猴儿。

瓜子明明炒得很香，甜点瞧着也很精致，但楚归羹也说不好为什么，就是觉得它们不好吃。

她听着楼下的一片叫好声，忽然特别想念赵思年。

那只猴儿就跟之前赵思年带她看的一样可爱。

阳光也跟那天一样明媚。

耍猴的人也是使出浑身解数让猴儿讨好观众。

此情此景，就跟前些日子的源城一模一样。

可是……

可是独独没有赵思年。

离开大风寨的第二天，她想表哥了，而且很想很想……

这天夜里，楚归羹向顾敬辞借来了纸笔。

借着屋内摇曳的烛光，楚归羹伏案，认真地给赵思年写信。

信上这样写道：

> 表哥，阙姨跟敬辞待我很好，临城的好吃的也很多。这边的集市也很热闹，各种各样的好吃的也让我看花了眼。但我也不知道为什么，我就是想大风寨了，还想大风寨的每一个人。尤其是你……

到了深夜，天上开始飘雪。

翌日，楚归羹醒来，雪已经越下越大了。她就跑到顾家门外看雪。

这时候，雪已经下了厚厚一层。楚归羹突然来了堆狮子的兴致，就开始动手堆狮子。

贾府的老仆在马车里看到独自玩得正高兴的楚归羹，唉声叹气道："这单纯的女孩子做了什么孽，被少爷喜欢上……"

辰时，阙雪左等右等，也不见楚归羹过来吃早饭，就去她住的厢房叫她。

结果厢房里空空如也，阙雪没找到楚归羹，却找到了她留在窗前桌上的一张字条。

那张字条上写着：

> 阙姨，我去一趟贾府，中午吃饭前我就会回来的。

看到"贾府"两个字，阙雪险些没能站稳。她紧紧扶着椅子，才不至于腿软到向后栽倒。

贾府！

昨天她们带楚归荑逛街的时候，明里暗里都叫楚归荑远离有关贾志的一切，所以楚归荑是绝不可能傻到自己去贾府的。

那么只有一个可能，就是贾志那个王八羔子把楚归荑骗去了贾府！

阙雪气得火冒三丈，怒气冲冲地往外走，去找正在研究学问、几夜不归家的顾璞玉……

在阙雪为了楚归荑火烧眉毛的时候，楚归荑正被贾志当成座上宾好吃好喝地款待着。

原本贾志像病入膏肓似的卧床不起，结果一看到楚归荑，就立刻活蹦乱跳，为楚归荑鞍前马后地伺候吃喝。

楚归荑一边吃着蜜饯果脯，一边与贾志道："贾公子，其实你的病一点也不严重。一旦得了风寒，不论你吃什么药，中间那几天都会觉得头重脚轻。"

"真的吗？"贾志勤快地给楚归荑端茶倒水，一脸认真地请教："那为什么我一看到你，我就不难受了呢？"

楚归荑道："那只是你的感觉，其实你并没有好起来。"

贾志还想再问，站在一旁的老仆却没眼看了，只得打断他道："少爷，既然你也觉得病好了，就让楚姑娘回去吧。她出来这么久了，还没跟柳凤说。柳凤那个人你也知道，得理不饶人的。"

若是从前，贾志才不把柳凤放在眼里，但现在不一样了——柳凤可是跟楚归羡有关系的人。他想了想，道："等一下我亲自送小楚回去。柳姨要是看到我上门道歉，肯定就不会再生气了。"

"吹了冷风，你明天会更头痛，会更起不来的。"楚归羡提醒他，"今天你都要死要活的，明天你会觉得生不如死。"

那滋味可太难受了。

贾志想想都觉得头疼，但他又不想让楚归羡这么早回去。于是，他纠结道："小楚，你真的很想回去吗？"

楚归羡点点头。

贾志不明白地问："贾府明明比顾家富有，吃的也比顾家好吃，我也比顾兄待你热情真诚，那顾家到底有什么好的？"

其实她更想回大风寨，但现在她还不能说。于是她看了一眼贾志，没说话。

贾志就认为她在无声地回答：是的，贾府就算再有钱，她也要回顾家。

可他现在还不想放人，一旦小楚回家，他这病恹恹的模样，是断然没法出门的。更何况小楚本来就没有像对顾敬辞那样亲近他，他这一病，再不去看她，她岂不是要离他越来越远？

思及此，贾志沮丧地低着头，伤心道："我以前跟纪福无话不谈，他把我当成好兄弟，结果纪福那家伙因为他爹要做高官就瞧不起我。现在我这么喜欢你，喜欢到想把自己的所有都跟你分享，结果你却跟纪福一样。我的一片真心，最后都被你们踩了个稀巴烂。"

"我跟纪福可不一样。"楚归羡道，"我是好人，纪福是坏人。"

"你认识纪福？"正处于伤心中的人，一听到楚归羡说纪福是坏人，立刻就没工夫伤心了。他急着问："纪福那王八蛋把你怎么了，你为什么说他是坏人？"

"什么把我怎么了？"这都什么跟什么，他到底在说什么。楚归蔉一脸茫然。

贾志紧紧捏住楚归蔉的肩膀，气得脸都白了："我跟纪福看女人的眼光都一样。我喜欢你，那纪福岂不是也喜欢你？他是不是把你……那什么了？"

"什么那什么了？"楚归蔉更蒙了。

就是要了你啊！

但这话贾志怎么都说不出口，毕竟小楚这样单纯。只要说那句话出来，就会玷污这美好的姑娘。

可是纪福那样目中无人，只要看上的东西，就会想尽一切办法得到，那小楚会不会……会不会……

贾志这么一想，整个人都快坐不住了。他深深地吸了一口气，而后认真道："小楚，你尽管放心，就算你被他……被他……我也喜欢你……"

"就算你再喜欢我，可我不喜欢你。"楚归蔉实在听不懂他在说什么，干脆就打断了他，"而且我说纪福是坏人，是因为他滥杀无辜，还欺软怕硬，才不是我被他怎样了呢。"

"不是因为他欺负你了？"

"他能欺负我？"楚归蔉冷哼一声，想到自己抽打纪福的样子，就跟贾志道，"我把他打得皮开肉绽，四处躲藏。"

"打得……"贾志惊得倒吸一口冷气。要知道，纪福可是纪园的儿子，小楚把纪福打得这么狠，那纪园岂会让小楚好过？怪不得她现在在临城，搞不好是来躲纪家报仇的。

他现在竟然喜欢上一个躲仇家的姑娘……躲的还不是寻常老百姓。

他爹要是知道，估计会气炸吧？毕竟他爹不喜欢惹麻烦，尤其是惹纪园的麻烦。

"打得如何？"楚归蔉见贾志若有所思，以为他吓坏了，就道，"你放心，我不会随便打人的。如果对方不惹我，我是不会出手的。"

她说这话的时候有几番侠女风范，也有几分豪爽英姿。贾志见过这么多女人，就没一个女人像她这样。这让他更喜欢了。他道："我说你打得好。纪福那个王八蛋，别说是你动手，就是我见了他，都要动手打他，还要用脚踹他。他这个人见利忘义，见钱眼开……"

贾志想了好久，却想不到什么词儿来骂纪福，但又想跟着楚归黉一起同仇敌忾，于是义愤填膺道："总之，我是站在你这边的。纪福那种货色，就是你把他打死，都是他占便宜了。"

这些话说到楚归黉的心里去了。她跟贾志道："我要真打死了他，那真是便宜他了。他这样的人可千万不能死，要不然就太舒服了，我得让他不得好死。"

这也太狠了吧！

不得好死什么的，他也就是吓唬吓唬别人才敢说，要真这么做，他爹第一个把他弄死。

见楚归黉说得认真，贾志就问："小楚，你能说说……纪福怎么惹到你了吗？"

这些话原本楚归黉并不打算与贾志说，但现在她知道贾志也讨厌纪福，那敌人的敌人就是朋友。对于这个忽然成为朋友的朋友，楚归黉决定在纪福一事上与贾志开诚布公。

很快，贾志就明白楚归黉为何要这样生气了。他比楚归黉还要生气地道："那王八蛋当众杀人就算了，还想打死你的老师。我要是你，直接就在街上杀了他啊！"

什么叫当众打人就算了……

当众打人也是不对的啊，怎么能就算了呢？

但……

贾志的生气让楚归黉有些感动，她的语气缓和了几分："我当时是这么想的，我要是杀了他，那不就给纪园治罪的机会吗？杀人是犯法的。"

哦……也对。

所以小楚才说，要是真打死了他，就是便宜他了。

这可不就是便宜他吗？小楚这么美好，凭什么要为了一个畜生把自己送葬，美得他！

贾志再看向楚归羹的时候，眼里已经不仅仅是喜欢那样简单了，还有几分欣赏：想不到啊想不到，他的小楚竟然不只有美貌，还有脑子。

脑子这个东西多好啊——他爹就常常说他没脑子，他没有的她就有，多厉害呀！

"小楚，纪福这个狗东西敢在街上杀人，肯定私下里杀的人更多。要想办他，根本用不着你动手。"贾志一改嬉皮笑脸的讨好姿态，义正词严地道，"只要找到他的人，我就有办法让他认罪。"

"人在大风寨。"楚归羹道，"我怕他逃跑，就把他抓回去了。"

大风寨……咦？她说大风寨？

那个到处都是土匪的大风寨？！

她把纪福抓到大风寨，那就不说明……说明她是大风寨的人！

她该不会是个女土匪吧？

贾志浑身都变得僵硬起来。

他喜欢过有夫之妇，喜欢过青楼女子，还喜欢过寡妇……但他从来都没想过会认识女土匪……还会喜欢上女土匪。

他爹要是知道他把女土匪带回府，会不会打断他的腿？

"贾公子，你怕了？"见他的脸上浮现出几分担心，楚归羹就道，"也是，纪家权势很大，你怕也是常理之中。"

他怕是真的怕，但绝不是怕什么纪家。

　　见楚归羡误会，贾志赶紧解释："这世上除了我爹，我还没怕过什么其他的。只是纪福在大风寨这件事，你千万不可再对其他人提起。"

　　楚归羡点点头，表示她明白了。

　　贾志顿了顿，脸上浮现出几分为难。他缓缓开口："小楚，不是我不想去大风寨，是我不能去大风寨。"

　　楚归羡不懂就问："为什么？"

　　贾志与楚归羡仔细道："我爹是知府，我将来也是要做官的。大风寨是土匪窝，我若是去大风寨，会让人以为我跟土匪勾结。这对我，对我爹，都很不好。"

　　楚归羡不懂这些，但她能看出一个人说话时是否真心实意。她明白贾志这个时候并没有骗她。她抿了抿唇："我是大风寨的人，你知道吗？"

　　贾志点点头："知道。"

　　"所以，我现在应该回去了。"楚归羡说话的同时，也准备起身离开。

　　然而她的脚才迈出去，就被贾志按住了肩膀。

　　她抬头看他，见他的脸上是少有的严肃。

　　她道："贾公子，我要是再不走，万一以后叫人知道你曾经请我到府上……"

　　"身正不怕影子斜。"贾志执着地道，"别人我不管，但你不是坏人。"

　　不是坏人……

　　听到这四个字，楚归羡咧嘴一笑："你如何断定我不是坏人？"

　　贾志道："我撞倒了顾家的车夫，你会着急，会想着把人扶起来；我们一起逛集市的时候，你看到年长的商贩，就会停下来照顾人家的生意；在路上碰到抱着小孩子的妇人，你会给她们让道；买完东西，你会说谢谢；不小心碰到了别人，你会说对不起……你的家教很好，你的内心也很善良……”

听着贾志滔滔不绝地说着微不足道的事，楚归荑有些吃惊。他们才认识几天呀，他却记得她那么多的习惯。

说实话，若是他不说，她都想不到，原来她是这样一个人。

“贾公子。”

“嗯？”

“大风寨的人都跟我一样，他们根本没有你想的那样坏。”楚归荑道，“他们没有抢过他人财物，他们都是好人。”

要不是站在他面前的人是人见人爱的小楚，他肯定会认为说这番话的人妖言惑众，会先把人拉去打几十大板再说，但……

“小楚，我相信你眼中的他们是好人，但他们在世人眼中是何模样，真的很难分辨。”面对美人妹妹，他实在说不出一句重话，“不管如何，那个纪福是不能再留在大风寨了，否则你的处境会很危险。”

“那我把他送给你？”楚归荑自然而然地就把话给接过来了，“他的眼睛瞎了，我把他送过来……”

“不要。”这个烫手山芋要是扔到贾府，他爹绝对会把他弄死的，“这样，我现在先送你回去，然后我去找我爹，去跟他好好商量一下，看看怎么治纪福那个混账的罪。”

“你要治谁的罪！”

随着一声怒吼的，是一脚踹开门的哐当声。

贾志往门口看去，看到贾有才一脸的怒意，吓得当时就“扑通”一声跪在了地上。

“爹……有话好好……”

那个“说”字的音还没发出，贾有才就一脚将贾志踹得趴在地上。

贾有才气得脸一阵红一阵白。他才出门不到半个时辰，顾璞玉就携着阙雪一起去他那里质问要人。你说得罪谁不好，偏偏要得罪那个高深莫测的顾璞玉——这个混账东西！

贾有才看着被踹蒙的死小子……都这样了，也不知道求饶，难道真要把他踹死吗？

贾有才越看贾志，就越觉得闹心。他又一脚狠狠地踹了上去。

这次比上次还狠，直接踹在了贾志的脸上。

"爹……爹！"贾志终于回过了神，抬手挡住自己的脸，惊慌地道，"这次我没做错事，你为什么要揍我？"

还敢说没做错事？

没做错事，楚归荑是怎么到贾府的？

勾搭别的女人也就算了，好歹别的女人也算半推半就，但楚归荑心性单纯，不懂情情爱爱，这还叫没做错事？

贾志不解释还好，一解释，贾有才就气得头晕眼花，抓起桌上的茶壶就往贾志头上砸。

眼看着茶壶就要砸到贾志头上，却被楚归荑稳稳地接住了。

好机灵的姑娘！

不对，他这个时候不该想这个。

被气糊涂的贾有才强迫自己冷静，深深吸了两口气，尽量用心平气和的口吻与楚归荑道："小楚，我这不争气的儿子欺负你了，我就是打死他也难消你心头之恨，你为何还要阻拦我打他？"

楚归荑并不着急回答贾有才，只是先将茶壶轻轻放在桌上，而后蹲下身子，仔细查看贾有才的伤。看到他鼻青脸肿的，她的眉头就微微皱了皱："贾公子，你还能站起来吗？"

"能，但是我不敢。"

说这话时，贾志的声音很小，身子还微微颤抖着。

一看就是被贾有才吓坏了。

楚归羡轻声安慰他："别怕，你先慢慢站起来。贾大人要是再打你，我会拦住他的。"

贾志撇撇嘴，躺在地上没动。

不是他不相信美人妹妹帮他，而是……而是……太丢人了啊！

他爹竟然当着小楚的面这么揍他！

他不要面子吗？

一动不动的贾志，让楚归羡误会他是伤透了心。于是，她抬起头，看着正好也在看着她的贾有才，道："贾大人平日都是这样跟贾公子相处的？"

一上来就这么问，直接把贾有才问蒙了。要是贾志不犯错，他自然千宠万宠。但要是犯了错，还犯了……犯了这么麻烦的错，他不这样与他相处，那贾志的日子只怕越来越不好过……

"小楚，别人的家务事，让他们自己解决好了。"

就在贾有才不知如何回答楚归羡的时候，阙雪就从贾有才身后走了出来，她朝楚归羡招招手，一脸和蔼地道："这是男子的房间，我们还是别随便进来。"

楚归羡看着躺在地上的贾志，再看看满脸笑容的阙雪，缓缓开口："我要是走了，贾公子就会被贾大人揍的……我不走。"

原本贾有才觉得楚归羡是个麻烦的人，现在他觉得楚归羡对他儿很讲义气，不由得多看了她两眼。

阙雪道："贾大人，你看见了吗？你儿对小楚图谋不轨，而小楚将你儿当成朋友。"

贾有才诚心道："看见了，这事儿是我儿太糊涂。请夫人放心，我以后定当严加管教。小楚在临城的这段时日，我会一直关我儿禁闭。"

"我们若是来得再晚一些，你儿要是欺负了小楚，你知道是什么后果吗？"听了贾有才的这番话，阙雪的神色这才好上许多，"小楚是大风寨的人，大风寨你听过吧？"

"略有耳闻。"

岂止是略有耳闻，"大风寨"这三个字简直是如雷贯耳！

若是贾志真对楚归荑用强，万一大风寨对他们进行报复，别说他日后当官了，只怕临城的百姓都要跟着他们遭殃，而他们日后是怎么死的都不知道……

想到后果，贾有才额上已有细汗渗出。

见他已料到后果，阙雪这才道："所以啊，贾大人，一失足成千古恨……你是得好好管教你家少爷，以免因他一人殃及全城百姓。"

"是，是。"贾有才又拱手跟楚归荑道歉，"是我儿不识抬举，叨扰你了。请你千万别跟他这无能草包一般见识。"

"贾公子人挺好的，为什么你们要这样说他？"楚归荑一脸不解，"比起那个打死很多人的纪福，贾公子不知道要好多少倍。"

她的声音很轻，轻得若不是因为此时寂静无声，谁都听不到她要说什么。

但她的声音又很重，重得砸进了每个人的心里。

贾志虽说为人是糊涂混账了些，但他没杀人放火，就是不爱念书，爱仗势欺人，爱……跟女人厮混。

但这些行为罪不至死。

为什么所有人都要骂贾志呢？不管明里暗里，他贾有才都能听见有人骂他儿，骂得难听至极，骂得他快吐血……

而那源城的纪福，身上背了无数人的性命，却无人敢对他说三道四。

但凡提起纪福，大家都说他念书用功，左右逢源。

对那些见不得人的龌龊行径，大家都闭口不谈。

那些人不过都是怕惹麻烦罢了，怕纪福日后飞黄腾达，会记仇报复。

关于这点，贾有才心知肚明，却从不敢说什么。

谁叫他技不如人，没纪园会巴结讨好上头。

谁叫他家底不厚，没法给上头送礼，所以他才处于劣势，才有人敢说三道四！

"阙姨，贾大人，为什么该抓的人不抓，该训的人不训，却要一直说贾公子呢？"

这三连问，问得贾有才想拍手叫好！

"小楚，那些都是大人的事。"

一直未曾出声的顾璞玉，这时候从外面走了进来。

方才在门口，顾璞玉把楚归黉的话听得一清二楚。他实在没想到，那人见人恨、人听人惧的大风寨，竟能养出这样刚正不阿的楚归黉。他站在阙雪身边，想试着叫楚归黉到他们这边来，但他看楚归黉一身正气的样子，就好像……好像他们才是作恶的那一方。

楚归黉弯下身子，朝贾志伸出手："贾公子，起来吧。只要我在，今天就没人敢把你怎么样。"

贾志：……

美人妹妹，我求求你跟阙姨他们出去好吗？

你出去了，我爹就不打我了啊。

你在这里，我爹就是打给阙姨跟顾叔他们看的啊！

虽然你处处为我着想，我很感动，但我也要面子的，呜呜呜……

此时此刻的贾志恨不得找块豆腐直接撞死。

"起来吧。"眼见楚归黉这样坚持，阙雪瞬间觉得自己才是坏人。

她也算看出来了，要是贾志那王八羔子真对小楚做了什么匪夷所思的事，小楚也不会这般向着他说话。

还好他们来得及时，也还好贾志有贼心却没贼胆。

阚雪等了一会儿，见贾志还趴在地上，冷笑两声，将话挑明："你爹现在不打你，不是因为我们在这儿，而是不想丢人。你再这么趴下去，你爹马上就要动手了。"

阚雪的话才说完，只见贾志刺溜一下从地上飞快地爬起来了，快得让楚归薁惊呆了。

他刚刚看起来被踹得很严重，怎么才过了一会儿，他就能活蹦乱跳了……

诧异的楚归薁叫贾志涨红了脸，他吞吞吐吐地道："我就是……就是那个什么，被我爹吓怕了，其实我身上到处都在疼。哎呀，好疼，疼死我了。"

说着话，贾志还回头看看贾有才。

这不看还好，一看，他就看到了贾有才气得青筋暴跳的样子。

贾志满脸的无辜。他摸了摸头，实在不知道自己到底是应该倒地不起，还是逃出去躲过这顿打。

贾有才也没想到他儿这么经不起诈，别人随便说两句他都能信。

这愚蠢的脑子简直不像是他亲生的。

他儿怎么就不想想，他这么快地从地上爬起来，不就证明他刚刚没把他往死里打吗？

早知道他儿这么蠢，他刚刚还不如真打残了他！

真是把他的老脸都丢尽了。

不过人都已经站起来了，那苦肉计自然也就用不上了。贾有才咳嗽两声，待心中尴尬消去之后，才正声道："顾先生，顾夫人，我儿这无赖模样与我脱不开干系，从今往后，我自当好好反省……"

"行了，行了。"阚雪摆了摆手，"漂亮话你也别再说了，你什么德行，我也一清二楚。"

喀喀……

顾璞玉忽然咳嗽两声。

这咳嗽声成功打断了阙雪，也提醒了阙雪她今日来的目的。

去静心楼找顾璞玉时，顾璞玉就与她保证：若小楚受了委屈，他自会让贾府付出代价，但小楚若是毫发无伤，也请她给贾府一个面子，给知府一个面子。

眼下贾有才人也打了，也骂了，她是时候给贾府一个面子了。

阙雪看着贾有才，直言道："以后你爱怎么样就怎么样，我也说不着你，也管不到你……"

"顾夫人千万别这样说……"

"你听我把话说完。"阙雪最烦别人在她说话的时候打断她，于是皱着眉道，"只要你别惹我，别欺负我的人，你爱怎么折腾就怎么折腾。今日之事，我可以当作没看见，也当作没有发生，只要你能管得住你儿子。"

# 第十三章　贾大人英明

能息事宁人最好不过，贾有才立刻保证："我保证管好他。"

光听贾有才这样说，并不能让阙雪彻底放心。她又看向顾璞玉，顾璞玉立刻领悟母亲的意思，开口道："我母亲的意思便是我的意思。贾大人，我们向来井水不犯河水，你也不想让我们心生嫌隙，对不对？"

"对，对！"贾有才满脸堆笑，只差没给顾璞玉鞠躬道歉了。

顾璞玉看向仍然站在贾有才身边的楚归荑，温和地道："小楚，贾公子不会再挨打了，你是不是也可以跟我们回家了？"

"不行！"楚归荑还没开口，贾志就立刻拉住了楚归荑的胳膊，"小楚，你不能跟他们回家，他们现在保护不了你。"

"放肆！"贾有才方才消下去的气立刻就突突地往外冒，他怒目圆睁，道，"贾志，你给我放开楚姑娘。"

以往怕贾有才怕得要死的贾志，这时候无比坚持，不但没有松开楚归荑，反而把她抓得更紧了，像是生怕楚归荑会离开他身旁。他非常坚定，也非常大声地道："爹、顾叔、柳姨，你们跟小楚的关系都没她跟我的关系好，她什么都跟我说了，现在只有贾府能保护她！"

"什么叫作'我们的关系没你们的关系好'？"这句话触了阙雪

的霉头，她卷起袖子就想抽贾志。

贾有才生怕阙雪下手没个轻重，赶紧上前一步拦住了阙雪，嘴里还道："要打这个混账，何须顾夫人动手，我今天就打死他……"

然而，阙雪一眼就看穿贾有才的想法，哪里肯放过那个嘴里没个谱的贾志，抬脚就要踹贾志。

顾璞玉一看夫人生气，连忙拉住她的胳膊，在她耳边小声道："夫人，我的好夫人，咱们不是说好，来贾府只为讨公道，不打架吗？"

但阙雪气上了头，哪里还记得自己来干什么？

她只想撕烂那个贾志的嘴！

就在贾有才的巴掌快打到贾志的脸上时，贾志抬头挺胸道："小楚把纪福的眼睛刺瞎了，还把人抓回了大风寨。爹，你打死我吧。打死我，小楚肯定也活不了了。这个世上，肯定没人能像我这样保护她的！"

"什么？"

"怎么回事？"

"小楚，这是真的吗？"

三个人同时说话。楚归黄看着三个同样一脸震惊的人，一时不知该回答哪一个。

还是顾璞玉最先理清思绪，与楚归黄道："小楚，你不会无缘无故刺瞎纪福的双眼，对不对？"

"对。"既然贾志把这件事说出来了，而且如果不把事情说清楚，贾志还得挨打，楚归黄就干脆把它说完，"当时纪福在街上拿鞭子抽死了好几个人，我也没敢动手。因为表哥跟我说过，弱小如蝼蚁之人，没资格保护别人。我的老师也说，纪福不好惹，让我千万别出手。顾叔，阙姨，我从来不惹是生非，真的。"

"我相信你。"顾璞玉率先表态。

　　楚归荑为人如何，李鹤早在信中说得明明白白。阙雪也点了点头，表示对她的话毫不怀疑。

　　但信任归信任，阙雪还是有些地方没有弄明白。于是她问："那究竟发生了什么，会让你刺瞎纪福的双眼，还把他绑回了大风寨呢？"

　　想到那天发生的事，楚归荑就攥紧了拳头。她道："纪福骑着马横冲直撞，还打伤了我的老师。我怕纪福的马会活活踩死我老师，所以砍断了纪福的马的马蹄。后来……后来纪福在人群中找到了我的老师。因为老师不肯给他看病，他就想活活打死我的老师。"

　　说到这儿，楚归荑的眼底有几分怒意："我如果不刺瞎纪福的眼睛，纪福就要把我的老师打死了。顾叔、阙姨，还有贾大人，老师用心教我学医，对我有教导之恩，我不可能装作看不到。"

　　她口中的老师不是别人，是他们世交的儿子李炆之！顾璞玉跟阙雪两人神色俱是愤怒不已。

　　然而这件事，李鹤在信中只字未提。

　　柳凤带着楚归荑前来做客，亦是对此守口如瓶，好像他们的好侄儿从来没受过如此委屈。

　　顾璞玉再看向楚归荑的时候，眼里多了几分喜爱与欣赏。

　　世上少有人会不计后果挺身而出，而且惹了麻烦后，知道去找什么样的救兵！

　　顾璞玉捋了捋胡须，若有所思道："小楚，你实话跟我们说，来临城，是不是就是想找能治纪福的人。"

　　如果没有贾志抖出来的这些话，楚归荑还在想怎么把贾有才带到源城去。现在话都说到这个份上了，她也只能顺水推舟："是的，我知道贾大人跟纪大人不对付，所以想让贾大人去抓纪大人。"

　　知道敌人的敌人就是朋友，看来不但聪明，还有城府。

　　这让顾璞玉变得和颜悦色，他问："纪福犯了错不假，那纪大人何错之有啊？"

楚归羹道："纪大人明知道纪福滥杀无辜，不但不管教，还让他变本加厉地残害无辜。这就是错了。"

说得不错，但仅凭这一点，顶多是把纪福拉去砍头，而纪园最多落一个管教无方的名声。除此之外，动不了他分毫。纪福一旦被处决，纪园一定会对把纪福绳之以法的人下死手。所以这个纪福，还真不好办。如果没有找到纪园确切的罪名，纪福一时半会儿还不能死。

顾璞玉看了眼贾有才，又看了眼楚归羹，陷入了沉思。

无论如何，楚归羹是一定要保的。

一来，她与李家关系匪浅，那也就相当于与他顾家关系匪浅。她若是在此事上受了委屈，只怕他很难给李家交代，也很难给大风寨一个交代。

无论给谁都交代不了，都让他头疼。

二来，楚归羹勇敢无畏的心性很让他欣赏。若天下人都如楚归羹，那世上将少一些痛苦，处处是美好。以前没遇到像楚归羹这样勇敢的人，他想救而无处救，但若是遇到了，那为何不救呢？

思及此，顾璞玉缓缓开口了："小楚，纪福杀人在先，犯了死罪，就一定会死。但你将纪福抓回大风寨，就是囚禁，也犯了罪。"

楚归羹没想到会这样严重。她只是想拖一拖纪园找到纪福的时间，这样她就能想法子对付纪园。然而她知道，顾璞玉不会骗她，道："顾叔，我会死吗？"

她问这句话的时候，没有一点点害怕，平静得就像在问今天要吃什么一样。这样冷静的样子，让在场的每个人都很诧异。

除了……贾志。

贾志急得像热锅上的蚂蚁，围着楚归羹来来回回地走："不会死的，怎么会死呢？你是见义勇为，是英雄，你应该得到嘉奖，而不是判刑。"

贾志这话是像是说给自己听的，又像是说给楚归羹听的，更像是说给那几个长辈听的。

楚归羹看着走来走去的贾志，心中有些感动——那种临死之际，看到有人希望自己别死的感动。

贾有才看着贾志，心底涌出一种奇妙的感觉。虽然贾志在说着违背顾璞玉之意的话，但他一点也不生气，甚至还有种自豪跟骄傲！

要知道，在临城，谁敢顶撞顾璞玉啊。他那张出了名的得理不饶人的嘴，要么不搭理你，要是搭理你，真写个什么状子递到都城，谁都别想好过……但大家都不敢顶撞的人，偏偏贾志正在顶撞。

还顶得……很有道理。

"顾叔！"就在贾有才出神之际，贾志忽然走到顾璞玉面前，"扑通"一声跪下，铿锵有力地道，"顾叔，以前是我太不懂事了。我知道你不喜欢我。"

说完，他又看了一眼阙雪："我也知道，阙姨你也讨厌我。但……你们不能因为我喜欢小楚就不救她……"

贾有才使劲拍了一下自己额头，气得差点昏厥过去。他刚刚真是被气糊涂了，还觉得自豪——自豪个屁！

你可真把自己当回事儿，人家肯定会想尽办法救人！

这下完犊子了。

阙雪肯定逮着机会一顿损他儿……

他还是找个机会出去吧。

这丢人现眼的家伙……

就在贾有才琢磨着找理由离开时，顾璞玉弯腰将贾志从地上扶起来，温和地说："贾公子，知错能改，善莫大焉。你既已知道之前不懂事，那以后改了就是了。"

贾志紧紧抓住顾璞玉的手："顾叔，我一定改。今后我一定好好做人，再也不仗势欺人，再也不跟女人厮混。我会好好读书，像顾兄那样心怀大志。所以，请你一定要想办法救小楚。小楚不能死，无论如何都不能死。"

顾璞玉看着情真意切的贾志，许是说到伤心处，他的眼里还带着泪花。

当然，这泪花也叫阙雪看得真切。

二人互相看了彼此一眼，都没想到这无能草包竟然还有真情流露的时候。

尽管他看上小楚如癞蛤蟆想吃天鹅肉，然而这癞蛤蟆想保护天鹅的心，在明知会惹麻烦却还要去惹的情况下，显得难能可贵。

于是，阙雪对贾志的态度难得温和了一次："别哭了，哭解决不了任何困难。"

她掏出帕子，递给贾志："擦擦泪。"

贾志接过帕子，想把眼泪抹掉，但也不知怎么了，只要一想到美丽可爱的小楚会随时丧命，他的眼泪就越流越多，最后连鼻涕也跟着流出来了。他一边擤鼻子，一边哭道："阙姨，顾叔，小楚真的不能死……她要是死了……我也……我也活不下去的。"

哭着哭着，他还央求起贾有才："爹，纪园是知府啊。你也是知府，你俩平起平坐，凭啥要隐忍他……"

"你闭嘴！"贾有才的太阳穴气得突突地跳。他这不中用的儿子，该说的说，不该说的也说，官场之道他懂个什么！还哭哭啼啼的，哭哭哭，就知道哭。贾有才恨不得一巴掌抽死他儿……他忍着心中怒意："别哭了，你先带着小楚去膳厅吃些甜点。"

"爹。"贾志号啕道，"都死到临头了，小楚怎么会吃得下……"

"哭了就不死了？"贾志怒吼，"哭哭哭，你除了哭还会干什么？就你这窝囊样，小楚一辈子都瞧不上你。"

贾志泪汪汪地看着楚归荑，模样无助又可怜。

这样的贾志，让楚归萋想起她还住在蝴蝶村时看到的，路边被人遗弃的流浪狗。

那流浪狗也是用泪汪汪的眼睛盯着她……

她叹了口气，向贾志招了招手："走吧，贾公子，我忽然饿了，想吃甜点了。"

"小楚，你都死到临头了，怎么还有心思吃东西呢。"虽然嘴里这么说，但听见楚归萋饿了，贾志还是一边哭，一边抬腿往外走。

楚归萋回答："就是因为快死了，所以才要吃各种好吃的，玩各种好玩儿的。这样死的时候，才不会有遗憾啊。"

"小楚，我不会让你死的。"

"但是我做了错事，死也是没办法吧……"

"反正我就是不会让你死的，要死也得我死在你前面……"

二人越走越远，后面说的话，屋内的三人也就听不见了。但那最后一句话，叫贾有才气白了脸。

什么叫"要死也得我死在你前面"？

别说楚归萋死不了，就是真死了，跟你又有什么关系？

为了一个刚认识两天的小姑娘，你寻死觅活地，像话吗？

贾有才被自己的傻儿子气得肺疼。他找了个椅子坐下来，拍着胸口给自己顺气，道："我上辈子是不是刨了他家祖坟，所以这辈子他投胎做我儿子，还要这样气我。与其一直这样气我，倒不如让他死掉算了。"

顾璞玉在贾有才面前坐下，不赞成地摇了摇头："此言非也。贾公子虽然平时顽劣了些，但心性终究是善良正直的，不然也不会明知小楚惹的麻烦不小，还想把麻烦揽下来。"

"他这是自不量力，不识时务。"贾有才捏了捏眉心，只觉头更疼了。

阙雪也不知想到什么，竟然主动为贾有才倒了一杯茶。

这叫贾有才受宠若惊，毕竟她这双手，据说只为首辅王琛——家人之外——倒过茶。他赶紧起身将茶接过。

"贾大人也别生气。"阙雪轻声道，"之前我只听坊间传言，说贾公子不成气候，便信以为真。他前日来我家，我还没给他好脸色，现在想来，真是惭愧。"

贾有才忽然觉得口中的茶不好喝了。

这夫妻二人一唱一和，他怎么觉得有猫腻。

贾志为人怎样，他这个当爹的还能不清楚？

还"真是惭愧"，说得好听！好像她根本不知贾志是何德行一样。

贾有才暗自腹诽，眼角余光在这对夫妻之间来回徘徊。都说读书人心思重，也清高无比，他们两个更是如此。连对王琛这样人人都想巴结讨好的高官，他们都能断绝来往，他贾有才不过区区一个知府，他们又怎么可能放在眼里？

看看之前他们夫妻俩对他的态度就知道了。

什么时候来往过啊！

但是现在，顾璞玉跟阙雪却是一唱一和，忽然说起他儿的好话……

这太不正常了。

贾有才不禁有了戒备之心。茶杯在他手中转了几转，而后被他缓缓放下。他看向夫妻二人："我就一粗人，顾先生，顾夫人，我儿心性怎样我也有数，你们二人就不必为我儿美言了。楚姑娘见义勇为，我也很感动，但她确实刺瞎了纪福的双眼，还将纪福囚禁在大风寨。一码归一码，楚姑娘英勇救人之事，我一定禀报朝廷，请求朝廷从轻发落，这样……行吗？"

顾璞玉没说行不行，而是重重一叹，也将茶杯放在桌上。他看着诚心跟他商量的贾有才，也诚心地跟他说："你能禀报朝廷，那纪园也能禀报朝廷，你们二人的话，朝廷会相信谁呢？"

这还用问，肯定是纪园呗。

要不然，纪园怎么能升官，他却一直在这里当个破知府？

此事不提便罢，一提，贾有才就闹心得很。他也叹了口气，跟顾璞玉道："顾先生虽不涉政，但朝堂上的事儿却一件也瞒不过顾先生。"

"哎……知道也没用，我跟贾大人一样，都是局外人。"顾璞玉说着话，亲自给贾有才斟了杯茶，并双手递了过去。

贾有才震惊得愣在原地。若说阙雪只给王琛这个家人以外的人倒过茶，那顾璞玉便是从没给谁递过茶。

"贾大人？"

顾璞玉这一声称呼，让贾有才立刻回过了神。他赶紧双手接过顾璞玉的茶："顾先生何必如此客气。我要喝，自己倒便是了。"

不同寻常地，顾璞玉已经叫贾有才全然忘了自己是身在贾府……在自己的地盘上。

这时的贾有才像个客人一样，坐得端端正正、规规矩矩。反观顾璞玉，倒像个一家之主，坐得自在惬意。

等贾有才一杯茶喝尽，顾璞玉才再次开口："贾大人，这些年来，你兢兢业业、勤政为民，而纪园却是偷奸耍滑、阿谀奉承。大家都在传，纪园要升官了……想必，你心里一定不好受。"

"哎……"

一席话，叫贾有才又沉沉地叹气。

这时候，阙雪道："大家都说纪福千好万好，我当他知书达礼、温文尔雅，谁能想……却是杀人不眨眼的恶魔。而贾公子不过就是顽劣了些，却被人以讹传讹。再这样下去，贾公子只怕很难在朝中为官。"

这么多年，他一直逼着贾志读书，不就是为了有朝一日让儿子能当官吗？

贾有才终于坐不住了，无奈地道："纪福可是杀人凶手，他一定会被处决。我儿就算没有长处，但也比那个作威作福的纪福强。"

纪园已经把他比下去了，他绝对不能再让纪园的儿子把他的儿子比下去。

这么想着，贾有才看向了顾璞玉，语气里带了几分急切："顾先生，早就听闻你足智多谋，想必一定有万全之策……"

"抓纪福容易，但抓了纪福，纪园会放过你吗？"顾璞玉缓缓开口，"你跟纪园打交道也有十几年了，他睚眦必报的性子，想必你比我更清楚。"

没错，如果他让纪福伏法，那么纪园一定会想办法报复他。

要纪福死容易，但他的将来却是后患无穷。

贾有才有些犹豫了。

这个烫手山芋，他若不接，那纪园肯定更轻视他，往后他将一辈子活在纪园瞧不起的目光中。而纪福逍遥猖狂，他儿无知愚昧，若是两人一同为官，日后他儿无意间得罪纪福，恐怕纪福会朝他儿下狠手。

但这烫手山芋要是接了，纪福是能抓，但眼看着纪园要升官了，这个杀儿之仇，纪园若是报，他也吃不消。

难，实在是难。

"贾大人，我有个提议。"见贾有才犹犹豫豫，阙雪忽然开口，"不过我只是个妇道人家，随便说说的话，你听听就好。至于做不做，全凭贾大人自己做主。"

别人不知道阙雪的能耐，他贾有才还能不知道？

能跟顾璞玉齐名之人，岂是寻常女子能够比得上！贾有才恭敬地道："还请顾夫人指点一二。"

阙雪道："纪福一死，纪园肯定会伺机报复。与其这样，不如一开始就先办纪园。"

办纪园？

纪园那么大的能耐，都要升官了，他能怎么办？就是想办，他也没招儿啊。

就在贾有才一头雾水的时候，顾璞玉笑了两声。

贾有才不解："顾先生，你笑什么？"

顾璞玉道："我也是刚刚想起来一件事。小楚一路往临城来，路上按理会碰到周围的盗匪，但一路平安顺遂，别说是盗匪，路上连个人影都没有。那么多的盗匪，忽然凭空消失，你说奇怪不奇怪？"

平日贾有才抓盗匪抓得头晕眼花，就这严打严防之际，临城的治安他都不满意，哪有工夫去顾临城之外的地盘。

嗯？

等等，盗匪就是专打路人钱财的，怎么可能凭空消失？

谁会放着有钱的地方不管？

如果真的消失，那就是朝着更有钱的地方去了。

但就源城的条件……该抢的也该抢完了吧。

那些盗匪还能去哪儿呢？

"原本小楚来临城，大可跟着大风寨的人一起过来。毕竟柳凤一个妇人，急匆匆地赶路，有诸多不便。"阙雪适时开口，"大风寨的人为什么没来呢？大风寨不都是男人吗？出门赶路，他们不比柳凤更能保护小楚吗？"

"会不会盗匪都去他们那儿了？他们人手不够，所以抽不出人送楚姑娘？"贾有才张口就来，"毕竟今年灾情重，老百姓兜里都没可抢的东西了。大风寨里都是盗匪，就算再没钱，也总比百姓有钱吧？"

这年头，黑吃黑再常见不过了。

"贾大人英明！"顾璞玉忽然茅塞顿开。他一拍脑袋，装作恍然大悟的模样："我跟夫人前阵子还在说，源城百姓都那么苦了，为何盗匪还在源城入室抢劫。铭山周围那么多城镇，怎么盗匪偏偏盯着源城？那要是从百姓手里抢不到东西怎么办？夫人就开玩笑说，那就去抢大风寨啊。没想到贾大人竟然如有神助，我们只是说说的事，贾大人却真的去查了。"

贾有才：……

他什么时候去查了，他明明就只是说说好吗。

这夫妻俩到底在唱什么双簧？

贾有才左看看顾璞玉，右看看阙雪，实在看不出他们在搞什么名堂。

就算搞不懂，贾有才也知道这两人高深莫测。以往看不上他的人，眼下大费口舌地与他讲这些东西，绝不可能是在跟他拉家常。

因此贾有才想了想，谨慎地开口道："源城离我们临城说近不近，说远不远。这阵子，其他地方的知府来我这儿做客，一提到'盗匪'二字，都唉声叹气，可见盗匪之猖狂已是气焰嚣张。但奇怪的是，我们临城从未见一个盗匪。难不成是我贾有才治理有方？"

说罢，贾有才很快就自嘲地一笑："我若治理有方，也不至于连盗匪都看不上眼，很明显不是。"

也不知阙雪想到了什么，她忽然跟顾璞玉道："璞玉，前阵子我去茶楼喝茶，也不知是谁在说，说临城知府跟盗匪勾结，指使他们去抢别的城镇的钱财，还给好些盗匪送去了金银财宝，以贿赂那些盗匪，让他们别来抢劫临城……"

"放肆！"贾有才一拍桌子，响声震天。他气得眉毛都竖直了，高声道："我贾有才就算再窝囊，也不会作奸犯科，引狼入室。"

"贾大人别生气。"顾璞玉赶紧为贾有才又倒了杯茶，"喝茶，喝茶，快消消气。"

咕噜，咕噜……

贾有才几口就喝完茶杯里的水，将茶杯重重摔在桌上，怒道：
"我看是纪园搞的鬼吧！铭山附近的城镇都被抢了，但源城百姓是被
抢得最严重的。我看他是想借此打消大家的怀疑。谁能想到抢得最严
重的地方，反而是罪犯藏匿最深的地方呢？"

顾璞玉跟阙雪互相看了彼此一眼，之后又同时看向贾有才，异口
同声道："贾大人聪慧过人，一眼识破其中玄机。"

识破其中玄机？

贾有才呆住了。

他不过是上嘴唇碰下嘴唇，一时说的气话。毕竟跟他有过节的
人，目前只有那个纪园。

那么散播谣言的人，就算不是纪园，也跟纪园脱不开干系。

所以他就顺嘴说出来了。

但……这怎么就成了真的！

那纪园明明升官在即，为什么会搬石头砸自己的脚呢？

有那么一瞬间，贾有才觉得顾璞玉和阙雪是在跟他开玩笑，但他
仔细观察这夫妻俩的神色，见他们都很认真。他们看着他的眼神里，
也的的确确带着几分欣赏。

这叫贾有才忽然有些轻飘。他极力稳住愉悦的心情，跟顾璞玉
道："当今圣上最厌恶官匪勾结，此罪名一旦坐实，那纪园肯定死罪
难逃。"

顾璞玉话里有话："大人一直想让贾公子从官，奈何一直找不到
合适的机会让贾公子表现，眼下正是个好机会。"

贾有才听明白顾璞玉的言外之意了，顾璞玉是想让他儿去查纪
园。可是他都摆不平纪园，他那傻儿子能摆平吗？贾有才摇了摇头：
"我先代我儿多谢顾先生好意，但我儿实在难担大任。"

"一人的精力的确有限，但若敬辞也帮上一二呢？"阙雪笑眯眯
地开口，"敬辞的为人和能力大人也清楚，有他为贾公子出谋划策，

想必万无一失。"

顾敬辞沉稳内敛，又足智多谋，若他肯为贾志效力，那肯定多些胜算。

然而，顾敬辞愿意吗？

众人皆知，贾志与顾敬辞可是不对付的。顾敬辞不嫌弃贾志无能就算好的了，还要让顾敬辞给贾志献计。这不管怎么想，都不可能吧？

贾有才心中所想，尽数落在顾璞玉眼底。顾璞玉道："只要大人答应，敬辞会帮贾公子的。"

"这是为何？"贾志不解而问，"你我都知，若能扳倒纪园，让纪园认罪服法，一定会名声大噪。这崭露头角的机会，为何白白送给我儿？"

"查出纪园官匪勾结的人是你，一心要让纪福认罪服法的人也是你。我跟夫人不过就是三言两语说说，而大人你却为之操劳辛苦。"顾璞玉言语间不无诚恳，"更何况，我们要人没人，要力没力，往后都要仰仗大人。敬辞能答应是最好的，如果不答应，我会摁着他的头让他答应。"

这番诚恳的言辞，叫贾有才不知说什么好。

他若是再拒绝，就显得他太不知好歹了。

更何况，这个让贾志扬名立万的机会，不要白不要。

若不是知道这夫妻俩不想沾惹朝堂是非，他还以为他们挖坑给他跳呢。于是，贾有才道："顾先生，顾夫人，你们放心，这事我一定尽心尽力地办。我马上去召集人手。"

"有劳贾大人了。"阙雪道，"倘若为官之人都如贾大人这般清廉自洁，那世上就会太平了。"

"这都是分内之事。"贾有才赶紧道，"我也没顾夫人说得那么好。我只是小心谨慎，不敢作恶。毕竟我头上的乌纱帽戴着很不容易，要是不小心弄丢了，那就太可惜了。"

顾璞玉道："只要大人心中明镜高悬，官途一定坦荡。"

"哈哈哈哈……"贾有才爽朗地大笑，"事到如今，我也不求什么高官了，只要我儿好就行。"

想到日后他儿能官途顺遂，贾有才也变得豁达开朗了，"日后我儿若是飞黄腾达，必不会忘记今日二位恩情。我定会叮嘱我儿，对待敬辞务必客气有礼。日后若我再寻着好机会，也会像今日二位帮我儿那样帮敬辞。"

阙雪起身倒了三杯茶，笑道："我们以茶代酒，敬这场相谈甚欢。"

好一个相谈甚欢！

想到纪园的下场，贾有才只觉快意，以茶当酒："干！"

楚归莫也不知他们几个大人究竟说了什么。只见贾有才来膳厅时的神态怡然自得，犹如春风拂面，她就知道，纪家的事情，应该有着落了。

贾有才命贾志亲自将他们送到府外。贾志吹了寒风，又开始不停地流鼻涕、打喷嚏。

楚归莫让他赶紧回去，可他还站在贾府外头目送马车离去。

马车一路往前跑，都跑出去老远了，贾志还一个劲儿地在挥手送别。

阙雪放下了帘子，看着正吃着果脯的楚归莫，笑着问："小楚，对贾公子，你怎么看？"

楚归莫咽下甜丝丝的果脯，想了想贾志的言行举止，轻声道："能够改邪归正。"

改邪归正？

顾璞玉低头看了一眼楚归莫。

看样子这姑娘是好像什么都不懂，只要对她好点，她就觉得对方是好人；但又好像什么都懂，贾志为她又哭又闹，她却丝毫没有改变对贾志的看法。

"顾叔，这个好好吃。"楚归黄捏住一个杏脯，递给顾璞玉，"你也吃。"

顾璞玉低头尝了尝楚归黄递来的蜜饯。

甜，实在太甜了，甜得顾璞玉皱了皱眉。

月上树梢时，顾敬辞才念完书回来。

顾璞玉去了沁舒园，将今日之事说与顾敬辞。

顾敬辞仔细听完，很快一笑："亏得贾志对小楚没有胡来，若非如此，别说他做官，就是端了贾府、大风寨也难消心头恨。这叫什么……这叫傻人有傻福。"

顾璞玉顿了顿，话锋一转："敬辞，你可想好了？"

今日就算没有楚归黄打纪福一事，顾敬辞迟早也要踏进朝堂。事情既然已经发生了，他为何不利用一把？

贾有才看不惯纪园，贾志为楚归黄担惊受怕。

只要拿捏住对方的心思，就能为己所用。顾敬辞笑着看向顾璞玉，窗外的月光倾斜而下，照亮了顾敬辞的面色。

那面色是春风得意，是志在必得，是运筹帷幄……

这样的神色，在顾璞玉还是个少年的时候，他也曾经拥有过。

只是后来……太多的尔虞我诈、阴谋阳谋，让他身心疲惫，也让他对世人失望。

所以他才会跟夫人定居在这小小的临城，尽管贾有才庸碌平常，但好过那些沉迷算计的奸臣……

顾璞玉看着自己这个机敏的儿子，不知不觉就想到了年轻时候的自己。他跟笑若春风的人道："只要贾志不去都城为官，你随时都可以收手。"

"爹，我跟你说了多少次，我志不在此……"

"是是是，你志在天下。"想到顾敬辞心中的那个理想，顾璞玉叹了口气，"你想百姓安居乐业，圣上也想。你想路不拾遗、夜不闭户，圣上也想。圣上要什么没有？你是聪明，也有计谋，但放眼天下，难道找不出比你更聪明的？"

"当然有，但聪明人未必肯做事，就比如……"

话说了一半，顾敬辞就不说了，就那么看着顾璞玉。

那眼神不言而喻，分明就是在说：你聪明啊，我承认你很聪明，但你再聪明，你躲在临城有什么用？

顾璞玉老脸一红，抬脚就往外走，还边走边道："养儿真是没用，就知道揭人老底，还是小楚可爱……"

顾敬辞目送骂骂咧咧的顾敬辞离开，嘴角带着隐隐的笑意。

从今往后，他要这天下，变成他想要的模样……

翌日，楚归薨跟柳凤一起回大风寨，由贾府的官兵一路护送。

他们来时静悄悄，走时却声势浩大。

昨儿个夜里，阙雪就与柳凤促膝长谈，言语间皆是对顾家将李炆之的事儿藏着掖着的不满。柳凤昨夜也是好话说尽，说不想给人惹麻烦，并且他们住在大风寨很安全。

柳凤没有跟阙雪说谎，大风寨的确很安全。

毕竟大风寨的人个个骁勇善战，而赵思年一人能抵挡千军万马，就算有再多的盗匪拥过来，只要赵思年不死，大风寨就不会倒下。更何况，还有善制毒物的李鹤在帮衬着。

但柳凤这么想，阙雪却不这么想。阙雪跟柳凤再三叮嘱：就算大风寨里的人身手好，但他们常年与世隔绝，对天下事一无所知。朝廷正在集中人马剿匪，大风寨就算不偷不抢，但在山中建寨，多少有点自立为王的意思，所以还是尽快跟他们撇清干系，以免惹祸上身……

马车嗒嗒嗒地朝前走着，柳凤想到昨日阙雪所言，轻轻叹了口气。

颠簸的山路将楚归薁身上的盖毯抖落下来，她白嫩的胳膊露了出来。

怕她着凉，柳凤俯身将盖毯重新盖好。

这时候的楚归薁睡得正香，许是梦里梦到了好吃的，还在咂巴着嘴，嘴里还振振有词："表哥，你也吃……"

哎……

听清楚归薁说的是什么，柳凤又叹了口气。

大风寨可是楚归薁生活的地方，她怎么可能离开大风寨呢？

可如果不离开，日后朝廷追究下来，大风寨必然一夜消失。

若是没有了大风寨，那楚归薁得多伤心。

虽说楚归薁跟她非亲非故，但这些时日相处下来，她早把楚归薁当成自己的女儿。要是楚归薁日后颠沛流离，她心中也不会好过。

而且，若是楚归薁日后风餐露宿，那一定也无心学医。

这棵本该长成参天大树的好苗子，如果中途枯萎，那实在太过可惜。

所以，昨晚她与阙雪推心置腹道：炆之的医术也就止步于此，再难有所进步，而小楚将来可成大器。我与李鹤一身医术却苦于无人能学，若没有小楚，我们只当后人无福，遇到疑难杂症，只能等死。但现在有了小楚，无论如何，我们都想争一下。这是为后世谋福，功在千秋万代。

当时，阙雪有些犹豫，她在犹豫。为了让医术流传下去，有必要耗尽心神，去留一个大风寨？

柳凤是这么告诉阙雪的：如果你有疑虑，就等了了纪家事之后再做决定，顾敬辞自有定夺……

顾敬辞……

想到顾敬辞，柳凤回了神，看着正闭目养神的少年。

今日顾敬辞跟贾志也一起去大风寨。

希望一切顺利。


楚归薰醒来的时候，发现自己已经好好地躺在笑口斋的床上了。

啊！

她有些懊恼地揉了揉小脸，说好只睡一会儿的，怎么一睡就睡到现在了。

楚归薰掀开被子就下了床，脚才沾了地，就听门外贾志大声地吼："你是什么人，我要去看小楚，你敢拦我。"

张桦压低了声音道："楚姑娘正在休息，你不能进去。还有，你说话声音小点，会吵醒她。"

贾志那嗓门更大了："哪有人会睡觉睡那么久都不醒的，你在跟我开玩笑吗？小楚一定是回来后着凉生病了，我要进去看看。"

来人如此无礼，叫张桦有些头疼，但想到他是楚姑娘的朋友，她只能耐心地道："贾公子若是不放心，便叫柳姨过来看看便是。"

"柳姨是她什么人？柳姨能有我上心。"贾志见张桦始终死死地挡在门口，不由得耐心也用尽了，没好气地道，"我可是临城知府的儿子贾志，来这里是办案的。你这么不把我放在眼里，不怕我查你？"

张桦不卑不亢地道："我行得端、坐得正，请贾公子随便查。还有，贾公子如果声音再这么大，惊扰了楚姑娘休息，等晚上少主回来，我会如实禀报。"

喋喋不休的张桦吵得贾志耳朵疼，贾志索性抬手，想将张桦一把推开。

然而手才抬起来，门就"嘎吱"一声，从里面打开了。

　　楚归荑本想出来劝架，结果看到贾志那只高高抬起的右手，当场就不高兴了，小脸一垮："贾公子，不管出于什么原因，打女人都是不对的。"

　　贾志赶紧解释："我没想打她，我就是想推开她。她挡着我的道儿了。"

　　"推推搡搡也不好。"楚归荑道，"你上次把车夫老伯推倒在地，这次还想把桦姐推倒在地吗？"

　　桦姐？

　　不是仆人？

　　贾志傻眼了。

　　既然不是仆人，为什么又是做菜又是洗碗的，还负责打扫……

　　贾志再看向张桦的时候，眼神里带了几分讨好："对不起啊，我有眼无珠……"

　　"没关系。贾公子也是因为担忧楚姑娘才会失了分寸。"张桦为贾志找了个台阶，还对他微微笑了一下。

　　这个笑，在贾志看来，多少有点一笑泯恩仇的意思。

　　他正想夸张桦肚量大，就见张桦转而跟楚归荑道："顾公子说，等你醒来吃过饭之后，就去李炆之那边找他。"

　　咕噜……

　　楚归荑有些不好意思地笑了笑，还摸了摸瘪瘪的肚子，估摸着自己不是被吵醒的，而是饿醒的。

　　张桦笑道："饭菜都给你留着，快去吃吧。"

　　楚归荑甜甜一笑："桦姐最好啦。"

　　想到张桦做的饭菜，楚归荑就往前面跑得飞快。

　　贾志看着翩跹蝴蝶般的背影，心里头有些失落：美人妹妹怎么都不跟他多说几句话呢？是还在生他推人的气吗……

　　吃过饭，楚归荑就去找李炆之了。

楚归荑去哪儿，贾志就去哪儿。

几个人在李炊之的厢房里说了一下午。出来的时候，贾志神清气爽，昂首挺胸，举手投足间都洋溢着喜悦。

天快黑的时候，有人送来了一封密函。顾敬辞将密函递给贾志，笑道："贾大人，你以后是飞黄腾达，还是默默无闻，全看能否妥当处理纪福之事。"

整整一个下午，大家都在喊他贾大人，说是要他尽快适应这个称呼。他激动地打开密函，看到上面写着"钦差大臣"几个字，高兴得都快疯了，他来回晃着手中密函，跟顾敬辞道："顾兄，我以为你只是随便说说，但这种好东西你竟然真的能弄到。以后我跟你混，你让我干什么我就干什么。"

顾敬辞道："贾大人是凭本事得来的密函，与我没有半点关系。日后不管是谁问起，贾大人都务必咬死这一点。"

"知道，我知道。"贾志心里乐开了花，顾敬辞帮他弄来了密函，他终于可以在纪福面前扬眉吐气了，甚至还能在小楚面前挺直胸膛。想到小楚，贾志跟顾敬辞道："顾兄，你说往后我若勤奋刻苦。努力做个好官，小楚会不会喜欢上我？"

顾敬辞：……你在做什么春秋大梦？

小楚日后将是一代名医，你算什么东西。

对于完全看不清自我的人，顾敬辞懒得与他废话。

但贾志的目光一直盯着他……他轻飘飘地说出三个字："谁知道。"

察觉到顾敬辞有些不悦，贾志也不知道心底在想什么，忽然道："顾兄，你该不会……"

顾敬辞问："不会什么？"

"……该不会是喜欢小楚吧？"贾志像是如梦初醒，惊道，"毕竟小楚这样美好……我们英雄所见略同，但我先说好，小楚是我先喜欢上的，我绝对不会把她让给……"

"住嘴！"顾敬辞实在懒得听他废话，吼道："不是每个人都像你一样满脑子都是女人。"

从来没见过顾敬辞发火的贾志，一时被顾敬辞吼蒙了。

看着傻傻地站在原地的贾志，顾敬辞深深吸了一口气，再缓缓吐出，待心平气和之后才道："小楚以后喜欢不喜欢你，我不知道。但我知道，你要是一直这么黏着小楚，也许等不到你办了纪福，就会被大风寨的人撵出去了。"

"谁敢！"贾志腰板一挺，硬气地道，"我手里有兵，我带着兵过来的。"

哼。

无能草包。

兵有什么用？

大风寨能打的人那么多，你就那几个兵，真打起来还不够别人塞牙缝。

顾敬辞早知贾志的无能，对贾志想不到这点并不意外，在他的意料之中。他笑了笑："反正我话说到这儿，你照做不照做，自己看着办。"

这是动真格的？

贾志赶紧道："我听你的，绝不再念着小楚了。"

# 第十四章　既来之，则安之

戌时，赵思年往大风寨走。

走到桃园入口处，他看到一个少女正蹦蹦跳跳地取暖。

尽管夜色已深，但能在这么晚还出现在桃园的人，赵思年不用想都知道是谁。

正是隆冬时节，夜里更冷，她出现在这里是怎么回事，也不怕冻坏！

赵思年的脸色沉了几分，疾步朝少女走去。

听到脚步声，楚归薨就回头望。

看到是朝思暮想的人回来了，她迈开腿就朝赵思年奔去。

赵思年的脚步就更快了，一边朝她走，一道道："天黑路滑，你别过来，当心摔着。"

好几天没见赵思年，楚归薨心里想得要命，哪管路滑不滑，只朝他跑得飞快。

结果一不留神，她真滑倒在地。

"摔疼没有？"赵思年也不用走了，直接施了轻功来到楚归薨面前。

赵思年蹲下身子，想先查看她有没有伤着。

但楚归荑一把冲进赵思年的怀里，紧紧搂着赵思年的脖子，头还轻轻蹭着他的肩："表哥，好几天没见到你，我可想你了，特别特别想你。"

赵思年轻轻拍拍她的背，没说话。过了一会儿，他问："刚刚摔疼没有？"

楚归荑摇摇头："雪厚，摔倒了也一点都不疼。"

那就好。

赵思年将楚归荑扶好，解下身上的披风，将小姑娘包裹得严严实实。

"表哥，你这样，我看不见路啦。"

"不用你看，我牵着你走。"说罢，赵思年就牵住了楚归荑的手，继续朝前走，"你马马虎虎的，看不清路，再摔着了，到时候有你受的。"

楚归荑虽然什么都看不见，但身上却越来越暖和。她就这么任由着赵思年牵着她，安安心心地往前走。

咯吱，咯吱。

是赵思年踩在雪上的声音。

在这寂静的桃林里，那脚步声显得异常沉稳有力，让楚归荑感到安心，也感到温暖。

"表哥……我要跟你说个事儿。"楚归荑紧紧抓住赵思年的胳膊。

察觉到怀里的人在紧张，赵思年脚步微微一顿。

为什么紧张？

是出门在外，做错事了？

"表哥，你怎么不走了？"楚归荑从披风里伸出头，想看看赵思年现在是什么表情。

然而，她还没看清，她的头就被赵思年按回了披风里。

赵思年继续朝前走，开口道："无论如何，我也会护着你。"

楚归羮：……倒……倒也没有那么严重。

赵思年太过认真的口吻，叫楚归羮不知道该怎么说下去。

楚归羮的犹豫让赵思年更确信她犯了错，于是便问："你杀人了？"

"没有，没有。"楚归羮赶紧解释，"我就是把官兵带回来了。"

官兵……是他们一直要避开的人。

赵思年脚步一顿，停了下来。

楚归羮敏锐地察觉到赵思年的变化，于是就急着开口："弟兄们都不在寨子里，我实在不知道该怎么办了。外面一定有很多来打我们的人，这要撑到什么时候呢？还有，纪福是我抓来的，而纪园是官，只有官才能治官吧？"

大风寨有规矩，不跟官兵打交道，至于原因，很简单。当今天下，官兵迂腐，凡事只看果，不看因。大风寨依山而建，在官府看来就是占地为王，正因如此，大风寨才选址隐秘，无人知晓。若不是百姓那儿抢无可抢，其他寨子的盗匪也不会搜山搜到他们这里来。

他们不跟盗匪打交道，原因也很简单。那些盗匪的手段低劣卑鄙，没有任何道义可言。今天能屠村，明天就能屠大风寨。在任何没有道义的人眼中，只有利益，无关生死。这种人养不熟，他也不会养。

然而……

"表哥，我知道我坏了大风寨的规矩。如果你要把我赶出大风寨，我也认了。"楚归羮语气里带着几分委屈，也有些难过，"只是……只是无论如何，一定要先把纪福跟纪园弄死……还有那些坏人，也都要死。"

什么死不死的。

她还这么小。

明明应该天真无邪，无忧无虑。

他只想看到她笑，何曾想见她哭。

"表哥……"等了许久也不见赵思年说话，楚归荑就以为赵思年生气了，声音里带了几分哭腔，"等纪家事情一了，我就离开。表哥，我不是故意要坏了大风寨的规矩，我知道你们不相信朝廷，但……朝廷也不是都像纪家那样坏的。"

赵思年轻轻摸了摸她的头，低声道："别哭了，我没怪你。"

他没能给她安稳，让她担惊受怕了。

李鹤说得不错，就算让她衣食无忧，就算对她隐瞒一切，但她聪明玲珑，猜也能猜出大半来。只是他没想到，只说出门玩耍的她，竟然搬来了官兵。

官匪自古势不两立，那些官兵当真是抓纪福的？还是想抓完纪福之后，再来抓他们？

对于未知的事，赵思年有些躁意。他们马上就走到寨子那儿了。城墙周围都有官兵把守。看样子，她带来的官兵还不少。这么多官兵，究竟意欲何为？

"表哥……"

楚归荑从温暖的披风里露出了头，看到了赵思年那张隐隐担忧的脸。这还是她第一次看到正在担忧的赵思年。

她把官兵叫来，让他担心了吗？

她红着眼，眼泪在眼眶里打着转儿。

月光照亮了她的眼泪。月光落在她的眼底，才叫赵思年回过了神。他抬起衣袖，轻轻擦掉她的眼泪："别哭，官兵来了就来了。既来之，则安之。"

"表哥，我以后要是离开大风寨了，还能回来看你吗？"楚归荑吸了吸鼻子。

赵思年没回答她这个问题，却问了另外一个问题："你爹娘都不在身边，你要是离开我，你能去哪儿？”

一席话，叫楚归荑又低下了头。

是啊，爹娘都出门挣钱了，她要是离开大风寨，该怎么活下去呢？

但她坏了大风寨的规矩，大风寨如何容得下她？

本来她以为，表哥疼她爱她，也许看在她是他表妹的分上，能给一点点通融。但表哥的脸色告诉她：这是不可能的，凡事都有个规矩；坏了规矩，就得接受责罚。

以后她就要离开大风寨了……

还要离开表哥了……

一想到要走，楚归荑的眼眶又红了。

赵思年正想劝她，但还没张口，城墙附近的官兵都齐刷刷地往这边冲了过来。

他冷眼一扫，下意识地就要拔剑。楚归荑赶紧按住他的手，带着哭腔提醒："表哥，他们是来抓纪福的。"

不是来抓他的。

赵思年被提醒后，收回了拔剑的那只手。

"让开。"他冷声道。

"你是什么人？"

"我表哥。"楚归荑抢在赵思年之前开口，"他是好人，是好人。"

"楚姑娘，要是好人，你哭什么？"有个官差看到楚归荑脸上还挂着泪珠，立刻拔剑对着赵思年，"你不要欺负我们楚姑娘！她有人保护的。"

赵思年淡淡看了他一眼，没说话。

只是那么一眼，就叫那官差腿脚发软。楚姑娘那么可爱，怎么可能有一个凶神恶煞的表哥，怎么看都不像是亲戚吧？而且两个人根本不像！

但官差只敢心里想，不敢说出来。其他的官差亦如是。

他们围成一个圈，只把赵思年困住，谁都不敢轻举妄动。

大冷天的，小楚已经在外面站了这么久，手脚都冰凉，要是再跟这些人耗下去，小楚要是生病了怎么办？

赵思年看着周围几个人，眉头一蹙，正欲施轻功直接回去。楚归荑就像知道他要干什么一样，挣开了赵思年手，跟那些人说："这是我表哥，真的是我表哥。他是大风寨的少主。你们来，要保护的就是大风寨的人。"

还真的是啊！

楚姑娘用这个口气说话，还真不像是被人威胁的。

仔细确认过之后，那些官兵才主动散开。

赵思年再次用披风把楚归荑包裹住，确定她不会被冻着之后，才牵着她回去了。


大雪夜，北风呼啸。

前有官兵追捕，后有盗匪捕杀。赵思年看着与他一同困在山洞中、身负重伤的众人，眼下已经弹尽粮绝，不过是苟延残喘。

"呸！"赵子沉吐了一口血沫子，擦着刀刃上的血，道，"现在横竖是个死，与其在这里等死，不如出去杀个痛快。"

张达劝道："你别急，眼下还是先留点力气吧。"

徐淳等几个少年呜呜直哭，其中一个号啕道："我们中计了，中了那些官匪的计……他们就是来拿我们充人头，给朝廷交差的。呜哇……明明我们没滥杀无辜，明明我们自力更生，现在倒成了真正的盗匪了。"

"就是啊……"另一个少年也哭着道，"早知道这样，当初我还不如杀些人泄愤。"

"完蛋了，那些盗匪杀过来了。"放哨的人一边往山洞里跑，一边大声道，"还有炮……他们有大炮！"

"那我们还打什么！投降吧。"

"投降？他们就能放过我们吗？"

"为什么要投降？投降不就证明我们滥杀无辜吗？"

"谁要投降，我就先杀了谁！"赵子沉二话不说，先杀了那个最先说投降的人。

其他几个年轻人看见要好的朋友被杀，纷纷举刀冲向赵子沉。

"反了你们！"赵炜高声道，"大风寨有规矩，不准背叛家人，不准窝里斗。赵子沉杀豆子，不该吗？"

庄主一开口，大家都安静了下来。

只有隐隐的哭声。

赵思年看着死去的豆子。他才不过十几岁，来大风寨时，连刀都举不动，现在却躺在地上一动不动了。

大家都没错……想要努力活着的人，有什么错呢？

"思年，你倒是说句话啊。"张达看着沉默不语的人，"现在只有你最能稳定人心，你说句话也好让我们安心啊。"

人心……

什么人心？

不过都是世人眼前的一帮盗匪罢了。

他们狼狈地从大风寨里逃出来，前有官兵，后有盗匪，如今又面临大炮的攻击，无论怎么说，都逃不过一个死。

说来说去都是死，那说与不说，又有什么意义呢？

看着这些与他出生入死的兄弟，赵思年道："事到如今，多说也是无益。我出去与那些人做个交易，用我项上人头，换你们余生安稳……"

赵炜急着打断他："不可！"

"有何不可？"

"为何不可？"

"我看很好……"

大家异口同声。

赵子沉看着赵思年，最后撇过了头。

张达红了眼眶，也默不作声。

事到如今，大家都明白，一个赵思年，能换十几条人命。

赵炜张了张口，很想说些什么，但唇齿张张合合，终究还是保持了沉默。

只有徐淳呜呜地哭："少主，你死后，我会给你立碑的。我会一辈子供奉你的碑……"

赵思年再无多余之言，只缓缓看了众人一眼，之后疾步朝洞外走去。

"我是赵思年，你们的条件我答应了。只要放过大风寨还活着的人，朝廷不管要我背什么罪名，我全都认了。"

山谷里，赵思年的话响彻山谷。

同时回荡的，还有男人们的号啕大哭。

那哭声像狼嚎叫，像鬼哀鸣，似有无穷无尽的冤屈，夹杂着呜呜的风声……

风声太大，一下子惊醒了赵思年。

赵思年猛地从床上坐起来，看了眼漆黑的夜。

原来是个梦……

但那个梦，何以如此逼真，逼真到那些哭声到现在还回荡在耳边？

呼呼……

窗外的风声呼啸，就像那个梦一样。

"十三年之后，你客死异乡，无人收尸。三年后，被天下人唾骂。"

他想起十三年后的自己说的这句话。

在梦里，他为了大风寨仅存的那些弟兄，背上了所有不该承担的罪。尽管他不知道那些罪到底是什么，但能够跟朝廷交换的交易，想来应该不会太少。

这正好应对了那个客死异乡、被万人唾骂的结局。

他问十三年后的自己："那你怎么还活着？"

十三年后的自己回答："因为我有楚归黄。"

当时他觉得荒谬，但现在想来，却有轨迹可寻。

越来越多的盗匪蜂拥而至，如果不是李鹤愿意助他，大风寨岌岌可危。

李鹤曾说，那么多盗匪，为什么不去抢别的地方，只盯着大风寨，怎么看着像商量好的。

盗匪能够团结一心，必是有共同的利益所致。

除了钱之外，一定还有别的东西。

当时他实在想不到还有什么东西能让那些盗匪不顾一切地飞蛾扑火。哪怕每个山洞里都已经堆尸如山，他们还要不依不饶。

然而通过这个梦，他明白了，是自由。

那么多盗匪窝，只有大风寨不偷不抢，独树一帜。他们本来就不是一路人。

这些人一旦有了共同的敌人，自然就最容易联合一起。

而这联合的条件，就是自由。

一旦抓到盗匪们的替罪羊，他们就自由了。

"那你怎么还活着？"

"因为我有楚归黄。"

十三年后的自己的那句话，一直回荡在耳边。

如果没有楚归黄，李鹤就不会来到大风寨，那些官兵也不会出现在这里。

所以是楚归�的出现，改变了大风寨的命运，也改变了他的生死吗？

窗外风声依旧，似鬼哭狼嚎，又似梦里的那些哭声。

想到方才做的那个梦，赵思年再无睡意，竟一直独坐到黎明。

天微微亮时，院子里忽然有人大声说话。

赵思年看了一眼笑口斋的方向，以往这个时候，楚归黄还睡得正香。

赵思年皱着眉头起身，往院子里走去。

院子里，贾志正急得跳脚。身旁的侍卫低声在他耳边道：“大人，您先别急，一切等楚姑娘睡醒再说。”

贾志狠狠地拍了一下那侍卫的头，急得脸都红了：“你在说什么屁话，楚姑娘不是你的人，你自然不急。他说少主就是少主了？你这个没脑子的东西，就没想过那人会威胁楚姑娘？”

“这……”

那侍卫被贾志这么一提醒，也有点拿不定主意了，当下低着头，不敢再吭气。

贾志越想越气，又狠狠打了两下侍卫的头：“让你看个大门都看不住，狗都比你有用。”

“大人，要不……我现在带人过去看看？”那侍卫试探道，“如果那人假冒大风寨少主，说不定……”

“你说谁假冒？”

赵思年声音沉沉，怀抱双肩，居高临下地看着正大声说话的几个人：“你们活腻了？”

听到人声，贾志立刻回头去看，只见来人面色阴沉恐怖。贾志立刻拉过侍卫挡在自己身前，在侍卫身后瞪着来人道：“大胆盗匪，竟敢在本官面前放肆。来人，将他给我拿下！”

贾志话音方落，周围的侍卫立刻拔剑将赵思年围住。

赵思年冷笑一声，也不多言，几招之内便将围住他的人打趴下了。

贾志惊得睁大了双眼，拔出腰上的剑，哆哆嗦嗦地将剑对着赵思年："你……你别过来，我可是朝廷命官。你要是敢对我怎么样，你肯定吃不了兜着走。"

他胆小害怕的模样尽入赵思年眼底，赵思年的眼神充满了不屑："朝廷没人了？就派你这种货色过来？"

贾志正想开口，却听身后有人道："少主息怒，我们大人礼数不周，回头我一定与大人解释清楚，绝不叨扰寨子里的人歇息。"

说着话，顾敬辞朝赵思年深深一拜，充满歉意道："为表歉意，大人定当竭尽心力守护大风寨安全。若有任何闪失，我们提头来见。"

贾志看着礼数有加的顾敬辞，再看看满脸写着"坏蛋"两个字的赵思年，实在想不明白，他们是官差，这个人可是坏人，官差怎么能对坏人行礼道歉呢？贾志张张嘴，正想说话，就见顾敬辞朝他看了过来。

顾敬辞分明没有说话，但那眼神却像会说话似的：你还想不想做官了？要想做官，你就得听我的。

谁不想做官，威风凛凛地扬眉吐气呢？

于是，贾志立刻学着顾敬辞那样，也朝着赵思年深深一拜，还尽量用诚恳的语气道："少主，误会，这一切都是误会，我以为你是盗匪呢。但顾兄刚刚说你是少主，那肯定就不是坏人。"

赵思年并没有因为贾志的道歉就有了好脸色。他冷冷地扫了一眼正躺在地上、被他打得痛苦呻吟的几个官差："我打了你的人，不是坏人，那是什么？"

贾志毫不犹豫地道："是他们得罪少主在先，吃苦头也是活该，是罪有应得。"

"哦？"赵思年的语气微微扬了几分，看向贾志时眼眸半眯，

"我怎么记得，是你让他们将我拿下？"

贾志嘿嘿直笑："所以说，刚刚那都是误会，一切都是误会……"

哼。

赵思年冷哼一声，转身朝自在居走去。

贾志看着赵思年离去的方向，眼睛都看直了。他指着赵思年的背影，结结巴巴地道："顾……顾兄，他竟然跟小楚住得那么近，凭……凭什么啊？"

顾敬辞道："凭他是她的表哥。"

贾志道："是表哥就能住得那么近吗？我还保护小楚呢。没有我，大风寨都要完蛋……"

那个"了"字还没说完，赵思年就忽然回头看向他。

那眼神里，威胁意味明显。似是只要他再多说一句话，赵思年就会让他吃不了兜着走。

贾志立刻伸出双手捂住了嘴，再不敢妄言。

直到赵思年回到自在居以后，贾志才小声嘀咕："他这么凶悍，我看根本不需要被人保护……"

"大人，如果你再学不会察言观色，我看我们都得被少主从大风寨里赶出去了。"对于贾志的草包属性，顾敬辞实在难以忍受，忍不住长叹一声，"到时别说升官发财，只怕朝廷还要追究我们办事不力之责。"

一听到"追究"两个字，贾志立刻就厌了。他将顾敬辞悄悄地拉到角落里，低声问："要是没有我们，纪园的兵肯定立刻就过来了。大风寨现在被其他寨子的盗匪围堵，赵思年不会这么不识抬举吧？"

顾敬辞道："在我眼中，你这耀武扬威、蛮横无理的样子，跟那些盗匪没有什么区别。"

贾志指了指自己的脸："顾兄，你确定说的是我吗？"

顾敬辞不苟言笑、面色严肃地道："你以为我在说笑？"

贾志慌了，一本正经地道："顾兄，我知错了。那……我们接下来该如何做？"

顾敬辞朝他招了招手。

贾志立刻离他近了几分。

顾敬辞微微俯下身，在贾志耳边低语。贾志时不时点着头。

稍后，贾志朝顾敬辞竖起大拇指，佩服道："顾兄，你真是太厉害了。"


晚些时候，贾志与顾敬辞一起去了关押纪福的厢房。

贾志踏入厢房时，一股恶臭扑面而来，比侍卫跟他说的还要难闻……

贾志再看了看放在床榻旁边的屎尿盆子，看来在这里吃喝拉撒的纪福，已经跟犯人没什么区别了。

贾志想到之前纪福对他的轻蔑，再想想自己如今的身份，心中竟然有些得意。他抬脚朝纪福走去，嘴角带着丝丝笑意。

听到脚步声，纪福猛地回头，然而眼前依旧一片漆黑。

纪福的脸上是失望与愤怒：失望的是他的双眼被刺瞎之后，就再也看不到了；愤怒的是那个少女胆大妄为，胆敢将他囚禁在此，并且明知刺瞎他的双眼是罪大恶极，却不带人过来给他看看。

一旦他爹找到他，一定会将那个少女活活折磨至死。

他也一定会活活整死她……

"纪少爷，你还认得我吗？"贾志在厢房里找了一把小板凳，往贾志床跟前一放，坐在了贾志的对面。

过了一会儿，贾志见纪福仍然没有开口，只是用非常疑惑的神色看着前方。

有那么一瞬间，贾志都要以为纪福其实是能看见的。他伸手在纪福面前晃了晃，见纪福一动不动，没有任何反应，才知道纪福脸上的疑惑不是因为看到了他，而是疑惑这个厢房里怎么可能有人过来。

也是，听张桦说，除了给他送菜送饭之外，其他人根本不会进来。

"纪少爷可真是贵人多忘事，都把我忘得一干二净了，但我还记得你呢。"想到昔日他们关系要好，今日却形同陌路，此时就算他在纪福面前开口说话，纪福依旧不辨他的音色，他心里就更堵得慌了。他捏起纪福的下巴，生气地道："你还认识临城的贾志吗？"

"贾志？"之前纪福朝门外吼了太久，以至于一开口，声音沙哑无比，"谁是贾志？"

果然如此！

他就知道，不管在什么时候，纪福都不会说认识他。

毕竟他读书不行，习武不行，不管干什么都不行。

而纪福呢？念书比他好，比他会做人，就连写个字，也比他写得好看。

有的人生下来就注定要飞黄腾达的，而有的人拼死拼活去努力，也比不过别人张张口，动动小指头。

纪福就是那个注定要做官，还是做大官的。所有他能叫得上来的官员，只要提起纪福，都对他赞不绝口。

而他贾志不管做什么，总有人对他不满，总有人明里暗里嘲笑他。

这些他一直都知道，其实一直都知道啊……

但是……

但是！

为什么这个事实，被纪福当面证明的时候，他的心里还是会难受呢？

毕竟他们两个从小一起长大，曾经的关系是那样要好！

他实在想不通，明明他们是好朋友……好朋友之间，为什么要夹杂着世人丑恶的嘴脸呢？

那些阿谀奉承，那些钩心斗角，不应该都冲着外人吗？

贾志看着此时灰头土脸的纪福，心中那点快意与得意都因为纪福的一句"谁是贾志"而烟消云散了。

原来不管纪福得意还是失意，纪福都没有把他当回事啊……

喀！

忽然，顾敬辞轻咳一声。

这一声轻咳，让贾志立刻回过了神。

贾志很快松开了纪福的下巴那，用公事公办的语气道："不认识贾志就好，我还担心你认识他，后面还不好办了。"

"什么不好办？"纪福沙哑地问道。

"这你无须知道。"贾志站起身，居高临下地看着纪福，用轻蔑的口吻道，"从现在开始起，本官问你什么，你便回答什么。若有半个字虚假，本官定当从严发落，听清楚了吗？"

纪福虽然看不到，但他听得一清二楚。

他听见来人用审问犯人的口气与他说话。

这种口气他实在太熟悉了。他爹纪园在审问犯人时候的口气，与这如出一辙。

然而，谁敢查他呢？

他爹可是源城知府，日后可是要升至太仆少卿的！

放眼铭山的所有地方官员，有谁不知他爹官途坦荡，他也平步青云？

谁敢审问他？谁敢用审问犯人的语气审问他……

"听清楚没有？"贾志怒吼一声。

纪福缓缓从床上爬起来，他的双眼看向什么都看不见的前方："你是谁？"

贾志道："奉旨查办你的人。"

"胡说。"纪福像是听到了笑话，还笑出了声，"你知道我是谁吗？就说要查办我。"

"想想看，你为什么会到这里？"听到纪福嘲讽的笑，贾志也学着他那般嘲讽地笑，"纪福，你以为你犯的罪还少吗？"

他为什么会到这里？

这不是因为他当街打了李炆之，那个少女气不过，所以刺瞎了他的双眼，之后还将他一顿毒打。

那少女为了怕他日后报复，所以将他囚禁在此。

囚禁……

纪福恍然大悟，眼前说话的人，跟那个少女是一伙儿的。

他立刻掀起被子蒙在自己头上，快速缩进角落里，哆哆嗦嗦地道："你出去。"

贾志非但不出去，还将纪福身上的被子一把掀开。他质问："去年七月十三，有个商贩无意间撞到了你，你一怒之下，将商贩一家五口全部杀光，有没有此事？"

纪福否认："没有。"

贾志又问："去年九月赛马，你因为输了比赛，就在赛马场上把前三名男子通通打死，有没有此事？"

纪福又否认："没有。"

"很好，很好。"贾志拍手大笑。果然如顾敬辞说的一模一样，如果没有人证、物证，这个纪福绝对会死不认账，还好他现在什么都有。

他再问贾志："今年十月初九，你看上源城一名为苏清淑的女子，便下药将她迷晕，行了不轨之事，为息事宁人，你就想将她纳为妾，哪知她是个烈女子，宁死不从，偷偷跑去临城状告你的恶行。此事，你知不知？"

"胡说八道！"纪福呸了一声，"我是堂堂纪少爷，想要什么姑娘没有，会用强的？一定是有人看我仕途坦荡，想诬陷于我。"

"为了查你，以上罪行我皆有人证、物证，就连被你打死的人，我都从坟墓里一一挖出来验了尸。尸骨的伤痕与死者家属、在场证人说的如出一辙。即便这样，你还想抵赖？"贾志一把抓起纪福的衣领，恨不得一巴掌打死纪福。

虽然他也混蛋，但他从来不敢杀人，也不敢强迫别人。

而纪福所做的每件事，都是要命的事。

而且他还死不悔改！

"纪福，你倒是说句话啊。哑巴了？"贾志使劲摇晃着纪福。

尽管贾志说的全都是事实，但验尸流程复杂，收取人证线索又耗时耗力，这个说是来查他的人只不过是要要嘴皮子功夫。他说得如此轻巧，多半是来诈他的罢了。

要知道，现在可是大冬天，有哪个官员会大冬天来查案子？

纪福只是慌了那么一下，很快就安下心来。他道："你说你是来查我的，但口说无凭，我凭什么相信你。轻描淡写两句话，就能证明你的身份了？"

贾志没有料到纪福会这样说，回头看了一眼顾敬辞，询问顾敬辞他现在该怎么办。

这时候，顾敬辞开口了："贾大人手中有密函，而你现在双目失明，看不到密函。"

"哈哈……"

纪福放声大笑。此时此刻，他忽然觉得失明也并非都是坏事，高声道："是啊，你们说是密函，那就是密函了？我总得亲眼确认才知真假。"

贾志气得要跳脚，这狗东西，死到临头还在狡辩。他当初真是瞎了狗眼，竟然和这个无赖做朋友！

贾志再次看向顾敬辞。他对付不了这癞皮狗，但他的顾兄一定可以。

顾敬辞的唇角微微扬了扬，轻声道："纪少爷所言不错，你看不到密函，的确会对我们产生怀疑。况且我们出现在这里，你也会怀疑我们跟那少女是一伙的。"

"没错，你们就是跟她一伙的！"纪福像是抓住了对方的弱点，咬住这点继续道，"你当我为什么眼瞎了，就是那少女刺的。你们看到我满身的伤痕了吗？也是那少女打的。她在街上打了我这么久，只要是个人都知道。你们若真是官差，就去查一查！"

这还用查？明明是你先打人在先，楚归夔怕她的老师被你活活打死，才出手救人。

这分明是一个英雄的举动，被你这狗嘴一说，就变成楚归夔是犯人了。

真是狗嘴里吐不出象牙。

要不是他了解楚归夔是什么人，还真就被能说会道的纪福给骗了！

贾志打心底瞧不起这种敢做不敢认的人，把纪福鄙视了一万遍。

只是，贾志明明知道纪福这厮的嘴里没一句实话，但该演的戏，还是得配合着演下去。

"我们当然是官差，而且我跟你说了，我们已经搜集了所有证据，但你现在不信，我能有什么办法。"面对无赖的纪福，贾志真想强行逼着纪福签字画押认罪，但顾敬辞提前跟他说了对付纪福的办法，所以他只能按照顾敬辞说的去做。他无奈地道："要不这样，你找个你信任的人来，我们当面对质，你看如何？"

"真的？"纪福有几分怀疑，"你不后悔？"

贾志不答反问："本官办事向来讲究让对方心悦诚服，何来后悔一说。"

纪福心中大喜，他爹要是能来，他就有办法出去了。

只要他能出去，先不说那少女，就连眼前这两个吓唬他的人，日后也未必有什么好下场！

仅仅是这么想想，纪福心中就快意了不少。

他们不是自称"大人"吗？

那他就喊他们一声大人。

他先委曲求全，让他们痛快，以达到他的目的——请他爹出山。

这些日子以来他所受的屈辱、苦难，来日一并加倍偿还。

纪福心中在笑，面上却是言辞诚恳："二位大人，我也不是不相信你们，只是那些罪名无端加在我的身上，还个个都是死罪。如今的我，正是春风得意马蹄疾，怎么可能傻到去杀人？一定是有人眼红我，所以才把罪名都安在我身上。我要见我爹，我爹最了解我。"

果然如顾敬辞说的一模一样。

听完纪福的话，贾志一边忍不住朝顾敬辞竖起了大拇指，一边与纪福严肃地道："若是你爹在你面前承认你所犯下的罪行，你会如何？"

纪福想也不想地说："我会签字画押，承认一切。"

"好！"贾志高声道，"你且记住今日之言，若日后再在本官面前狡辩，就别怪本官无情了。"

"大人放心，我男子汉大丈夫，一言既出，驷马难追。"纪福立刻指天发誓，"若违背誓言，就叫我不得好死。"

听到纪福说"男子汉大丈夫"的时候，贾志忍不住翻了翻白眼，不过最后那一句"不得好死"倒是真的。

就纪福现在这些罪名，除了不得好死，他实在想不到纪福还能有什么其他下场。

贾志暗自腹诽，面上却不动声色地道："今日的审讯到此为止，你好好休息吧。"

说罢，贾志起身就要离开。

纪福却顺着贾志说话的声音抓住了他，问："大人，为何不给我松开？"

"松开？"贾志觉得纪福这个问题很奇怪，疑惑道，"你爹是源城知府……没吃过猪肉，你还没见过猪跑吗？你何曾见过官差给罪犯松绑？"

听到"罪犯"二字，纪福的脸色就变得阴沉沉的，但他很快就是一笑，试图跟贾志讲道理："大人，我刚刚说了，那些莫须有的罪名，是别人诬陷我的。我日后一定会沉冤得雪……"

"那就等日后再说吧。"贾志狠狠地挣开了纪福的那只手。末了，他还用帕子使劲擦了擦，仿佛被什么肮脏至极的东西给碰到了。

"大人，我爹是纪园纪大人。"察觉贾志是铁了心让他继续困在这里，他终于急了，"想必你一定听过吧？"

"何止听过，可以说是耳熟能详。"贾志笑了笑，"听闻他要升官了。"

"是的，他要升为太仆少卿了。"纪福双手朝前摸索着，想要摸到贾志，但摸了半天，双手依旧在空中挥舞，只好垂下了双手。他晃动着脚上的锁链，用锁链敲打着木板硬床，发出清脆的撞击声。

贾志就站在纪福的身边，静静看着纪福发疯。

"大人，大人，你听见了吗？"纪福的语气也变得有些急切了。

贾志明知故问："听见什么？"

纪福更急了："锁链，锁链声。"

贾志再问："本官耳朵好着呢，你到底想说什么？"

"我爹日后可是太仆少卿啊，大人。"纪福更用力地晃着双腿，像是暗示着贾志什么，"我是纪园的儿子，大人，我……"

"你到底想说什么？"贾志有些烦躁地道，"本官琐事缠身，你要是再不说到底要干什么，我可就走了。"

纪福急得脸都红了，也更加使劲地摇晃着双腿，锁链拍在他的腿上，就又添了几处新伤。他却浑然不顾，只沙哑地嘶吼："大人，我是纪园的儿子，我爹以后可是太仆少卿……"

"本官很忙。"贾志的耐心已经全部用尽。他抬脚往外走去，边走边道："啰里啰唆她说个半天，也不说到底想要干什么，浪费我的精力。"

浪费他的精力？

纪福的脸色差到极致，像是听到了天大的笑话。他说了这么多，这个自称大人的人，怎么就是听不懂。

他是真的听不懂，还是在跟他装蒜？

这世上怎么会有如此不识时务的官员？

厢房里的脚步声渐行渐远，纪福知道，那两个人快要离开了。

要是他们走了，他们什么时候还能再过来呢？

纪福朝着门口大喊："大人……大人请留步。"

贾志回头，看着一脸快要急哭了的人："跟你说了，本官很忙……"

"大人，我脖子上有块玉佩。"纪福打断贾志道，"那玉佩是我爹亲手给我戴上的，还请大人将玉佩亲手交到我爹手里。我爹若是看到玉佩，一定会亲自来接我回府。"

贾志恍然大悟："方才你啰唆半天，就是想让本官给你爹送那块玉佩？"

纪福：……妈的，老子是想让你看在我爹就要升官的面子上，给老子解开锁链啊！

纪福快要被这个人逼疯了。他暗示半晌无用，但这暗示偏偏又不好明说……他笑得比哭还要难看："是……是啊。"

贾志再次恍然大悟："虽然你现在数罪在身，但这等小事，本官还是愿意满足你。毕竟本官心胸豁达，也很亲民。"

说着话，贾志就朝纪福走去。取下玉佩后，贾志还贴心地问："你还有什么话要与你爹交代？"

纪福道："只要大人如实将我现在情形告诉我爹，我就感激不尽了。"

感激不尽？你心里现在只怕把我骂成孙子了吧！

贾志只当看不出纪福心中所想，道："放心吧，本官做事向来讲究诚信二字，会跟纪大人说明情况的。"

"有劳大人了。"纪福咬牙说出这几个字，便重新躺下了，面壁沉默，再不说任何一句话。

纪福这想发火又不能发火的模样，贾志还是头一回见。

想那纪福风光之时，身旁多少人围着他转。他想生气便生气，想嬉笑怒骂就嬉笑怒骂。旁人只敢赔笑，谁敢有半分抱怨？曾经的风光却变成了现在的猪狗不如……

这急遽的变化，让贾志既快意又唏嘘。快意的是恶人终有报应了，唏嘘的是富贵命原来也有巨大变数。

看来，人如果坏事做多，再富贵的命，也能说弄死就弄死。

走出了厢房，贾志就跟顾敬辞感慨道："顾兄，连纪福那么厉害聪明的人都难有好下场，看来权势未必是个好东西。"

顾敬辞有些意外这草包竟然能说出这种话，不由得多问了一句："贾兄何出此言？"

贾志发自内心道："纪福若是寻常人家，哪敢杀那么多人，又哪会知法犯法？如今我自报家门，说要查他，他还在胡编乱造，不就是因为仗着自己有权有势吗？"

顾敬辞点点头："的确如此。"

太好了，他的顾兄也是这样看的。难得顾兄跟他想到一块儿去了！贾志继续道："顾兄，我也是身在权势之家，虽不如纪福那般权势，但道理总是一样的，对不对？"

顾敬辞停下了脚步，缓缓回身，与贾志面对面："贾兄，你为何从纪家想到了你家？"

想到纪福今日猪狗不如的模样，贾志心里其实是有些后怕的。他由衷地道："纪家一除，我是要当大官的。我就是怕以后自己的权势变大了，威望变高了，也会像纪福那样做些伤天害理之事。现在因为贾家的威望跟权势都不够，我是小打小闹、行些小坏，但日后我……"

"贾兄是怕以后位高权重，会无视律法，滥杀无辜吗？"贾志说了半天也没说完，顾敬辞只好为他道出。

"对，对，是这个意思。"贾志摸了摸头，咧嘴一笑，"顾兄，还是你厉害，三言两语就说出我想说的。"

那还不是因为你笨。

顾敬辞看破不说破，而是道："顾兄放心，你不会杀人的。"

"顾兄竟如此看得起我。"贾志心中感动不已。

顾敬辞道："不是看得起你，是知道你没那个胆子……"

"呜哇……"贾志装作很受伤的模样，开始抹眼泪，"顾兄你如此瞧不起我……"

"树上君子看了半天好戏，不知这出戏演得……你可还满意？"赶在贾志继续丢人现眼之前，顾敬辞适时开口提醒贾志。

听到树上有人，贾志才猛地抬头看去。

这一看，贾志才发现，那个看起来像坏人的赵思年正怀抱双肩，一直看着他们。

不知道赵思年看了多久，也不知道他说的话，那个赵思年听到了多少。

贾志叉着腰，对着树上大吼："你这人不行啊，为什么要偷听我们说话呢？"

赵思年懒得与贾志对话，只是看着顾敬辞道："惹了纪福，相当于得罪纪家，你不怕？"

顾敬辞唇角微微一扬，愉悦地道："你也惹了纪福，已经得罪了纪家，你不怕？"

赵思年沉声道："大风寨本来就从一无所有开始，大不了我们再一无所有，可……你们不一样。"

顾敬辞笑意更深："少主怎么知道大风寨会一无所有呢？"

发现对方话里有话，赵思年不由得深深看了一眼树下说话的少年。

那年轻男子白衣胜雪，眼眸黑亮。

这个叫作顾敬辞的少年，并不简单……

意识到这一点，赵思年谨慎地开口："你们是官，我不跟你们打交道。既然找到了纪福，你们就快点离开……"

"离开？"贾志终于忍不住开口，"我们为什么要离开？大风寨危机四伏，那么多盗匪都在围攻你们。我们要是走了，谁来保护你们？"

"官兵保护盗匪？"赵思年似是听到了笑话，讽刺地道，"贾志，你当我傻，还是你真的傻？"

贾志一噎，气得差点跳脚。

这是小楚的表哥。

这是小楚的表哥！

这是小楚的表哥啊！

贾志在心里一再这样劝慰自己：对小楚的家人好一些，小楚就会对他好一些。

"树上这位少主，我这人是不够聪明，以前也干了不少缺德事，为此没少被我爹揍。但我从良了。"说到"从良"二字，贾志的语气里带着几分自豪，"我以后是要当大官的，所以绝不能再做坏事了。"

还有人自揭过去老底……

赵思年就算没跟官府打交道，也知道很多官员向来只往好里说，这样才能做更大的官，得到更多的权势。

就连那些强盗土匪都知道：老底被人揭开，一定会被人笑话跟不齿。

但这草包丝毫不介意……

"少主，纪福那人曾经是我朋友。"贾志仰头看赵思年，仰得脖子都疼了，不停地捏着脖子来缓解酸疼，"想必你也知道，权势害人不浅……"

赵思年打断了贾志："你想说什么，不妨直言。"

贾志道："所以我要当好官，专门去抓那些坏官。这样，像你这样的好人，也不用躲在铭山里了。"

当好官？

现在是什么时候？竟然还有心思这样简单的人。

赵思年眼底带着几分怀疑，问："大风寨可是天下人嘴里的土匪窝，你居然说土匪窝里的人是好人？"

"没认识小楚之前，我是觉得大风寨里没一个好东西，但是现在我不这样认为了。"提到楚归羹，贾志的眼睛都在发光。说着说着，他还笑了："小楚给我看了大风寨的账本，还带我看了大风寨每一个厢房、每一寸土地。我知道你们自力更生、不偷不抢，还知道你们把半路从强盗手里抢来的钱财，最后都如数送到了知府门口。"

"那些送到知府门口的钱财，最后都被你们这样的官员……瓜分了。"赵思年明嘲暗讽，"官员发现不明钱财，首先不是告示众人，而是想着怎么瓜分，想来也真是有趣。"

虽然赵思年没有说贾志，但不知怎么，贾志觉得有些丢人。他摸了摸鼻子，有些不好意思。

顾敬辞朝赵思年拜了一拜，诚恳地道："我们也知道那些官员丢人至极，奈何时日久远，也无确凿证据能够证明他们瓜分了他人钱财……这才束手无策。但往后……"

"束手无策……不是因为你们都是一路人？"赵思年打断了顾敬辞。这人斯文有礼，看起来文质彬彬，却是这二人里主意最多的。赵思年道："你们二人一唱一和，一人人前为官，一人幕后出力。我不管你们打什么主意，但大风寨容不下你们……"

"少主，我们做个交易吧。"顾敬辞拿出纪福的玉佩，既然无论说什么赵思年都不会相信，那他也无须多言。他高举纪福的玉佩，跟赵思年道："这块玉佩由你送往纪府，作为护送官员，贾大人与你一同前往。"

不是他跟着去？

赵思年看着高举玉佩的顾敬辞，问："此话当真？"

顾敬辞颔首："自然当真。"

"好。"赵思年纵身一跃，跳下老树，转瞬来到顾敬辞身旁，将顾敬辞手中的玉佩塞进怀中，"今日吃过午饭，我们便动身前往纪府。"

说罢，赵思年便头也不回地离开了。

贾志看着赵思年的背影，处在一脸蒙的状态。这三言两语怎么就拍板儿了？贾志完全摸不清情况，只好回头看向顾敬辞。

"顾兄，那个赵思年好凶，我怕他对我不利。"贾志一想到赵思年阴沉沉的脸，就有些害怕，"而且他还会武功，万一……"

"我们就驻扎在大风寨，他怎么会对你动手。"顾敬辞打断了贾志的喋喋不休。他知道贾志未曾独自办过大事，跟贾志交代："纪园已经勾结盗匪，此番前去请他，我担心他会将你扣留做人质，以此交换纪福，这才让赵思年跟你一同前去。"

原来是为了保护他啊。

还是顾兄想得周全，贾志瞬间就不讨厌赵思年了，嘴里还道："顾兄，你一定要帮我把纪园那些王八蛋全部定罪。这些不要脸的东西，把我们当官的名声都败坏了。"

"放心吧。"顾敬辞又与贾志仔细道，"为了顺利进入纪府，你带一百个官兵，与赵思年一同前往。进了府衙，你什么也别说，什么也别做，赵思年会为你做好一切。"

真的吗？

他怎么不太相信呢！

那个赵思年看起来高傲又凶悍，会帮他做事？

贾志刚想这么问，顾敬辞先他开口："纪家不除，大风寨就永远都不会安宁。所以，除掉纪家的心情，赵思年比你我更加迫切。"

所以，赵思年去纪府也不是帮他，而是为了大风寨。

那为何顾敬辞刚刚又说赵思年会为他做好一切？

贾志本来觉得自己明白了，但现在听顾敬辞这么一说，他又感觉自己好像什么都不明白了。

想到自己即将要跟赵思年一同出门办事，贾志的心里就有些没底。他转头看着面色沉稳的顾敬辞："顾兄，我现在是一头雾水，你能不能跟我再说清楚一些。"

"你现在只需要一头雾水。"顾敬辞拍拍贾志的肩，"越一头雾水，赵思年就越不会对你起防备之心。"

今天顾兄说话怎么这样奇怪，奇怪到他思来想去都想不明白。贾志满脸都是疑问："顾兄，你越说我越没底了。"

就贾志这头脑简单的愚笨模样，就算顾敬辞说个一天一夜，他都不会明白。顾敬辞深知贾志心性，也不再与他多言，而是转身看向关押纪福的厢房，负手而立，道："你有没有底不重要，重要的是……只要你听我的，往后你只会平步青云，升官发财。"

连密函都能弄到手的人，还有什么是做不到的呢？

贾志在顾敬辞身边笑得跟花儿一样："顾兄，你就放心吧，日后你让我向东，我绝不会往西。你让我大笑，我绝不会假哭。"

# 第十五章　表哥，你真好

笑口斋里，楚归黄正做着美梦。

赵思年坐在楚归黄床沿，看着她因为美梦而笑起来的模样，他那素日来阴沉沉的脸，竟慢慢缓和了不少。

梦里，楚归黄梦到纪福对着她磕头求饶。他一边求饶，一边大哭："女侠饶命，女侠饶命啊。我再也不敢欺负人了。我错了，我真的错了。"

楚归黄一巴掌拍上纪福的脸，大声骂他："你个狗东西！"

这一打，再一大声骂，她就自己给自己骂醒了。

她揉了揉眼，咂吧了两下嘴。

原来是梦啊。

那个梦……纪福求她的样子，真的好过瘾。

"你在骂谁？"

身旁的人忽然开口，楚归黄才发现，赵思年竟然过来了。

而且他的脸上……还有个巴掌印子。

这是……被打了？

"表哥，谁打你了！谁敢打你！"楚归黄立刻睡意全无，刺溜一下从床上爬起来。

原本还瞌睡的人，只不过看他脸上有个巴掌印子，就被吓醒了……赵思年唇角微弯："被猫儿抓了一下。"

"猫儿？"楚归羡朝四周看了看，连个猫的影儿都没瞧见。

"小猫睡着了，睡着之后做了个梦，梦里许是正在打人，于是这个小猫就伸手打人……"

"表哥……表哥你别说了。"楚归羡羞得脸一下子就红了。生怕赵思年再开口，她连忙道歉："我不是故意的，对不起，对不起。"

比起她的道歉，他更喜欢看她因羞愤而红扑扑的小脸。

半晌过去，楚归羡才重新开了口："表哥，疼不疼？"

赵思年微微摇头。

楚归羡甜甜一笑："表哥，你真好。我把官兵引来，你非但不生我的气，还过来陪我。而且……我不小心打了你，你也不跟我计较。表哥，你这么疼我，我这辈子都不会辜负你的。"

绝不会辜负他……

赵思年看着楚归羡。她眼里的真诚跟感激，他看得真真切切。

也不知怎么，他无端想到昨夜做的那个梦。

梦里大风寨的弟兄们死的死，散的散。最后，他走出山洞，背负所有骂名……

"小楚，若是有一天，我被天下人辱骂，你会如何？"这一刻，赵思年忽然想知道楚归羡会怎样做。

"不会有那一天的。"楚归羡不假思索地道，"若是有人骂你，那对方一定是坏人。坏人很难活长久的，你看纪福不就是个最好的证明嘛！还有纪家，纪家马上就要倒台了。"

赵思年道："我是说如果，如果天下人都在骂我，而且那个时候我已经死了，你会给我立碑吗？你会供奉我的碑吗？"

今天的表哥说话好奇怪啊。

楚归羡伸手摸了摸赵思年的额头。

咦？不烫呀，看来没生病。

"表哥，你怎么了？"楚归荑的语气里尽是不解。

赵思年仍旧在想那个梦。梦里，大家要么都支持他以一人换十几条人命，要么保持沉默，只有徐淳哭哭啼啼地说着要给他立碑。他执着于梦境，低声问："小楚，你会给我立碑吗？会供奉我的碑吗？"

虽然楚归荑不知道赵思年怎么忽然说这样悲伤的话，但她还是遵从内心的想法。她伸出双手，轻轻抱住了赵思年，坚定地道："我们是家人，我绝不允许你含冤而死。如果有人要杀你，也要从我身上踏过去。"

"如果最后是我先死，你会……"

"表哥。"楚归荑有些生气了，"你不会先死的。就算是死，你也是寿终正寝。我们之间要是一定谁先死去，那先死的人一定是我……"

"别说了。"赵思年低声道，"那些不吉利的话，我们谁都别说了。"

他做的不过是个梦，而十三年后的赵思年与他说的都是事实。

那时候跌落悬崖的赵思年还穿着成婚时的衣裳，口口声声要他去救楚归荑，可见十三年后的楚归荑是凶多吉少。

也许那个时候，十三年后的楚归荑已经死了。

思及此，赵思年紧紧抱住了楚归荑："我们谁都不会死。那些晦气的话，往后谁都不许再提。"

赵思年抱住楚归荑的力气太大，大到楚归荑快要不能呼吸了。但她什么话都没说，只是学着他那般模样，亦紧紧抱住了他。

尽管赵思年没再说什么话，但楚归荑就是知道，现在的表哥很不开心。

是因为她引来的官兵吗？

因为官兵出现在大风寨，所以让表哥觉得活不长了，不但活不长，还会背负千古骂名？

　　由于赵思年什么也不说，导致楚归黉只能胡乱猜测。她轻轻拍着赵思年的背，像个大人一样安抚赵思年："表哥，你不要担心。我叫来的那些官兵，是要对付纪家的。而且，他们完全相信大风寨里都是好人。"

　　今日，顾敬辞与他坦诚相见，叫赵思年心中消去大半疑虑。再加上顾敬辞送他一个无脑草包一同去往纪府，其中意味再明显不过。若是再不懂他们目的，就枉费他活了这么多年。

　　这些官兵的目的是纪家，不是大风寨。

　　赵思年轻轻揉了揉楚归黉的头，低声道："我知道。"

　　"所以，表哥，你就不要再忧虑了。"楚归黉朝赵思年甜甜一笑，"我们的好日子很快就会回来了。"

　　"嗯。"她的笑于赵思年来说，是春日和煦的日光，是人间的四月天。他温声道："等吃过午饭，我去城里一趟。你有什么想吃的，我给你带回来。"

　　若是以前，楚归黉肯定会说一大堆想吃的东西，但今日赵思年不开心，她实在舍不得让他再劳累奔波。于是她道："表哥，寨子里什么都有，我什么也不要。办完事你就早些回来，我想早点见到你。"

　　只要跟他在一起，她就会想尽办法让他开心起来的！

　　赵思年一眼看穿她心中所想，目光变得更加柔和了……

　　午时，饱腹厅里坐了许多人。

　　这是许久未曾出现的热闹。

　　楚归黉瞧着几十张坐满了官兵的桌子，一时有些惆怅。她双手托腮，自言自语："要是大风寨的弟兄们回来就好了。好久没见到他们，也不知道他们过得怎么样。"

　　她话音方落，坐在左边的贾志就赶紧开口："除了几个受重伤的人，其他人都还好着呢。如果不出意外的话，下午他们就应该都能回来了。”

"真的？"楚归薁回头看向赵思年。

"嗯。"赵思年应了一声，给楚归薁夹了一个鸡腿。

楚归薁一下子笑容满脸，拿起筷子，也给赵思年夹了一个鸡腿，然后兴冲冲地吃了起来。

贾志：……

美人妹妹，回答你的人是我，是我！是我啊！！

"小楚，这个好吃，你也吃一个。"贾志拿起筷子，准备给楚归薁夹一块红烧肉。

在那块红烧肉还没落到楚归薁碗里之前，楚归薁便开口道："你筷子上有口水，我不吃你夹的肉。"

贾志：……

美人妹妹，你要这么说，我就不乐意听了。我筷子上有口水，那赵思年筷子上也有口水啊，你不吃我夹的肉，为什么要吃赵思年夹的鸡腿？

贾志内心很受伤，这受伤全都表现在脸上了。

赵思年冷光一扫，问贾志："你跟小楚，是什么关系？"

贾志刚想说自己喜欢小楚，但觉得现在自己还没把纪家整垮，这么冒失地说喜欢，会叫赵思年觉得他轻浮。于是他道："我们是朋友。"

楚归薁咽下嘴里的鸡肉之后，立刻纠正贾志："现在还不是朋友。"

贾志：……

他心中又闷又不快，脑袋耷拉了下去，但他很快就看向了正安静吃饭的顾敬辞。他指着顾敬辞那张好看得不像话的脸道："小楚，顾兄是你的朋友吗？"

楚归荑点点头："是的。"

贾志已经彻底不想说话了。

本来他以为，他与顾敬辞认识楚归荑的时日差不多，既然他成不了小楚的朋友，那顾敬辞同样也成不了。

好歹他能跟顾兄一起，也不算太丢人。

然而事实并非如此，真相着实让人难受。

贾志不服气，也想明白为什么。他问："我什么时候才能跟你成为朋友？"

楚归荑道："当你成为好人之后吧。"

"我现在还不是好人？"贾志不解，"我对付坏人，难道不能叫作好人？"

"你对付纪福，难道不是因为你本身就看不惯纪福？"楚归荑慢悠悠地吐出这句话。

这么说是没错，但如果不是因为你被纪福欺负，我再看不惯，也不会出手啊。

贾志正想这么说，就忽然被顾敬辞看了一眼。

被这么一看，贾志就猛地想起来顾敬辞之前与他说的话：他不能在赵思年面前太黏着小楚，否则会被大风寨的人撵出去。于是，他只好闷头吃饭。

"小楚，安静吃饭。"赵思年沉声道。

"哦……"楚归荑不再说话了，只乖乖地吃饭。

吃过饭，楚归荑本来要送赵思年出门的，但赵思年让她在房里好好待着，说外面冷，要是冻病了可不好。

楚归荑只好趴在窗子边，目送他们离开。

二人话别时，顾敬辞已将所有人叫到了门外。贾志在饱腹厅外看着映在窗子里的两个人，忍不住啧啧两声，跟顾敬辞道："赵思年可真凶，对着那么可爱美丽的小楚，都是一副凶巴巴的样子。小楚这个表妹当得可真可怜。"

顾敬辞：……

他抬脚往远处走了。

"哎？哎！顾兄，你去哪儿啊。"见顾敬辞离开，贾志赶紧抬脚跟上。

顾敬辞的脚步却是更快了，头也不回："有些事情，我要单独想一想。"

贾志在他身后问："等一下我就要走了，顾兄你不送我一程吗？"

送……个鬼！

顾敬辞连回都懒得回他，直接掉头往自己暂住的厢房走。


与楚归冀道别后，赵思年就大步朝外走去。

贾志站在原地等着赵思年，看到赵思年走过来，就朝他亲切地笑了笑。他正想跟他说话，可赵思年直接略过他朝前走了。

贾志：……我好歹是帮你的人啊，你这么对待恩人，像话吗？

贾志很想这么说，但他一想到赵思年那张死人脸，就没胆子说了，只一路小跑着追上赵思年。他努力地忘掉赵思年那张死人脸，尽力在想他的美人妹妹。

身后众官兵看着拿热脸贴赵思年冷屁股的贾志，惊讶地睁大了眼：这还是他们认识的贾公子吗？还是那个一言不合就开骂的贾公子吗？

众人浩浩荡荡地穿过了桃花林。赵思年忽然看到桃林入口处摆放着几门大炮，脚步微微一顿，视线落在那几门大炮上。


"完蛋了，那些盗匪杀过来了。"放哨的人一边往山洞里跑，一边大声道，"还有炮……他们有大炮！"

"那我们还打什么！投降吧。"

"投降？他们就能放过我们吗？"

"为什么要投降？投降不就证明我们滥杀无辜吗？"


那个逼真的梦，又在赵思年的眼前浮现了。

不，确切地说，那个梦，应该叫作未来。

原本应该放在山腰里的大炮，此时却停放在了大风寨附近。

它们本该对准狼狈逃生的弟兄们，此时却朝向了那些互相勾结的官匪。

"少主，你看这些大炮厉害吧？"贾志以为赵思年没见过大炮，就得意扬扬地道，"知道那些人不好对付，我专门调来了大炮，就是为了好好保护你们。"

保护他们……

未来正在被改变。

而改变的原因，是楚归黉。

想到楚归黉，赵思年就回头看了一眼饱腹厅的方向。

片刻之后，他继续朝前走去。

贾志：……你这个人好没礼貌，竟然完全不把我放在眼里。

贾志心里有一万句脏话想说出口，但想想赵思年那阴沉恐怖的脸，他立刻就换了亲和的笑容。

罢了，大人不计小人过，宰相肚里能撑船。

日后他可是要当大官的，还撑不下一个赵思年吗？


酉时，大风寨的弟兄们果然都回来了。

楚归黉亲自去大门迎接他们。

大家都衣着光鲜，脸上洋溢着笑容。

虽然大家脸上都有伤，可是都很体面、很干净地回来了。

与大家分离太久，楚归荑一下子见到这么多人，眼眶变得红彤彤的。

赵炜跟赵子沉他们从来没见楚归荑这般难过，当下就看向楚归荑身旁的顾敬辞，一脸凶相地质问他是不是欺负楚归荑。

顾敬辞笑着解释：这么漂亮可爱的妹妹，他细心呵护都来不及，怎么舍得欺负呢？

尽管顾敬辞说得真心实意，但在赵炜他们看来，这顾敬辞毕竟是官府的人——官府的人，怎么信得过！

赵炜看着楚归荑，要她给个说法。

楚归荑怕大风寨的人与官府心生嫌隙，只好老实开口，说她太久没有见到大家，现在好不容易看到了人，心里很感动，这一感动，就想哭鼻子了。

这也能哭！

赵炜忍不住叹了口气，说她是傻丫头，还说身为大风寨的人，不该轻易哭鼻子。

话是这么说，但赵炜一脸宠溺地从怀里掏出一袋蜜饯。

楚归荑低头看着赵炜手上的袋子，里面装的是她最爱吃的杏仁蜜饯。

他出门在外这么久，如今回来，还没好好休息，就先给她拿来了好吃的……

她的眼眶更红了。

顾敬辞见了，赶紧举手投降，轻声哄劝："小楚，你要是再这样，你们大风寨的人肯定以为我欺负你了。"

听见顾敬辞这样说，楚归荑连忙揉了一把自己的脸，强迫自己打起精神，笑着跟大家一起进了寨子。

知道大家都负了伤，楚归荑就跟柳凤一起忙着制药。因为受伤人

数太多，大风寨存放的药材已经不够用了，楚归黉又请顾敬辞差官兵
去外面买。

如今大风寨已被官兵层层保护起来，通往城里的交通要道，每处
都有官兵把守。在盗匪围攻之地，多门大炮被送上了前线。

外面时不时传来炮轰声，响彻寨子里的每一个角落。

顾敬辞就坐在楚归黉的身边晒太阳，顺便看看楚归黉怎么制药。

"小楚，外面打打杀杀的，你不害怕？"楚归黉实在太专注，
专注到完全忽略了身旁还有个顾敬辞。这叫顾敬辞忍不住想引起她的
注意。

谁知楚归黉满心都在制药上，非但没有看他一眼，连手上的动作
都没停。她道："在这样的特殊阶段，这样的打打杀杀反而叫我心里
踏实。"

顾敬辞微微笑了一笑："小楚，你不该在大风寨。"

"那我该在哪里？"

该在鸟语花香之地，该在太平安宁之地。你这双手，将来要医天
下人。你这颗心，将来要装天下人。

这小小的大风寨，就算现在挺过这场灾难，但日后仍然后患无
穷。朝廷会放着大风寨一直无人管吗？就算朝廷可以视而不见，那强
盗土匪也不会放着这块肉不吃。

大风寨是很强大，所以能一直顽强地对抗那些盗匪。但谁又能保
证，那些盗匪不会强大起来？

一个生活在大风寨的人，看不到外面的天下，又谈何行医救人？

这一棵好苗子，若是走不出大风寨，只怕会白白浪费柳姨一番良
苦用心。

"敬辞？"

楚归黉一声轻喊，让顾敬辞回过了神。

他看向楚归黉，见她正在研磨药材。许是一直在出力，她的额上

有细汗冒出。

顾敬辞掏出袖中帕子，正要为她擦汗，她却微微闪躲开来。

"表哥说，男女授受不亲，我自己来。"她拿过顾敬辞手中的帕子，一边擦汗一边道，"刚刚我问你，我应该在哪里，你怎么不回答我？"

顾敬辞温声道："你应该跟我在一起。"

楚归萸停下手中的活儿，满脸不解地盯着顾敬辞："为什么要跟你在一起？"

顾敬辞温柔地跟楚归萸解释："我能让你过安稳的生活，不必打打杀杀。我也能让你想去什么地方就去什么地方，想玩到什么时候就玩到什么时候。"

楚归萸问："你我非亲非故，为什么要对我这么好呢？"

因为你值得。

你身上的价值远远大于我的付出。

谁跟一代名医关系匪浅，谁就能名垂青史。

顾敬辞很想这么说，但考虑到楚归萸的单纯心性，这太过现实的话他没有直接说出口，而是委婉地道："顾家与李家是世交，你与顾家感情很深，我对你好，也是理所应当。"

楚归萸却是摇了摇头："敬辞，我并不好骗。你想让我跟你在一起，绝对是有利可图。而且这个利还不是一点点。"

"哦？"顾敬辞对楚归萸能看出其中道理有些意外，但他很快明白：她能想办法搬来官差当救兵，那就会想到他有利可图倒也在情理之中了。他一时有些好奇，对于这个"利"，她究竟知道多少。于是他问："此话怎讲？"

楚归萸道："那贾志明明欺软怕硬，在你眼中是扶不上墙的烂泥，但你却扶他做钦差。因为你知道，他以后只会听你的，所以才这样做。连没用的贾志你都会这样利用，我自然比贾志有用一点吧？"

何止是有用一点。

贾志的用处在于谋，而你的用处在于救人。

一个精于心计，一个妙手回春。

明显后者能流芳百世，被世人称赞。

到底还是年纪小，看得还不通透。不过能看懂这些已经很了不得了，顾敬辞喜欢跟聪明人打交道，何况还是个美丽可爱的聪明人。他看着令他欣赏有加的小姑娘，脸上的笑容愈发明显："小楚，贾志与你完全不能相提并论。在我心里，贾志连给你提鞋都不配。我想让你跟着我，除了对我有利可图之外，还有很重要的一点，那就是我们还是朋友。"

听到"朋友"两个字，楚归荑就开始笑了。顾敬辞是她出去之后交到的唯一一个朋友，虽然他的主意很多，但在她面前，他一直都是温柔的，也是知书达礼的。

所以跟他讲道理，他应该会听吧？

这样想着，楚归荑就放下手中的活儿，与他面对面而坐："敬辞，我们是朋友，所以我不会对你撒谎。有些事情，我必须与你说清楚。"

她如此郑重其事的模样，让顾敬辞不由得也变得严肃。他道："你说，我一定会放在心里。"

楚归荑真诚地道："爹娘出门挣钱养家之前，给我留了书信，叫我在他们回来之前，一直住在我表哥这里。我表哥待我真心实意，大风寨所有弟兄也对我也关爱有加。所以我不管是听爹娘的话也好，还是为大风寨也好，我都不会离开他们。"

果然如他想的一模一样，她就是这样简单的一个人。

只要对她真心实意地好，她就会一直待在对她好的人身边。

顾敬辞微微叹了口气，心中有些惋惜。

当然，他的惋惜被楚归荑看得一清二楚。这叫楚归荑也叹了口气。

顾敬辞笑着问：“我叹气是因为留不住你，你叹气是因为什么？”

楚归荑学着他那般口气道：“我叹气是因为明明我们两个人是朋友，但解决了纪家这个麻烦以后，我们就要分道扬镳了。天下这么大，这一别，也许我们这辈子都不会再见了。”

这番话里带着浓浓的惜别之情。顾敬辞从不在意离别，在他看来，天下虽大，但只要想相遇，就总有再见的一天。但是楚归荑的脸上除了离别的感伤之外，还有几分难过。

他问：“你难过什么？”

她道：“你是我第一个朋友。以后再也见不到你这个朋友了，当然会难过。”

原来他是她第一个朋友……

再开口时，顾敬辞的声音里带着不自知的温柔：“小楚，你很可爱，也很聪明，只要你想交朋友，日后你的朋友一定遍布天下。”

“可是……不管以后我有多少个朋友，总会想起你吧。”对于还没发生的事，谁能说得清楚呢。楚归荑不知道顾敬辞说的很多朋友是有多少，但是她知道，不管顾敬辞出于什么目的来大风寨，里面都有一部分原因是她。

因为如果他不把她当朋友，就不会差遣官兵出去买药材了，也不会坐在这里陪着她聊天解闷……

“敬辞。”

“小楚。”

短暂的沉默之后，二人竟是同时开口。

楚归荑咧嘴笑笑：“你先说。”

顾敬辞道：“虽然天下很大，但日后你想找我，是轻而易举的。我会一直为朝廷效力，你若要找我，就到官府去。”

楚归荑问："任何一个官府都可以？"

顾敬辞点点头："官府之间互通联系，就算你找的官府不认识我，但总能帮你打听我在何处。"

楚归荑心里踏实不少："那我先祝你平步青云！"

顾敬辞哈哈一笑："那我祝你成为一代名医。"

一代名医啊……她想都没想过，就是觉得学医比学武有意思。

但是经顾敬辞这么一说，她忽然觉得……将来要是能在医术上干出一番名堂，那也是极好的事。

"你刚刚叫我干什么？"就在楚归荑遐想之际，顾敬辞忽然轻声问她。

楚归荑道："就是想说……有个当官的朋友，其实挺好的。"

顾敬辞眉梢微扬："但你表哥，还有大风寨的人可不这么想。"

大风寨对官差的态度，楚归荑比谁都清楚。她道："我会死皮赖脸地留在表哥身边的，只要留在他身边，我就会让他改变对官差的看法。迟早有一天，他会离开铭山，会住到城里去。"

若真是这样，只怕大风寨都要托你的福了。

朝廷剿匪是早晚的事，铭山周围的这些盗匪现在被大风寨杀了一大部分，还有一小部分也在这两日被他们的人除掉了，那么铭山最大的"盗匪窝"也就只有大风寨了。

即便大风寨不偷不抢，但脱离朝廷管控，即便他再美言，圣上都不可能放任不管。

所以说，如果小楚能说动大风寨住到城里，那么对大风寨只有好处。

思及此，顾敬辞认真道："小楚，不管什么时候，都要记住我接下来说的话。"

楚归荑也变得极为认真："你说。"

顾敬辞道："无论何时都不要跟朝廷作对。哪怕朝廷是错的，但天下是朝廷的，百姓也是朝廷的，朝廷让百姓生，百姓就会生……"

"那朝廷想让百姓死呢？"不待顾敬辞把话说完，楚归萸就迫不及待地问。

顾敬辞仿佛知道她内心的顾虑，不急不缓地道："天下都是百姓，朝廷要的是天下安稳，因为只有天下安稳，朝廷才能世世代代掌管天下。所以，没有朝廷想让百姓死去。"

相比顾敬辞的淡然，楚归萸就显得急躁许多："但你看源城，你看纪福！他们管老百姓死活了吗？"

顾敬辞点点头，承认她说得没错。但他话锋一转，温和地笑道："源城虽然是这样，但嘉国有那么多城镇，它们都像源城这样吗？"

这……楚归萸愣住了。

她生长在蝴蝶村，从记事起，就只在蝴蝶村里玩耍。

如果不是她表哥，她连蝴蝶村都不会离开。

外面是什么模样，她只怕很难有机会去见识。

都没走出过蝴蝶村去，谈何知道源城之外的城镇……

因为没有见过，所以她也不敢妄下断论。

她久久地说不出一句话来，只盯着顾敬辞，要顾敬辞给她一个源城之外的模样。

很快，顾敬辞如她所愿地开口了："你也去了临城，临城的百姓过得如何？"

楚归萸道："我看见他们都在街上玩乐，他们的笑都是发自真心的。"

顾敬辞微微摇头："你看到的只是一部分人的生活。"

楚归萸赶紧道："这我当然知道，哪里都有高兴的人，哪里也都有痛苦的人。生老病死，富贵贫贱，都是人之常情。有人富贵快乐，也有人贫贱痛苦。"

一个小小的蝴蝶村，再穷能穷到哪里，再富能富到哪里，顾敬辞对她这番话有些惊讶："你在蝴蝶村长大，这些贫贱富贵的道理，总不是你自己琢磨出来的吧？"

楚归羡道："我爹娘说的。"

"你爹娘一定读过很多书，也见过很多世面。"在顾敬辞看来，一个小小的蝴蝶村，就算再有见识的人，格局也不过如此，但楚归羡的爹娘却仿佛看透世间的富贵贫贱，像是经历了大起大落。

"也许吧。"楚归羡道，"我也不清楚……我只知道我出生以后，他们就一直在蝴蝶村了。"

"你爹娘会影响你成长。"想到楚归羡被她爹娘教导得聪明玲珑、一点就透，顾敬辞就道，"那个蝴蝶村你离开了也好，那样一个小村子，容不下你。"

容不容得下她，她并不知道，也不想在那个欺负过她爹娘的蝴蝶村上多言。她又重回刚刚他们聊的话上："敬辞，你刚刚说了这么多，其实是想告诉我，哪里都有快乐生活的人，哪里也有悲伤痛哭的人，就跟哪里都有大富大贵的人，哪里也有穷困潦倒的人一样，对吗？"

顾敬辞颔首："对。"

楚归羡继续道："所以如果百姓苦不堪言，错的不是朝廷，而是让老百姓痛苦的官员。"

顾敬辞眼中已有几分欣赏："是的。"

楚归羡再道："那么如果我们在这里生活得不开心了，那我们就去一个能让我们开心的地方去。"

顾敬辞道："可以这样，但一直逃避，未必是解决问题的最好办法。"

这个时候，楚归羡有些懂了："所以你才站出来了。因为你看不下去那些坏的官员，所以就想让他们下台。"

原本顾敬辞只是担忧赵思年日后会反抗朝廷，故而才提醒楚归羡一二，但他没想到，她通过他的三言两语，知道了他现在的目的。

若是面对旁人，顾敬辞还会遮遮掩掩。

但面前的人可是把他当成人生中第一个朋友的楚归黄，还是他想一直保持往来的人。更难能可贵的是，将来她还可能是有一番大作为的人。基于种种，他坦白道："是的，所以我站出来了。我想凭借一己之力，让天下变得可爱美好。"

可爱美好……就像临城那样吗？

临城是楚归黄见到过最美好的地方了。

那里的人笑容最多，街上的商贩也最多。

她问："以后等你当了大官，能不能让嘉国的城镇都变成临城那样？"

顾敬辞笑着问："仅临城那样，你就知足了吗？"

楚归黄点点头："知足的。如果每个地方都像临城那样，我应该很快就能跟我爹娘见面了。"

说到爹娘，楚归黄的脸上充满了想念。

天下如果都美好可爱，那她跟爹娘随便住在哪里都可以。

这么想着，楚归黄脸上的笑就更多了。她看着顾敬辞道："敬辞，你一定要当大官，一定要当很大很大的官！"

她笑起来时眼睛明亮，酒窝浅浅，更显几分可爱。

顾敬辞看着她脸上的小酒窝，笑着问："你爹娘一定很疼你吧？"

"嗯。"楚归黄道，"每次有好吃的，爹娘总会第一个让我吃。有好的布料，爹娘也一定先给我做衣裳。读书识字里，我也是小朋友里会得最多的。"

难怪她这样单纯可爱，又这样聪明懂事。

原来是有爹娘的悉心栽培，又宠爱保护。

这世上不平事多了去了，尤其是在穷乡僻壤的小村子，为了柴米油盐，为了水肥劳力，都能破口大骂、动手打架，而她的爹娘却在她面前丝毫没有表现出来。

他们给她带去的是至纯至真、至善至美的人间天堂。

所以她的言行举止才像个大家闺秀。

不对，说大家闺秀是在贬低她，她分明是个超凡脱俗的仙女。

面对提起爹娘就高兴至极的小仙女，顾敬辞想让她更高兴，于是就有意聊起了她的爹娘："你看我就知道了，我爹娘都擅长读书。你爹娘呢？他们跟柳姨一样，都擅长治病救人？"

楚归黉摇摇头："他们擅长种地。蝴蝶村的庄稼，就属我爹娘种得最好。"

既然种地很有一手，蝴蝶村又是村落，吃穿用度想来也不会太耗费，用一年的收成养活一家三口应该不成问题。那为何小小年纪的楚归黉要被送到赵思年身边呢？

这让顾敬辞一时好奇，于是他问："你想到城里住大房子吗？"

楚归黉摇摇头。

顾敬辞又问："那你想锦衣玉食、荣华富贵吗？"

楚归黉又摇摇头。

想来也是，楚归黉从小在蝴蝶村长大，大家差不多都一样穷，贫富贵贱在她眼里估计差别不大。什么锦衣玉食，什么荣华富贵，她应该都不知道那是什么样的生活。

她是不懂，但她爹娘应该懂。

就算眼下能让楚归黉衣食无忧，但衣食无忧绝不只是她爹娘想要给她的……如果能让楚归黉高枕无忧，她日后就能安心学医，将来就能有所成就。

望子成龙、望女成凤，应该是天下父母共同的心愿吧。

就像他的爹娘，虽然厌倦虚伪的官场，但只要他愿意出人头地，他的爹娘还是为他打点，给他行方便……

"敬辞，你看着我，在想什么？"顾敬辞盯着楚归黉看，但思绪却慢慢飘远了。这让楚归黉忍不住笑道："原来你也会心不在焉！"

她笑起来明媚好看，引得顾敬辞也跟着一笑："难道在你眼里，我一直全神贯注？"

楚归黉点点头："在我眼里，你从来不会浮想联翩。一旦要做事，就一定会成功的。所以你将来会当很大很大的官，然后做很多很多的大事，以后会名垂青史，会被后人惦记的。"

当很大很大的官……

他的确是要走到那个地位。

做很多很多的大事……

他也的确是这样想的。

然而名垂青史，被后人惦记，这是很难的。世人只顾眼前好，哪管事后发生了什么。

但楚归黉的信任叫他非常愉悦，他道："日后我若成了大官，你受了委屈，就随时过来找我。我一定为你打抱不平。"

楚归黉却道："有我表哥在，我一辈子也不会受委屈的。"

顾敬辞问："这是为何？"

楚归黉道："因为我表哥不会让任何人给我委屈。"

眼下看来的确如此，但世事难料，现在不会并不意味着将来不会。顾敬辞道："那万一以后你表哥让你受欺负了，怎么办？"

楚归黉想了想："不会的。"

"为什么不会？"

"反正就是不会。"

"就这么相信你表哥？"

"嗯，就是这么相信。"

"万一呢？"

"没有万一，不许你怀疑我表哥对我的心意。"

说完，楚归羡小脸上的笑容收了不少，转身回去继续制药了。

顾敬辞看着楚归羡的背影，心里知道，她这是不太开心了，就因为他随便说了两句……但这随便说的，将来也很有可能发生啊。现在就连说说都不可以，那以后要是真的发生了，怎么办？她会不会痛哭流涕，万念俱灰？

那个画面只是想一想，顾敬辞就于心不忍了。

就当他是太喜欢楚归羡的容颜，也当他是太多管闲事吧。

顾敬辞看着正埋头干活的人，温声开口："若是日后你表哥欺负你，也可以来找我。"

楚归羡小脸一抬，认认真真、明明白白、仔仔细细地与顾敬辞道："我表哥永远不会欺负我！"

每个字都咬得很重，吐字非常清晰。

她就是要让顾敬辞听得真真切切！

眼看楚归羡越来越生气，顾敬辞赶紧举手投降："别生气啊，小楚，我不说就是了。我知道，你表哥肯定会疼你一辈子，不会让你受委屈的。"

哼！

某人冷哼完，又继续干活去了，留下顾敬辞一人晒太阳。

顾敬辞低头看着杯中飘来荡去的茶叶，刚刚还觉得这茶水香气四溢，现在就觉得有点……苦。

他为什么没有妹妹！

哦，不对。他的朋友里不缺有妹妹的，但那些妹妹们大都哭哭闹闹、惹是生非，还要朋友们去哄好话。他以前还庆幸他没有妹妹。

所以，他想要的不是妹妹。很快，顾敬辞就意识到他真正想要的是什么。

他想要的是甜美可爱的妹妹，这个甜美可爱的妹妹不管什么时候都信任他，也会为他着想……

瞬间，顾敬辞就不开心了。

说赵思年没福气——年纪轻轻武艺高强，却生在了大风寨这个什么都得亲力亲为，还处处暗藏危险的地方；但赵思年又非常有福气——能有一个聪明绝顶的楚归薁妹妹……

# 第十六章 慧眼神通

戌时，加急制作出来的药就好了。楚归荑一个厢房一个厢房地送过去。

看着躺在床上爬不起来的徐淳，楚归荑明明心里好难受，但还是笑着安慰徐淳，说他受伤的样子特别男子汉。

徐淳为了证明自己真的是男子汉，把那又苦又难喝的汤药一口气咽下了肚。之后，他还跟楚归荑说他到底有多勇敢，连少主都夸他将来能成大器。

想到赵思年，徐淳的神色骄傲得不得了。他跟楚归荑绘声绘色地说着当时的情况有多危险，赵思年一人抵挡千军万马，把那些打过来的盗匪通通杀了个精光。

说到"杀"字，徐淳眼神闪烁了一下。一不小心他就说漏嘴了，少主交代过，一切都要守口如瓶的。

徐淳用余光偷偷瞄了一眼楚归荑，见她正聚精会神地听着，于是吞了吞口水，问："小楚，你不害怕？"

楚归荑问："害怕什么？"

徐淳小心翼翼地道："杀人……我们少主杀人了。"

楚归荑漫不经心地道："表哥杀的又不是好人，我怕什么？"

这……

不管好人还是坏人，那都是杀人了啊。

手上都沾了鲜血啊……

见徐淳欲言又止的模样，楚归薨问："坏人打我们，我们难道还要任由他们打吗？"

徐淳立刻开口："那肯定不能。"

"对啊。"楚归薨道，"他们以多欺少，现在欺负我们，将来就会欺负别人。表哥是为民除害，是替天行道，所以我为什么要害怕！"

这话说得太好了，好到徐淳激动地给楚归薨鼓掌。

这一鼓掌，就牵动了浑身的伤口，疼得他眼泪哗啦啦地往外冒，疼得他龇牙咧嘴直叫喊。

这瞬间就不像男子汉了……

他一边哭一边擦眼泪，还跟楚归薨解释："小楚，真不是我懦弱怕疼，是真的……这个真的是太疼了，就是那种你动个手指头，就浑身疼得想去死的那种疼。"

徐淳身上的伤口大大小小有几十处，没伤到要害、还能有劲儿跟她说说笑笑，已经是个奇迹了。

所以这点眼泪在楚归薨看来，比起他的劫后余生，简直算不得什么。她点点头，很配合地道："李叔说了，你身上每一处伤口，都是你是英雄的证明。"

英雄啊……说得他好像好了不起的样子。徐淳咧嘴笑笑，脸红了不少，不好意思地道："我哪有那么厉害啊！"

"真的。"楚归薨道，"当时情况多危险啊，那么多人都想杀死我们。那个时候我要是在场，肯定都会吓晕了。但你顽强抵抗，不是英雄是什么？"

徐淳道："小楚，我不知道我是不是英雄。但我知道，若是你在场，肯定会比我勇敢。"

楚归荑问："你又不是我，你怎么能这么肯定。"

既然聊到这个，那他可就精神抖擞了。徐淳激动地道："在源城提到纪福，有谁不害怕？而你当众把纪福打得满地滚爬，要是我，我肯定不敢动那个手。"

那是无知无畏。要是她知道打纪福的后果那么严重，肯定不会把人打得那么惨。

她会先想办法救下李炆之，然后秋后算账……

楚归荑出神的期间，徐淳已经把楚归荑的勇敢夸到天上有地下无。

好像打纪福那一顿，成了多么了不得的事。

楚归荑：……

淳哥你这么夸我，就不怕我骄傲吗？

看过徐淳之后，楚归荑又挨个儿去了其他厢房，把药一一拿给弟兄们。

之后，楚归荑就对大家的伤势有了更为详细的了解。

夜深时，她又向李鹤与柳凤虚心请教能够让伤口快速恢复的应对之法。

楚归荑肯用心学，李鹤与柳凤便倾囊相授。

夜色虽深，但屋内灯火通明。

张桦坐在饱腹厅的窗前往李家住的厢房看去，只见窗户上映着三个人影。以往这个时候，楚姑娘早就睡下了，现在她却为了大风寨的弟兄们操心劳累。

楚姑娘长大了。

在把纪福囚禁在大风寨之后，她就迅速长大了。

楚归荑从李家厢房出来之后，又连夜找了顾敬辞，请他差人去买药材。

顾敬辞看她眼底瘀青，在差遣了人之后，就让她赶快回去睡觉。

楚归荑往回笑口斋的路上，一直往大门的方向看个不停。

顾敬辞当然知道她在看什么。她在看赵思年会不会忽然回来。离开大风寨去他家的时候，他就知道，她一直想念赵思年。现在才短短半天没见，她就又开始想赵思年了。

他也好想拥有这种被人牵挂的感觉。

所以说，他为什么没有像小楚这样的妹妹呢？

翌日，张桦在饱腹厅左等右等，也不见楚归荑来吃饭。想着楚归荑昨夜睡得晚，赖床也算正常，张桦就把饭菜重新放回了灶台。

到了快吃午饭的时候，楚归荑仍然没有起来。

张桦心中疑惑，按理来说，就算睡得再晚，楚姑娘也该起来了，怎么到了这个时候也不见她来吃饭？

张桦心中放心不下，就提着食盒去了笑口斋。

到了笑口斋，张桦先是礼貌地敲了门。

然而半晌过去，门内无人回应。

敲门的力度虽然不重，但也绝非很轻，足以让房内的人听得一清二楚。

但……楚归荑不开门，究竟是在睡觉，还是不舒服？

若是前者还好，但若是后者……

想到后者，张桦再不犹豫，直接推门而入。

床上的被窝鼓成一座小山，张桦伸手将被子掀开一角，准备让楚归荑露出头来。然而，她的手一碰到楚归荑的身子，便发现对方的身子热得滚烫。她心下一惊，赶紧去摸楚归荑的额头……

糟了，楚姑娘发烧了！

张桦赶紧把人又塞回被子里，准备去找柳凤，但她的手被楚归荑握住了。

"桦姐……你终于来了。"

楚归羹一开口，才发现自己的嗓子都哑了……而且好疼。楚归羹舔了舔干涩的唇，虚弱地开口："我要喝水，要喝好多的水。"

"我这就去给你倒……"

"别急。"像是怕张桦马上就会离开，楚归羹使劲儿想要抱住张桦的胳膊，但挣扎了好半天，她都抬不起来手。

好在张桦明白她要干什么，俯下身子道："你说吧。没说完之前，我不会走的。"

楚归羹这才放心地道："首先，你别慌，我知道我现在生病了，也知道抓什么药吃。其次，我生病的事不要告诉任何人。我一直习武，身强力壮，只要按时服药，好好休息，病很快就能好。"

楚姑娘这是要她瞒着大家！张桦摇摇头："弟兄们都把你当宝贝，要是知道你生病还在操劳，弟兄们多过意不去。"

楚归羹道："大家为了保护大风寨，已经劳累许久，怎可为我这点小事烦心。桦姐，你若将我当姐妹，就听我的。"

这……

张桦叹了口气："楚姑娘，你说这番话，是存心让我为难。"

楚归羹眨了眨眼："不让你为难，我就会很为难。你也很清楚，大风寨如今正需要我，而我也该为大风寨出一些力。否则我会良心难安。"

张桦张了张口，想再说点什么。楚归羹唉声叹气地道："腿、脚、手、口都长在你身上，你要是实在不想听我的，我也没办法。只可怜我这生了病也没人能合我心意……"

"楚姑娘，何须这样为难自己……"话还没说完，张桦就看见楚归羹的眼眶里含着泪花，本是黑亮的眼眸，这时候变得黯淡无光。许是生了病，她整个人也没有精神。张桦又叹了口气："我不告诉别人你生病就是了，你可千万别哭。"

楚归蓂一哭，她就难以招架。

这世上，没有谁能招架得住美人的眼泪吧。

张桦仔细地为楚归蓂盖好被子："现在要我做什么，你只管吩咐。"

楚归蓂道："你先去取纸笔，我告诉你药方。"

为了让楚归蓂尽早喝到药，张桦并未多耽搁，立刻取来了纸笔。

楚归蓂躺在床上有气无力地道出药方。

张桦写完了楚归蓂说的药方，尴尬地道："这么多药材，我怕是难以分辨。"

楚归蓂道："这好办，敬辞过目不忘，你可请教他。"

眼看着就要用午饭了，顾敬辞想必很快就会到饱腹厅来，若是过会儿问他倒也不会引人注意，只是……张桦有些担心："我与顾大人总共也没说上几句话，若是我请他帮我辨别草药，只怕他……"

"敬辞是我朋友。你告诉他我生病了，他肯定愿意帮忙的。"不待张桦把话说完，楚归蓂就开口解答她心中的顾虑。

张桦不解："楚姑娘，方才你不是说要我瞒着大家吗？既然瞒着大家，为什么不瞒着顾大人呢？"

楚归蓂咧嘴笑笑："因为敬辞一定会站在我这边。"

话已至此，张桦只好照做。

因为心里惦记着楚归蓂生病，张桦没有在笑口斋逗留，很快就动身去了饱腹厅。

去的路上，张桦一路都在想该怎么跟顾敬辞开口。结果才走到饱腹厅门口，她就看见顾敬辞从长廊另一头走来。

还真是想什么来什么！

张桦搓了搓手，站在门口，有些局促。

看着朝她越走越近的顾敬辞，张桦心里不禁有些紧张起来。尽管贾志是朝廷派来的钦差。但就贾志那轻浮的模样，她一眼就看出顾敬辞才是真正挑大梁的人。

换句话说,真正掌握纪福生死的人,是顾敬辞。

但顾敬辞看着才二十岁上下啊!

这个年龄的人能把贾志管得服服帖帖,对权势那么大的纪福说办就办……

这换作其他人,见了这样的人,都会不由自主地紧张吧?

"张桦姑娘,你在这里迎我,是有事让我帮忙?"远远地,顾敬辞就朝张桦温柔地一笑。

这个微笑,让张桦心中的紧张瞬间就消去不少。她也朝顾敬辞一笑:"顾大人真是慧眼神通,只看我站在这里,就知道我想请你帮忙。"

慧眼神通什么的,哄哄贾志就行了,对他还这般恭迎,让他心中不适。他直言道:"小楚与你姐妹相称,我与小楚又是好友,你我之间便无须这般客气。"

"如此,我就直说了。"见顾敬辞如此直爽,张桦也不再遮遮掩掩。她朝四周张望,确定周围无人,才小声开口:"楚姑娘发热,给我写了药方,还请大人帮忙辨识药材。"

顾敬辞唇角一扬:"这有何难,走吧。"

张桦将人往饱腹厅里迎,说道:"大人,请。"

顾敬辞一边往里走,一边与她道:"张桦姑娘不必担心,小楚身子骨很好,生病只是暂时,只要按时服药,好好休息,她会好得很快。"

这是在安慰她?

这安慰的话,还跟楚姑娘说的一模一样。

他们不愧是好朋友。

既然是好朋友,那接下来要嘱咐的话,张桦就更容易说出口了。张桦道:"楚姑娘想在生病期间仍然为弟兄们治伤。所以生病的事,还请大人千万保密。"

闻言，顾敬辞笑意更浓："她隐瞒大风寨的人为之劳累，这对她来说是好事，我又为何要说出去？"

这怎么会是好事？

生病了还要受累，想想都是折磨。

张桦对顾敬辞的话并不认同，正想问他何出此言之际，顾敬辞又开了口："等大风寨的人都得到了小楚的关心，当小楚的病情好转时，我自会让所有人知道，她曾在生病时为大家忙前忙后。"

张桦忙道："楚姑娘就是不想让大家知道她生病，才隐瞒大家偷偷吃药。大人若是真的这样做了，岂不是违背楚姑娘的心意？"

顾敬辞只是笑了笑："到了那个时候，她的病反正也好了，大家也不能为她的生病做些什么。可是，大家会出于对小楚的愧疚跟心疼，对她更好。这对她来说不是好事吗？"

张桦道："道理我当然明白，但这并不是楚姑娘的本意。"

顾敬辞反问："本意如果对人没有好处，你还留着本意干什么呢？"

张桦神色微愣，细细品了品顾敬辞所言。

顾敬辞这么做虽然违背了楚姑娘的本意，事后也许会叫楚姑娘不高兴，但说出来跟不说出来相比，显然是后者对楚姑娘更有利。

见张桦神色微动，顾敬辞便继续道："小楚待你如同亲姐妹，你也想她好，对吧？"

张桦点了点头："如果没有楚姑娘，我也许早就被大风寨的人赶出去了。楚姑娘给我一个家，让我重新找到了家的温暖。所以，只要是为了楚姑娘好，我赴汤蹈火，在所不辞。"

顾敬辞道："很好，这正合我意。"

张桦不懂了："什么……意思？"

知道张桦在楚归黉心中的地位，顾敬辞便直言道："小楚在医术上很有天赋，这你很清楚吧？"

张桦道："是，我非常清楚。"

顾敬辞道："眼下炆之是她的老师，而柳姨跟李叔看她天资聪颖，都想认真教她医术，这你也能看出来吧？"

张桦又点了点头："是的。"

顾敬辞道："如果不出意外，小楚一定能成为一代名医，这你清楚吗？"

张桦有几分犹豫，微微叹了口气。

尽管世事难料，但顾敬辞最喜欢跟难料之事打交道——若是事事顺遂，那怎么能证明他的实力？顾敬辞道："赵思年不想让小楚学医？"

张桦道："大人英明。"

顾敬辞问："为何？"

张桦的头微微低了下去："我见到少主就会很害怕，从来不敢问。"

就赵思年那个恶人模样，有几人见了能不害怕？顾敬辞心中了然，便道："这正是你需要做的。"

张桦问："大人，我能做什么？"

顾敬辞道："想尽一切办法，让她学医。"

她当然比谁都希望看到楚姑娘有本事。若是楚姑娘能有一身厉害的医术，那大风寨的人走遍天下都不怕。伤了病了，楚姑娘自会帮忙医治。但是，少主不愿意楚姑娘学医，甚至很排斥。

若是旁人反对，她自然会为楚姑娘说话，但若是少主的话……

"在这人比鬼难活的乱世，连有本事的男人都寸步难行，更别提没本事的女人。"见张桦欲言又止，顾敬辞直言道，"你也看到了，这次如果没有朝廷插手，大风寨会死很多人。连这么大的寨子都难扛过这个冬天，何况是小楚。"

闻言，张桦又是一叹。

这次的叹息声比上次更重了。

顾敬辞只当看不出她的惆怅，继续道："大风寨能保护小楚一时，你能保证大风寨能保护小楚一辈子吗？"

别说大风寨，就现在这个盗匪猖狂的年代，谁能保护谁一辈子呢？

其实大家都差不多，都是把头抱在身上走路。

一个不小心，头就会掉了……

"如果小楚有医术傍身，她就可以跟人谈条件。如果大风寨日后不景气，小楚也许还能保护大风寨。"顾敬辞说得更加直接，"多一个机会就是多一条路，你应该明白吧。"

她有想过，楚姑娘要是有很厉害的医术，以后就能为大风寨的人医治。

但她从来没有想过，楚姑娘能凭着医术保护大风寨。又或者说……她压根就没有想那么远。

毕竟大风寨在她看来，是最强的，也是最安全的。

但现在官匪勾结之事浮出水面，那坚不可摧的大风寨，在她眼里也岌岌可危了。

老话常说，恶人自有恶人磨。所以，她以为只要有少主在，那些坏人就不敢乱来了。但如果恶人跟官员成为一路人呢？

有了官员的保驾护航，恶人只会更加猖狂。那单打独斗的大风寨，又怎会牢不可破？

"有朝一日，小楚强大了，也就意味着你也跟着强大了。"顾敬辞脸上的笑意不减，但语气比方才严肃了许多，"盗匪害你家破人亡，你已经死里逃生了一次。那种劫后余生的滋味，我想不用多说，你深有体会。那种不好受的滋味，你还想再尝一次吗？"

往事只堪哀，叫张桦根本不敢回忆过往。但那令她沉痛的伤疤，却被顾敬辞面带笑容、轻轻地揭开了。

她爹惨死的模样，她娘痛哭的呻吟……都缠绕在她每个夜里的噩梦中。张桦微微低下了头，只有低下头，才不会让顾敬辞看到她的眼泪。她咬了咬唇，尽量用心平气和的声音道："大人，你调查我……"

顾敬辞并未避讳谈论调查之事："攻人先攻心。"

张桦道："大风寨里这么多人，为何偏偏与我谈这些？"

顾敬辞道："只有女人才会理解女人。"

只有女人才会理解女人……短短一句话，叫张桦在心里来回念了无数遍。

自古以来，女人只是男人的附属。男人不许的事，女人就做不成。就像自古以来，当帝王的大部分都是男人，所以女性无法在朝中为官。

她跟着爹娘看了很多书，书上都说红颜祸水，可掌握大权的不都是男人吗，为什么亡国的账都要算在女人身上呢？

还不是因为女人没有权势，只能任凭男人说来道去！

若是女人有本事，若是有……

张桦的头微微抬了起来，她的眼中迸发出坚定的光芒："听大人一席话，胜读十年书。日后我一定帮着楚姑娘。"

顾敬辞笑容更甚："张桦姑娘，你是聪明人。"

张桦道："待日后楚姑娘医术学成之日，便是大风寨与朝廷交好之日，还望大人日后多多照顾大风寨。"

顾敬辞道："只要你悉心照顾小楚，朝廷又何须等来日与大风寨交好。"

那些恶霸凭着与纪园的关系，就烧杀掠夺、狂妄至极。若是强悍的大风寨有朝廷庇佑，定能平平安安、无人敢欺。张桦终于展露了笑容："大人放心，我必当全心辅佐楚姑娘。"

"该说的都说完了，我们开始给小楚熬药吧。"顾敬辞神色悠闲地朝药材那儿走去。

张桦看着顾敬辞的背影，心里有一种直觉，直觉此人将来一定会出人头地，手握大权。

张桦将汤药煮好后，偷偷地放在食盒最下面那层，趁着李鹤与柳凤在谈论医术、无暇跟她说话之际，提着食盒去了笑口斋。

这个时候，楚归黉将自己整个人都蒙在了被子里。

从不远处看过去，床榻上像是有一座小山。

张桦看着床上的那座小山，眼里闪现出几分疼惜。若不是楚姑娘天资聪颖，大风寨将会迎来一场巨大浩劫；若不是楚姑娘人美心善，现在大风寨那些弟兄还躺在床上无人医治……

想到昨夜李鹤与柳凤二人为医治大风寨的弟兄们彻夜没有合眼，张桦就叹了口气。

楚姑娘说得很对，如今大风寨的确很需要大夫。没有楚姑娘，大风寨的弟兄们真的很受罪。

那些断胳膊、断腿的弟兄们，虽然没有生命危险，但疼痛难忍是真的。

"桦姐……"听到叹气声，楚归黉费尽力气掀开了被角，露出个头来，"喝水，我要喝热水。"

楚归黉的声音立刻让张桦回过了神。她连忙从食盒里端出一大碗生姜草鱼汤，疾步走过去，将鱼汤一点点喂给楚归黉。

因发烧之故，楚归黉的脸变得红扑扑的。

以往楚归黉习武回来，脸颊也会红扑扑的。但那时候的楚归黉在张桦看来，是可爱，而现在……

"要不……你继续睡吧。"张桦实在不忍心楚归黉生病了还要劳累，"方才李叔跟柳姨在饱腹厅用饭，我见他们二人精神还很好，可见虽然昨夜一宿没睡，但他们还精力充沛。所以……"

"桦姐!"楚归萁不满张桦所言,娟秀的眉狠狠地皱了皱,"李叔跟柳姨为了大风寨出了很多力,这些力,是大风寨无论用多少钱都无法偿还的恩情。他们熬夜帮弟兄们医治,是人家心怀慈悲,心有大善。我们怎么能利用人家这些慈悲跟大善,就希望人家做得更多呢?这是不对的。"

一席话,让张桦瞬间心生愧疚。

在弱肉强食的年代,连她爹娘这样不争不抢的人,都会为自己多图一些便利。久而久之,她也便沾染了那些习性……如今被一个比她小好几岁的人教导,她羞愧难当。

过了好一会儿,张桦才缓过心神,担忧地道:"你现在连起床都很吃力,要去医治弟兄们,谈何容易。"

楚归萁道:"吃了饭,我就立刻喝药。喝完药,我闷在被子出一身汗,病应该就好去大半了。"

"哪有那样容易……"

"我是大夫啊。"楚归萁的语气虽然虚弱无比,但透着几分骄傲,"我给自己把了脉,知道自己无碍,就是有点累着了,加上跑来跑去,就不小心受了点寒。等吃了热饭,喝了热汤,再闷一身汗,应该就会好的。"

话已至此,张桦也不再多言,只安心地给楚归萁喂饭。

之后,楚归萁又一口气将汤药全部喝完。

喝完药后,为了发汗,她又喝了很多水。

为了让汗发得更快,她让张桦又给自己身上盖了几层厚厚的被子。

很快,躺在被窝里的楚归萁就热得开始冒汗了。

怕出汗后着凉,楚归萁把头也塞在了被子里。

张桦将这一切都看在眼里。她看到楚归萁为了尽快医治弟兄们,就是生病了也不能好好休息,这个时候除了熬药、做饭,自己也只能干看着她忙碌。

如果……她是说如果，在楚姑娘学习医术时，她能在一旁记背草药，日后是不是也能帮上一二呢？

未时，楚归蘡湿漉漉地从被窝里爬出来了。

张桦赶紧拿布巾来擦干了她额头上的汗。

楚归蘡也没闲着，把身上的汗胡乱擦了擦。

擦干之后，她就换了身干净整洁的衣衫，精神抖擞地出门了。

张桦跟在楚归蘡身后，不免有些担忧。毕竟方才楚姑娘还虚弱得要命，怎么闷了一会儿，就像没事的人一样了……

仿佛看出张桦心中的顾虑，楚归蘡笑着道："桦姐，大风寨现在正是需要我的时候，我怎么可能让自己倒下呢？现在我是真的没事了，不信你摸我的额头。"

闻言，张桦停下脚步，朝四处望了望，见周围无人，就伸手去探。

楚姑娘的额头果然不烫了。

她的病来得快，去得也很快！

看到张桦惊讶的眼神，楚归蘡有些得意："都说了，我是习武之人，身体好着呢。再说，我可是李家的学生，这些小病我药到就能病除。"

看来学医不但能救人，还能自救。这可真好。

张桦脸上的担忧终于淡去。

二人一边闲聊，一边往饱腹厅走。

夜色来临时，大风寨又来了一百多个人。

这一百多人的到来，将大风寨里里外外都围了一遍。

好巧不巧，他们都围在贾志带来的官差旁边。

此举直接让贾志翻了翻白眼：老子带来的人可是精兵良将，你靠这些虾兵蟹将就妄想威胁老子，你以为老子是吃素长大的？

他正想直接开骂，赵思年冷声道："就带这么点人来？我以为纪大人心里有数呢。"

正往里走的纪园一下子停住了脚步。他缓缓回头，看着那个从里到外都冷冰冰的年轻人，问："有什么数？"

赵思年阴沉地道："这些年，来犯大风寨的人，我一人杀了九成。"

说罢，赵思年扫了一眼纪园带来的兵，眼神里充满了不屑。

这不屑在纪园看来，无疑是一种挑衅。

若是从前，有人敢在纪园面前放肆，纪园一定用官威震慑对方。但现在……想到他可怜的儿子，纪园只能忍气吞声。他挤出一丝微笑，尽量礼貌地道："少主年纪轻轻就有所作为，将来一定能成大器……"

"看来你根本没弄明白我的意思。"赵思年直接打断了纪园，挑衅地道，"纪大人，我是说你带来的这些兵，我一只手就能全部杀完。"

纪园的脸一下子就黑了。

贾志却一下子来了精神：打起来，快点打起来！只要一打起来，我立刻带人劝架，顺便直接关了纪园！

然而，过了好一会儿，纪园只是脸色难看地走进了大门，并未将赵思年的猖狂放在眼里。

哎……

贾志很失望地摇了摇头。

要是打起来，他还能省好多事儿呢！

过了一会儿，贾志忽然满目崇拜地看着赵思年。他正想搂着赵思年的肩膀，却被赵思年冷飕飕的眼神吓得缩回了手。

即便如此，这丝毫不妨碍贾志对赵思年的敬仰。他跟在赵思年身边，用只有两人才能听到的声音道："思年，你可真是太厉害了，我认识纪叔……呃，认识纪园好多年了，知道他睚眦必报，但刚刚你这么怼他，他都不敢生气啊。我的天呀，你简直太厉害了。"

赵思年冷声道："你我不熟，不许叫我思年。"

这是重点吗？

这是他说的重点吗？

贾志以为赵思年没听明白他的重点，就耐心地跟赵思年解释："我小时候弄坏了他家一个花瓶，当时纪园就把我骂了好半天，不就是一个花瓶吗，至于吗……"

"我对你的事没有兴趣。"赵思年的脸色差到极致，"你吵到我了。"

贾志呆呆地看着丝毫不把他放在眼里的人，真想……真想给他拍手叫好啊！

这个又冷又酷的姿态，对，就是这个姿态，让一开始没把他放在眼里的纪园，瞬间对他的话深信不疑。

要不是赵思年跟他一起去纪府，今日纪园都还要以考虑为名，一直待在城里不肯出来。

这个冷酷的姿态，他一辈子都学不会啊！

察觉到有动静，顾敬辞很快就来到了饱腹厅。他让张桦去做些粗茶淡饭，准备好好"款待"一下纪园。

吩咐了张桦之后，他就前去迎接纪园了。

顾敬辞朝纪园走来时，纪园只觉眼前的人有些眼熟，却一时想不起在哪里见过。

"纪大人贵人多忘事，我是顾敬辞啊。"不等纪园开口询问，顾敬辞就自报家门，"顾璞玉之子，顾敬辞。"

顾璞玉……

纪园想起来了。

那个念书的奇才，屡考屡中，却又屡中屡考。

传闻他的儿子顾敬辞更是聪明，能一目十行、过目不忘。但顾敬辞不是跟贾志不和，闹得整个临城都知道吗！

既然不合，为什么又出现在这里？

看着顾敬辞，纪园陷入了深思。

一个不成气候的窝囊废竟然成了钦差，而窝囊废的死对头却与之同进同出？这绝对不正常！

其中一定有诈。

纪园掉头就想走，但还没转过身，就被赵思年拔剑拦住了。

赵思年面色沉沉："纪大人，见了顾敬辞就想走，你在害怕什么？"

被人拆穿，纪园也不慌张，也知道此时走不了了。他不动声色地道："我有说要走？我只是想起来，我有东西没拿。"

赵思年道："大人要拿什么，我帮你拿来。"

纪园道："罢了，也不是要紧的东西。"

"既然不是要紧的东西，那就快些进去暖和暖和吧。"顾敬辞只当看不出纪园在紧张，笑着开口，"山路艰险，你们一定都累了。我让寨子里的人备了好酒好菜。"

好酒好菜？怕是鸿门宴吧。

纪园冷哼一声，抬脚往饱腹厅里走。

贾志盯着纪园的背影，再次翻了翻白眼。现在你都是瓮中之鳖了，还神气个什么劲儿？

…………

纪园一进了饱腹厅，发现里面异常宽敞。

厅里放了百十张饭桌，看起来就像一个大到离谱的私塾。

那么多张饭桌，证明吃饭的人绝对不会少于一百人。

一个小小的大风寨，原来能容得下这么多人。这远远超过了他的预料。

也正是因为超过预料，所以这个赵思年还没有死。

大风寨还没被打下来……

想到赵思年，纪园回头看着一起进来的人，问："我们有要事商量，你一个外人，跟进来干什么？"

赵思年没有开口，而是看向了顾敬辞。

这没有言语的信任，让顾敬辞瞬间就笑了。他温声道："大人，大风寨的少主是最好的人证啊。你既然要商谈要事，少了人证，我们还怎么谈？"

"人证？什么人证？"纪园一头雾水，"我们要谈的事情，为什么跟人证扯上关系？"

顾敬辞装作不明所以，看向贾志道："贾大人，你来的时候没有跟纪大人说吗？"

说什么？他临走之前，顾兄并未跟他交代其他啊。贾志一脸蒙……

顾敬辞一拍脑袋，恍然大悟道："纪大人，还真是抱歉，我们连夜查官匪勾结的案子，忙得连东南西北都找不到了，这才忘记提醒贾大人。这次请你过来呢，除了你儿纪福的事，还有一件特别重要的事情，需要你配合一下调查。"

听到"官匪勾结"这四个字的时候，纪园的脸色已经非常不好看了。但他一直在忍耐，强作镇定地道："什么官匪勾结，我怎么听不懂你在说什么？"

"纪大人听不懂，我就来说详细点。"赵思年缓缓开口，"我爹厌倦与人打交道，所以带着几个兄弟依山傍水，建了这大风寨。这里以前无人知晓，也就从来无人叨扰，但随着连年大旱，老百姓收成骤减，别处的盗匪就把目光放向了大风寨。起初，盗匪只是三三两两，我对付就对付完了。但后来盗匪前仆后继，就如同商量了似的……"

"这跟我有什么关系！"纪园沉声打断了赵思年，"你们黑吃黑，与我何干？"

"大人问得好！"赵思年冷声道，"如果没有后方补给，在这大雪天，驻扎在深山老林，不是冻死，就是饿死。大风寨粮草充足，我的弟兄们才能安然无恙。那些盗匪……凭什么能呢？"

纪园心中有些烦躁，但仍镇定地道："要想知道真相，你去问那些盗匪啊，你问我干什么？"

相比纪园的烦躁，赵思年就显得沉稳许多。他不冷不热地道："那些盗匪手中的兵器皆上乘，还都是新的。大人，为什么会这样巧？难道那些盗匪没抢到钱财，而是抢了一堆还没用的新兵器回来吗？"

纪园直接怒了："你问我干什么？我都说了我什么都不知道，你问我干什么？"

"纪大人，赵思年不过问了几句话，你至于这么生气吗！"看到纪园生气，贾志就满脸笑容。他慢悠悠地喝了一杯茶，然后再慢悠悠地咽下，之后，才不急不缓地问："纪大人，那些兵器我瞅着有些眼熟，就顺便抓了几个盗匪过来吓了一吓。你猜我吓了什么出来？"

"你们一个个的，为什么都喜欢问我。"纪园坐不住了，直接站了起来，居高临下地看着贾志，"贾志，他们胡闹，你也要跟着胡闹吗？你爹没有教你要识时务，学会看清局势……"

"纪大人，我们说官匪勾结，你跟我扯什么时务局势啊！"要是不提他爹便也罢了，一提他爹，贾志心中就火。

因为纪福是纪园的儿子，所以纪福仗着这点把他压得死死的。

纪园也仗着自己会恭维上面的官员，要升官就把他爹也压得死死的。

他们贾家没杀人、没放火，虽然官当得不够廉洁清明，但好歹没触犯律法，如今却被一家杀人恶魔的畜生踩在了脚底下！

这是什么道理啊？

难道坏人就要扬眉吐气吗？

贾志越想越生气，指着纪园的鼻子就骂："你都要死到临头了，还威胁我呢，跟你儿子一个德行。果然蛇鼠一窝，都不是什么好东西！"

"放肆！"纪园的脸气得一阵青一阵白，"贾志，注意你说话的口气。你这是在跟一个知府说话，就算你是钦差，但日后……"

"日后怎么了？"纪园越气，贾志就越高兴，"你死了，源城知府的官位就会空缺下来。我查办你的案子，我就是功臣，你这个位子就是我的！"

贾志高兴都写在脸上了，纪园快要气疯了，指着贾志道："你……你……你！"

"你什么你？"贾志得意扬扬地看了一眼赵思年，"赵思年现在就是我的人，你以为就你会官匪勾结吗？我也会啊！但你的招数实在太下三烂了。我跟赵思年合伙，是朝廷准许的，你嫉妒吧？你羡慕吧？你就恨吧。我就是联合赵思年诈死你！"

纪园：……他是个疯子吧！

纪园快要被贾志气晕过去了。他转头看向了正常人顾敬辞："敬辞，这贾志……"

顾敬辞温声笑道："大人，请叫我们大人为贾大人。"

我们大人……

纪园很快明白过来，主谋是顾敬辞！

顾敬辞想做这个源城的知府，只是他不想抛头露面，所以他才想扶贾志作为傀儡。

他就说，就贾志那个草包，给他十个胆子也翻不了天……

本来他只是想救他儿，但现在看来，他必须得自救。

纪园一脸神思的模样全叫贾志看得一清二楚。一看他这模样，贾志就觉得他没安好心。于是他站起身，走到纪园面前，不停地在纪园面前踱着步子："纪园，你不是经常把'识时务'三个字挂嘴上吗？现在我拿这句话来奉劝你。你的所有罪行我们都知道了，你要是识时务，早点招供，还能少受点罪。没准我跟上面说一说，还能给你个痛快的死法……"

"贾志。你给我闭嘴！"纪园怒声打断贾志。

过去你让我闭嘴，我不想闭嘴也得闭嘴，谁叫你淫威逼人呢？

但现在你有什么资格叫我闭嘴？一个将死之人，还想管我？做你的春秋大梦去吧！

贾志也不说话，就那么直勾勾地看着纪园笑呀笑的。

那个笑，七分嘲讽，三分笑话，十足将纪园当成了个傻子，就好像在无声地告诉纪园：你马上都死了，还摆什么架子。

那些未尽之言，被纪园看得明明白白。也正是全看明白了，纪园的脸色差到了极致，再加上贾志在他面前来来回回地走，走得他心烦意乱。他怒道："你能不能别走来走去了？"

贾志笑道："现在是我们审你，你凭什么管我？"

审……

现在，纪园最听不得这个字。

纪园闭着眼，捏了捏额头，完全不想看到贾志。

"敬辞，能不能让贾志……"

"大人，请叫我们大人为贾大人。"顾敬辞温声打断纪园。

纪园紧紧握了握那只藏于衣袖下的手，很快又松开。他朝顾敬辞微微笑了笑，同样温声地问："贾大人只要出现在这里，就会扰乱我的思绪，就算是审我，也得在我思绪清晰的时候审。这样对我才公平一些，对不对？"

贾志正想开口，顾敬辞便笑道："大风寨不偷不抢，还莫名遭来横祸，这对大风寨公平吗？"

闻言，纪园脸上的笑一点点地消失了……

一直沉默地喝茶的赵思年，这时候看了一眼顾敬辞。

顾敬辞似乎察觉到赵思年的目光。他眉目含笑地看向纪园："这些年来，源城百姓深受盗匪烧杀抢夺之苦，而你作为知府，为了政绩掩盖事实真相，但凡私自出城告状之人，都被你们强行扣押，或严惩不贷，或威逼利诱，让对方无法状告。这对百姓来说，公平吗？"

"这都是莫须有……"

"莫须有？"顾敬辞的目光移向了贾志，"贾大人，远的不说，就说说你们临城吧。临城接到源城的匿名状，少说也有百十份了吧？"

有多少份罪状，其实贾志心里一点也不清楚。他平时只顾着赏花遛鸟，跟美人厮混，关注那些干吗啊？

但顾敬辞说有，那就是有！

于是贾志很肯定地点了点头。

顾敬辞若有其事地考虑了片刻，而后缓缓开口："纪大人，这些……你认吗？"

纪园脸色铁青："不认。"

顾敬辞仍然面带微笑："我也知道你不认。毕竟在你心里，公平两字只对自己而言。"

说罢，顾敬辞站起身，从桌子底下拉出一个红木箱子。

顾敬辞当着纪园的面，将箱子里厚厚一摞写满字的纸抱起来，然后放到纪园的手旁。

纪园没动，贾志先动了。他随手抽出一张纸，看完之后，啧啧两声："纪园，这上面是告你的状的。你见不得别人庄稼地好，强行以低价收了别人的庄稼地，有这回事吧？"

纪园没说话。

保持安静的纪园让贾志感到赏心悦目。他随手又抽出来一张写有罪状的纸，而后又问纪园："去年十月，你看上一个十五岁的少女，花钱买回来想让她做妾，但你儿子也看上了，你就跟你儿子一起占有了人家。后来那少女觉得你们欺人太甚，想自杀，但你怕她死在府里对名声不好，正好那时候你们都对她厌倦了，就假装让人没看严她，让她自己跑出去……死了。这事儿你还记得吗？"

纪园眯了眯眼，回忆半天，也没想起来这人是谁。

贾志看他这样，气得就骂："你们真是禽兽你们一起欺负的女子太多，看来你是想不起来了。"

纪园被贾志戳破癖好，没有太大反应，还是稳坐如钟。

贾志哼哼两声："我知道，只是这么说，肯定治不了你的罪，顶多就是被人议论。但是呢……"

话说了一半，贾志就不说了。

他把状子拿在手里摇来晃去，别有意味地笑。

纪园被他的笑弄得心里发毛，看了一眼贾志："但是……什么？"

贾志颇为神秘地道："但是……她跑出去以后却不想死了。她找到了临城知府，也就是我爹贾有才，把你们如何欺压她说得十分详尽。"

"胡说！"纪园恼羞成怒，"你把状子拿来我看看。"

贾志把状子丢给纪园："看吧。好好看。"

说罢，他还把那厚厚一摞状纸都推给纪园："这些你也好好看看，都是你的罪证。"

纪园看完贾志方才说的那个少女的状纸，浑身僵硬如铁。

贾志又凑到纪园身旁，笑嘻嘻地道："那少女说，有一夜她装睡，趁你跟你儿子欺凌她的时候，用藏在枕头下的发簪刺中了你的胸口。但她没找准心口，只把你刺伤了。那伤疤，在你胸口左上方。"

说着话，贾志的眼神就往纪园身上瞄。他语气轻佻："纪大人，让我看看你那个欺压强迫民女的罪证，到底是什么模样？"

纪园脸色沉沉，不再言语。

贾志嬉皮笑脸地道："纪大人，我能把你的沉默当成默认吗？"

纪园再度握紧了那只藏于衣袖下的手……

贾志啧啧两声："但这些罪状，最多只是让你判刑……所以，你猜怎么着？"

纪园已经连话都不想说了。他索性闭目养神，当贾志完全不存在。

贾志恼了，正要开口，顾敬辞笑道："纪大人，不想谈你欺负人的事儿，我们就谈谈你行贿之事如何？"

纪园心里"咯噔"一下，险些坐不住了。

贾志暗道：顾兄果然妙啊！知道纪园皮厚，一个事儿可劲儿地说，他很快就适应了，所以换点别的罪名来审一审，让他出其不意。

经顾敬辞提醒，贾志就把顾敬辞一早让他背下来的行贿名单说了出来："永政元年三月，你还是小小的知县，向源城知府行贿白银万两。永政四年九月十三日，你向知州行贿白银四万两。永政十二年八月九日，你成功坐稳源城知府宝座，这期间你总共行贿白银十万两、黄金八万两。后来圣上严查贪赃行贿，你过去的那些小伎俩都不好用了。为了升迁，你又向通政使李卿送名贵字画，用字画中的诗句打哑谜，将钱财变成诗句中的庭院。那些庭院都在繁华之地，院中陈设应有尽有，闲来无事可做避暑山庄，实在不想住也能卖个大价钱。总而言之，算来算去都是占尽便宜。纪大人，我没说错吧？"

若不是坐在椅子上，纪园只怕要瘫倒在地。他双腿发软，汗流浃背……

原来他们不只有备而来，还要把他们一网打尽。

行贿数额跟行贿年份都记得这样清楚，他还有狡辩的余地吗？

纪园看着眼前这个草包贾志，再看看那个看似无害的顾敬辞，实在想不明白，为什么他会输给这两个比他小几十岁的年轻人。

明明他万无一失，明明他掌控全局。

"这些都是你一面之词。没有物证，没有人证，想要诬陷我简直易如反掌。"纪园试图找回昔日的镇定，但他一开口，发现自己的语气都在颤抖。

失了气势，就失去了谈判的筹码。

精明的顾敬辞一定看出他的破绽了。

不对，其实从一开始，顾敬辞就看出他的破绽了。

只不过顾敬辞一直在等，等他自己发现。纪园意识到这一点，额上渐渐沁出一层细汗。

或许……把他儿关押在这里，就是等着他主动送上门……

会是这样吗？

纪园的眼底有些疑惑。纪福杀人是真，但为何早不查、晚不查，偏偏这个时候查？还有官匪勾结之事，明明他做得神不知鬼不觉，他们究竟是怎么知道的？

…………

"纪大人，你心里或许有很多疑问。但我们很忙，没空一一回答你。"顾敬辞温声开口，"你只要明白，纪福得罪了不能得罪的人。我们要杀他，就必须先杀你。"

竟然是这样？

他丧命的缘故，竟然是纪福杀了不该杀的人。

对这个事实，纪园难以接受，但死到临头，总得死个明明白白吧。

纪园问："我儿得罪了谁？"

顾敬辞看向一直安静喝茶的赵思年："大风寨的掌上明珠，楚归萸。"

"你胡说！"想到那日情形，纪福大声道，"我儿打的人明明是李炆之，但那个叫楚归萸的却刺瞎了我儿的双眼。我儿被楚归萸打得遍体鳞伤，还被抓到了大风寨……"

顾敬辞的脸上多了几分笑意："纪大人，李炆之是楚归萸的老师，你知道吗？"

原来是这样。

原来楚归黉是为了救李炆之而动的手，并非多管闲事，路见不平、拔刀相助。

有人给他透错了消息……

是谁？

会是谁呢？

纪园看着眼前的顾敬辞。这个年轻人一直想要做源城知府，是不是早就盯上他了？

也许从很早的时候，他就在搜集他的罪证了。

…………

想到这儿，纪园开始头皮发麻。

一个看起来最不可能是对手的人，偏偏让他败得一败涂地。

纪福看着满脸温柔笑意的人，不寒而栗，最后居然连看都不敢看了。

这时候，顾敬辞却笑着问："纪大人，我家与李家是世交，祖祖辈辈关系都非常好。这一点，你知道吗？"

李家在源城虽是名声很大，却从未听说有什么权势朋友。也正因此，所以他才没把李家放在眼里。毕竟在他眼里，医术就算再好，也不过是个大夫……

如果当时知道李家与顾家是世交，如果知道……就算知道，他也仍然不会把李家放在眼里，毕竟顾家不过都是读书人，就连权至首辅的王琛大人，他们顾家都能老死不相往来，还有谁敢给他们撑腰呢？

所以说到底，都是因为他太高看自己的缘故，才会丢了乌纱帽，也丢了性命。

但有一点，他实在是想来想去也不明白。那些罪证，明明受贿之人也是犯罪，为何愿意冒险配合做证？

除非……除非……

纪福吞了吞口水，想到唯一一个原因。他强迫自己正视顾敬辞，问："你们跟王琛压根就没有绝交，是不是？"

顾敬辞笑着回答："不错。"

他就说，为什么受贿的都供认不讳，原来王琛要为自己好友之子铺路了。

那一切就说得通了。

王琛要他死，他怎么可能还活着。

哈哈哈……

纪福放声大笑。

笑得贾志都蒙了，纪园该不是吓傻了吧！

贾志问："纪园，官匪勾结的事儿我还没审完，你还能让我审吗？"

纪福道："那些盗匪里就安插着我的官兵，所以不管赵思年怎么杀，都不可能杀得完。"

这就招供了？

他还想在顾敬辞跟赵思年面前好好表现一下的！

贾志再道："你数罪并犯，按照嘉国律法……"

"其罪当诛，斩立决。"不待贾志说完，纪园就主动将话说出。

贾志撇撇嘴，没吭声。

顾敬辞却是微微侧过了头，看向赵思年道："纪园如此欺压你们大风寨，你想他怎么死？"

赵思年沉声道："凌迟。"

最残忍，但也是最能惩罚作恶之人的刑罚。

顾敬辞很快便道："那就凌迟吧。当着纪福的面凌迟，你看可以吗？"

赵思年没说可以不可以，只道："小楚还在大风寨，不太好。"

顾敬辞笑着回道："源城那么多好吃的、好玩的，我带她出去吃好吃的，玩好玩的。剩下的，你们看着办不就行了。"

带小楚出门！

贾志一下子就急了。他也想带小楚一起出去玩啊！他正想开口，顾敬辞便道："贾大人，纪大人的案子虽然已经审了，但纪福的案子还要审呢。你好好审案子吧。"

贾志：……顾兄，你明明知道我对小楚的心意，你背着我带小楚出去玩合适吗？

"好吧。"贾志心里再不愿意，眼下案子重要，只有处理好案子，他才能当官。只要当了大官，他就能告诉小楚自己的心意了。

然后，贾志又看了一眼赵思年："放心吧，思年，这事儿我一定给你处理好。"

"不许叫我思年！"赵思年声色俱冷。

贾志嘿嘿一笑："那我叫你赵兄。"

"闭嘴。"赵思年的脸色差到极致。

顾敬辞有些意外："你们什么时候关系变好了？"

赵思年看向顾敬辞，冷声道："不会说话就别说话。"

顾敬辞摸了摸鼻子，又看向纪园："纪大人，请吧……"

纪园像是想到什么，忽然站起身道："我还不能死……我知道贪赃枉法的官员，若是给我一条活路，我能……"

"你坏事做尽，就算说再多线索，也还是一个死。"顾敬辞微笑地点了点自己的头，"我发现一个贪官，就抓一个。他们一个个的，都逃不掉。"

"有我，你会更快。我能为你出谋划策，只要你放过我，放过我儿，我日后任凭你差遣……"

"闭嘴吧你。"贾志上前，想将纪园一把拉起来。奈何他力气没纪园大，竟被纪园一下子挣开了。

　　赵思年见纪园还在挣扎，上前将纪园一把提起来。他一把掐住纪园的脖子，凶狠地道："从现在开始起，你要是敢狡辩或者违抗一下，我立刻拔了你的舌头。不信你试试看？"

　　纪园吓得脸色都白了，张张嘴，还想说话，却是怕无论说什么都会惹怒赵思年，最后只得点了点头。

　　"还说你们关系不好？"顾敬辞笑着开了口。

　　赵思年冷眼一扫，顾敬辞乖乖举手投降："好了，我不说了，不说总行了吧。"

　　赵思年伸手推了一把纪园："自己走到纪福面前。"

　　走到纪福面前，让纪福知道他是怎么死的……还有比这更残酷的行刑吗？

　　纪园宁愿现在就死掉，但什么时候死，他又能做得了主吗？

　　杀了那么多人，见过那么多死法，他自认为没有他不知道的死法，但现在看来……还是他见识太少了。

# 第十七章　凌迟

等张桦做好粗茶淡饭端过来时，饱腹厅已经空空如也。

连杯中茶都已凉透，说明大家已经离开好一会儿了。

看着难以下咽的饭，张桦想了想，准备倒掉。

然而她还没来得及将饭菜端出去，就看见楚归薁匆匆跑了进来。

看到饭菜，楚归薁端起碗筷就要吃。

张桦忙道："别吃，这是为招待纪园特意做的饭菜，很难吃。"

纪园来了，那就是表哥回来了！

想到赵思年，楚归薁脸上都是笑。

她就要拔腿出门去找赵思年，忽然想到这个时候，他们应该在审纪福，于是就乖乖地留在饱腹厅，找了些果脯蜜饯来充饥。她一边吃一边道："桦姐，我也不知道怎么回事，一生病就变得特别馋。刚刚给弟兄们包扎伤口的时候，看到伤口处的血，我就特别想吃番茄鸡蛋面。"

见楚归薁吃得狼吞虎咽，张桦就笑道："楚姑娘真勇敢。我见了血，只会害怕得跑掉。"

提到这一点，楚归薁就满脸自豪："柳姨跟李叔都说我是学医奇才，见到血肉模糊，我也不会害怕。我只是心疼弟兄们受的罪。好在今日大家都用上了止疼药。”

“大家既然都不疼了，楚姑娘是不是可以歇一会儿？”张桦还在担心楚归荑的病，忙道，“眼下少主也回来了，若是看到你忙碌劳累，一定会心疼的。”

“那我还心疼他跟坏人周旋那么久，都没停下来歇几天呢。”楚归荑撇撇嘴，“桦姐，你怎么光说我，不说表哥？”

这情况能一样吗？

没有少主，大风寨只怕现在都没个活人了。

那么多人打过来，还是官匪一起上，大风寨就算再强，也招架不住啊。

再说，就算情况一样，她也不敢说啊……

张桦吃了闷头羹，半晌说不出话。

楚归荑继续道：“你看我吃得比谁都欢，跑得比谁都快，哪里像生病的样子。”

“你的脸比平时要红上一些。”张桦终于找到说话的机会，毫不客气地道，“喝水也比平时多了。楚姑娘，别看这两点微不足道，少主一定能察觉。”

脸红是因为身子虚弱，她只要动得多了就会这样。

喝很多水也是因为生病了，多喝热水会好得快！

但是，她有这么明显吗？

桦姐是不是在诓她？

楚归荑一脸怀疑地看着张桦，还没来得及开口，张桦便道：“楚姑娘，我骗你，对我也没好处。现在少主在忙，还抽不出空过来看你，一旦他闲了，你看他能不能看出来……”

楚归荑瞬间觉得手里的小吃不好吃了，唉声叹气道：“烦死了，为什么想做自己的事儿都这么难啊。”

张桦见她一张小脸上都是郁闷，语气就温柔了几分：“要不这样，我现在去做些吃的，你先在这儿睡一会儿。等饭做好了，你也休息一阵子了。吃过饭，你再继续给弟兄们医治？"

只要不听她唠叨，她怎样都行。

楚归黉立刻道："那你可要快点做哟，我好饿。我现在饿得都想把桌子给啃了！"

"好，好，好。"张桦道，"我这就去，你快睡吧。"

说完，张桦就将盖毯拿了过来，轻轻披在了楚归黉身上："我保证，很快就回来。"

"嗯。"楚归黉往桌上一趴，眼一闭，就这么睡着了。

哎……

张桦轻叹一声，以往必须要睡在舒适床上的人，现在趴在桌上倒头就睡，一定是劳累至极才会这样。

但为什么就是不肯睡呢？

想到楚归黉不肯睡的原因，张桦又是一叹。再看向楚归黉的时候，她的目光里带了几分疼惜。

楚姑娘这样好，这样知道为人着想，这样懂得心疼他人，美好得不带一丝杂念，让她羡慕又喜欢。

这样的姑娘，谁会不喜欢呢？

难怪精明如顾敬辞，也会将她当朋友。

她这样的人，完全配得上任何人的喜欢。


哐当！

是圆凳被踹倒在地的声音。

圆凳咕噜噜地滚到了纪园的脸庞处。

贾志气得来来回回地走。

没想到，实在是没想到，这纪园的骨头竟然会这么硬。

贾志盯着一声不吭、因隐忍着疼痛而满头是汗的纪园，满脸的不可思议。

纪园硬是忍着疼，一声也不吭，是怕纪福会担心或者伤心吗？

贾志看了一眼坐在床上的人……

"你们不是说我爹来了吗？我爹人呢？"纪福冷嘲热讽，"如果我爹来了，你们几个都应该心惊胆战才对，怎么还有空在这里闲站着。"

你爹明明就在你面前，但你看不到他，有什么办法？

贾志狠狠地踹了一脚纪园，希望他能痛苦地喊出声来。

然而很可惜，纪园偏偏跟方才一样，没发出半点声音。

叫啊！你倒是给我叫啊！

贾志快要气死了，又狠狠地往纪园身上踩了两脚。

咚咚的声音被纪福听得一清二楚。他不由冷笑了两声："贾大人，你该不会是被我识破谎言，所以恼羞成怒，气得跺脚吧！"

贾志怒道："我踩的就是你爹！"

贾志分明说的是事实，但在纪福听来，却像是气急败坏的怒吼。

"呵！"

纪福这一声可是把贾志彻底惹毛了，他大声道："我踩的真是你爹！你爹把所犯的罪行全部都招供了。我要在你面前把他凌迟处死，你怎么不信呢？"

别说贾志有没有本事查出他爹所犯的罪行，就是把刀子递给贾志，贾志敢不敢对他爹动手，还是个问题。他爹人脉强大，都城官员中半数与他有关，贾志敢动他一下试试？

纪福笑道："凌迟之苦那么疼，若我爹真是被凌迟，怎不见他喊一声？"

贾志都快上火了，他也想纪园喊出来啊！

纪园一喊，纪福不就慌了吗？但嘴长在纪园身上，而该下的狠手，他都用了个遍，纪园就是不出声，他有什么办法啊！

要是纪园一直不出声，那纪福就不知道他的靠山已倒，就不可能认罪画押了。

要是纪福不肯认罪，他也不能硬给纪福判死刑……

一想到这儿，贾志急得都要跳脚了。他冲着纪福大声道："那是你爹怕你慌了心神就认罪招供，怕你死了以后纪家断了香火，所以一直在忍着呢。"

"贾大人，你当我是三岁孩童吗？"一个明明要升官的人，现在却被凌迟？在说什么笑话！分明是想拿他爹诈他！

既然他爹已经知道他的行踪，相信此时已经想好了办法救他出去。

等他一出去，他就立刻端了大风寨……

"啊——"

只听"咯吱"一声，纪福发出一阵惨叫。

"福儿！福儿你怎么了！"纪园惊慌失措地道，"你伤到哪里了？"

比起胳膊被折断的剧痛，让纪福更痛的是……他听到了他爹虚弱的惊叫声。

"爹……你真的在？"声音是骗不了人的，他确定刚刚的声音就是他爹的，那么贾志说的话……纪福惊慌地道："爹，你怎么了？"

"我没……"

"事"字还没说出来，纪园的声音就戛然而止了！

贾志敏锐地发现纪园想咬舌自尽，立刻掰开他的嘴巴，强迫纪园张开嘴。

"爹……爹……你怎么了？"纪福终于发现了不对劲，语气比刚刚更慌张了。

然而纪福没有等来纪园的回答。赵思年沉沉地开口："之前他一直默不作声，直到我折断了你的胳膊，他才发出声音，你说说他怎么了？"

他爹若是一直在这里，一定能看到他双目失明，衣衫脏乱……

但他爹明明就在这里，为什么一开始却只字不提？

纪福忽然愤怒地举起双手，想要抓住赵思年，但他什么都看不见，只能胡乱地摸索着前方。摇晃的铁链发出清脆的碰撞声，让纪园一脸惨白。

赵思年冷冷地看着屋内这互相担心的父子，阴沉地道："纪福，你爹跟你一样，都被刺瞎了双眼。"

果然是……果然是！

纪福嘶吼："为什么，为什么！"

贾志翻着白眼道："我都跟你说了很多遍，你爹犯了很多杀头的大罪，随便两三个都足够让他被凌迟处死了。"

原来……大势已去了。

还以为他们只是吓唬他。

原来纪家也会有倒下的一天……

纪福很难接受这个事实，却偏偏不得不逼自己接受现状。他强迫自己冷静下来，试图跟来人周旋："我爹既然已经招供，为何不给他个痛快的死法。他年事已高，这样折磨……"

"你说得很好，我也不是个不念旧情的人。"贾志这个时候沉沉地叹了口气，"以前我还是把你当好兄弟的，虽然你总是瞧不起我。"

"瞧不起你？"纪福有些迷茫，完全不知道这个贾志到底在说什么。

贾志道："我是临城贾有才的儿子贾志啊，哎……就算我这么说，我也知道你仍然不知道我是谁。"

纪福忙道："大人名声在外，我不过一个混账小子，承蒙大人记挂心中，我没齿难忘……"

"纪福啊纪福，你可真是能屈能伸。"贾志忍不住拍手鼓掌，"当年我以为你把我当朋友，所以闲着没事总往纪府跑。后来有一次我去源城一家茶馆喝茶，竟然听到你跟那些权贵公子在嘲笑我。"

"我……我……"眼下他跟他爹的性命都掌握在贾志手中，贾志现在翻旧账，一定是将他嫉恨在心。难怪当时贾志第一次见他，就问他认不认识临城的贾志，原来贾志一直嫉恨自己跟他断绝来往的这件事。纪福吞了吞口水，紧张兮兮地道："贾大人，我知错了……"

"别急，我还没说你错在哪里呢。"贾志围着纪园走来走去，嗒嗒嗒的脚步声让纪园跟纪福都惊心动魄。看着他们瑟瑟发抖的模样，贾志心中竟有几分得意，于是满脸笑容地道："当时你云淡风轻地跟那些权贵公子说，贾志那个草包真是有趣，我把他当只狗，让他学狗叫。我夸他学得像，他却以为我夸他惟妙惟肖，其实我只不过想说，比起人来，他更适合做个畜生。"

听罢，纪福的脸色更白了。他说过这些吗？

为何他全然都不记得……

"大人……大人。"纪福眼前一片漆黑，根本看不到贾志在什么地方。他双膝跪在床上，不停地磕头求饶，往一个方向磕够了，就再换另一个方向继续磕。他慌乱地道："当年我年少轻狂，不懂事，不然也不会……也不会变成现在人神共愤的模样，还请大人……"

贾志怒吼："纪福，我话还没说完，你老打断我干什么！"

这一声怒吼，吼得纪福双腿一软，整个人都瘫在床上。

贾志看着惊魂不已的纪福，突然觉得好讽刺啊！当年纪福作威作福，他拿真心待纪福，却被纪福踩了个稀巴烂。转眼不过几年，作威作福的纪福，却给他磕头求饶，求他放过他。

但是能吗？

那些心头的伤疤，是几句求饶就能轻易愈合的？

贾志心中难受得紧，脸上却在笑。他笑着跟纪福道："这样，当年我学狗叫，你觉得我学得像。现在你也学狗叫，要是让我满意了，我就给你爹个痛快。如果我不满意，你爹就继续被凌迟，怎么样？"

汪汪汪汪……

贾志一说完话，纪福就开始叫个不停。

一声比一声大，一声比一声像，叫得贾志撇过了头，叫得纪园痛哭流涕。

纪园道："福儿，你别叫了，别叫了……我就是凌迟处死，也不想……"

话还没说完，贾志就狠狠地踹了一脚在纪园的胸口。

踹得纪园"哐当"一声倒在了地上。

纪福的学狗叫一下子就停了。

"叫啊！继续叫啊！你想让你爹被凌迟吗？"贾志大声吼。

汪汪汪……

纪福哭着继续叫了起来。

自始至终，赵思年都冷眼旁观着这一场本不该出现在大风寨的闹剧。

人有爱恨嗔痴。这旁人的喜怒哀乐，与他没有任何关系。他抬脚就要离开，却被贾志拦住了。

"赵兄，你不能走。"贾志道，"你不在，他们一定会欺负我的。"

"都这样了，他们还能怎么欺负你？"赵思年声音虽冷，但腿却没挪动半分。

想到过往，贾志竟是眼眶含泪，但他忍住没哭，只眼泪在眼眶里打转。

见贾志这般，赵思年便道："现在有机会报你当年的仇，你应当笑，不该难过。"

贾志看着学狗叫的纪福，又看着磕头求饶的纪园，嘴角扯了一抹比哭还难看的笑："这样行不？"

赵思年颔首。

贾志真心道："赵兄，我以前觉得你是坏人，但现在觉得你是个大好人。"

这都什么跟什么……

他还在对犯人用刑，竟能在这时候说起家常。赵思年叹了口气，纠正他："你我不熟，不许叫我赵兄。"

看到我难受，你都安慰我了，还说不熟？

我们是一起审过案子，一起吃过饭，一起对付坏人的关系了，竟然还说我们不熟！

一定因为他是官，赵思年不想趋炎附势，所以才会说他们不熟。

对，一定是这样。

赵思年太高洁了。

源城还把赵思年传成十恶不赦的人，这对赵思年简直太不公平了。

思及此，贾志比刚刚还要真心地道："赵兄，等纪家的案子审完了，我要为你平反。"

"平反？"赵思年不解地问，"我并无委屈怨言，何来平反一说？"

看看，看看！赵思年明明是个好人，却一直被大家误解，被误解了也不解释，还继续做好事……

"这你就不用管了。"贾志哼了一声，然后又看看纪园跟纪福。与赵思年对比，这两人就显得更加卑鄙。

纪福的狗叫声一直在贾志耳边响起。刚开始贾志听着还很有感触，忆起当年，他总觉得被纪家亏欠，但听着听着，他也就听烦了。

毕竟过去虽然叫人难受，但他还有美好的未来呢。

贾志抽出腰间佩剑，一剑刺死正磕头求饶的纪园。

求饶声戛然而止，随之是人的倒地声。

汪汪汪汪……

纪福像是明白了什么，哭的声音比方才更大了。

贾志提着剑走向纪福，笑着开口："我刚刚已经送你爹上了西天。放心，一剑毙命，快得感受不到痛苦。"

"谢谢……谢谢大人。"纪福已是痛哭流涕。

"不客气。"贾志继续笑道，"毕竟我们相识一场，照顾一下你爹也是应该的。"

"谢谢，谢谢……"

来来回回地，纪福嘴里只有这句话。

似是听得烦了，贾志上前捂住纪福的嘴，让他发不出声。

而后，贾志一字一句地道："接下来，你是想主动承认所犯罪行，还是等我一个一个地说出来？"

纪福满脸是泪："大人，我如果能全部招供，是不是……是不是就能给我一个痛快的死法？"

妙啊！

顾兄果然是妙啊！

顾兄让他先震慑住纪园，然后再在纪福面前处死纪园，这样纪福就会害怕，进而畏罪招供……

眼看马上就能审完案子了，贾志满脸笑容："可以，当然可以，但要是让我发现你有所隐瞒，你爹怎么死的，我就让你怎么死，听明白了吗？"

"明白，都听明白了。"纪福头像捣蒜一般拼命点头，"大人，我全都招，我现在全都招供。"

# 第十八章　我会让你开心

楚归黄一觉醒来，发现自己不在饱腹厅。

周围是薄雾轻纱，有人正在抚琴。

琴声如溪水潺潺，又似百灵悦耳。

正是因为太好听了，楚归黄一时入了迷，好半天没有动上一下。

"这是……用什么东西弹奏的？"楚归黄自言自语，"好好听。"

"是筝。"顾敬辞温声道，"正在为姑娘弹奏的曲子是《春江花月夜》。"

原来不但曲子好听，就连曲名都这么好听啊。

《春江花月夜》……

光是这几个字，她都能想象到很美很美的夜晚了。

楚归黄听得痴了，一时不忍再开口说话，生怕毁了这么美好的曲子。

顾敬辞见楚归黄听得认真，也不再说话，而是把茶案上的蜜饯果脯往楚归黄身旁推了推。

楚归黄一边听着筝曲，一边吃着蜜饯。

等回过神来时，曲子正好也结束了。

楚归薹感慨："若不是今日听了这个曲子，我竟是不知道，这世上还有这么好听的东西。"

"谢谢姑娘喜欢。"曲毕，拨弄筝的女子起身朝楚归薹与顾敬辞行礼。

楚归薹循声望去，起身掀开了白色轻纱帘，这才看到了筝。

这么好听的曲子，她既然喜欢，那表哥一定也喜欢。若是她能弹给表哥听……

表哥……

等等！她现在不在大风寨。

楚归薹猛地转头看向顾敬辞："敬辞，你怎么趁我睡着，把我带出来了？"

她现在才发觉，是不是太晚了些？

顾敬辞觉得她反应慢的模样很可爱，一时忍不住笑出了声。他笑道："你生了病，理当好好歇息。我看你实在闲不住，就带你来个有趣的地方。你瞧，你不是也很喜欢吗？"

喜欢归喜欢，但喜欢也要分轻重缓急的。楚归薹有些生气了："大风寨的人都是我家人，我怎么能只顾自己清闲？我要回去。"

顾敬辞见她恼了，连忙道："放心吧，我叫了好些大夫去大风寨了。不会疏漏你的任何一个家人，大夫都会好好把伤势看个仔细的。"

闻言，楚归薹这才脸色好了些，但她还是有些不开心："我只是发烧，又不是重病在床。弟兄们为了大风寨拼命，而我却在这里好吃好喝，这实在太不像话了。眼下我好不容易有机会能照顾他们，你却让我在这儿躲清静。"

"大风寨那么多人，找去的大夫再多，一时半会儿也不可能将人全部看完。再听一会儿曲子，你再回去也不迟。"顾敬辞想跟楚归薹独处是真，但不想让楚归薹不开心也是真，见她因不能为大风寨出力而感到愧疚，便直言道："甜汤一会儿也该来了，喝了甜汤暖暖胃。等身子热了，我们再回大风寨就是了。"

话已至此，楚归黉便安心许多。

此时弹古筝的姑娘已经退了出去，屋内只剩楚归黉与顾敬辞。楚归黉说话也就没什么好顾忌的，跟顾敬辞推心置腹道："那纪园虽然可恶，但却对源城的百姓很好。你看源城今年饥荒闹得这么厉害，可老百姓家里都还有吃的。我去临城的时候，临城路边都有要饭的。这样看来，纪园还是很疼老百姓的。"

顾敬辞的脸上多了几分笑意："那纪园虽然对老百姓还算不错，却也不让老百姓富裕起来。你看临城热闹非凡，街上锦衣玉食的人比比皆是，而源城却囊中羞涩，粗布麻衣。"

楚归黉点点头："这个我也看出来了。所以，我在想，纪园不让大家饿死，只是不想让大家闹事。就像纪福当街打死那么多人，其实就是想让大家害怕。纪园跟纪福，都是同一类人。只不过，一个阴着坏，一个明里坏。"

"小楚，你能看到这些，将来一定很了不起。"顾敬辞由衷赞美。

楚归黉被顾敬辞这么夸赞，忽然有些不好意思了，故而也不再说话。她小脸一红，端起面前的茶杯，咕嘟咕嘟地喝着茶。

倒是顾敬辞一直说个不停："古往今来，凡成大事的女子，目光都很长远。她们不但要自己过好，还想让大家都过好。你看，你是不是也这样？"

她是这样想的。

但表哥也说了，生逢乱世，能先保命最重要。

至于其他，都在自己能好好活着之后再说。

可是眼下大风寨危机才过，她现在只想让大风寨的人平平安安，然后再把医术认真学好，至于再长远的事，她没想过……

看到楚归荑默不作声，顾敬辞也没强求她开口，而是笑着跟她道："小楚，我对你抱的希望很大，你可千万不要让我失望。"

失望什么的，她又没有远大的抱负。

还成大事的女子呢……

她只想待在大风寨，然后大家都开开心心、平平安安地过着一年又一年。

然后等爹娘挣够了钱，她就跟爹娘一起好好生活。

要是再有些钱，她就开个药铺，一边给病人治病，一边卖点药材谋生。

仅此而已。

所以说，她一定会叫顾敬辞失望的。

要是让别人失望，她还没什么不好意思的。

但顾敬辞是她朋友啊，是她在这个世上交到的第一个朋友……

让朋友失望，她会觉得好抱歉。

于是，楚归荑脸上的愧疚之色越发明显了。

咚……咚……

这时，门外响起敲门声。

有小二在门外道："少爷，甜粥做好了，要现在就端进去吗？"

顾敬辞没回答小二，直接起身走到门口那儿。

不一会儿，顾敬辞就又回来了。

回来的时候，他的手里端着一碗赤豆糖粥。

光是闻着香味儿，楚归荑的口水都快要流下来了，哪里还顾得上什么愧疚不愧疚！

待顾敬辞入了座，楚归荑的眼神就一直瞄着他手里的甜粥。

她这毫不掩饰的馋嘴模样儿，倒是让顾敬辞想起了在他还是很小的时候，曾经养过的一只叫大花的狸猫。

只要每次他吃鱼，大花的视线就会一直落在他的筷子上……

尽管那只猫后来不知跑去了哪里，但它那可爱的大圆脸跟撒娇黏人的性子，他一直记到了现在。

再后来，他就再也没有养过狸猫了。

一是太黏人的小动物，会叫他丧失斗志；二是日后要是再不见了，他会觉得空落落……

"馋猫儿。"顾敬辞笑着吐出这三个字，将甜汤推到了楚归黛面前。

楚归黛大口大口地吹着热气，等粥稍微凉了些，就往嘴里送。

"慢些吃，当心烫。"顾敬辞温馨提醒，"要是觉得好吃，我们走时再带几碗回去。"

"好啊。"一口粥下肚，楚归黛立刻就喜欢上了，边吃边道，"多带一些，我想让大风寨的人都吃上。"

有福同享，有难同当。

很好，这样很好。

顾敬辞笑意更浓。他抬手想揉揉这馋猫儿的头，但又想到楚归黛说的"男女授受不亲"，也就作罢，只看着楚归黛大口喝粥……

因为甜粥太好喝了，楚归黛一口气喝下了三大碗。

最后撑得肚子都变得圆鼓鼓的，她才终于作罢。

顾敬辞起身结账时，想到她一边摸着肚子一边满足地笑的模样，忍不住笑着摇头。

馋嘴的楚归黛……实在是可爱得过分了些。

临走的时候，楚归黛还看着小馆的名字——随意粥铺，暗道这开饭馆的掌柜也是够任性的，连粥铺的名字都起得这样任性。

她还记得小二将大包小包的粥提上马车的时候，偷偷跟她说，掌柜知道她一个人要了两百碗粥，脸都气绿了，说他开粥铺是让大家都能吃到美味的粥，又不是给她一个人开的。

最后，小二说吃粥的人是顾少爷带来的，掌柜瞬间不生气了，还重新起锅，加急煮了五十份粥。他说，顾少爷带来的人是贵客中的贵客，一定要让姑娘吃饱喝足。

马车一路嗒嗒地朝大风寨走，楚归荑就一直盯着顾敬辞。

这好奇的眼神让顾敬辞想不注意都难。他笑着问："我就坐在这里，你心里想什么，为何不直接问我？"

他都这样说了，那她再不问，岂不是显得太过矫情！她道："随意粥的掌柜分明不想卖那么多粥给我，但听说我是你的朋友，就多做了五十碗。敬辞，你是不是特别厉害？"

顾敬辞道："术业有专攻，不知你说的厉害，是哪方面的厉害？"

难道厉害还分好多种？

楚归荑一时也想不到顾敬辞是哪种厉害，干脆直接道："就是能让别人听你话的那种厉害。"

顾敬辞就笑了："这世上能让人听话的厉害的手段有很多种，仗势欺人最下等，威逼利诱次之，以德服人最上等。"

"你在粥铺一直都面带笑容，所以不是仗势欺人。买粥的时候你也付了钱，并且并未多付，所以绝不是威逼利诱。"楚归荑长长地"哦"了一声，看向顾敬辞一字一句地道，"所以，敬辞你是以德服人！"

顾敬辞却是微微摇头："我品行没有那么高洁，只是在这个掌柜穷困潦倒之际，给他送了些钱财罢了。"

楚归荑明白了："所以他念着你的恩情，才会给大风寨煮了这么多粥。"

顾敬辞微微点了点头。

楚归荑道："这年头，盗匪横行，恶霸欺人，但你出手救人，这还不是品行高洁吗？"

这么说……也对。

但他不是刻意救人，只是碰巧而已。

顾敬辞正想这样说，这时楚归萸一脸佩服地道："我爹娘说过，这世上的富贵人家有两种。一种是靠欺压诈骗得来的钱财傍身，一种是多行善事之后结下的因果。敬辞，你就是第二种。"

多行善事？

凭借他爹娘的才能，以及他爹娘与王琛的关系，顾家想要发财简直太简单了。但为何现在只是小富，而没有大富呢？

因为大富容易招人惦记，他爹娘只想过得简单快乐，所以一直待在临城钻研学问。也正是因为在临城，所以周边的寒门子弟频频上门。

但凡谁家缺了粮，谁家少了布，他爹娘都会想方设法以不伤人自尊的方式给人送去。

所以读书人，一旦提起他爹娘，总是心生敬佩。

也正是如此，那些读书人最后考取了功名，在朝中为官后，也心心念念着他爹娘……

所以他想要当官，也变得如此轻巧。

确实，多行善事，能够让人变得更加富贵。

"敬辞，你看着我，在想什么呢？"见顾敬辞在发呆，楚归萸忍不住伸手在他眼前晃了晃。


白嫩的小手很快让顾敬辞回过了神。他笑道："我在想，你爹娘一定是非常有趣的人。"

楚归萸问："为什么？"

顾敬辞道："因为对富贵人家有如此看法的人，我只听过一种。"

楚归萸问："那你之前听到的是什么样的？"

他听到的是什么样的？不外乎是"富贵自有天命""书中自有黄金屋"之类。

他们把自己的锦衣玉食归结于本该如此，归结于功名利禄。这些理所当然又功利性极强的言辞，每每听之，他都觉得庸俗又厌倦。

而小楚爹娘这样脱俗又爱憎分明的看法，让他觉得更加亲近——像极了他爹娘的处世为人……

"敬辞，你以后千万别随便发呆。"

他又发呆了？

他分明不喜欢发呆，可在小楚面前，怎么就这样反常？

不过……

"我为什么不能随便发呆？"

想到原因，楚归蓂就忍不住笑了："因为你发呆的时候特别好看，我怕日后有人贪恋你的美色。"

顾敬辞：……

他是该感谢她的善意提醒，还是担忧自己的容貌太过美丽？

他微微扬了扬下巴，朝她笑了一笑："所以呢？"

不知是不是他发呆得太美的原因，他这个笑，让楚归蓂觉得他更美了。

楚归蓂咳了一声，努力把"他很美"这三个字忘掉，认真道："你也知道，如果一个人过于美丽，这个人身上的才能就会被美丽掩盖。到了那个时候，被人误会你是靠美丽赢得人心，那就对你太不公平了。"

顾敬辞叹了口气："容貌是爹娘所生，非我本愿。"

楚归蓂也学着顾敬辞那般叹了口气："我要是长得像你这样好看就好了。"

顾敬辞：……

为什么她突然谈起了容貌？

楚归蓂："敬辞，说真的，你长得真的很好看。"

顾敬辞：……所以能不能不要继续在容貌上……

楚归蓂："敬辞……"

"小楚，这两天舟车劳顿，我忽然有些困了，要睡一会儿。"不待楚归荑把话说完，顾敬辞就出声打断了她。他实在是不想再在好看不好看的事情上继续讨论。

如果一定要谈论容貌，他也想听别人夸他是英姿少年，而非什么美丽好看。

"那……你睡吧。"楚归荑见顾敬辞轻阖双眸，便贴心地道，"你放心睡，等到了大风寨，我再叫你。"

"嗯。"顾敬辞应了一声，便再也没有说话了。

出了城门，马车一路往山上走。越往上，山路就越发颠簸。

这么颠的山路，顾敬辞能睡着个鬼。

双目闭了一会儿，顾敬辞就微微睁开眼，偷偷……喀喀，读书人才不会偷偷……他只是不想让楚归荑看到他没睡着而已。

原本顾敬辞只是把双眼眯成一条缝儿，结果看到楚归荑窝在马车角落里睡得正香，也就光明正大地看着她了。

刚刚还生龙活虎地跟他谈天说地，结果他说睡觉，她也跟着睡了。倒是本来要睡觉的人精神抖擞，没说要睡觉的人却疲惫不堪。看来生病的人还是很虚弱的。

顾敬辞将她身上滑落的盖毯又轻轻给她盖好，用手背探了探她的额头。烫倒是不烫，看来烧已经退下去了，就是还没好透，身子容易累乏。

顾敬辞的心终于彻底放下。他在马车上也无事可做，就这么静静地看着睡着的楚归荑。

睡着的她恬静美丽，一头乌黑明亮的头发，映衬得肌肤更加白皙，挺翘的鼻梁，樱桃小嘴，瓜子一般的小脸，娟秀好看的眉……

女孩子他见得不少，却没有一个像她长得这样令他赏心悦目的。

她还说他好看，分明是她好看。

也不知她爹娘是怎样的绝世容颜，才能将她生得这样绝世无双。

也不知顾敬辞将楚归羹看了多久，直到马车拐了一个急弯，将车里的人晃醒了。他才意识到，大风寨就快到了。

"我怎么睡着了？"楚归羹揉了揉眼，迷迷糊糊地道，"我还说要叫你呢，结果我自己睡着了。"

顾敬辞温声道："我也是刚刚醒来。"

楚归羹往外看了一眼，看到前面有一大片树林，便知快要到大风寨了。她跟顾敬辞道："快到家啦。"

那语气带着无比高兴，比她吃到甜粥的时候还要高兴。

顾敬辞分明是想笑的，但无端端笑不出来。

纪家的案子一结束，他便要离开大风寨了。一旦离开大风寨，他见她的机会一定会少之又少。

离别在即，他竟然有几分感伤……

这是前所未有的。

远远地，赵思年就看见马车驶过来了。

贾志在赵思年身旁道："赵兄，顾兄太过分了。我们早就审完案子了，顾兄却一直迟迟不回来，就知道吃吃喝喝。"

赵思年没有心思理贾志，而是疾步朝马车那边走去。

贾志连忙迈开腿，跟在赵思年身边："赵兄，要我说，顾兄就是想跟小楚一起玩儿。你别看他文质彬彬，其实骨子里主意多着呢。"

这会儿，赵思年用余光看了一眼贾志，见他眼珠子滴溜溜地转，就知道他在想什么歪主意。

小楚去临城那几天，跟什么人来往，发生了什么事，他一点也不知道。

眼下却是有个人知道的……

赵思年停下脚步，故作认真地问："顾敬辞打什么主意？"

眼前的人可是小楚的表哥，他一定要表现出对小楚很关心、很爱护才可以。

思及此，贾志掏心掏肺地跟赵思年道："我比顾兄大好多岁，从他一出生，我就认识他了。他打从认字开始，就不跟女孩子玩儿。他认为跟女孩子相处，有太多规矩要注意，所以除了他娘亲，我就没见他跟哪个女孩子说过话。"

"哦？"赵思年来了兴趣，"可是我见顾敬辞对小楚不是这样的。"

"就是说呀！"一提到这个，贾志就郁闷极了，"小楚也是女孩子，但顾兄对小楚丝毫不避讳。不但不避讳，他还主动带小楚去街上买好吃的，买穿的，甚至还给小楚买头绳儿！"

闻言，赵思年面色沉了几分。

贾志一看，心里就乐了。

顾敬辞一定完蛋了，谁叫你对人家表妹这么好。

当表哥的肯定会生气。

贾志继续添油加醋地"诋毁"顾敬辞："赵兄，我那次还问顾兄是不是喜欢小楚。你猜顾兄怎么说的？"

赵思年问："怎么说的？"

贾志道："他回答我：不是每个人都像你一样满脑子都是女人。听听，你听听，他是不是特别道貌岸然。"

赵思年没说是不是，而是看着在滔滔不绝地说话的贾志，声色沉沉地问："那你是不是喜欢小楚？"

当然喜欢啊！

不然他怎么会对小楚的一切这么上心。

但……看赵思年的神色，好像要是他说喜欢小楚的话，赵思年会很生气。

如果赵思年生气的话，他们的关系就会变得很差。

他们的关系如果变得很差，那他日后要是跟小楚在一起，一定会遭到赵思年的强烈反对。

这么一想，贾志就违心道："我心中只有功名利禄跟老百姓。那些情情爱爱，我现在不稀罕。"

赵思年道："你过去与女子厮混之事我也略有耳闻，所以绝不许你靠近小楚。"

"赵兄，别提……别提那些事儿。"贾志像是被人踩住了尾巴，激动得快要跳起来了，"我那是年少不懂事，干了不少糊涂事。以后我一定好好做人，绝不……"

赵思年打断他："这些跟我无关。"

"这怎么会无关呢，我们是好朋友啊！"贾志努力拉近跟赵思年之间的距离，"我们以后还要常联系……"

"不必。"赵思年道，"案子已了，你们明日就走。"

"我……"

贾志剩下的话还没说完，就被赵思年冷眼一扫，吓得再也不敢说话了。

赵思年大步朝前走去，贾志厚脸皮地跟在赵思年身边。

待走到马车跟前时，贾志很想到马车跟前扶人。然而，想想赵思年刚才的话，他还是老老实实地站在了一旁。

从马车上先下来的人是顾敬辞，顾敬辞正转身要扶楚归黉下车。

赵思年却冷声开口："我的表妹，我来扶就好。"

言外之意，你这个外人就别插手了。

顾敬辞没想到，赵思年护小楚的程度已经到了这般……变态的地步。

扶她下车而已，至于吗？

然而，当顾敬辞的余光看到贾志得意扬扬时，就知道是怎么回事了。他眯了眯眼，朝贾志身旁走去。

贾志有一种直觉……直觉顾敬辞的目光有点危险。他抬脚就要往回走。

顾敬辞的脚步却快了他三分，他挡住贾志回去的路，笑着问："贾兄，你是不是说我坏话了？"

"没有。"贾志立刻否认。

顾敬辞笑道："贾兄，你心里想什么，脸上可都老老实实地告诉我了。"

真的假的？

贾志有点心虚，但面上装作很淡定的样子："顾兄，你我关系可是非比寻常，我怎么会说你坏话？我夸你还来不及呢！"

"哦？"顾敬辞笑眯眯地，扬声问道，"贾兄，你都夸我什么了？"

贾志煞有其事地道："我在赵兄面前说你壮志凌云，将来必能出人头地、顶天立地……"

"少主，果真如此？"顾敬辞回头看着正耐心听楚归荑说说笑笑的人，"贾兄真的这样夸我了？"

贾志：……

顾敬辞，你这样拆我的台很有趣吗！

贾志完全没料到顾敬辞竟然会无聊到当面质问，不停地朝赵思年眨眼睛，期望赵思年能睁一只眼闭一只眼。

赵思年只是淡淡地看了一眼顾敬辞："你我之间不熟，我为何要告诉你？"

"赵兄，你果然还是向着我的。"贾志感动得想要跟赵思年并肩而行，然而脚步还没迈出去，赵思年冷冷的视线就扫过来了。

"记住，不许靠近我表妹。"赵思年不但视线冷，声音更冷。

这大冬天的，贾志本来就怕冷，见赵思年这模样，他就更冷了。

"好好好，不靠近，我不靠近。"贾志在赵思年那儿吃了闭门羹，就厚脸皮地又往顾敬辞身边凑，"顾兄，你我之间……"

贾志话还没说完，顾敬辞就抬脚往前走了。

脚步还越走越快……

你一个读书人，为何还能脚下生风呢？

贾志想不明白，但也没空想明白。

整个大风寨，也就顾敬辞跟他关系最好。他可不想在寨子里连个说话的人都没有。于是，他小跑着跟上了顾敬辞。

赵思年看着走在前面的两个男人，又看看身后被几个男子大包小包提着的甜粥。方才小楚说，这是随意粥铺的甜粥。

随意粥铺的掌柜向来任性得很，规定一个客人一天最多只能吃三碗随意粥，然而小楚这次却带回来两百多碗。

他当然不会傻到认为这是掌柜给小楚面子。

能一天拿到两百份粥的人，只有顾敬辞一人。

顾敬辞这人精明且擅于算计，能把纪家一网打尽，也能把贾志玩儿得团团转。对于精于心计之人，赵思年向来没什么好感，但这个让他没好感的人，却对小楚似乎很是关心。

这样的关心，让赵思年心里很不是滋味。

他看着在滔滔不绝地与他说话的小楚，忽而轻声问："小楚，你喜欢顾敬辞吗？"

"喜欢啊。"楚归羹道，"他身上有正气，对坏人赶尽杀绝，为好人留有希望。他是个很好很好的人。"

真的是这样吗？

顾敬辞干的是匡扶正义之事，但依照他的计谋，完全可以更早铲除纪家，但为什么偏偏是现在呢？

如果没有遇见小楚，顾敬辞会对付纪家吗？

在他看来，只要顾敬辞想，其实有余力铲除比纪家更可恶的官员。

但先从纪家下手，纯粹是因为……小楚的需要。

一切都是因为小楚……

赵思年忽然停下脚步，认真地看向楚归荑："小楚，如果顾敬辞愿意让你留在他身边……"

"表哥，你要赶我离开吗？"那张小脸上的笑容顷刻间全然消失了，取而代之的是惊慌失措，"因为我坏了大风寨的规矩，所以大风寨留不下我了？"

见她担忧，赵思年忙道："小楚，你万万不可多想。我只是认为顾敬辞似乎对你很好，而你又不讨厌他。现在他那边比我这边安稳，如果……"

"表哥，就算敬辞那边再安稳，我也不稀罕的。"虽然话已经说出口了，但楚归荑还是担心自己说得不够明白，于是急着解释，"我爹娘让我一直跟着你。如果不在你身边，爹娘找不到我，怎么办呢？"

可你爹娘已经……故去了。

这话赵思年无论如何也说不出口。

半晌过后，赵思年才缓缓道："他们若是来信，我让他们去找你。"

虽然永远都不可能来信……

"可是……可是……"楚归荑涨红了脸，"表哥，我们是家人啊。我们可是一家人。我怎么能为了所谓的安稳，就离开家人呢？"

一家人……

赵思年心中忽然觉得温暖。

那温暖能驱走无尽的严寒，直达他的心间。

楚归荑紧紧握住赵思年的手，察觉他的手冰凉极了，就把他的手放在唇边，不停地哈气："表哥，我再喜欢敬辞，但他连你的一根头发也比不上。你可是带我离开蝴蝶村，让我衣食无忧，带我去见更大、更广阔的天地的人啊！"

"再说一遍。"赵思年握住她的手，连同自己的手一起放进自己的衣袖。

衣袖里暖和极了，楚归薁反牵住他的手。小小的掌心覆在大大的手背上，她重复道："你可是带我离开蝴蝶村，让我衣食无忧，带我去见更大、更广阔天地的人啊。"

"前面那句。"

"我再喜欢敬辞，但他连你的一根头发也比不上。"

"记住了。"赵思年的脸上终于有了几分笑意，声音也渐渐变得温和许多，"小楚，你要记住这句话。"

楚归薁不解："这句话很重要吗？"

赵思年轻声回应："嗯。"

楚归薁问："表哥，我只是说出了我心里的想法，为什么你会觉得它很重要呢？"

赵思年一字一句地道："因为……它对我来说很重要。"

"哦……"她好像有点明白，但又不完全明白。她仰着头，看着面色渐渐柔和下来的赵思年。

尽管现在的他看起来还是不像好人，面相还是凶巴巴的，但她知道，他是名副其实的好人，比顾敬辞要好千倍万倍的好人。

爹娘说，遇到真心实意待你好的人，你也要真心实意地对他好。

因为这个世上没有无缘无故的好，也没有理所应该的宠。

如今赵思年待她又好又宠。不管大风寨的外面是何天地，是艰险还是万难，他给她的都是平安跟快乐。

她知道，他想让她一直过着这样的生活。

而这样的生活，也恰恰是她想让大家一起过的……

"小楚，你这么盯着我做什么？"她光看着他，但不说话，那眼神像是在打量他，又像是通过他看到了别的什么东西。但那东西究竟是什么，他一时说不清楚："现在，你心里在想什么？"

想什么？

不知不觉地，她就想了好多好多，多到她压根就不知道该从什么地方说起。

想来想去，想到最后，她就冲着赵思年咧嘴嘿嘿地笑了。

"傻了？"赵思年伸出修长好看的指尖，轻轻戳了戳她的小脑袋，"光知道笑，有什么好笑的。"

嘿嘿……

这下楚归荑不但笑，还笑出了声。

"表哥……"楚归荑的笑容越来越多了，她摇了摇握住赵思年的那只小手，温柔又高兴地道，"从今往后，我也会对你好的。我要对你比你对我还要好。"

赵思年的脚步一顿，低头看着比他矮许多的小姑娘。

没有她，大风寨的弟兄们也许会死伤无数。

没有她，也许今日就是他的忌日。他会因为官匪勾结而背上无数骂名，会为了保住为数不多的弟兄们而向朝廷投降，当了那些杀人放火的恶霸的替罪羊。

再过几年，他将被天下人唾骂……

如果没有楚归荑，他根本无法好好地站在这里，大风寨也不可能安然无恙。

她是大风寨的恩人，也是他的恩人。

赵思年轻轻开口："小楚，从今往后，我会让你开心的。"

除此之外，他也不知道还能为她做什么。

只要能让她开心，他能做什么，就为她做什么。

"真的？"楚归荑一脸狐疑，仿佛不太相信赵思年的话。

赵思年道："真的。"

"那……"楚归荑抿了抿唇，轻轻地问，"我可以提一个要求吗？"

赵思年的声音又温柔了些许："可以。"

楚归莫抿了抿唇，低声道："表哥，我不想再过隐居的生活了。我想住在城里。"

赵思年问："住到城里，会让你高兴吗？"

楚归莫点点头："会。"

赵思年道："好，那我们就搬去城里。"

就……就这么……这么容易地答应了？

楚归莫惊得眼睛都睁圆了。

大风寨的弟兄们可是在深山老林里隐居了很多年，就因她一句话，从山里搬出来……不管怎么想，都不可能啊！

"表哥，你是认真的吗？"楚归莫不可思议地看着赵思年，试图从赵思年的脸上看出他在开玩笑。

赵思年一眼看出她心底的想法，就揉了揉她的脸："别看了，我没有说笑。君子一言，驷马难追。"

啊——

楚归莫高兴得在原地蹦了好几下："表哥，你怎么这么疼我啊！"

赵思年的唇角微微扬了几分："谁叫你是我表妹。"

"表哥，你还有其他妹妹吗？"要是有，他以后也对她们那么好，她只是想想都有点难受呀。

"没了。"赵思年道，"有你一个就够了。"

"表哥……"楚归莫脸上的笑容多得都快挂不住了，"你这么好，叫我想抱抱你。"

这话才说完，赵思年就将楚归莫抱在了怀里。

"外面冷，就这样走吧。"赵思年将人紧紧裹在披风里，带着人一边往前走，一边道，"这两天，你就好好想想，我们以后去哪里住。弟兄们多，一旦决定去哪里住，可就不好再更改了。"

"我懂，毕竟那么多家当，搬家很不容易。"楚归莫贴心地道，"表哥，你就放心吧，我们这辈子只搬这一次家，以后绝不再动了。"

赵思年温声道："好。"

想到要离开大风寨，楚归薁一时还有点舍不得，但是她很快又想：要是一直在这里，以后大风寨还是会面临两边不讨好的局面。

因为大家永远不可能跟盗匪同流合污，那些盗匪还是会时不时地跟他们打一架。而他们即使在深山老林，朝廷也不可能放任他们不管。这样一来，大家其实还是在走之前的老路。但是离开大风寨就好了，只要住到城里，官府那边就会好办得多。

毕竟没人敢在官府门前胡来……

嗯。

对！

就是这样。

她让大家离开大风寨，虽然一时很累很难，但往后看，大家的日子一定会越来越开心的……